MW00512740

Première édition août 2021
Dépôt légal août 2021

71-75 Shelton Street, Covent Garden, Londres, UK.

ISBN 9781801161411

Savage Love

Fanny Twice

Cherry Publishing

Pour recevoir gratuitement *Là-Haut Dansent les Étoiles*, la romance entre gloire et descente aux enfers phénomène de Pauline Perrier, et toutes nos parutions, inscrivez-vous à notre Newsletter !

https://mailchi.mp/cherry-publishing/newsletter

Retrouvez-nous sur Instagram :

https://www.instagram.com/fanny.twice/

https://www.instagram.com/cherrypublishing/

Chapitre 1 – Callie

Mme Willington.

Cette femme est une petite boule d'énergie d'une cinquantaine d'années qui, par son franc-parler et son empathie démesurée, m'a permis de reprendre progressivement goût à la vie. Il est clair qu'elle est largement responsable de mon état d'aujourd'hui. Je ne peux pas encore parler de bien-être total, mais ma reconstruction est en bonne voie. J'en suis désormais convaincue.

— Alors, Callie, comment vas-tu depuis la dernière fois ?

— On peut dire que ça va, lui lancé-je avec un grand sourire.

— Je suis ravie de te l'entendre dire.

Tout en me fixant, elle patiente gentiment en face de moi. Je sais pertinemment que ce rendez-vous bimensuel est fait pour que je puisse lui avouer toutes mes peurs, mes colères, mes tourments, mais il arrive parfois que je n'aie rien de spécial à dire. Mes cauchemars ont cessé depuis plusieurs mois déjà, et je ne ressens plus cette douleur corporelle qui m'empêchait de dormir. Mais, mis à part ça, il se pourrait effectivement que quelque chose me tracasse…

Bien que j'aie déjà abordé ce sujet à plusieurs reprises, il revient souvent sur le tapis. C'est plus fort que moi, je n'arrive pas à dépasser cette phobie, et ça commence sérieusement à me gâcher la vie.

De peur de saouler ma psy, je me retiens de lui en parler, mais elle décèle tout de suite que quelque chose cloche. Je le vois à ses sourcils, qui se froncent de plus en plus.

— Tu ne serais pas en train de me cacher quelque chose ?

— Hum, bien sûr que non…

— Ah bon ? Parce qu'à voir l'état de tes mains, je constate que tu as bien pris soin d'arracher toutes les petites peaux autour de tes ongles, comme quand quelque chose t'angoisse…

Un ange passe.

— Callie ? insiste-t-elle en baissant ses lunettes sur le bout de son nez.

Quand j'arrive enfin à relever le regard dans sa direction, toute la bienveillance dont elle fait preuve à mon égard se manifeste avec éclat et me bouleverse. Elle possède ce regard, doux et maternel, qui invite à la confession.

— Et si on inversait les rôles pour une fois ?

Mme Willington manque de s'étouffer et m'interroge du regard tout en positionnant son index sous son menton.

— Suzanne, continué-je en me penchant en avant pour la regarder dans les yeux. Ça fait maintenant deux ans que vous m'écoutez, que vous me conseillez, que vous me rassurez… On est un peu comme deux vieilles copines, non ?

Derrière son sourire, je perçois une pointe de sympathie, qui me fait penser qu'elle aussi tient un peu à moi.

— Bien tenté, mademoiselle Taylor ! s'exclame-t-elle en essayant de prendre un air sévère, qui nous fait pouffer toutes les deux.

Ma psy m'observe rire sans rien dire, comme si elle admirait un magnifique paysage. Puis elle me demande sérieusement :

— Qu'est-ce qui te tracasse, Callie ?

J'inspire profondément avant de répondre :

— C'est que… mon frère… il veut m'emmener à la mer.

— Oui, et ?

— Ben… vous savez bien !

— Non, je ne sais pas. Tu peux me le dire ?

Je déteste quand elle me pousse dans mes retranchements comme ça. Je sais que ça fait partie de la thérapie, de mettre des mots sur ses doutes, mais parler n'a jamais été mon fort. Même avant.

Je recule en secouant la tête, preuve de mon agacement, mais Mme Willington ne cille pas et attend patiemment que je sois « maitresse de mon avenir », comme elle le dit si bien. Nous nous affrontons du regard et, comme d'habitude, malgré toute la force dont j'essaie de faire preuve, je capitule. Mais, cette fois, je tente de ne pas me laisser envahir par mes émotions.

Cela dit, les larmes me montent tout de suite aux yeux.

C'est encore raté pour cette fois !

— L'eau… j'ai… j'ai peur de l'eau, bégayé-je.

— Oui, Callie, je sais. Et je suis ravie que tu arrives à en parler plus sereinement, lance-t-elle en m'adressant un sourire.

— Parce que je chiale comme une gamine en abordant le sujet, vous trouvez que je suis plus sereine ?

— Pleurer fait partie de l'acceptation du traumatisme, et comme tu le remarqueras, tes larmes sont beaucoup moins importantes qu'au début de notre thérapie. Tu es beaucoup plus forte que tu ne veux l'admettre !

Même si je n'en suis pas totalement convaincue, ses paroles me rassurent instantanément. Nous avons passé tellement d'heures ensemble depuis tout ce temps qu'elle est pour moi comme une seconde maman. Cette femme agit sur ma personne comme un antidépresseur – que je n'ai d'ailleurs plus besoin de prendre depuis peu de temps – et je bénis toutes ces séances de psychothérapie, car elles m'apportent force et sérénité.

— Pour quand est prévu votre départ ? me demande-t-elle.

— Juste avant la fin de l'été.

— Eh bien, voilà, tu sais ce sur quoi nous allons travailler pendant nos prochaines séances !

— Mais vous savez bien que c'est peine perdue, je ne suis même pas capable de faire mes soins aquatiques ! m'agacé-je de nouveau.

— L'appréhension de l'eau touche bon nombre de personnes, et l'avantage, c'est que ça se soigne ! Tu ne souffres pas non plus d'aquaphobie donc c'est largement envisageable avec un peu de volonté… Nous allons tout reprendre et y aller par étapes, tu veux bien ?

— Même en habitant près de la mer, je n'arrive pas à m'y habituer. Rien que le bruit des vagues me stresse !

Paradoxalement, j'adore la mer. Respirer l'air salin et observer l'étendue de l'océan – au loin – me procure une grande sensation de liberté.

— Mais tu arrives désormais à prendre une douche sans t'étouffer quand l'eau te vient sur le visage, donc c'est un premier pas.

— Tu parles d'un pas, c'est ridicule !

— Non, Callie, c'est déjà une sacrée étape. Je t'assure, tu dois toi-même croire en tes chances de réussite sans quoi le défi sera encore plus important !

Je la regarde, éberluée par tant de compassion.

— Comment vous faites pour être aussi patiente et ne pas vous emporter face à des cas désespérés comme le mien ?

— La patience permet d'accomplir beaucoup plus de choses qu'on ne le pense, et, crois-moi, c'est la meilleure des alliées ! ajoute-t-elle avec un clin d'œil complice.

Sa phrase me fait réfléchir, et même si je suis persuadée qu'elle a raison, quand je pense à la manière dont je pourrais moi aussi travailler sur cette qualité essentielle, je suis vite rattrapée par la réalité. En effet, même avec toute la patience du monde, certaines choses n'évolueront plus désormais.

Chapitre 2 – Callie

Une bonne odeur de café vient me chatouiller les narines. Comme d'habitude, après chaque séance avec ma psy, le samedi à la première heure, maman me prépare un arabica bien corsé comme je les aime.

— Comment ça s'est passé ?

Et comme toujours, elle tente de me faire parler. Parfois, je me force un peu en essayant de m'ouvrir à elle, mais c'est plus fort que moi, mettre des mots sur mes ressentis reste quelque chose de très compliqué. Je sais que ma mère souffre énormément de cette situation, et s'il y a bien une chose que je déteste, c'est de voir la tristesse que je lui inflige.

— Ça a été, déclaré-je simplement en savourant ma boisson chaude tout en regardant par la fenêtre.

Malgré sa déception, maman me sourit en s'asseyant en face de moi.

En cette fin de matinée, le vent s'est invité, et les arbres qui se balancent de gauche à droite me bercent inconsciemment.

Je suis vite stoppée dans ma rêverie quand ma mère me tend une tartine qu'elle a pris soin de beurrer pour moi. Je souffle d'exaspération et me mords la lèvre pour ne pas dire de bêtises.

J'aurais largement été capable de le faire toute seule, et elle le sait !

Au lieu d'exposer le fond de ma pensée, je la remercie et j'engloutis mon petit-déjeuner avant de filer.

En sortant de la cuisine, je croise mon père qui court dans tous les sens, vêtu d'une chemise qui dépasse de son pantalon.

— Encore en retard ? raillé-je en m'arrêtant devant lui.

Papa prend tout de même la peine de m'embrasser tendrement sur la joue avant de me demander :

— Comment tu vas ?

— Ça va.

Il plisse les yeux, dubitatif, mais je lui rappelle qu'il est à la bourre en lui désignant sa montre.

— En retard ou pas, j'ai toujours du temps pour ma petite fille !

— Tout va bien ! le rassuré-je en tentant de sourire.

Il est vrai que, même si ma psy me fait du bien, je suis toujours un peu déboussolée après une séance. Mais ce n'est pas une raison pour me materner comme ça !

Néanmoins, je suis consciente d'avoir les meilleurs parents du monde.

— On en reparle ce soir, dis-je en lui tournant le dos. Je t'aime, papa.

— Je t'aime ! reprend-il en écho dans mon dos.

À peine ai-je franchi la porte de ma chambre que le soulagement me gagne enfin. J'adore cette pièce ! Mon antre.

La grande porte-fenêtre qui donne sur une petite terrasse à l'arrière de la maison ouvre directement sur le jardin. Grande et lumineuse, c'est la seule chambre qui possède sa propre salle de bains. À l'origine, il s'agissait de la suite parentale de mes parents. Moi, j'occupais l'une des chambres à l'étage, à côté de celle de mon petit frère. Mais il y a quelques années, mes parents m'ont proposé de faire l'échange. Selon eux, j'en profiterais bien plus, étant donné que j'y passe la plupart de mon temps. Sans oublier mon frère, qui n'a pas émis le moindre soupçon de jalousie. Au contraire, il m'a même fait remarquer que je pourrais filer en douce, le soir…

— Ça va, sœurette ? me demande justement ce dernier en s'affalant sur mon lit.

— Quand est-ce que tu vas enfin apprendre à frapper avant d'entrer ? râlé-je en me tournant vers lui.

— Oh, ça va ! Qu'est-ce que tu fais ?

— Je m'apprêtais à m'occuper de mon site. Et toi ? T'es pas censé aller en cours ?

— On est presque à la fin de l'année, répond-il, comme si c'était logique de sécher à cette période.

— Et… ?

— Et c'est pas bien grave si je n'arrive pas à l'heure ! J'ai été accepté à l'université de New York, ce ne sont pas les derniers cours de l'année qui vont y changer quelque chose.

Gabriel s'esclaffe, et je tente de ne pas laisser mes émotions transparaitre sur mon visage. J'adore mon frère et je lui souhaite le meilleur… mais penser qu'il va démarrer sa vie d'étudiant dans une des villes les plus animées du pays fait remonter un mauvais souvenir en moi.

— Call ? me hèle-t-il en se redressant, le regard inquiet. Tu sais, je peux tout aussi bien m'inscrire à Tulane[1] ! Elle est à peine à trente minutes d'ici, et j'ai un bon dossier, je suis sûr que….

— Gaby ! le coupé-je en secouant la tête. On en a déjà parlé, et c'est hors de question ! Tu as été pris dans l'une des meilleures universités du pays et tu vas y aller.

— Oui, mais…

---

[1] Université située à La Nouvelle-Orléans

— Il n'y a pas de « mais » ! dis-je en m'avançant vers lui. Je vais m'en sortir, je t'assure ! Et puis tu viendras nous voir pendant les vacances, hein ?

Mon frère reprend son souffle en me fixant avec peine.

— Tu pourras venir me rendre visite aussi…

Je sens tout de suite mon cœur se serrer dans ma poitrine. C'est impossible, et il le sait.

— Bon, OK, reprend-il vivement en voyant ma grimace. On reparlera de la Grosse Pomme plus tard ! Concentrons-nous plutôt sur nos prochaines vacances.

— Gab…

— Allez ! insiste-t-il. Ce sont mes dernières vacances avant mon départ !

— Justement ! Tu ne veux pas profiter de ton été pour les passer avec tes copains ?

Contrairement à moi, Gabriel est très sociable et a toujours été entouré d'une pléiade d'amis. J'apprécie énormément son geste, mais je déteste être un frein pour lui. Je souhaite qu'il soit heureux. Qu'il vive la vie que je ne peux pas avoir !

— C'est seulement à une heure de route, ajoute-t-il. Fais ça pour moi, d'accord ?

— Je vais y réfléchir…

Gaby sourit et fait un bond hors de mon lit avant de venir déposer un bisou sur le haut de ma tête.

— Allez, file en cours ! lui ordonné-je en le poussant.

Mon frère m'ébouriffe les cheveux, et je me débats comme je peux pour qu'il arrête. Après avoir transformé ma coiffure en crinière de lionne, il quitte la pièce en se marrant comme un dingue. Quant à moi, je réfléchis de nouveau à ce que m'a dit ma psy. Effectivement, ces vacances pourraient me faire le plus grand bien. En plus, j'ai l'impression que Gabriel veut vraiment passer ces moments avec moi, je veux dire, ça n'avait pas l'air de ressembler à de la pitié…

Je ne laisse pas les mauvaises pensées s'immiscer dans mon cerveau et me retourne vers mon bureau pour allumer mon ordinateur.

J'ai du boulot !

En me connectant à mon blog culinaire, je tombe tout de suite sur de nombreux commentaires d'internautes concernant ma recette de la veille. Un bon bœuf bourguignon à la française, qui semble avoir conquis tous ceux qui me suivent. Et on peut dire qu'en à peine six mois, je me suis fait pas mal connaitre dans ce domaine.

Tous ces bons avis me mettent du baume au cœur, et je me précipite pour remercier leurs auteurs un à un. Après quoi, je prépare la liste des ingrédients nécessaires à la recette que je compte poster ce soir.

Pendant ces quelques heures, j'oublie tout. Toutes les mauvaises choses qui me sont arrivées. Il n'y a que lorsque je suis dans cette chambre, derrière mon écran, mais face à des milliers de personnes, qui ne se doutent pas une seule seconde de qui je suis, que je me sens exister.

Chapitre 3 – Callie

Je connais le trajet par cœur. À tel point que, quand je ferme les yeux, je devine toutes les directions que prend le véhicule, jusqu'à ce que l'on s'arrête sur le parking. Nous sortons de la voiture, et comme d'habitude, papa m'accompagne jusqu'à l'entrée.

L'air est frais ce matin, et la brise qui souffle dans les arbres à peine fleuris laisse flotter une odeur de printemps largement entamé. Ce grand bâtiment, en majeure partie vitré, que je ne connais que trop bien, m'accueille comme chaque début de semaine.

Lorsque nous passons la grande porte d'entrée, je ne peux m'empêcher de poser mon regard sur l'immense aquarium de l'accueil. Des centaines de poissons de toutes les couleurs vivent ici. Bien que l'eau ne soit pas mon amie, les observer m'apaise, et j'ai comme l'impression de les connaitre tous.

Évidemment, avec le temps que je passe, plantée là, ils sont un peu comme des copains !

D'immenses plantes vertes disposées çà et là grandissent au soleil tandis que la vie continue.

Je remarque tout de suite une de mes camarades près de la machine à café. J'avance dans sa direction, mais je m'arrête aussitôt pour me retourner vers mon père, dont j'ai complètement zappé la présence.

— À tout à l'heure, papa ! dis-je en lui faisant un signe de la main.

— C'est bon, ma chérie ?

— Oui, merci. Je t'appelle si je finis plus tôt.

— Très bien. Bonne journée, ma puce.

Une fois qu'il a enfin tourné les talons, je prends une grande inspiration pour me détendre.

— Un long sans sucre ? me demande Kate lorsque j'arrive à sa hauteur.

— Comme d'hab' ! lui lancé-je, en accompagnant ma réponse d'un clin d'œil complice.

Pendant que mon café coule, je me dirige vers les casiers pour y déposer mes affaires. Je me débarrasse de ma veste, mais je prends soin de garder discrètement mon téléphone avec moi.

— Bonjour, Callie, comment vas-tu ce matin ? m'interroge Mme Thompson, en me tendant le fameux papier rose.

— Ça va, merci, lui dis-je en commençant à examiner le tableau figurant dessus.

L'intendante se rend vite compte que je n'ai pas envie de discuter ce matin puisqu'elle m'abandonne rapidement pour se diriger vers Kate.

Je n'ai pas le temps d'approcher à mon tour que j'entends cette dernière s'écrier :

— J'ai une semaine de folie, ça va être chaud !

Après quelques secondes à analyser moi-même mon emploi du temps, je relève la tête pour la regarder.

— Pareil pour moi, soufflé-je en faisant la moue.

Nous prenons notre café sans rien dire. C'est ce que j'aime le plus chez Kate. Elle ne ressent pas ce besoin de toujours m'interroger sur moi, ou de combler le silence en parlant. Non, avec elle, pas besoin de mots pour se comprendre. D'ailleurs, elle jette un regard à sa montre avant de m'indiquer silencieusement qu'il est l'heure pour elle.

Je la regarde partir et prends ensuite le temps de digérer mon planning à venir, tout en laissant mes pensées s'égarer à travers les vitres donnant sur le jardin. Les paons présents dans la cage au fond m'ont toujours impressionnée par leur port de tête. Droit et majestueux, cet oiseau aux mille couleurs a quelque chose de lumineux qui me fascine…

Je sirote tranquillement ma boisson quand une voix familière parvient jusqu'à mes oreilles.

— Ça va, miss ? me hèle David en s'arrêtant à côté de moi.

Je lui réponds en pointant mon poing en avant qu'il s'empresse de cogner avec le sien. Puis il part dans un monologue interminable sur ce qu'il a fait ce week-end. Contrairement à Kate, lui est plutôt bavard. Mais à côté de ça, il est aussi très drôle et toujours présent en cas de coup de mou. Nous nous sommes connus il y a maintenant un an et demi et nous passons pas mal de temps ensemble, vu que nous avons plusieurs cours en commun. Je ne le vois pas comme mon meilleur ami, mais j'ai souvent l'impression que lui, si.

— C'était vraiment l'éclate ! termine-t-il en s'approchant davantage. Et toi, alors, ton week-end ? demande-t-il en me frottant la tête.

Je recule en pestant et en tentant de remettre en place ma tignasse châtain. *Qu'est-ce qu'ils ont tous à faire ça, franchement ?*

— J'ai testé une nouvelle recette, dis-je simplement.

Même si mon ami n'est pas un adepte de cuisine, il s'intéresse toujours à ce que je fais. Du coup, je réponds à ses questions et lui explique rapidement les ingrédients que j'ai utilisés. Jusqu'à ce que je voie l'heure sur la grande pendule suspendue.

— Mince, je suis à la bourre ! On se voit au déjeuner ?

— OK, je t'attends à l'entrée du self.

Je monte dans l'immense cabine en verre et j'appuie sur le bouton menant au quatrième étage. J'adore perdre mon regard à travers cette vitre tout en montant lentement. Les étendues de verdure à l'extérieur m'apaisent. Je connais cet immense parc par cœur et, de ce côté, on peut même apercevoir l'océan, au loin.

Du vert, appelant à la sérénité et à l'espérance, suivi de ce bleu si puissant, symbole de fraicheur et de rêve. J'aime tellement laisser mon esprit vagabonder le long de cette palette de couleurs, qui me provoque tant d'émotions différentes.

Je suis surprise par le « ding » de l'ascenseur annonçant que je suis arrivée. Quand les portes s'ouvrent, je m'avance rapidement pour emprunter le couloir.

Je file à toute vitesse quand je manque de percuter le docteur Crown, qui colle immédiatement son dos au mur afin de m'ouvrir le passage avec un grand sourire. Je lui adresse un signe de la tête pour le remercier, mais je n'ai pas le temps de m'attarder.

Je longe l'allée vitrée, qui donne sur l'une des piscines du centre, en contrebas, et le seul fait de regarder à travers me donne le vertige. De nombreuses personnes pataugent tranquillement, accompagnées du prof qui explique les mouvements, tout ceci en musique.

Parfois, je suis envieuse de voir l'aisance de certains dans l'eau, mais c'est plus fort que moi, je ne peux pas !

Je ne me laisse donc pas déconcentrer et continue ma course effrénée. Je traverse ensuite ces couloirs jaune pâle, que je connais mieux que quiconque, jusqu'à pivoter pour enfin arriver à mon lieu de rendez-vous.

— Encore en retard ? m'interroge l'éducateur, debout devant la salle, les bras croisés.

Je reprends mon souffle pour tenter d'articuler quelque chose et, au bout de quelques secondes, j'arrive enfin à m'excuser platement, prétextant avoir été retenue par d'anciennes connaissances.

— Allez, entre ! m'ordonne-t-il avec un air faussement fâché, tout en ouvrant la porte en grand.

Bien que mes bras me brûlent, je réunis mes dernières forces et pose mes mains sur les roues de mon fauteuil pour m'avancer dans la pièce.

Chapitre 4 – Callie

Ce matin, je profite d'être seule à la maison pour trainer devant la télé. Les cours d'hier m'ont complètement épuisée et je compte bien rester en pyjama toute la journée ! Enfin, jusqu'à ce que la sonnette retentisse.

Je me hisse autant que je peux pour attraper l'interphone et répondre. Quand l'écran de l'appareil s'allume, je reconnais tout de suite de qui il s'agit : Jenna, ma meilleure amie.

Qu'est-ce qu'elle fait là en pleine semaine ?

Je pousse un long soupir de soulagement. Pas besoin d'aller m'habiller !

Avec Jenna, nous nous connaissons depuis notre enfance, et elle a toujours été à mes côtés dans les bons comme dans les mauvais moments. Elle ne m'a jamais lâchée, et je ne la remercierais jamais assez pour ça. Parce qu'il faut être honnête, peu de personnes de notre entourage sont capables d'être là à n'importe quel moment de la vie. Bien souvent, tant que tout va bien, on est bien entouré, mais dès lors que l'on se heurte à des obstacles, certaines personnes prennent la fuite pour ne pas avoir à affronter les difficultés ou la tristesse, même si elles ne sont pas directement concernées.

Jenna ne fait pas partie de ces gens-là. Cette fille très simple et adorable m'a toujours tenu la main et ne m'a jamais tourné le dos quand les difficultés ont surgi. Sous ses airs de fille ordinaire se cache une femme forte, dévouée et prête à tout pour ceux qu'elle aime.

Et j'ai la grande chance d'en faire partie.

J'ouvre la porte, tout en la voyant arriver dans le jardin les bras chargés de paquets. Avant même que je n'aie le temps de lui demander ce qu'elle fait là, elle s'exclame joyeusement :

— Séance beauté, aujourd'hui !

Je secoue la tête en souriant tandis qu'elle se penche pour m'embrasser sur la joue. Ensuite, je me décale pour la laisser entrer et la regarde poser ses sacs sur la table du salon. Elle est comme chez elle ici !

— Tu veux un café ? lui proposé-je en m'avançant vers la cuisine.

— Je m'en occupe ! Pendant ce temps, va t'allonger.

Alors que j'ignore ses ordres et que je m'apprête à le lui préparer quand même, Jenna me devance et attrape la poignée qui permet de me mouvoir pour me tourner en direction de ma chambre.

Je soupire en lui jetant un regard appuyé, mais elle n'y porte aucune attention.

— Va t'installer pendant que je prépare ça.

Je m'exécute en pestant. Je suis encore courbaturée de la journée d'hier et j'ai du mal à avancer correctement. Quand j'arrive dans ma chambre, je m'accroche à l'encadrement de la porte pour me propulser jusqu'à mon lit et avec le peu de forces qu'il me reste dans les bras, je me transfère sur mon matelas. Une fois les fesses posées sur le lit, je ramène mes jambes une à une et m'allonge enfin sur le dos.

Un petit instant plus tard, Jenna débarque et pose le plateau sur mon bureau, en prenant soin de ne pas renverser quoi que ce soit sur mon clavier. Elle sait pertinemment à quel point ce simple objet est indispensable à mon bien-être mental.

— Tu as l'air fatiguée, dit-elle en branchant son appareil de torture.

— Oui, les journées au centre s'intensifient, et j'ai un peu de mal à suivre…

Mon amie attrape un oreiller pour me l'installer dans le dos afin que je sois à demi assise.

— J'ai de l'huile d'arnica. Je te masserai après.

— Merci, mais ça va aller, t'inquiète !

Jenna positionne son doigt devant sa bouche, me faisant signe de me taire tout en affichant un large sourire. Elle remonte ensuite mon pantalon ample et mesure l'étendue des dégâts. Elle ouvre de grands yeux avant d'exploser de rire.

— Eh ben, ça se voit que j'ai oublié ma cire la dernière fois ! raille-t-elle en constatant que mes jambes sont dignes de celles d'un grizzli.

Je pouffe en me cachant à moitié le visage. Il faut dire que tout ce qui est soins du corps n'est pas forcément mon rayon. Tellement de personnel s'occupe de la motricité de mon corps que le côté esthétique de la chose me passe complètement au-dessus de la tête. Et puis ce n'est pas comme si je devais me mettre en maillot de bain…

Jenna commence à étaler la cire sur mes tibias, et la chaleur me saisit sans me déranger pourtant. Lorsqu'elle arrache la première bande, c'est tout mon corps qui réagit, comme à chaque fois.

— Ça va ?

— Oui, ne t'inquiète pas !

À vrai dire, je ne crains plus la douleur à ce niveau-là. Je sens bien quelque chose, comme une sorte de vibration ou de picotement… mais rien qui ressemble à la torture que subissent les filles en s'épilant.

Mon amie continue à s'affairer en me racontant des histoires de collègues de boulot, qui me font rire et me détendent. Intérieurement, j'envie la vie qu'elle mène. À vingt-et-un ans, moi aussi, je devrais avoir des tas d'histoires abracadabrantes à raconter, ou bien encore des rencontres incongrues à commenter. Malheureusement, mon quotidien se résume toujours aux mêmes environnements et aux mêmes personnes. Donc, à part constater les progrès de l'un ou les rechutes de l'autre, mes journées n'ont rien de palpitant.

C'est pourquoi, quand Jenna me rend visite, je m'abreuve de ses paroles et vis des moments basiques de la vie quotidienne à travers elle. En plus, elle a cette façon bien à elle de théâtraliser les choses, qui rend le récit encore plus hilarant.

— Je t'assure ! s'exalte-t-elle. Quand mon responsable a ouvert la porte, ma collègue ramassait un papier et avait eu la bonne idée de porter une jupe courte. Mon chef est resté scotché !

Ce genre de mésaventure me fait beaucoup rire, mais finit toujours par me rappeler que mon quotidien n'a rien d'intéressant. Moi aussi, je vivais des choses drôles et intenses, avant. Moi aussi, j'avais un petit ami…

Je cligne des yeux pour ne surtout pas penser à lui et, pour que mon amie n'ait pas l'impression de parler à un mur, je déclare :

— Gabriel veut qu'on parte en vacances au bord de la mer.

— C'est génial ! Attends, j'ai terminé l'avant de tes jambes. Je vais retirer l'oreiller derrière toi afin que tu te retournes, OK ?

J'acquiesce d'un signe de tête, et elle me retient par la nuque alors que je pose mes coudes sur le matelas pour rester relevée. D'un nouveau signe de la tête, je lui fais comprendre qu'elle peut enlever sa main, mais elle ne semble pas saisir.

— Ça va, Jenna, je ne suis pas en sucre !

Je lui adresse un sourire, et elle me relâche immédiatement en reculant. Je me laisse alors rouler sur le côté, aussi gracieusement que mon corps inerte me le permet. Jusqu'à ce que je sois à plat ventre.

— Tu es bien installée ? s'inquiète mon amie.

— Oui, Jenna, tout va bien ! m'agacé-je en tentant de ne pas trop lui montrer.

Elle fait déjà tant de choses pour moi que ce serait déplacé de lui adresser la moindre remarque.

— Bon, et alors ? demande-t-elle en reprenant. Tu comptes y aller, j'espère ? Avec ton frère.

— Je n'en suis pas sûre… Tout ça me stresse d'avance !

— Tu vas y arriver, j'en suis sûre !

Les dix minutes qui suivent, Jenna les passe à me lister les avantages de partir en vacances à la mer. Quand elle mentionne le fait que mon frère est canon, je hausse les sourcils et grimace en même temps. Mais je n'ai pas le temps de réagir qu'elle embraye :

— Bon, et à part ça ?

— Humm… Le centre m'a changé mon emploi du temps et tu as de la chance de m'avoir trouvée aujourd'hui ! C'est mon seul jour de repos dans la semaine.

— Oui, j'étais au courant.

Évidemment !

Jenna a certainement dû appeler ma mère pour le lui demander, sinon comment aurait-elle pu savoir que j'étais chez moi aujourd'hui ?

Encore une fois, je ne peux pas la réprimander, mais j'aimerais tellement que mes proches s'adressent à moi directement plutôt que de passer par mes parents. Même si son intention est plus que bienveillante, j'en ai marre qu'on me prenne pour une enfant.

Au lieu de dire ce que je pense, je lui adresse un sourire.

— Merci d'être venue. Tu ne bosses pas aujourd'hui ?

— Il me restait des congés à prendre, donc j'ai pensé que c'était l'occasion de passer te voir ! En plus, avec les beaux jours, je me suis dit que ton poil d'hiver se devait de disparaitre pour mettre à nu tes jolies jambes.

— Jenna ! grondé-je en me redressant sur les coudes.

Elle sait pertinemment que je ne supporte pas de découvrir mes jambes. Ça aussi ça fait partie des limites à ne pas dépasser. Qu'il fasse soleil ou que ce soit la canicule, mes jambes sont recouvertes, un point c'est tout !

— Tu as tort, depuis que tu as repris le travail plus intensément, tes jambes sont de plus en plus jolies, je t'assure.

Je ne réponds pas à son compliment, consciente qu'elle dit ça uniquement pour me faire plaisir.

— Tu peux te retourner, j'ai fini. Tu as besoin d'aide ?

— Non, c'est bon.

Je pivote pour me retrouver sur le dos et la regarde dans les yeux.

— Comme une grande ! dis-je en riant.

Jenna m'observe avec compassion avant d'aller chercher une fiole dans son sac.

— Tes bras ? m'ordonne-t-elle en s'asseyant sur le bord de mon lit.

— Non, dis-je en les croisant sur ma poitrine. Tu en as déjà assez fait pour aujourd'hui.

— Si tu me laisses faire, je te raconte ma dernière nuit de folie…

Jenna hausse les sourcils de manière suggestive, et j'avoue être friande de découvrir ce qu'elle a bien pu faire. Comme je suis curieuse de savoir quel genre de sensations ça peut procurer… je lui tends mon bras en lui adressant un clin d'œil.

— Je veux tous les détails !

Chapitre 5 – Callie

J'aimerais pouvoir dire que pratiquer les exercices en plein milieu du parc aide à faire passer le temps plus vite, mais en réalité, je perçois chaque minute comme un supplice. Chaque fois qu'il fait beau – et pas trop chaud –, ma physiothérapeute propose de s'installer dehors pour la séance de renforcement musculaire. Selon elle, le fait de travailler à l'extérieur nous procure un apaisement qui adoucit nos efforts.

Tu parles !

Après avoir échauffé les muscles du tronc directement sur le fauteuil, nous voilà sur des tapis à même le sol en train de travailler la partie inférieure du corps.

Installés sous le grand chêne du jardin, nous sommes cinq à tenter de faire ce que Mme Smith nous demande. Totalement allongés sur le dos, nous devons pousser nos jambes vers l'avant afin de nous raidir au maximum. Oui, ça paraît simple, dit comme ça… mais c'est mission quasi impossible pour des personnes comme nous.

Entre mon voisin de gauche, qui reste allongé sans même essayer, et celui de droite, qui souffle comme un bœuf sans réussir à bouger, je ne sais qui imiter…

— Allez, encore un petit effort ! nous encourage-t-elle. Vous y êtes presque !

Son optimisme a le mérite de me stimuler. Dans une dernière tentative, qui me fait devenir rouge écarlate, je mets toute l'énergie dont je dispose encore pour éloigner au maximum mes talons de mon bassin.

— Oui, Callie ! s'exclame Mme Smith. C'est excellent, continue !

Je prends ça comme une réussite même si je n'ai absolument rien senti. Je ne sais pas si mes pieds ont réellement bougé, mais si c'est vraiment le cas, j'imagine qu'il s'agit de quelques millimètres à peine perceptibles.

— Bien ! On arrête pour aujourd'hui. Bravo à tous.

D'emblée, je relâche tous les muscles de mon corps en poussant un énorme soupir de frustration, de soulagement et d'épuisement. Tout ça à la fois.

Je mets encore dix longues minutes pour remonter sur mon fauteuil, sous l'œil approbateur de mon ergo, et pars pour ma séance préférée : la kiné. Je vais enfin pouvoir me relaxer pendant que je me ferai masser, au calme. Je repasse rapidement à l'accueil pour récupérer mon téléphone et mon casque audio dans mon casier, histoire d'écouter de la musique et de me détendre au maximum.

En arrivant dans le hall, je tourne la tête dans tous les sens pour voir si j'aperçois Kate ou David, mais mis à part quelques camarades que je ne connais que de vue, il n'y a personne. Tant pis, la pause-café sera pour plus tard !

Je traverse la pièce en posant mon regard sur les poissons de l'aquarium quand j'entends Mme Thompson, à quelques mètres de moi, s'adresser à quelqu'un.

— Voilà votre planning de la semaine, monsieur Rowe. Il est provisoire, mais ça va vous aider à avoir un aperçu des activités que vous allez pratiquer.

Tiens, un petit nouveau ?

J'avance encore un peu afin de voir qui est de l'autre côté du comptoir de la secrétaire. Mon regard atterrit alors sur un jeune homme, appuyé contre le meuble. Ce que je note tout de suite, ce sont ses sourcils froncés, qui montrent à quel point il est blasé d'être ici. *Mais honnêtement, qui ne l'est pas ?*

Surtout quand on vient d'arriver. Je me souviens de moi, au tout début. J'avais l'impression que mon monde s'écroulait, et que rien ni personne ne pourrait changer ça… Rester enfermée là, vingt-quatre heures sur vingt-quatre, avec un programme prédéfini auquel on ne peut pas déroger me paniquait d'avance. Puis, finalement, je ne sais pas si c'est le fait de ne pas avoir le choix, mais tant bien que mal, on finit par s'habituer.

Je secoue la tête pour chasser ces mauvais souvenirs de mon esprit et reporte mon attention sur le nouveau. Surtout sur ses bras. Celui posé sur le comptoir est entièrement recouvert de tatouages tandis que l'autre est suspendu en écharpe et enroulé d'une bande blanche. Cela dit, j'imagine qu'il ressemble à son bras valide, étant donné que de l'encre noire s'échappe de son bandage pour s'étendre jusque sur sa main.

Impressionnant !

Je suis très étonnée de voir ce style de garçon ici. En effet, il s'agit d'un centre plutôt prestigieux avec des frais que seules des personnes issues de milieux aisés peuvent se permettre d'acquitter. Puis je tente de ne pas m'attarder sur ce genre de clichés. Après tout, sans mes parents, jamais je ne pourrais me payer le luxe de cet endroit. En tout cas, ce n'est pas avec ma pauvre rente et le peu de revenus que me rapporte mon blog que j'y parviendrais.

Mme Thompson lui tend le fameux document rose, et je m'attends à ce qu'il la remercie, mais non. Il reste silencieux tout en affichant une mine agacée. La secrétaire n'en fait aucun cas et continue de lui expliquer le fonctionnement du site.

C'est bizarre, mais il y a quelque chose qui m'empêche de détacher mon regard de lui. Comme si j'étais bloquée en mode « pause ». *Est-ce parce qu'il est attirant ?* Je ne sais pas. Enfin, peut-être que oui, ou plutôt si, évidemment. Il a une mâchoire carrée, des lèvres bien dessinées et la peau légèrement hâlée. Ses yeux sont aussi sombres que ses mèches décoiffées au-dessus de sa tête, et que ses bras finalement.

Le truc, c'est que je n'ai jamais été attirée par un garçon depuis… depuis très longtemps. Du coup, je ne sais pas trop quoi penser de lui.

Quand il relève le visage et qu'il m'aperçoit à son tour, je retiens mon souffle. Non seulement son regard noir est profond et intense, mais sa manière de me fixer est plus qu'étrange. Voire carrément impertinente. Ses sourcils se lèvent au fur et à mesure que son regard descend sur la partie inférieure de mon corps, et j'ai même l'impression qu'il retient une grimace lorsqu'il s'attarde sur les roues de mon fauteuil. *Il est sérieux ?*

En général, les gens ne m'observent pas de cette manière. Au contraire, ils font tout pour éviter de regarder mon fauteuil, en faisant comme s'il n'existait pas.

J'ai tout à coup envie de disparaitre, mais au lieu de ça, je redresse mon buste afin de lui montrer que sa curiosité malsaine ne m'atteint pas. Pourtant, quand il lève de nouveau les yeux pour me dévisager grossièrement, j'ai du mal à masquer ma nervosité. Heureusement, Mme Thompson se met debout, rompant ainsi notre contact visuel.

— Je vais vous accompagner dans votre chambre, et ensuite, le médecin viendra vous voir pour discuter du planning.

— Ça va, répond-il d'une voix rauque. Je vais me débrouiller.

La secrétaire hésite une seconde, mais finit par acquiescer avant de lui tendre une clé.

— Comme vous voudrez. Vous êtes dans la 217. Les chambres sont à l'étage de l'aile gauche, l'informe-t-elle. Vous trouverez l'ascenseur dans le couloir, au bout de…

Elle ne peut même pas terminer sa phrase puisqu'il a déjà récupéré son sac, qu'il a placé sur son épaule valide, avant de se diriger vers les ascenseurs.

En passant à côté de moi, il me jette un dernier regard. Pendant un instant, j'hésite à lui dire « bonjour » ou juste lui adresser un signe de la tête pour être polie, mais il semble tellement fermé que j'en oublie mes bonnes manières. En revanche, je profite de sa proximité pour mieux voir les traits de son visage, et ma première impression se confirme : ce mec est un vrai beau gosse !

Alors qu'il m'a déjà tourné le dos, Sara se lève de sa chaise et traverse le hall en courant, le papier rose entre les mains.

— Attendez, Zack, vous avez oublié votre planning ! s'écrie-t-elle en tentant de le rattraper.

Seulement, ses longues jambes musclées lui ont déjà permis de déguerpir aussi loin que possible.

Chapitre 6 – Zack

Quand j'entends une voix stridente crier mon nom au loin, mon corps s'arrête de lui-même. Je n'ai pas envie d'affronter qui que ce soit aujourd'hui, encore moins cette bonne femme qui me regarde comme si j'étais un criminel. Mais faut croire que je n'ai pas le choix. Je ne veux pas faire de vagues, du moins, pas le premier jour.

J'appuie sur le bouton de l'ascenseur et me retourne pour l'interroger du regard. Il s'agit d'une femme d'une cinquantaine d'années. Elle n'a pas l'air méchante vu comme ça, c'est juste que je ne suis pas d'humeur. Surtout depuis que j'ai mis les pieds dans ce satané centre.

— Vous avez oublié ça ! dit-elle en arrivant à mon niveau, tout essoufflée.

La secrétaire me tend le planning que j'ai volontairement laissé sur le comptoir. Pas question que je suive tous ces cours aujourd'hui !

— Merci, me forcé-je tout de même à dire en récupérant le document.

Surprise par ma réponse, elle tente de sourire, non sans jeter un regard en biais sur ma peau tatouée. Je vois bien qu'elle cherche à me mettre à l'aise et ne sait absolument pas quoi dire pour y arriver. Mais moi, là, je n'ai pas besoin d'être rassuré. Non, j'ai juste besoin d'une bonne douche. Et d'une clope !

Heureusement, les portes de l'ascenseur s'ouvrent, et je tourne les talons pour m'engouffrer à l'intérieur.

J'arrive dans un long couloir dont les murs blancs et les portes grises me rappellent l'hôpital – ou plutôt devrais-je appeler ça « une taule » – dans lequel je viens de passer trois interminables semaines. Sans parler des quelques brancards et fauteuils roulants présents. Et dire que mon médecin m'a assuré qu'ici, c'était comme un centre de vacances… *La bonne blague !*

Dès que je suis entré dans le hall du bâtiment, j'ai compris que j'avais atterri directement en enfer. L'odeur, la déco, l'horrible aquarium, l'ambiance, les gens… tout est glauque, ici ! Quand on vient dans ce genre d'endroit, on n'a déjà généralement pas la forme, mais toutes ces couleurs pâles donnent encore plus envie de se jeter par la fenêtre. Il n'y a même pas une musique de fond pour se motiver… Rien ! Vide, froid, triste.

Quand j'ai vu cette fille en train de me dévisager, j'ai failli lui demander si elle n'avait jamais vu de mecs de sa vie ! Son regard choqué était planté sur moi. Puis, à mon tour, j'ai bloqué sur son fauteuil roulant et ses jambes frêles et inertes. Et j'ai compris que ce genre de vision serait mon quotidien pendant les semaines à venir… *L'horreur.*

Sans déconner, comment peut-on vivre de cette manière ? Je me serais déjà tiré une balle !

Je vois au loin quelqu'un – probablement un patient vu comment il boite – approcher, je presse alors le pas. Je n'ai vraiment pas envie de me présenter à mes nouveaux voisins.

Je regarde partout autour de moi en cherchant le numéro de ma chambre et quand je l'ai enfin trouvé, j'entre rapidement avant de claquer la porte derrière moi et de lâcher un gros soupir tout en posant la tête contre le battant.

À première vue, ce n'est pas très grand, mais ça me suffit. De toute façon, ce n'est pas comme si ma piaule était beaucoup mieux ! En revanche, ce qui change de la mienne, c'est la luminosité. Je suis presque ébloui quand j'avance vers la large fenêtre au fond de la pièce. Elle offre une vue directe sur l'océan. *Si c'est pas la classe, ça !*

Je sors mon paquet de clopes de mon sac à dos avant de le balancer au pied de mon lit. Ensuite, j'ouvre la fenêtre tout en allumant ma cigarette, que je savoure en tirant de grosses taffes, même si la nana de l'accueil m'a bien indiqué qu'il était interdit de fumer dans l'établissement. Ils n'y verront que du feu.

Je prends le temps d'observer l'extérieur. Tout est très grand et très calme. Au loin, je vois un groupe de jeunes assis en tailleur sur le gazon, en train de faire une sorte de yoga ou un délire dans le genre. C'est définitif : je déteste cet endroit !

Quand j'ai terminé, je balance le mégot par la fenêtre avant de la refermer, puis je retire mon écharpe en grimaçant de douleur. Mon épaule me fait un mal de chien !

Alors que je tente d'enlever mon tee-shirt en grognant, la vibration de mon portable me stoppe dans mon élan. Je le sors de la poche arrière de mon jean et décroche tout de suite en voyant qui m'appelle.

— Alors, ce centre de loisirs ?

Tyler s'esclaffe tandis que je pousse mon sac pour m'allonger sur le lit, non sans émettre un râle.

— C'est ça, marre-toi !

— Sérieux, c'est comment ?

— L'enfer.

— Je suis sûr que t'abuses ! Il y a de la meuf ?

— T'as pas idée…

Je lui décris rapidement les lieux et ne peux m'empêcher de soupirer en voyant qu'il m'envie presque. Faut dire que le squat crasseux dans lequel il vit avec sa mère n'est pas beaucoup plus grand que cette pièce, finalement.

— Et ton bras, ça va ?

— Toujours pareil, soufflé-je.

Tyler est mon meilleur pote depuis que nous sommes gosses, mais nous n'avons pas l'habitude de nous appeler. À part trainer et fumer ensemble, les discussions sérieuses ne font pas vraiment partie de nos habitudes. Mais, depuis mon opération, nous n'avons pas vraiment le choix. Et puis, à part lui, pas grand monde ne prend de mes nouvelles…

— J'ai croisé ce tocard de Jared, ce matin, lâche-t-il.

Entendre son prénom me fait serrer les dents, mais je ne dis rien. Jared, c'est le gars qui m'a mis dans cet état. Le connard qui m'a foncé dessus en plein match et m'a déboité l'épaule.

— Profite à fond de ton séjour, mec, bouffe à volonté juste pour le faire chier !

Je me marre en me tenant le coude pour alléger la douleur que ça provoque. Ce mec est frappé.

— C'est pas une résidence de vacances ici, Ty ! Il n'y a pas de restos ni de boutiques où claquer de la thune !

Les parents de Jared flippaient tellement que je porte plainte qu'ils ont proposé de payer les frais d'hôpital et toute la rééducation qui en découlait. Au départ, je ne voulais pas en entendre parler. Je n'ai besoin de personne pour m'en sortir, surtout pas de bourges dans leur genre ! Mais quand mon médecin m'a assuré que je me remettrais deux fois plus vite en venant ici, j'ai arrêté de faire la fine bouche et j'ai accepté le deal à contrecœur. Après tout, mon seul but dans la vie, c'est le football. Si je ne peux plus y jouer, je n'ai plus rien.

— Je te laisse, mec, j'aimerais prendre une douche avant de voir le doc'.

— Me dis pas que t'as carrément une douche à toi ?

Je me redresse et me penche sur le côté pour regarder dans l'entrebâillement de la porte qui mène à la salle de bains. Quand je vois une immense douche permettant d'accueillir trois personnes – ou plutôt une seule avec un fauteuil –, je souris.

— Et pas n'importe laquelle ! raillé-je.

— Veinard ! Allez, tiens-moi au courant, à plus, frérot !

Je raccroche et file me laver. Une heure de route dans un bus non climatisé pour arriver jusqu'ici m'a fait suer comme un phoque. Je galère et m'énerve tout seul de ne pas pouvoir me frotter correctement, mais c'est trop bon de laisser couler l'eau chaude sur ma tête. Ça fait bien longtemps que je n'ai pas pris une douche aussi longue.

Une fois propre, j'enfile un bas de jogging et un tee-shirt. Je replace l'écharpe autour de mon cou et m'allonge de nouveau sur le matelas, en faisant ce que je vais devoir faire durant les deux prochains mois : prendre mon mal en patience.

Chapitre 7 – Callie

Mes parents ont pris leur après-midi et se mettent sur leur trente-et-un, comme si on allait à une cérémonie de remise de prix. Nous sommes pourtant bien loin de tout ça…

De mon côté, je peste depuis que je suis réveillée et je suis d'une humeur de chien. Ils le savent pertinemment et ne se hasardent pas à me faire de réflexions. Je peux dire tout ce qui me passe par la tête, personne ne se vexe, et tout le monde me sourit.

C'est encore pire !

Toujours vêtue de mon jogging noir ample pour tenter de donner l'illusion que mes jambes sont plus épaisses que ce qu'elles sont en réalité, j'ai cette fois pris la peine de relever mes cheveux en chignon. C'est un peu comme si je partais au combat, parce que, vu les dernières semaines que je viens de passer, je suis sûre que je vais me faire réprimander pour mon manque d'efforts et d'assiduité.

— Ma chérie, tu es prête ?

— Comme toujours ! répliqué-je avec tout le sarcasme dont je suis capable de faire preuve.

Nous montons tous les trois dans la voiture, direction : le centre de rééducation.

Quand nous arrivons, nous nous installons dans le hall, dans un silence religieux qui me donne la nausée. Je pose alors mon casque sur mes oreilles pour tenter de me détendre au son de la musique, mais rien n'y fait.

Lorsque j'aperçois M. Crown approcher avec un grand sourire en tendant la main vers mes parents, qui sont déjà au garde-à-vous devant lui, la boule d'angoisse logée dans ma poitrine remonte très lentement jusque dans ma gorge, me coupant presque la respiration.

Le docteur se penche pour me saluer également, et je ne suis capable que de lui adresser un léger sourire. Nous partons ensuite en direction de son bureau dans lequel nous nous installons.

— Tout va bien, Callie ? m'interroge-t-il avec son sourire toujours bienveillant.

— Jusque-là, oui…

Le grand monsieur à la barbe grise, qui nous fait face, ouvre une pochette que je reconnais immédiatement : mon dossier médical.

— Bien ! Comme vous le savez, je vous ai convoqués aujourd'hui pour faire le point sur l'évolution et les bénéfices des soins apportés à Callie, depuis le dernier trimestre.

Il s'assoit au fond de sa chaise en cuir et se passe la main sous le menton.

C'est parti…

— Donc, Callie, ça fait maintenant deux ans que tu as commencé tes soins chez nous. Tout d'abord en temps complet, puis, depuis maintenant six mois, en hôpital de jour.

Mes parents sont très attentifs, alors que nous avons tous connaissance de mon parcours autour de cette table.

— Tu fais preuve de beaucoup d'efforts, et ça paye.

Ah oui ? Il me semble que je suis toujours incapable de marcher, tout comme au premier jour…

— En effet, tu es de plus en plus autonome, et c'est un point très positif.

Ma mère me frotte le bras avec un grand sourire, comme pour me féliciter.

— Ton buste est beaucoup plus tonique et musclé qu'au trimestre précédent, ce qui te permet de te mouvoir plus facilement. Nous avons remarqué aussi ton aisance à circuler dans les couloirs, notamment quand tu es en retard, raille-t-il en m'adressant un clin d'œil.

Mon père se penche pour me lancer un regard interrogateur, mais je fais exprès de ne pas y prêter attention.

Le médecin marque ensuite un temps d'arrêt et nous observe en passant de l'un à l'autre. Je ne comprends pas trop ce à quoi il réfléchit.

— Tu as également bien travaillé ton bas du corps. Ta physiothérapeute m'a écrit pour m'indiquer les nombreux progrès que tu fais au quotidien, et je te félicite. Nous avons d'ailleurs remarqué, lors des séances de kiné, que tes jambes sont plus mobiles et se renforcent petit à petit. C'est bien, il faut que tu continues.

À force de compliments, je commence à me détendre petit à petit. Mes parents sont soulagés aussi et l'ambiance s'allège. Mais dès lors que le docteur Crown se penche sur son bureau et y pose ses avant-bras, la pression remonte d'un cran.

— Voilà, j'ai bien réfléchi, et si vous le permettez, j'ai quelque chose à vous proposer.

Mes mains redeviennent moites, d'un coup.

— Comme nous le savons déjà, Callie, ta paraplégie est incomplète, ce qui fait que tu gardes quelques sensations dans les jambes. Ton buste est bien musclé, et tu n'as plus besoin du corset depuis quelque temps. Même si les mouvements de tes membres inférieurs te semblent infimes, tu commences à pouvoir remobiliser tes jambes, et ça, c'est capital ! C'est pourquoi je voulais te proposer de faire partie d'une étude expérimentale.

Silence dans la pièce.

Mon regard reste planté sur l'homme qui m'a sauvée au départ. Mes parents reprennent leurs esprits, et ma mère demande en bégayant :

— Ça consiste en quoi, concrètement ?

— Il s'agit d'un programme de rééducation visant à redonner à Callie la possibilité de se déplacer partiellement avec ses jambes.

— Remarcher ?! m'écrié-je sans pouvoir contrôler le volume de ma voix.

Le médecin se tourne vers moi avec un air désolé.

— Non, Callie. Comme nous en avons déjà longuement parlé, toi et moi, remarcher de façon autonome n'est pas envisageable. Soyons réalistes, cela ne va pas te guérir, mais cette technique vise à améliorer ta récupération. Cette méthode pourra au mieux te permettre de te mettre debout et, petit à petit, de réapprendre à contrôler tes mouvements.

Évidemment…

Bien que je sois consciente de tout ça depuis longtemps, m'imaginer passer toute ma vie ainsi, dans un fauteuil, me fait monter les larmes aux yeux.

— Mais… je ne comprends pas ! intervient mon père. Comment est-ce possible ?

— Il s'agit d'une neurotechnologie canadienne qui, par une stimulation électrique ciblée au niveau de la moelle épinière, couplée à un renforcement musculaire au niveau du bas du corps, permet à certains patients de remarcher partiellement. Pour faire simple, cette stimulation électrique est réglée pour intervenir au moment où le cerveau donne l'ordre de marcher. C'est très innovant et les résultats sont plutôt bons !

— C'est super ! commence ma mère tout excitée par cette nouvelle. Mais est-ce qu'il s'agit d'une intervention chirurgicale ?

— Non, pas du tout. Nous apposerons un casque d'électrodes sur la tête de Callie et d'autres seront disposées sur son corps. Ainsi ses ondes cérébrales seront lues par un électroencéphalogramme et redirigées vers celles placées sur le bas de son corps. À l'aide de harnais, nous l'aiderons à renforcer musculairement ses jambes.

Donc, concrètement, je me transforme en marionnette !

— En effet, ça semble très encourageant ! renchérit mon père.

J'ai comme l'impression d'assister à une discussion à laquelle je ne suis pas conviée. Chacun y va de son ressenti personnel sans même se soucier de ce que je peux penser.

Est-ce que quelqu'un est au courant que je suis dans la pièce ?

— Et donc, comment cela se matérialise ? interroge mon père, enjoué.

— Voilà où je voulais en venir. Pour que le suivi soit optimal, il serait nécessaire que Callie revienne à temps complet au centre. En effet, les séances vont être intensives, et son corps va être fortement sollicité. Nous voulons lui faciliter la tâche le reste du temps. Par conséquent, si tu es d'accord, Callie, on pourrait commencer dès la semaine prochaine.

Tandis que j'écarquille les yeux, le docteur tend sa main vers moi.

Qu'est-ce qu'il veut ?

Je tente de remettre mon cerveau en marche, car il s'est arrêté au même moment où ont été prononcés les mots : « temps complet au centre ».

— Non ! dis-je fermement en secouant négativement la tête.

— Comment ça « non », ma chérie ? bredouille ma mère, surprise.

— Non, il n'est pas question que je revienne ici jour et nuit ! Faire autant d'efforts pour ne jamais remarcher ? Je n'en vois pas l'intérêt ! Et puis je ne suis pas un rat de laboratoire.

Alors que mes parents s'apprêtent à me sermonner, le docteur leur fait signe de se taire avant de s'adresser à moi :

— Callie, tu pourrais être beaucoup plus autonome et, qui sait, peut-être remarcher avec des béquilles ?

— Personne ne sait justement ! Et si ça ne fonctionne pas ? Et le semblant de vie que je me suis construit à l'extérieur ? La seule chose qui me permet de tenir, c'est mon blog. Alors, me retrouver ici comme je l'ai déjà vécu… non, je suis désolée, je ne peux pas revivre ça !

— Mais…, intervient mon père. Nous pouvons peut-être demander au docteur s'il est possible que tu apportes ton ordinateur pour que tu puisses travailler.

Papa jette un œil au médecin, et je ne relève pas la tête pour voir sa réaction, mais j'imagine qu'il est d'accord, car mon père embraye, enthousiaste :

— C'est une chance inouïe pour toi. Tu dois la saisir !

Vu que je ne réagis pas, il se lève pour venir s'accroupir devant moi, tandis que je me triture les doigts, la tête baissée.

— Callie, regarde-moi. Le docteur Crown te propose des solutions pour te rendre plus autonome. Je sais que ça va te demander un travail important, et nous avons bien conscience que ton blog fait partie intégrante de ta vie, mais si on peut coupler les deux, ce serait parfait, tu ne trouves pas ?

Je mets quelques secondes à assimiler toutes les infos qui viennent de me percuter de plein fouet. J'ai encore des difficultés à me positionner et je tente tant bien que mal de faire le point dans mon esprit encore bien embrouillé, mais le médecin reprend :

— Nous ne pouvons inscrire que très peu de participants à ce programme, et pour Callie, tous les voyants sont au vert.

Je l'écoute continuer à exposer les taux de réussite, et voir l'excitation de ma mère me file le tournis. *Je n'y arriverai pas, je le sais.*

Au bout de quelques minutes, exilée dans ma bulle invisible, je redresse la tête alors que les trois personnes les plus importantes de ma vie me dévisagent. De longues secondes s'égrènent pendant que mon esprit tourne à plein régime. Je vais de nouveau perdre le peu de liberté que j'ai retrouvé en rentrant chez moi. Mais si je refuse, je vais décevoir tout le monde !

Vais-je être capable de me retrouver complètement seule le soir dans ma chambre sans déprimer ? Serais-je en mesure d'assumer tous les efforts que l'on va me demander ? En ai-je seulement envie ? Eux ne savent pas ce que c'est que de ne plus sentir ses jambes ! D'avoir des membres en sa possession, mais d'être incapable de les utiliser normalement.

Après une courte, mais intense réflexion, j'acquiesce lentement, presque malgré moi, leur donnant silencieusement mon accord.

Me voilà de nouveau partie pour un deuxième round à temps plein !

Chapitre 8 – Callie

Ce matin, j'ai l'impression qu'un étau s'est installé autour de ma gorge. Je me revois, il y a deux ans, dans ce même hall, mes bagages au pied de mon fauteuil et mon cœur empli d'un profond néant qui s'appelle le désespoir. En sachant que je connais les lieux, je devrais être rassurée, mais il n'en est rien. Je suis encore plus terrifiée par le programme qui m'attend, et aussi ironique que cela puisse paraitre, j'ai l'impression de faire un pas en arrière.

En entendant mon prénom, je relève la tête vers Mme Thompson, de l'autre côté du comptoir.

— Veuillez l'excuser, lui dit mon père. Elle est un peu à cran en ce moment.

C'est peu de le dire.

Hier soir, alors que je leur avais formellement interdit de le faire, mes parents et mon frère ont organisé une fête en mon honneur. Enfin, le mot est un peu fort quand on sait que nous étions une dizaine. Huit pour être exact. En plus de ma famille, il y avait Jenna, tante Gia et oncle Phil, et Alex, le meilleur pote de Gabriel. Tout comme la première fois où j'ai quitté la maison, cette soirée avait pour but que je profite de mes proches avant qu'il ne soit plus possible de le faire aussi librement.

J'ai un peu boudé pendant une bonne partie de la soirée. Puis nous avons terminé dans ma chambre, Jenna, Gabriel et moi, et on peut dire que finalement, j'ai passé un bon moment… Jusqu'à ce que ma mère vienne râler à une heure du matin pour qu'on aille se coucher, prétextant que j'avais une grosse journée le lendemain.

Elle n'avait pas totalement tort finalement... je suis épuisée !

— Callie ? Tu réponds à Mme Thompson ?

— Euh... oui... je.... Quoi ?

Alors que mon père me fait les gros yeux pour me signaler mon manque de politesse, la secrétaire m'adresse un large sourire. Au fond, cette femme nous comprend mieux que personne.

— Je te demandais si tu avais une préférence pour la chambre ? m'interroge-t-elle d'une voix douce. J'en ai plusieurs de libres, dont une avec vue sur l'océan, et l'autre qui donne sur le parc que tu aimes tant.

Je hausse les épaules avant de demander :

— Laquelle possède le wifi ?

— Celle que tu choisiras ! répond-elle en m'adressant un clin d'œil. Le directeur de l'établissement t'a fait livrer une box, qui sera branchée dès que tu seras installée.

Mon père m'adresse un sourire satisfait qui veut dire : « Tu vois ! », tandis que je hausse de nouveau les épaules.

— Peu importe ! Choisissez celle que vous voulez.

De toute façon, en position assise, l'unique chose que l'on aperçoit en regardant par la fenêtre, c'est le ciel.

— Très bien. Voici la clé, monsieur Taylor. Avez-vous besoin d'aide pour...

— Ça ira, je vais me débrouiller, la coupé-je en levant ma main pour la récupérer moi-même.

Mme Thompson fronce les sourcils, mais ne dit rien, tandis que mon père croise les bras en faisant des va-et-vient entre mes bagages et moi.

— Et tu peux me dire comment tu comptes porter tout ça là-haut ?

Je lâche un soupir de frustration. Pendant une seconde, j'avais oublié que je n'étais même pas capable de faire ça.

***

Une fois que mon père est de retour, après avoir déposé mes affaires dans la chambre, il me tend la clé avec un regard inquiet.

— Tu es sûre que…

— Oui, papa, ne t'en fais pas. J'attends David, qui ne devrait pas tarder à sortir de son cours de yoga. Il m'accompagnera, si besoin.

En entendant le nom de mon camarade, qui possède deux bras et deux jambes valides, mon père acquiesce.

— OK, ma puce. Je… si tu as besoin de quoi que ce soit… appelle-nous, d'accord ?

Je hoche la tête et lui tends ma joue en tentant de faire mon maximum pour ne pas pleurer. À cet instant, je n'ai envie que d'une chose : qu'il me ramène à la maison.

— C'est la bonne décision, répète-t-il en me prenant dans ses bras. Je t'aime fort.

Papa n'attend pas de réponse et m'embrasse une dernière fois avant de quitter les lieux. À travers la grande porte vitrée de l'accueil, je l'observe attentivement marcher jusqu'au parking, et une fois qu'il est monté dans sa voiture, je recule tout en pivotant. Je suis stoppée net quand ma roue heurte quelque chose qui fait carrément tanguer mon fauteuil.

— Putain !

Quand je lève les yeux pour identifier celui qui a proféré ce juron et que j'aperçois le nouveau aux bras tatoués, je me fige. Il est encore plus grand que je le pensais ! Tellement, que je suis à deux doigts de me faire un torticolis pour le regarder dans les yeux.

— T'as rien à me dire ? demande-t-il d'un ton sévère.

Je hausse les sourcils de stupeur.

— Et qu'est-ce que tu veux que je te dise au juste ?

— Je sais pas moi, un truc comme « excuse-moi de t'avoir roulé dessus » !

Il est sérieux, là ?!

Jamais personne ne m'a parlé de cette manière ! Encore moins depuis que je n'ai plus l'usage de mes jambes. Ce n'est pas plutôt à lui de s'excuser ? Il ne voit pas que je suis dans un fauteuil ou quoi ?!

Nous nous défions du regard. Je dois avouer que le sien a quelque chose d'effrayant, mais il est hors de question que je me laisse faire. Cette situation est inconfortable et carrément intimidante, mais je ne bouge pas pour autant. Durant un bref instant, mes yeux dérivent sur son bras, toujours en écharpe. Excepté que cette fois, il n'y a plus de bandage cachant sa peau. J'avais raison, totalement recouverte d'encre, elle aussi.

Quand je reporte mon attention sur son visage et que je crois apercevoir un léger rictus moqueur sur ses lèvres, de la rage s'immisce dans mes veines. S'il y a quelque chose que je ne supporte pas, c'est qu'on me considère avec dérision !

— Bon, tu me laisses passer ? dis-je en donnant un tour de roue, évitant de peu de lui écraser le pied une fois de plus.

Le nouveau arque un sourcil, surpris par mon audace. Mais quand je vois sa mâchoire se contracter, je me dis que je ne devrais pas jouer avec le feu, comme ça. Ce mec n'a pas l'air inoffensif et soyons clair, vu sa carrure, il peut faire ce qu'il veut de moi !

— Zack ? Tout va bien ?

Sauvée par Mme Thompson, qui, les bras croisés contre sa poitrine, s'avance lentement en nous fixant l'un après l'autre.

Le nouveau ne bouge pas tout de suite, comme si la présence de la secrétaire lui était indifférente. Puis il finit par se décaler en tendant son bras vers l'accueil.

— Allez-y, princesse !

J'ouvre grand la bouche, choquée. Ce mec n'a donc aucun respect ?!

Bien que je meure d'envie de l'insulter, Mme Thompson me fait signe d'avancer. En plus, j'évite toujours les conflits de façon générale, et ce genre d'individu est la dernière personne avec qui j'ai envie d'être en guerre.

Alors, je pose mes mains crispées sur mes roues et lui tourne le dos, bien décidée à tout faire pour ne plus croiser sa route.

Chapitre 9 – Zack

[Alors, ce massage ???]

Je me marre en lisant le texto de Tyler. Quand je lui ai écrit que ma première séance de la journée était de la kiné, il m'a tout de suite sorti une tonne de scénarios aussi salaces les uns que les autres. S'il savait qu'au lieu de l'infirmière sexy qu'il s'est imaginée, je me suis fait torturer par un grand gaillard à forte corpulence…

En plus, au lieu de me faire masser, j'ai eu droit à plusieurs manipulations qui m'ont fait grincer des dents. Et selon lui, vu que c'est le début, il y est allé mollo…

Je n'ose imaginer ce que ce sera quand il travaillera normalement !

Je grimace rien que de repenser à la douleur et tire une dernière latte avant d'écraser ma clope contre le mur. Après avoir fait le tour des lieux, j'ai compris que mon squat serait ici, derrière le grand bâtiment en briques rouges. Celui qui sert de réfectoire et dont l'arrière mène à un local à poubelles. Jamais personne à l'horizon, donc.

J'emprunte la grande allée qui mène au centre, tout en sortant le planning de la poche arrière de mon jean. Le papier est tellement froissé que je dois plisser les yeux pour lire son contenu. *Balnéothérapie.*

Pas la peine de vérifier sur le plan, j'ai déjà repéré la piscine. Au fond du grand jardin, la structure extérieure est ronde et totalement vitrée, ressemblant à un énorme igloo transparent. Impossible de la louper !

En traversant le parc, je tombe sur un petit groupe de jeunes allongés à plat ventre sur des tapis. Certains ne bougent pas du tout tandis que d'autres luttent pour soulever leurs bustes avec l'aide de leurs bras. Quand je vois plusieurs fauteuils juste à côté, je capte vite pourquoi.

Je m'arrête quand je reconnais l'un d'entre eux. Ou plutôt l'une. Cette fille qui me mate bizarrement et qui m'a écrasé le pied ce matin ! Putain, ce qu'elle m'a énervé avec son air de sainte-nitouche ! C'est bien elle qui m'a bousculé et pas l'inverse, merde !

De toute façon, elle est comme tous les gosses de riches de cet endroit : hautaine et bourrée de préjugés envers les types dans mon genre.

Quand elle réussit à se redresser en posant les mains à plat sur le sol, son regard atterrit directement sur moi. Elle écarquille les yeux en me voyant l'observer, et je ne peux pas résister, je lui adresse un sourire sarcastique. C'est mon gros problème quand quelqu'un me fait chier : je ne peux m'empêcher de le chercher. Je sais bien que c'est puéril comme comportement, mais c'est plus fort que moi !

Ses joues virent rapidement au rouge, pourtant je doute d'en être la cause. On dirait que ce qu'elle fait est tellement insurmontable qu'elle y met toute la force dont elle est capable. D'ailleurs, contrairement à ses jambes, ses bras, eux, sont fermes et assez musclés pour une nana.

Elle me lance un dernier regard noir avant de relâcher la pression et de poser son visage sur ses avant-bras. Je secoue la tête et trace ma route. Mieux vaut ne pas me prendre la tête avec elle. J'ai bien vu que c'était une habituée des lieux et qu'elle était la petite protégée de la direction. Après notre altercation, j'ai entendu le directeur parler d'elle en mentionnant un grand projet test, ou un truc dans le genre.

Je ne veux pas m'attirer d'emmerdes et je n'ai pas de temps à accorder à ce genre de conneries. L'essentiel, c'est ma guérison.

J'arrive dans un petit hall d'accueil où Mme Thompson est installée derrière un bureau.

Elle est partout celle-là !

— Oh, Zack ! s'exclame-t-elle, comme si elle me connaissait depuis des lustres. Ton éducateur t'attend dans le bassin. Tiens, continue-t-elle en me tendant une serviette et un petit sac plastique.

Je hausse un sourcil interrogateur qu'elle ignore. En ouvrant le sac, je découvre un slip noir et un bonnet de bain de la même couleur.

Elle se fout de ma gueule ?!

— Ça va, j'ai ce qu'il faut, dis-je en lui rendant le sac.

Mme Thompson retient un rire avant de me faire signe de le garder. Ouais, c'est bien ça, elle se fout carrément de moi, là !

— Les règles d'hygiène sont très strictes, ici. C'est maillot de bain et bonnet obligatoire !

Maillot de bain ?! Je dirais plutôt qu'il s'agit d'un putain de moule-bite !

— Les vestiaires sont juste là, m'indique-t-elle en me désignant une porte, sur ma droite. Bonne séance !

Alors que je la scrute méchamment, elle m'adresse un large sourire lumineux, et je me demande comment elle fait pour être toujours de bonne humeur, ainsi entourée de personnes plus sinistres les unes que les autres.

Je ne la remercie pas et fonce dans les vestiaires. Il n'y a personne, alors je ne prends même pas la peine de m'enfermer dans une cabine. Je pose mon sac à dos sur un banc et grimace en me déshabillant. Une fois mon slip enfilé, je ne peux m'empêcher de me marrer en imaginant la tête que ferait Tyler en me voyant comme ça. Il est tellement serré qu'on peut deviner chaque partie de mes bijoux de famille !

Je prends une seconde pour me regarder dans le grand miroir qui me fait face. Bordel, j'ai du mal à me reconnaitre ! Mon teint est plus pâle que d'habitude et mes cheveux sont tellement longs qu'ils partent dans tous les sens au-dessus de ma tête. Ma barbe naissante et mes tatouages sur le haut du torse me donnent vraiment un air de sale type. Finalement, c'est tant mieux. Si ça peut éviter à certains de m'approcher, je ne m'en porterai pas plus mal.

Mon regard dérive sur mon épaule gauche et l'énorme balafre rosâtre qui la traverse me dégoûte. Ça fait seulement trois semaines que je me suis fait opérer, mais mon bras commence déjà à s'affaiblir. Il est plus fin qu'avant, et c'est tout mon torse qui en paye les conséquences. Je pose ma main sur mes biceps moins gonflés que d'habitude et souffle de lassitude. Vivement que je me remette au sport !

Avant de déguerpir, je visse le bonnet sur ma tête. J'ai l'air tellement con !

Après avoir posé toutes mes affaires dans un casier vide, je passe par les douches et me rince rapidement à l'eau froide. Ensuite, je m'avance jusqu'à la pièce d'eau. *Waouh, c'est immense !*

Trois larges bassins quasiment vides me font face. Mon regard dévie sur un homme d'une trentaine d'années, debout dans une des piscines, qui lève la main pour m'indiquer qu'il s'agit de mon cours.

J'avance lentement jusqu'au groupe et hausse les sourcils en voyant trois paires d'yeux fixer mon torse, puis mon entrejambe. *Allez-y, rincez-vous l'œil !*

La situation aurait pu me faire rire ou limite me plaire… si les trois bonnes femmes en question n'avaient pas plus de soixante-dix ans !

Sérieux, j'ai atterri où, là ?

Mis à part le prof et un homme d'une cinquantaine d'années, toutes les personnes présentes dans l'eau font partie du troisième âge. En voyant deux mamies qui chuchotent entre elles tout en me reluquant de haut en bas, je plisse le nez d'écœurement. J'aimerais plonger directement pour qu'elles arrêtent de me mater, mais mon épaule ne tiendrait pas le choc. Alors, je descends lentement les marches de l'escalier, sous le regard scrutateur de mes acolytes.

Chapitre 10 – Callie

Quand je pousse la porte et que j'avance à l'intérieur de la pièce, je me rends compte que finalement, c'est la chambre côté jardin qui m'a été attribuée. Je pivote et remarque que mes vêtements sont déjà rangés dans le placard et les serviettes pendues dans la salle de bains. Mon père a tout mis en place pour faciliter mon retour, et je dois avouer que je suis soulagée de ne pas avoir à le faire.

Lorsque je me retourne vers mon bureau, j'aperçois quelque chose qui me redonne le sourire : mon ordinateur portable. Comme d'habitude, papa a vraiment pensé à tout !

Je fonce l'allumer et jubile en voyant que la connexion est rapide. Quel plaisir de pouvoir garder ma minuscule ouverture sur le monde extérieur !

Sans perdre une minute de plus, je consulte les messages et notifications que j'ai reçus depuis vendredi dernier.

Je lâche un soupir de soulagement en constatant que la mini-communauté que je me suis créée autour de cette passion qui nous anime est toujours présente et me demande de nouveaux conseils culinaires. Mon cœur se remplit de joie en lisant les différents avis sur ma dernière recette, et je suis ravie de voir que la cuisine française plait toujours autant. Cependant, je me dois d'informer mes abonnés que, désormais, je ne pourrai plus poster aussi souvent qu'avant.

J'ouvre un nouvel article et commence ma prose sans pour autant donner de détails sur ma situation.

En effet, j'ai sur mon téléphone de vieilles photos de recettes que j'ai faites avec ma mère, il y a quelque temps, et que je n'ai jamais postées. Étant donné que je connais toutes les étapes par cœur, je vais pouvoir les partager durant mon internat. C'est d'ailleurs ce que je suis en train de faire avec mon fameux ragoût de bœuf.

Instantanément, je reçois des commentaires très positifs qui me rassurent. Comme je n'ai absolument pas connaissance de la durée de ma rééducation, il va falloir que je trouve des stratagèmes pour me montrer présente le plus souvent possible si je ne veux pas perdre mes abonnés.

Je réfléchis alors à des jeux ou activités que je pourrais proposer et qui ne demandent pas forcément de cuisiner. Je pourrais aussi diffuser des sondages pour connaitre les goûts culinaires des uns et des autres… Mon esprit tourne à plein régime quand une idée me vient : *pourquoi ne pas leur lancer un défi ?*

Donner une liste de cinq ingrédients afin de réaliser la recette de leur choix ! Ensuite, je posterais l'assiette du gagnant directement sur mon blog. Inverser les rôles, la voilà l'idée ! Cela me permettra de donner la parole à mes lecteurs et nous débrieferons ensemble dans un second temps.

Je me dandine dans tous les sens, plutôt fière de mon concept, et lance le premier post en indiquant les règles. Quand je vois l'heure qu'il est, le jour est tombé, et je suis exténuée par cette première journée.

Je prends une douche et me mets au lit. Contrairement aux craintes que j'avais, je m'endors assez rapidement, en rêvant d'aubergines et de chocolat.

***

Le lendemain matin, Kate et David m'attendent à l'entrée du self. Nous levons simultanément la main pour nous saluer avant de nous avancer pour nous servir.

Je prépare un plateau gargantuesque avec jus de fruits, viennoiseries et café avant de me diriger vers notre table : celle à laquelle nous avons pris l'habitude de nous installer et qui donne directement sur le parc. Mes bras me font mal et pourtant, il va me falloir des forces aujourd'hui, car j'ai ma première séance de torture.

— Ça va, Callie ? Tu as l'air fatiguée ! me dit Kate alors que sa mine est radieuse.

— Ouais, un peu, mais ça va !

— Secoue-toi, ma vieille, parce que ce n'est pas beau à voir ! renchérit David alors qu'il s'installe à côté de Kate, juste en face de moi.

Je souris à sa vanne et commence à manger. Nous échangeons sur le planning de la journée de chacun, et David nous explique que le rythme de sa rééducation devrait se calmer dans les prochains jours. Il parle même de passer en soins de jour, ses lombaires étant en bonne voie de guérison.

Le veinard !

— C'est super ! m'exclamé-je sincèrement.

Mais il ne semble pas l'entendre de la même façon. Il secoue la tête tout en plissant le nez.

— Oui, c'est bien. Mais je n'ai plus vraiment envie de partir.

— Ça va, le râleur, on continuera de se voir en journée ! souffle Kate.

— Mais qui te dit que je parle de vous ?

Kate et moi l'interrogeons du regard.

— C'est juste dommage que je parte pile au moment où il semble y avoir un peu de changement ici, dit-il en souriant malicieusement tout en levant le menton pour me faire signe de me retourner.

Je pivote légèrement sur la droite pour voir de qui il parle, et quand mon regard atterrit sur l'homme positionné derrière nous, je manque de recracher mon café. De dos, cheveux en bataille, tee-shirt noir et écharpe blanche lui enserrant la nuque, je reconnais immédiatement de qui il s'agit.

— Tu parles du type désagréable qui est arrivé hier ? chuchoté-je en me retournant face à lui.

— En tout cas, il n'est pas désagréable à regarder ! raille-t-il.

— Tu déconnes ? Tu as vu le look qu'il a, et puis, en plus, il est arrogant !

— Je peux te dire qu'en maillot, il n'a rien de déplaisant…

— Comment ça ? reprend Kate. Tu as discuté avec lui ?

— Non, mais on s'est croisés à la balnéo et… mon Dieu, c'est plutôt très sympa à voir ! De ce que j'ai compris, c'est un sportif qui s'est blessé pendant un match de foot. Je ne te raconte pas les anciennes, elles étaient en folie !

Jamais je n'aurais cru que David était attiré par les hommes et finalement, je découvre ses préférences à l'instant. Non pas que ça me gêne, mais cela me fait prendre conscience que depuis que nous sommes ici, nous n'avons jamais abordé la question de l'attirance et de la sexualité entre nous.

Nos discussions se limitent à nos exercices quotidiens, nos progrès et nos sorties du week-end. En effet, je sais que mes deux amis sont célibataires, mais je ne m'étais jamais attardée sur le sujet.

Je secoue la tête avant de lâcher :

— En tout cas, ce type est un abruti !

— Qu'est-ce qui te fait dire ça ? m'interroge David, surpris.

— Hier, j'ai reculé sur lui sans faire exprès, et il s'est énervé sans même s'excuser ! Et chaque fois que je le croise, il bloque sur mon fauteuil, comme s'il prenait plaisir à me mettre mal à l'aise.

Quand j'ai vu qu'il m'observait durant mes étirements, j'ai cru défaillir. Son regard était si dur, si profond, que je n'avais qu'une seule envie : creuser un trou pour m'y enterrer !

Mes deux camarades me regardent, visiblement éberlués par ce que je suis en train de raconter.

Bah, quoi ?

— Donc, en gros, commence mon pote d'un air dubitatif. Tu lui fonces dessus et tu lui reproches de ne pas s'être excusé, c'est ça ?

Je feins un air offusqué en me tournant vers Kate pour qu'elle prenne ma défense, mais elle se pince les lèvres en me faisant comprendre qu'elle est d'accord avec lui. Je soupire de frustration et croise les bras.

— Il m'a carrément appelée « princesse », vous vous rendez compte ?!

David écarquille les yeux, jette un œil à Kate avant d'éclater de rire avec elle. OK, sympas, les copains !

Au bout de quelques secondes pendant lesquelles David se moque ouvertement de moi, il se penche en avant pour murmurer sérieusement :

— Finalement, il me plait encore plus ce garçon…

Chapitre 11 – Callie

Je redoute ce moment depuis que je sais ce qui m'attend. Enfin, à vrai dire, je ne sais pas exactement ce que l'on va faire de moi, mais j'appréhende fortement.

La porte s'ouvre sur mon kiné et l'ergothérapeute positionnée juste derrière lui. Tous deux m'accueillent avec un grand sourire et m'invitent à entrer. Je connais parfaitement bien le centre, mais je ne suis jamais venue dans cette pièce. Les murs sont blancs, comme tout le reste d'ailleurs, et de grandes vitres donnent sur le couloir.

Une espèce de harnais accroché directement au plafond et relié à un rail attire mon regard. On dirait un instrument de torture ! De grosses gouttes commencent à perler sur mon front.

— Comment vas-tu, Callie ?

La voix de mon médecin, qui arrive juste derrière moi, me fait sursauter.

Je fais un signe de tête, étant incapable de bredouiller quelque chose.

— Bien. Je vais t'expliquer comment nous allons procéder. Nous allons t'équiper avec ce qui ressemble à un baudrier au niveau de la taille. Nous allons également te placer un casque sur la tête, qui aura pour mission de transmettre aux électrodes positionnées sur tes jambes les stimulations nécessaires pour que tu puisses avancer doucement. Tu seras évidemment soutenue par la taille, et nous serons autour de toi pour t'assister. Tout cela peut paraitre impressionnant, mais ne t'inquiète pas, nous allons commencer en douceur.

À ce moment-là, j'ai l'impression qu'un rouleau compresseur vient de me passer sur le corps. Je n'arrive pas à ingurgiter toutes les infos que l'on me donne, et la panique commence doucement à s'immiscer dans mes veines, laissant derrière elle une chaleur inconfortable m'envelopper.

Je ne vais jamais y arriver !

Le regard dans le vide, le docteur me passe la main devant les yeux pour me faire réagir.

Comme s'il comprenait mon état de stress, il s'accroupit devant moi et pose ses mains sur les miennes.

— Callie, tout va bien se passer, d'accord ? Il s'agit d'une première séance, nous allons évaluer ta tenue debout. Nous allons y aller par étapes. Tu peux me faire confiance.

— Mais… me mettre debout, c'est… je ne peux pas, Docteur !

— Bien sûr que si, me rassure mon ergothérapeute en posant une main sur mon épaule. Je sais que tu en es capable. Tu veux bien t'allonger sur la table, s'il te plait ?

Je m'exécute et me hisse, puis m'étends complètement. J'ai l'impression de repartir des mois en arrière quand j'étais obligée d'avoir toute une armada de soignants autour de moi pour m'aider à faire le moindre geste. C'est rabaissant au possible.

Mme Smith commence alors à positionner l'équipement au niveau de ma taille en me demandant de me tourner dans un sens puis dans l'autre. Ensuite, elle remonte mon pantalon le plus haut possible sur mes cuisses, ce qui me fait me raidir instantanément. Mes jambes sont maigres et les os de mes genoux ressortent exagérément. C'est immonde !

— Détends-toi.

— Est-ce qu'on peut fermer les rideaux des vitres du couloir, s'il vous plait ?

J'ai déjà du mal à jouer les cobayes, mais en public, c'est tout simplement inconcevable.

Mon kiné s'exécute et allume la pièce, qui se trouvait plongée dans l'obscurité. À la différence des autres salles de rééducation, celle-ci n'a pas de fenêtres sur l'extérieur, ce qui rend l'ambiance encore plus glauque. En même temps, j'imagine que ce genre de traitement n'est pas souvent utilisé.

Pendant que chacun s'affaire à tout mettre en place, j'ai l'impression de sortir de mon corps et d'assister à la scène, impuissante. Chacun se veut rassurant, mais rien n'y fait, je suis incapable de répondre et il m'est d'ailleurs impossible de répéter les consignes qui m'ont été données. Le brouhaha ambiant me fait tourner la tête, pourtant, je reste stoïque. Totalement impassible.

Mon kiné me demande de me redresser pour m'asseoir et m'accompagne dans ce geste, puis il me tourne, face à lui, pour que mes jambes pendent dans le vide. Il place le casque sur ma tête et tous les fils qui pendent me donnent l'impression d'être un objet.

Il approche ensuite un déambulateur en fer et le positionne face à moi.

— Nous allons tout d'abord t'aider à te mettre debout pour que tu puisses ressentir le poids de ton corps, d'accord ?

J'opine du chef, toujours silencieuse, comme prise d'un mutisme soudain.

Je sens la table se baisser, jusqu'à ce que mes pieds touchent le sol. Cela fait maintenant deux ans que je n'ai pas posé un pied par terre, et j'ai l'impression que d'accomplir cette action ramène à la surface le deuil que j'avais enfin réussi à faire de mes jambes.

Je suis harnachée comme un animal, et me voir dans cette posture me fout le moral à zéro. Mon kiné et mon ergo se positionnent chacun d'un côté et me demandent de poser mes bras sur leurs épaules.

Me retrouver les jambes nues, sanglées, et face à eux trois, que je connais pourtant très bien, me fait monter les larmes aux yeux. Je suis persuadée au fond de moi que je n'y arriverai pas.

Ils comptent jusqu'à trois et me redressent en même temps, jusqu'à ce que je me retrouve… debout.

Mon Dieu, prendre de la hauteur me fait tourner la tête !

— Je ne peux pas ! Arrêtez ! m'écrié-je alors que mes assistants sont toujours aussi encourageants.

— Non, Callie, c'est normal ! C'est très bien !

Je ne sais même pas qui a dit ça tellement je suis désorientée. Une grosse boule remonte dans ma gorge et me coupe la respiration. L'énorme petit-déj' que j'ai avalé est sur le point de ressortir illico tellement je suis engoncée dans tout ça. Je ne sais plus ce que je dois faire. J'ai l'impression de peser des tonnes et je n'ai absolument aucun équilibre. Heureusement, je sens que le harnais qui me tient dans le dos soutient la majeure partie de mon poids.

— Callie, nous allons te lâcher et tu vas t'appuyer sur le déambulateur dans un premier temps. Le harnais fait le reste, ne t'inquiète pas, d'accord ?

Je fais un signe de tête, mais je ne suis absolument pas sûre de pouvoir y arriver. Je n'ai plus de forces dans les bras et je peux m'effondrer à tout moment.

Ils commencent doucement à s'écarter de moi, mais je les rattrape par leur tee-shirt.

— Tout va bien, Callie, n'aie pas peur.

Facile à dire quand tu as tes deux jambes qui fonctionnent !

Après la tristesse de me voir si diminuée, face à cette équipe, une forte colère monte en moi, et je me maudis intérieurement d'avoir accepté de faire ce test. Je ne suis pas assez forte mentalement pour affronter tout ça. J'en ai déjà assez vécu, je ne veux plus. Je n'ai qu'une envie : qu'on me laisse tranquille ! Malheureusement, il est trop tard pour reculer…

Je pose alors mes mains de chaque côté du déambulateur et force sur mes bras pour me maintenir droite. Mes jambes sont en coton, et je n'ai presque pas de sensations. J'ai l'impression d'être suspendue dans le vide.

J'observe partout autour de moi, et leurs regards émerveillés me donnent encore plus envie de hurler. Voir mon corps debout, mais inerte, ne me procure absolument aucune satisfaction puisque je suis incapable d'en faire quoi que ce soit. J'ai l'impression d'être un mollusque, et ce n'est pas qu'une sensation. Le bas de mon corps est mort, et jamais rien ne pourra changer ça. Je me reprends en pleine face tout ce que j'ai dû endurer pendant ma période de prise de conscience post-traumatisme.

— Tout ce que tu as à faire pour le moment, c'est de respirer calmement et de donner les ordres à tes jambes d'avancer. Chacune à leur tour.

Je n'arrive pas à desserrer les dents. De toute façon, maintenant que je suis dans cette situation, je n'ai pas d'autre choix que d'essayer de faire ce qu'on me demande.

Je donne alors l'ordre à mon cerveau de commander ma jambe droite, et un infime mouvement soulève mon membre. Je ressens quelques fourmillements, mais rien de plus.

Je pousse un long soupir avant de grogner.

— Vous voyez, je n'y arrive pas ! Ça ne sert à rien, je...

— C'est le début, Callie, me coupe le docteur. Calme-toi et reste concentrée.

Je recommence alors ce même exercice avec la jambe gauche, et le résultat est quasi identique, c'est-à-dire... inexistant.

C'est désespérant.

Le médecin m'encourage à recommencer plusieurs fois d'affilée, mais la conclusion est la même, mes jambes n'avancent pas comme je l'imaginais. Certes, elles ont quelques minimes réactions, mais tellement ridicules qu'il en devient stupide de s'évertuer à continuer.

Mon regard se durcit et une boule de rage se forme dans ma gorge. Je ne suis qu'une empotée !

— J'en ai marre ! Stop !

J'ai hurlé si fort que cette fois, personne ne me contredit. Le kiné vient me récupérer, et je m'affale sur la table pendant que chacun s'affaire à m'enlever tout cet équipement.

C'est au-dessus de mes forces, je ne vais pas survivre à plusieurs séances de ce genre.

— Nous reprendrons la prochaine fois, Callie. Ne sois pas découragée, c'est déjà très bien pour aujourd'hui.

J'ai envie de lui hurler que ça ne sert à rien, que je ne serai jamais capable d'y arriver… mais au lieu de ça, je regagne mon fauteuil et quitte la pièce en silence.

Toute l'angoisse enfouie au fond de moi et le désarroi profond dans lequel je me trouve me poussent à fuir. Je ne veux pas exposer mes émotions aux autres. J'ai besoin d'une seule chose à cet instant : être seule.

Et je sais exactement où aller pour ne pas être dérangée.

Chapitre 12 – Zack

J'en peux plus d'être ici ! Entre les exercices qui me défoncent l'épaule et tous ces gens chelous que je croise à longueur de journée, je ne sais pas si je vais tenir encore longtemps. La seule chose qui est pas mal, c'est la bouffe. Et encore, je ne parle pas du réfectoire qui ressemble tantôt à une maison de retraite, tantôt à un asile. Au choix.

Les cheveux encore humides, je sors de la piscine. C'est la troisième séance depuis que je suis arrivé, et on peut dire que, finalement, c'est le soin que je préfère. Après tout, les vieux ne me font pas chier au moins, eux !

Je traverse le parc en sortant déjà mon paquet de clopes de mon sac à dos. Un dernier coup d'œil derrière moi, et je me faufile discrètement derrière le bâtiment. Je colle mon dos au mur tout en allumant ma cigarette et me laisse glisser jusqu'au sol pour m'asseoir par terre. Déjà une dizaine de mégots écrasés çà et là. Tous à moi.

Je tire et souffle à plusieurs reprises, comme si je prenais une dose de détente. C'est tellement bon que je ferme les yeux pour profiter au maximum de cette pause bien méritée.

Au bout de quelques secondes, j'entends un bruit qui me fait vite rouvrir les paupières.

Il y a quelqu'un.

Je manque presque de me brûler en lâchant ma clope allumée, qui atterrit directement sur mon mollet. Fait chier !

Lorsque je relève la tête et que j'aperçois la nana sur son fauteuil débouler, je serre les dents de rage. *Ne me dis pas qu'elle m'a suivi ?!*

De profil, j'arrive tout de même à voir qu'elle a une tête vénère et je jure que ce n'est pas le moment de me chauffer ! Elle avance encore, et une fois totalement cachée derrière l'édifice, elle s'arrête net pour poser ses mains sur son visage. Et là, tout son corps se secoue de tremblements. *Merde, elle pleure ?*

Cette vision a le mérite de faire disparaitre ma colère, mais je n'ai pas pour autant envie d'assister à ça. Surtout que ce ne sont pas les simples larmes que versent souvent les filles… non, là, on dirait carrément de la détresse.

Je tente alors de me remettre debout le plus silencieusement possible, seulement, j'ai à peine le temps de me redresser qu'elle se rend compte de ma présence. Son visage se tourne subitement dans ma direction, et son regard s'accroche tout de suite au mien.

Tandis que nous nous fixons dans un silence de mort, ses épaules se crispent, et elle tente de reprendre son souffle. Puis elle essuie ses larmes du revers de sa main avant de me demander d'une petite voix enrouée :

— Tu… qu'est-ce que tu fais là ?

— Je suis en pause.

Je ne sais même pas pourquoi je réponds !

La fille m'observe encore un moment, puis tourne le visage vers le parc. Elle redresse son buste tout en s'éclaircissant la voix. En gros, elle tente de reprendre contenance, mais ses yeux encore bouffis et ses mains tremblantes la trahissent.

— Je pensais être seule en venant ici…

OK, j'ai pigé : elle veut que je me casse d'ici. En temps normal, je l'aurais envoyée bouler. Après tout, j'étais là le premier ! Mais honnêtement, je n'ai pas envie de jouer au psy. Une meuf qui pleure, ça a tendance à me mettre mal à l'aise… Alors, je me relève avec lenteur et j'attrape mon sac pour le mettre sur mon dos.

— T'inquiète, j'y vais. Tu ne me donnes pas vraiment envie de rester là.

Je m'apprête à bouger quand je vois ses yeux se remplir de nouvelles larmes sans que je comprenne pourquoi. Ça va, j'ai rien dit de spécial !

Cela dit, sa réaction me donne l'impression de l'avoir insultée et bizarrement, alors que je devrais n'en avoir rien à foutre, ça me fait un petit truc. Tout à coup, elle me jette un regard glacial.

— Vas-y, casse-toi ! lâche-t-elle en même temps que ses larmes coulent sur ses joues. De toute façon, c'est toujours comme ça avec tout le monde.

— Comment ça ?

Pourquoi je rentre dans la discussion, moi ?! Elle vient de me dire de me casser, et certains s'en sont déjà pris une pour moins que ça !

Elle baisse les yeux sur ses doigts entremêlés, renifle, puis s'énerve :

— Les gens. Partout. Tout le temps. Ils font comme si tout allait bien… mais finalement, ma situation les gêne. Mon fauteuil fait fuir, je sais !

Soudain, je ne reconnais plus cette fille de riches qui se croit tout permis. Non, j'ai en face de moi quelqu'un de vulnérable, qui me fait presque de la peine. Je dis « presque », car ce n'est pas mon genre de me lamenter, que ce soit sur mon propre sort ou sur celui des autres.

Cependant, sans savoir pourquoi, je n'ai pas envie de la laisser comme ça, sans lui avoir dit ce que je pense. Je m'avance jusqu'à son fauteuil, et elle relève vivement le visage quand je m'arrête juste devant elle. Ses yeux se posent tout de suite sur mes bras dénudés, tentant d'analyser mes tatouages. Puis ils descendent sur mon short pour finir sur mes jambes, surtout celle de gauche sur laquelle un tribal est dessiné. Son visage affiche une expression que je ne parviens pas à déchiffrer, mais contrairement à ce que je m'étais imaginé, il n'y a pas de haine ni de peur dans son regard. En fait, elle parait juste… intriguée ?

J'attends qu'elle relève le visage pour me regarder dans les yeux et me penche en avant, en posant mes mains sur les accoudoirs de son fauteuil. Encore une fois, elle n'a pas de geste de recul ni quoi que ce soit qui y ressemble. Elle retient juste son souffle en attendant une réaction de ma part.

— Ton fauteuil, je l'emmerde !

Ses yeux s'arrondissent de surprise, mais elle ne riposte rien. Je la vois juste déglutir lentement.

— Si tu ne me roules pas dessus avec, alors tout ira bien pour lui.

Je ne veux pas l'effrayer, mais je profite de la situation pour qu'elle sache que je ne compte pas me laisser faire. Sa bouche s'entrouvre et elle lâche un léger rire, qui me fait sourire aussi, malgré moi.

— Je ne suis pas à l'aise quand quelqu'un pleure devant moi, dis-je tout bas. C'est tout.

Elle baisse la tête sans un mot, puis la relève aussitôt. C'est à cet instant précis que j'étudie les traits de son visage ovale. Ils sont fins et bien dessinés. Son teint est pâle et ses cheveux châtains sont attachés au-dessus de sa tête en un chignon fouillis. Elle a l'air assez banale, en fait… Mais il y a quelque chose de spécial en elle. Seraient-ce ses yeux couleur noisette qui virent légèrement au vert ?

Je ne me pose pas la question plus longtemps et retire mes mains de son fauteuil pour me redresser.

— Désolée, lâche-t-elle finalement, de t'avoir roulé dessus.

Sans savoir pourquoi, j'explose de rire. Et c'est sûrement communicatif, car la fille se met à rire à gorge déployée, elle aussi. Nous nous marrons durant un petit moment jusqu'à ce qu'elle cesse tout d'un coup. J'ai l'impression qu'elle se remémore la raison pour laquelle elle pleurait et, honnêtement, je n'ai pas envie d'en connaitre la cause. Je ne suis pas du style à consoler les gens, encore moins à écouter leurs problèmes. Comme on dit, chacun sa merde !

Je recule de quelques pas tandis qu'elle me lance de manière incisive et autoritaire :

— C'est interdit de fumer, ici.

Tiens, la chieuse est de retour ?

— Et alors ? dis-je en sortant une nouvelle clope pour la poser entre mes lèvres, juste pour la provoquer.

Les paupières plissées, elle suit attentivement mon geste du regard avant de bloquer sur ma bouche.

— T'en veux une ?

Ses yeux s'arrondissent telles des soucoupes, comme si j'avais dit la plus grosse connerie du monde.

— T'es pas sérieux, là ? demande-t-elle en désignant ses jambes du menton.

Bah, justement, au point où elle en est…

Je retire la cigarette de ma bouche et la range dans ma poche.

— Si tu changes d'avis un jour… tu sais où me trouver ! lui lancé-je avec un clin d'œil de défi.

Elle me scrute encore de son air choqué, et j'espère juste qu'elle ne compte pas me balancer au dirlo !

— Je dois y aller, dis-je en reculant encore. À plus.

J'ai à peine le temps de me retourner que je l'entends :

— À plus, Zack.

Je m'immobilise et pivote à moitié pour lui adresser un léger sourire. L'a-t-elle entendu quelque part ou s'est-elle renseignée sur mon compte ? À vrai dire, je m'en contrefous !

— Et toi, c'est comment ?

— Callie.

Elle me rend mon sourire et étrangement, je suis content qu'elle ne soit plus dans le même état que quand elle est arrivée ici. Mis à part ses yeux gonflés, elle ne parait plus aussi accablée.

Je lui fais un dernier signe de la tête et quitte rapidement les lieux.

Chapitre 13 – Callie

Le lendemain, je suis bien obligée de me passer un coup de blush sous les yeux pour camoufler mes traits fatigués. En général, après une grosse crise de larmes comme celle de la veille, la nuit qui suit est chaotique.

Je rejoins mes deux camarades préférés pour notre pause habituelle. Aucun de nous n'a cours le vendredi après-midi et on en profite souvent pour se balader dans le parc, surtout quand il fait un temps comme aujourd'hui.

Les beaux jours apportent cette chaleur douce et réconfortante qui me fait du bien. Je m'installe à côté du banc en attendant qu'ils arrivent. J'en profite pour sortir mon téléphone afin de me détendre avec un peu de musique, mais je n'ai pas le temps de brancher mes écouteurs que David fait son apparition.

— Salut, miss !

Tout en s'asseyant à côté de moi, il me tend un café que j'accepte en le remerciant d'un sourire.

— Déjà prête pour la fête ? me taquine-t-il en désignant mon visage.

Je ris qu'il parle de la soirée organisée par le centre comme d'une fête tout en tentant d'étaler le maquillage avec mes doigts. Il se pourrait que j'aie un peu trop forcé dessus !

— Disons que j'ai eu une séance compliquée, hier…

— Salut ! nous interrompt Kate.

Elle s'assoit et pose sa béquille à côté d'elle avant de récupérer son café sur le plateau. Nous restons silencieux, le temps d'avaler quelques gorgées. Je sais très bien qu'elle a entendu ce que j'ai dit sur mon atelier de la veille, mais elle ne me pose aucune question à ce sujet.

C'est ce que j'apprécie le plus chez eux. À aucun moment, ils ne me forcent la main quand ils voient que quelque chose ne va pas. Et aujourd'hui plus que jamais, je les bénis intérieurement de ne pas me poser plus de questions. Rien que de repenser à tout ça me donne la nausée, et je préfère ne plus y songer pour le moment.

Autour de nous, différents cours ont lieu en extérieur : yoga, étirements… Mon regard s'attarde sur les personnes qui s'entrainent, et je suis ravie de pouvoir y assister sans y participer, pour une fois.

En observant bien, je me rends compte que toutes les classes d'âge sont représentées et encore une fois, je comprends que la vie peut réserver bien des surprises.

— Ça a été, Kate, ta séance de piscine ? commence David en ouvrant un paquet de gâteaux.

— Comme d'hab' !

Kate n'est pas très loquace. Dès que je suis arrivée ici, j'ai tout de suite remarqué son regard doux. Je ne saurais expliquer pourquoi, j'étais persuadée que cette fille me comprendrait et, en effet, nous nous sommes bien trouvées. Kate était également en fauteuil lorsque j'ai commencé ma rééducation. Bien triste point commun qui nous a rapprochées.

Mais depuis maintenant presque quatre mois, Kate a la possibilité de remarcher avec une béquille. À la suite de la tumeur qu'elle a déclarée au niveau de la hanche, elle a subi de multiples traitements, au point de perdre une grande partie de ce qui faisait son charme selon elle. À maintes reprises, elle m'a montré des photos d'elle avant, sur lesquelles elle apparait effectivement très pulpeuse. Elle avait également une longue chevelure brune bouclée, alors qu'aujourd'hui, ses cheveux sont raides et au carré. Comme quoi, un événement malheureux peut nous faire complètement changer !

Bref, au bout du compte, les médecins ont opté pour la pose d'une prothèse. Je comprends entièrement qu'à son âge – deux ans de plus que moi pour être exacte – elle ait du mal à se voir dans cet état. Mais bon sang, si elle savait à quel point j'envie sa situation !

— Hé, mais regardez qui est là-bas ! s'exclame David alors que nous sommes chacune perdues dans nos pensées.

Je suis son regard et plisse les yeux pour voir de qui il parle. Je tombe alors sur Zack en train de faire des exercices. Le buste penché en avant, il fait tourner son bras blessé dans le vide.

— Waouh, mate un peu ce fessier !

Je ne peux m'empêcher de glousser.

David avait déjà pour habitude de nous faire rire et de dédramatiser les situations, mais en présence de ce grand brun tatoué, il devient encore plus drôle !

Et à bien regarder, il n'a pas complètement tort finalement...

— Non, mais franchement, reprend-il d'un air faussement en colère. Quand toi, tu ressembles à un morse au bord de l'apoplexie en plein exercice, lui s'apparente juste à une bête pleine de muscles et bourrée de testostérone !

Nous rions tous les deux. David a toujours l'art de parler de façon plutôt imagée, et je dois dire que sa métaphore convient parfaitement...

Kate, elle, secoue la tête en soufflant d'exaspération.

— Quoi ? Tu vas me faire croire que ça ne te fait aucun effet de voir ce genre de phénomène ? l'interroge-t-il en lui donnant un coup de coude tout en feignant d'être traversé par un frisson.

— Et même si c'était le cas ? rétorque-t-elle. Ce genre de mec ne s'intéresserait jamais à des gens comme nous !

Ce qu'elle dit me vexe un peu même si je sais qu'elle a absolument raison.

— Arrête, je te trouve plutôt canon, moi ! lui lance David en lui faisant un énorme clin d'œil.

Gay, hétéro ou autre ? Je ne sais plus quoi penser...

Quoi qu'il en soit, Kate le remercie d'un sourire poli, même si elle n'est pas du tout convaincue par son compliment.

Nous sommes toujours en train de regarder Zack à l'œuvre et je repense à notre échange d'hier. J'ai été surprise et à la fois dégoûtée de le trouver là alors que je ne voulais plus voir personne. Je déteste pleurer devant les gens ! En fait, je déteste paraitre encore plus faible que je ne le suis déjà.

Au-delà de ses tatouages qui me fascinent, son attitude m'a complètement déroutée. Je ne peux pas le qualifier d'agréable, mais il n'est pas si infect que j'ai pu le penser au premier abord. Il serait même presque prévenant, ce qui est assez surprenant d'ailleurs. J'ai dû lui faire pitié avec mes larmes de crocodile et je m'en veux encore d'avoir craqué comme ça devant lui.

J'ai essayé de détailler les dessins gravés sur sa peau. Et j'ai réussi, malgré la vitesse de notre échange, à apercevoir un tribal sur sa jambe, une énorme fleur au niveau de sa clavicule et un signe celtique sur sa main, accompagné d'une écriture illisible. Je suis persuadée qu'il en a d'autres et que chacun a une signification.

Maintenant, Zack se positionne face à un arbre et pose ses mains dessus, puis baisse la tête en avant. On dirait qu'il souffre. Mais alors qu'il persévère, je remarque que ses mollets sont impressionnants. Ses épaules larges peinent à se redresser, mais impossible de ne pas constater qu'il est sacrément musclé.

Pendant une seconde, j'arrête de le fixer pour jeter un coup d'œil rapide vers mes collègues, immobiles, en train d'admirer le spectacle, jusqu'à ce que Zack tourne le visage dans notre direction.

Merde ! On a l'air malins maintenant…

Je le vois froncer les sourcils, puis discrètement, il m'adresse un léger signe de la tête comme pour… me dire bonjour ?

Sans réfléchir, et sans savoir si son geste s'adresse directement à moi, je réponds également en levant une main en l'air. Mais je ne sais même pas s'il a aperçu mon geste vu la vitesse à laquelle il s'est retourné pour continuer ses mouvements.

Je sens instantanément les regards appuyés de mes deux camarades et je n'ai pas le temps de dire quoi que ce soit que David s'extasie :

— Putain, c'était quoi ça ?

Je mets quelques secondes à répondre en prenant un malin plaisir à les faire languir.

— Mais rien…

— Allez, raconte, petite cachotière ! Hier matin, c'était le pire des salauds et maintenant, c'est ton pote ?

Je ne veux pas mentir à mes deux seuls amis ici, mais je ne peux pas non plus raconter la nature de notre échange. Je suis encore trop déboussolée par la raison qui a provoqué cette situation.

Je me contente donc de répondre :

— Disons que j'ai bien réfléchi et que je me suis excusée.

— Tu m'étonnes ! s'écrie David en ricanant.

— Oh, arrête ! J'ai fait ça, car je ne veux aucun problème avec personne.

Mes deux amis ne disent plus rien, mais le regard plus qu'éloquent qu'ils se lancent ne m'échappe pas, et me fait lever les yeux au ciel. Comme si ce genre de mec pouvait m'intéresser !

Chapitre 14 – Zack

La pièce est plongée dans l'obscurité totale, et il n'y a pas un bruit. Les murs sont tellement fins que d'habitude, à cette heure tardive, je peux entendre les patients parler ou se balader dans les couloirs. Ce soir, j'ai l'impression que l'immeuble est complètement vide.

Planté devant la fenêtre ouverte de ma chambre, je profite de cette tranquillité pour fumer la deuxième clope de la soirée. Je me fais tellement chier !

Il y a bien un écran plat face au lit, mais je ne suis pas adepte de la télé. J'ai plutôt l'habitude de sortir avec mes potes, surtout le vendredi.

Je relis le texto de Tyler et j'hésite franchement à accepter sa proposition tellement je m'emmerde. Ce soir, il rejoint notre bande de potes dans le bar que nous squattons chaque week-end, et j'avoue qu'une bonne bière suivie d'une partie de billard me plairait bien… Seulement, faire le mur, comme dit Tyler, alors que j'ai l'épaule à moitié défoncée n'est pas franchement raisonnable.

Raisonnable... Faut croire que cet endroit me fait devenir un peu trop sérieux !

Mais quand je pense au grand portail en fer de l'entrée, j'ai du mal à m'imaginer l'escalader avec un bras en moins. En temps normal, j'en aurais largement été capable. Dans mon quartier, on m'appelle « yamakasi[2] » tant je grimpe partout, tout le temps.

---

[2] Y*amakasi* est un film français dont les héros pratiquent « l'art du déplacement », visant à grimper de manière rapide et acrobatique.

Je récupère mon portable posé sur mon lit et retourne m'adosser à la fenêtre pour taper mon texto :

[J'ai changé d'avis, tu passes me prendre à quelle heure ?]

Sa réponse est quasi instantanée :

[Cool ! Dans deux heures devant l'entrée du bâtiment.]

Nickel ! Il ne sera pas loin de minuit et à cette heure-là, tout le monde pioncera déjà depuis belle lurette ici. Je lui envoie l'adresse du centre quand j'entends quelqu'un me héler dehors.

Je baisse la tête vers le chemin en béton qui traverse le parc et plisse les yeux pour voir de qui il s'agit, mais les lampadaires éclairant l'extérieur sont trop loin. Je n'y vois que dalle !

— Zack ?

Cette fois, je reconnais la voix stridente de Mme Thompson et me dépêche de verrouiller mon téléphone pour qu'elle ne puisse plus me voir. Heureusement, l'écran illuminait uniquement mon visage et non le mégot que je tiens encore entre mes doigts. *C'était moins une !*

— Zack, pas la peine de te cacher, je sais que c'est ta chambre !

Mes yeux s'habituent à la pénombre, et je la discerne en train de poser les poings sur ses hanches. Je soupire sans répondre.

— Tu ne viens pas à la soirée organisée par le centre ? demande-t-elle.

Je soupire encore en secouant la tête. Non, merci ! J'imagine déjà le truc…

— Tu descends me rejoindre ou je dois monter pour te convaincre ?

Quoi ? Non !

L'odeur de la cigarette est encore trop présente pour que je ne me fasse pas griller. Je grogne en passant une main sur mon visage, puis écrase discrètement le mégot avant de le balancer dans la poubelle.

— Ça va, j'arrive !

***

C'est une fois dehors que je me rends compte que j'aurais dû prendre une veste. Non pas qu'il fasse froid malgré la nuit tombée, mais au moins, je n'aurais pas eu à subir le malaise de certains en voyant mes bras. Depuis que je suis ici, j'ai l'impression que tous les regards se lèvent sur mon passage. Et vu leur tronche, rien à voir avec de l'admiration, c'est certain ! En même temps, je n'en ai rien à foutre.

— Tu n'as pas vu les affiches ?

Je hausse les épaules tout en continuant de marcher à côté de Mme Thomson. Évidemment que j'ai remarqué les flyers collés un peu partout. À croire que c'est LA soirée du siècle ! L'intendante ne me pose pas plus de questions et nous continuons d'avancer en silence jusqu'à ce que nous arrivions vers une petite bâtisse que je ne connais pas, juste après les piscines.

— Ici, c'est la salle polyvalente ! dit-elle en tendant le bras en direction de l'entrée. Non seulement les soirées à thèmes y sont organisées, mais c'est aussi un endroit où tu peux te détendre à n'importe quel moment de la journée.

J'arque un sourcil en m'arrêtant devant la porte, et elle se marre en comprenant tout de suite le fond de ma pensée.

— Ne t'inquiète pas, il n'y a pas de thème pour ce soir, c'est juste une soirée sympa ! Tu seras prévenu du thème pour les prochaines !

Les prochaines ? Tu peux toujours courir pour que je me déguise en quoi que ce soit !

Mme Thompson m'adresse un large sourire avant d'ouvrir la porte et là… c'est pire que ce que je croyais.

Les gens sont installés autour de tables, disposées un peu partout dans la pièce, sur lesquelles sont posés des jeux de société. Au fond de la salle, il y a une sorte de minibar avec différents sodas et jus de fruits. Et en prime, la musique *Wake me up before you go-go* résonne dans une vieille enceinte.

La lose !

— Alors ? m'interroge Mme Thompson en affichant un sourire fier. Tu es plutôt poker ou Monopoly ?

Elle se fout de ma gueule ?! Aucun des deux, putain !

— Ça sera sans moi ! lâché-je en reculant.

Je m'apprête à faire demi-tour quand je vois quelqu'un me faire signe de venir le rejoindre. *C'est qui, ce type ?!*

Il me faut quelques secondes pour le reconnaitre. C'est le grand gringalet qui était en train de me reluquer avec les deux filles, tout à l'heure.

Je fronce les sourcils en comprenant qu'il s'adresse réellement à moi et jette un œil autour de lui. À ses côtés, la même fille un peu gothique qui était avec eux, et Callie, qui semble embarrassée que son pote m'interpelle comme ça.

— Vas-y ! s'exclame Mme Thomson on me donnant un coup d'épaule amical. David est adorable.

Je fouille la poche de mon jean et récupère mon portable pour regarder l'heure : 22 h 30. Mon seul autre plan est de poireauter dans ma chambre le temps que Tyler vienne me chercher, alors, pourquoi pas ?

Je lâche tout de même un soupir en m'avançant vers eux et cette fois, je peux voir les joues de Callie devenir rouge écarlate. *Est-ce qu'elle est mal à l'aise, car elle a pleuré devant moi ?*

— Salut ! dit le gars en me tendant sa main. Moi, c'est David. Et voici Kate, et Callie que tu connais déjà.

Je leur adresse un signe de tête qu'elles me rendent rapidement avant de détourner les yeux. Apparemment, autant l'une que l'autre cherche à m'éviter. Quant à David, il me scrute de haut en bas avec un sourire que je n'aime pas du tout.

Ça va vraiment, mais vraiment pas le faire, mec !

Alors que je lui lance un regard mauvais, une petite voix légèrement éraillée, que je reconnais, me demande :

— Tu… Tu veux jouer ?

Je jette un regard sceptique sur la table. *Des échecs ?*

— À moins que tu aies peur de perdre, ajoute Callie en me fixant sans sourciller.

Elle me défie ?!

Compétiteur dans l'âme, je n'ai pas envie de refuser. Le problème c'est que… je n'ai jamais joué à ça !

— Je peux t'apprendre, continue-t-elle comme si elle avait lu dans mes pensées.

Je fais « oui » de la tête, puis tire une chaise pour m'installer face à elle.

— Bon, je vais nous chercher à boire ! nous informe David.

Ouais, c'est ça !

Kate attrape sa béquille et se lève pour le suivre. Je me retrouve donc seul avec Callie, qui installe les pièces tout en m'expliquant les règles. Mais plus elle parle, moins je pige !

— Donc en gros, si je déplace ma pièce sur une case occupée, elle sera mangée ?

Callie se mord la lèvre inférieure pour retenir un rire.

— Ouais, en gros… on commence ?

J'acquiesce et elle prend la main tout en m'expliquant sa tactique de jeu. Qui aurait cru que c'était aussi compliqué ? Au bout d'un moment, je commence à capter quelques trucs, même si j'avoue ne pas saisir le rôle exact du roi et de ce putain de fou.

— Échec et mat ! finit-elle par dire fièrement en s'appuyant contre le dossier de son fauteuil.

Son petit sourire taquin me fait hausser les sourcils.

— T'inquiète pas, me rassure-t-elle. Je vais t'aider à être un peu moins nul…

Je rigole à sa provocation, et nous continuons de faire quelques parties pendant lesquelles elle poursuit ses explications.

— Où as-tu appris à jouer comme ça ?

Quand je la vois reprendre son souffle pour répondre, je me sens tout à coup très con. J'ai bien compris qu'elle passait sa vie dans ce trou !

— Mon père, me surprend-elle. Bien avant que je sois admise ici, je maitrisais les échecs comme tu maitrises la fumette…

Elle me cherche ?!

Callie relève un regard rieur du jeu. Ouais, elle me taquine, et bizarrement, ça ne me gêne pas ! Je lui fais un demi-sourire avant de me concentrer à fond sur le jeu, mon seul et unique but étant de la battre désormais.

— Échec et mat, répète-t-elle pour la dixième fois.

Merde, j'y étais presque !

— On recommence ?

Quoi ? C'est moi qui ai proposé ça ?!

Callie accepte en plaçant de nouveau les pièces sur l'échiquier, et même si je ne lui avouerai pas, on dirait une vraie pro ! Je veux dire, comme dans les films et tout.

Nous allons démarrer une énième partie quand le vibreur de mon portable me surprend.

— Excuse-moi, dis-je en ouvrant mon texto.

[Je pars de chez moi dans 5 minutes, OK ?]

Quoi, déjà ?

Ces parties d'échecs ont eu le mérite de faire passer le temps plus vite que prévu. Pire, j'ai vraiment envie de continuer à jouer. En fait, mon but est surtout de dégommer la fille au regard fier, qui se tient devant moi.

— Tout va bien ? m'interroge-t-elle en me voyant hésiter, mon téléphone à la main.

— Ouais, t'inquiète !

Je tape un message rapide à mon pote :

[Finalement je reste ici ce soir. Plus prudent pour mon épaule. On remet ça ! Bonne soirée, mec !]

Chapitre 15 – Callie

Je bats Zack à plate couture, mais il s'évertue à vouloir continuer à jouer. Je le soupçonne même de ne pas lâcher tant qu'il n'aura pas gagné. Mais alors là, il peut s'accrocher parce que je ne vais certainement pas lui faire de cadeau.

J'ai été surprise qu'il accepte de se joindre à nous dans un premier temps et encore plus qu'il soit d'accord pour jouer à un jeu dont il ne connait pas les règles et qui n'est d'ailleurs pas le plus simple. L'adrénaline de la gagne suffit à le motiver. Son tempérament de sportif ressort bien en effet.

Alors que je positionne les pions sur l'échiquier, son regard ne lâche pas le plateau et sa mâchoire contractée prouve qu'il se concentre au maximum. Nous commençons la partie et alors que, jusqu'à maintenant, il opérait des déplacements sans forcément penser aux conséquences, je constate que cette fois, il prend le temps d'analyser le placement des pièces avant de jouer.

Sa mèche désordonnée retombe légèrement sur son front tandis que ses sourcils bruns froncés encadrent largement ses grands yeux noirs.

L'index posé sur les lèvres pendant qu'il réfléchit, je m'attarde sur son nez assez fin et sa barbe naissante noircissant sa mâchoire carrée. C'est vrai qu'il peut faire peur au premier abord, mais il est plutôt cool finalement.

Son temps de réflexion m'offre la possibilité de l'observer de plus près sans même qu'il s'en rende compte, et je découvre encore un nouveau tatouage à la base de son poignet, comme un signe chinois représentant un N. Je n'y connais rien, mais tout ce que je peux dire, c'est que ce type est une vraie œuvre d'art à lui tout seul.

— À toi ! lance-t-il fièrement.

N'étant absolument pas concentrée sur le jeu, je mets quelques secondes à analyser son coup et déplace nonchalamment mon pion en le regardant avec un petit sourire en coin.

Il se focalise à nouveau sur le plateau et mord sa lèvre inférieure, ce qui me fait sourire. C'est drôle de voir comment il se prend au jeu et surtout l'esprit de compétition qu'il a.

En même temps, il vient de perdre plus de dix parties, j'admire son entêtement.

— Il est minuit, nous fait sursauter la voix de l'intendante. La soirée est terminée. Je vous invite à regagner vos chambres. Merci à tous et bonne nuit !

Minuit ? Déjà ?!

Je n'ai pas vu le temps passer.

— À charge de revanche ! lui renvoyé-je alors que je vois bien qu'il est dégoûté de devoir stopper la partie.

Je lui adresse un regard de défi et recule en posant le jeu sur mes genoux pour le remettre sur l'étagère.

— Je m'en occupe, dit Zack en récupérant la boite sur mes genoux. Ça ira plus vite !

Toujours aussi charmant !

Je file en direction de la sortie et m'arrête pour attendre David et Kate. J'espère qu'ils ne vont pas m'en vouloir de les avoir lâchés ce soir ! Mais quand mon ami arrive à ma hauteur, il se penche pour me chuchoter à l'oreille :

— Cent pour cent hétéro, chérie, alors, régale-toi !

Je ne peux m'empêcher de pouffer bruyamment, ce qui a pour effet de stopper Zack, qui se retourne vers nous en haussant un seul sourcil.

— Comment tu arrives à faire ça ? lui demandé-je, intriguée de voir son visage se déformer de la sorte.

— Des années d'entrainement, raille-t-il en se foutant de moi.

— Bonne nuit et bon week-end, les copains ! nous lance David en levant la main et en se dirigeant vers le hall d'entrée.

Kate fait pareil, mais dans un silence qui est maintenant devenu habituel. Zack ne répond pas, et moi, je me contente de lever la main en l'air.

— Dis donc, minuit, c'est la folie ce soir ! se moque Zack en mettant l'une de ses mains dans la poche de son jean.

Je ris à sa vanne parce qu'en effet, pour des jeunes de notre âge, minuit devrait juste sonner le début de soirée.

— Bon, je file à l'*after* avec quelque chose que je maitrise aussi bien que les échecs, lance-t-il goguenard en faisant référence à ma remarque de tout à l'heure.

— Je peux venir avec toi ?

Il semble choqué par ma proposition, et je dois avouer que je me surprends également. En temps normal, jamais je n'aurais osé demander ça à quelqu'un et encore moins à un garçon que je connais à peine. Mais je ne sais pas, je crois que j'ai encore envie de profiter de sa compagnie.

— Viens, me répond-il en partant devant moi, en direction de notre fameuse cachette commune.

Je galère un peu lorsque nous passons sur l'herbe coupée, mais Zack m'attend au bout de l'allée, contre le mur.

Merci pour le coup de main !

— Je pensais être le seul à aimer l'odeur des poubelles…

— Ça a le mérite de camoufler les odeurs de clopes ! lui renvoyé-je, alors qu'il sort une cigarette de son paquet.

Il marque un temps d'arrêt et secoue la tête avant de la glisser entre ses lèvres. Lorsque la flamme de son briquet s'allume dans la nuit, seule sa figure est éclairée, et je vois cette fois son visage de profil, assez fin, et dont les lignes semblent avoir été dessinées au crayon.

L'épaisse fumée se dissipe dans la nuit et le silence qui nous entoure est presque reposant. Ce mec a l'air aussi bavard que moi…

— Alors, pourquoi tu es là ? l'interrogé-je finalement.

— Choc en plein match, épaule K.-O.

— Match de ?

— Football américain.

Il ne me répond que par des bribes d'infos, mais je suis contente d'en savoir un peu plus sur lui. Finalement, David avait raison, il faut être baraqué pour faire ce genre de sport.

— Et toi ?

— Je peux ? lui demandé-je en tendant le bras.

Zack me tend la clope sans hésiter ni même me faire de remarques.

Je tire sur la cigarette, mais dès lors que la fumée envahit mes poumons, je m'étouffe et une quinte de toux me secoue sans que j'arrive à m'arrêter.

— Hé, c'est pas le moment de clamser !

Je reprends ma respiration tant bien que mal et sans comprendre pourquoi, je pars dans un fou rire. Il me regarde, incrédule, mais souriant en même temps. Je n'ai jamais fait quelque chose d'aussi fou depuis bien longtemps.

— C'est ça quand on veut jouer dans la cour des grands ! se moque-t-il en reprenant sa clope.

— Hum… il me semble qu'on a le même âge, non ?

Il hausse les épaules avant de déclarer :

— J'ai vingt-deux ans.

Je suis surprise qu'il ne me demande pas le mien en retour et décide de le lui dire quand même :

— Moi, vingt-et-un.

Il sourit légèrement et reporte son attention sur le ciel tout en crachant ce nuage blanc.

— Alors ? Maintenant que tu arrives à respirer…

Je sais parfaitement à quoi la question de Zack fait référence et je ne peux pas esquiver la réponse bien longtemps.

— Accident, dis-je simplement en baissant la tête.

— OK, lâche Zack en terminant sa clope.

Le foyer de sa cigarette brille à travers la nuit, et je réfléchis à ce que je pourrais bien lui demander sans pour autant qu'il ait l'impression que c'est un interrogatoire. Je ne veux pas qu'il pense que je suis intrusive, mais en même temps, j'ai envie d'en savoir plus.

— Ça fait bien longtemps que tu n'as pas passé un vendredi soir aussi pourri, hein ?

— Je ne te le fais pas dire !

Je pouffe face à sa réponse, très honnête. Il aurait pu y mettre les formes, mais non, il est toujours aussi cash.

— Tu fais quoi d'habitude ?

Il se retourne dans ma direction. La lune ne nous éclaire que légèrement. Zack prend le temps de s'asseoir par terre avant de me répondre :

— Tout ce que font les jeunes de notre âge. Potes, bar, billard, boites de nuit.

En effet, c'est ce que j'aimais faire aussi... avant.

Nous restons quelques instants silencieux jusqu'à ce qu'il me demande :

— Rassure-moi, tu n'es pas tout le temps enfermée ici ?

La question de Zack me fait rire, car il perçoit vraiment le centre comme une prison et, en effet, au début, c'est compliqué de respecter toutes les règles. Mais au bout d'un moment, tout ça devient normal et c'est même un bouclier protecteur par rapport à l'extérieur.

— Non, jusqu'à cette semaine j'étais en soins de jour, je rentrais le soir chez moi, mais là, je reviens à temps complet. Et toi ? lui demandé-je rapidement pour éviter qu'il ne me pose des questions sur la raison de mon retour à temps plein.

— Deux mois à temps plein et après, si tout va bien, un autre en soins de jour. Je te jure, je vais devenir dingue si je ne sors pas !

Égoïstement, je suis contente qu'il soit là à temps complet puisque Kate et David rentrent chez eux le week-end. Enfin, comme s'il allait passer son temps libre avec moi !

— Tu as le droit d'avoir des visites, tu sais.

— Ouais, mais faire venir mes potes dans cet endroit, laisse tomber !

Bien que ses propos soient directs, je ne peux qu'être d'accord avec Zack. On ne devrait pas vivre ce genre de situation, mais heureusement que ce centre existe, car pour ma part, il m'a permis de regagner une bonne partie de mon autonomie. Même si ce ne sera jamais assez…

Un frisson me traverse, et je croise mes bras pour me réchauffer légèrement. Zack se relève aussitôt.

— Bon, allez, on rentre, parce que, après avoir mis le feu à tes poumons, faudrait pas qu'on te retrouve congelée !

Je ris et nous nous dirigeons vers le bâtiment principal, en silence. Une fois dans le hall, Zack va pour emprunter l'escalier de gauche tandis que j'appuie sur le bouton de l'ascenseur.

— Bonne nuit ! m'écrié-je avant d'y entrer.

— Toi aussi, me répond-il avec un clin d'œil avant de déguerpir.

Quand les portes se ferment, je ne peux m'empêcher de sourire toute seule en repensant à cette soirée. Il y a bien longtemps que je n'avais pas passé un aussi bon moment en compagnie d'un parfait inconnu.

Chapitre 16 – Callie

Quand l'auxiliaire de vie passe dans ma chambre, elle est une fois de plus surprise de me voir déjà douchée et habillée.

— Tu as besoin d'aide pour autre chose ? me demande-t-elle tout de même.

— Non, ça va, merci.

Mme Stone regarde brièvement autour d'elle, et quand elle constate que ma chambre est en ordre, elle hoche la tête en reculant vers la sortie.

— Vous savez, dis-je avant qu'elle n'ait le temps de quitter la pièce. Vous n'êtes pas obligée de passer tous les matins. Je suis autonome.

Ma dernière phrase lui fait brièvement lever les sourcils, mais elle m'adresse un sourire de complaisance.

— C'est mon travail, Callie. Donc, si je peux te soulager, n'hésite pas.

Je me mords l'intérieur de la joue pour ne rien dire et surtout ne pas lui montrer à quel point son attitude me vexe. Je sais que le mot « autonome » est encore un peu fort, vu mon état, mais même si ça me prend le double de temps pour me préparer, j'aime – et je tiens – à le faire seule. Après tout, c'est pour ça que je passe autant de temps ici : pour apprendre à faire un maximum de choses du quotidien moi-même, non ?

Mme Stone quitte ma chambre en me rappelant qu'elle est là jusqu'à ce soir si besoin, mais je me dirige déjà vers mon bureau, sans un mot.

J'ouvre mon ordinateur et je retrouve un semblant de bonne humeur en voyant la ribambelle de commentaires que j'ai encore reçus.

Hier, après une deuxième séance de rééducation chaotique à jouer les pantins, je me suis à nouveau réfugiée derrière l'immeuble. Mais bizarrement, je n'y suis pas allée pour être seule et m'apitoyer sur mon sort comme je le fais d'habitude. Pour être tout à fait honnête, je m'attendais à ce que Zack soit là. J'espérais pouvoir admirer les dessins sur sa peau et qu'il me fasse rire avec son air insolent et culotté. J'ai donc attendu quelques minutes. Peut-être même quelques heures… Après tout, je n'avais rien d'autre à faire de ma journée !

Mais malheureusement, il n'est jamais venu et je ne l'ai même pas croisé de la journée. Je me demande vraiment à quoi je m'attendais ! Qu'est-ce qu'un sportif comme lui a à faire d'une pauvre fille qui ne peut même pas marcher ?

En fin de journée, je me suis donc enfermée dans ma chambre, et pour supprimer cette boule de contrariété dans mon ventre, j'ai fait ce qui m'apaise le plus : je me suis occupée de mon blog culinaire. Quelle n'a pas été ma joie en constatant que mon idée de défi a plu et m'a carrément apporté une centaine d'abonnés en plus ! Du coup, j'ai passé la soirée sur mon site. Même si ça me manque de ne plus cuisiner, j'espère trouver d'autres idées de ce genre pour combler ce vide.

Quand je me rends compte de l'heure, je décide de descendre prendre l'air avant que ma famille n'arrive. Je zappe le petit-déjeuner, en sachant pertinemment que maman va me rapporter une tonne de choses à manger, et vais dehors. En ce dimanche ensoleillé, j'espère qu'ils seront accompagnés de mon frère ! Il me manque déjà tellement…

Une fois dans le parc, je m'installe près du banc, même si je suis seule. C'est un peu bête, car finalement, je pourrais m'arrêter n'importe où ! Mais je ne sais pas, c'est psychologique, je préfère toujours m'installer à côté d'un banc ou d'une chaise… un peu comme quand je pouvais réellement m'asseoir dessus.

Je tâche tout de même de ne pas me mettre à l'ombre du grand chêne et sors mon téléphone pour écouter de la musique. À peine ma playlist lancée que je ferme les yeux pour savourer ce moment de détente. Le soleil matinal, qui réchauffe ma peau, ajouté à cette douce mélodie sont les deux éléments qui forment le combo parfait pour me faire fantasmer.

D'ailleurs, je suis déjà en plein rêve éveillé. Je suis en train de me déplacer sans ce foutu fauteuil. De longues et belles jambes musclées me maintiennent debout, et je cours aussi vite que l'éclair. Oui, voilà mon rêve le plus fou.

Quand certains s'imaginent sur une île déserte ou exercer le métier idéal, moi, je m'imagine juste en train de… marcher.

J'ouvre brusquement les paupières en sentant une ombre me cacher le soleil et je me fige en constatant que Zack se tient debout devant moi. Rapidement, je retire mes écouteurs pour lui dire bonjour.

— OK, t'as l'air heureuse de me voir, me lance-t-il en plissant le nez.

Je secoue la tête en tentant de sourire. C'est juste que lorsque je me mets à repenser à la fille que j'étais avant, j'ai tendance à perdre ma joie de vivre. Déjà, je suis bien contente de ne pas être en train de pleurer comme lors de notre première rencontre…

— Mauvais timing, désolée.

— T'inquiète, répond-il sans me lâcher des yeux.

Tout à coup, et sans savoir pourquoi, je me sens mal à l'aise sous son regard. Pourtant, il me fixe sans aucune expression apparente. Il porte un simple jogging noir, un tee-shirt blanc et toujours ce bandage autour du cou qui surélève son bras gauche. Zack a les cheveux tellement en bataille qu'on croirait qu'il sort du lit ! En tout cas, David a encore raison sur une chose : ce mec est canon en toutes circonstances.

— Ton week-end se passe bien ? demandé-je, l'air de rien, en détournant le regard. Je ne t'ai pas croisé, hier.

— Ouais, souffle-t-il, en grimpant sur le banc.

J'écarquille les yeux en le regardant se mettre debout dessus avant de s'asseoir sur le dossier, les pieds sur l'assise.

— Hier, c'était grasse mat'. Et piscine, l'après-midi.

— OK.

S'installe ensuite un silence durant lequel je tente de trouver quoi dire. J'ai peur qu'il me trouve inintéressante et ne prenne plus la peine de venir me parler. Et en même temps, je me demande pourquoi j'ai ce genre de pensées !

Finalement, c'est lui qui rompt le silence :

— T'écoutes quoi ?

Je mets quelques secondes à percuter qu'il parle de la musique, toujours en fond sonore dans mes écouteurs.

— Oh, un peu de tout !

— Je peux ?

Sous mes yeux ébahis, il se décale pour se rapprocher de moi et se penche afin d'attraper l'une de mes oreillettes, sans même attendre une réponse de ma part. Je souris en plaçant la deuxième dans mon oreille, mais Zack a à peine entendu le son qu'il la retire aussitôt en grimaçant.

— Putain, t'es sérieuse ?

J'ouvre grand la bouche de surprise et m'apprête à lui demander quel est son problème quand il ajoute :

— Tu m'étonnes que tu déprimes en écoutant ça. File-moi ton portable.

Et comme il l'a fait avec mon écouteur, il le récupère lui-même pour passer à la musique suivante. Je me retiens de rire en entendant qu'il les fait toutes défiler en secouant la tête à chaque fois.

— La vache, t'as que ça ?!

— Comment ça ?

— Kodaline, Ed Sheeran, John Legend... que des chansons qui donnent envie de se pendre !

Je ne peux m'empêcher d'éclater de rire même si je le trouve tout de même gonflé de juger mon style musical. Et de me dire une chose pareille étant donné mon état...

— J'aime bien les tempos calmes et lents. Ça m'aide à me décontracter.

— Et à te foutre le cafard ! continue-t-il.

J'hallucine !

Même si sa façon de s'exprimer me surprend, je dois avouer qu'en y réfléchissant bien, il n'a pas tort. Après tout, j'étais presque en train de pleurer quand il m'a rejointe ici.

— Bon, et alors... Tu écoutes quoi, toi ?

Zack plisse les yeux en m'observant avec attention, puis sort son téléphone de sa poche pour y brancher mes écouteurs.

— Écoute-moi ça, dit-il, fier de lui.

Et là, j'entends quelque chose de beaucoup plus rythmé, que je ne connais pas du tout. Il m'adresse un sourire et je l'imite tout en écoutant avec lui. Il bouge sa jambe en rythme et je l'envie intérieurement de pouvoir faire ce geste anodin. Une fois terminé, il me demande :

— Alors ?

— Mouais…

— Est-ce que c'est un « mouais » qui veut dire : je suis trop fière pour avouer que j'ai kiffé ?

Tout en haussant une épaule, je me mords la lèvre pour retenir un sourire.

— C'était quoi ? demandé-je.

— Quoi ? tu vas me dire que tu ne connais pas Jason Derulo ?

Je secoue lentement la tête sous son regard interdit.

— Mais de quel monde tu viens au juste ?

Sûrement pas le même que le tien, Zack…

Je ne sais pas s'il remarque la grisaille qui traverse mon visage, mais il relance la même chanson tout en poussant le volume au maximum. Puis il attend le refrain pour faire un mouvement de danse avec son bras valide. Il passe rapidement sa main sur chacune de ses épaules, et j'éclate de rire quand, le bras en l'air, il se met à bouger de gauche à droite au rythme de la musique. Si David voyait ça… *Sexy en toutes circonstances, ce mec !*

— Danseur en plus ?

— C'est la chorégraphie de *Savage Love*, bébé.

Oh, mon Dieu !

Est-ce le titre de cette chanson ou ce surnom qui me fait frissonner de partout ?

Lui, en tout cas, ne semble pas du tout se rendre compte de l'effet qu'ont eu ses paroles sur moi, car il continue d'écouter tout en pianotant avec ses doigts sur ses genoux.

C'est fou, je n'arrive pas à m'empêcher de sourire tout en écoutant cette musique pour la deuxième fois. C'est définitif, je l'adore ! La chanson, évidemment.

— Tu me la montres, cette choré ?

— Plus tard, répond-il tout en m'adressant un clin d'œil.

Nous continuons d'écouter le même son, et je me fais la remarque que je me sens vraiment bien, là... Jusqu'à ce qu'une présence en face de nous me fasse perdre le sourire instantanément. Surtout quand je prends conscience qu'il s'agit de mes parents.

— Oh, salut ! dis-je en retirant vivement l'oreillette.

— Tout va bien, ma chérie ? me demande papa, dont le regard choqué fait des va-et-vient entre Zack et moi.

Ma mère, elle, a une expression tellement atterrée sur le visage qu'elle reste muette comme une carpe. Ce qui est très rare chez elle.

— Oui, ça va ! Papa, maman, je vous présente Zack. Zack... euh... voici mes parents.

De son air nonchalant, Zack leur adresse un simple signe de la tête, sans bouger. Pire, il ne retire même pas la musique de son oreille. Mon père déglutit en reluquant ses tatouages tandis que ma mère parait au bord de l'évanouissement.

À cet instant, dire que je suis gênée est un euphémisme !

Au bout d'un petit moment – qui me semble durer des heures – à se regarder sans rien dire, maman lâche enfin Zack des yeux pour se concentrer sur moi. Elle m'observe brièvement avant de me prendre dans ses bras tout en me faisant un bisou sur la joue.

— Comment tu vas, ma puce ? demande-t-elle, en attrapant mon visage en coupe tout en fronçant ses sourcils noirs. Tu as l'air d'avoir maigri ! Tu manges bien ici ?

Oh non, la honte !

Je n'ose même pas regarder Zack, qui doit sûrement me prendre pour une vraie gamine.

— Ça va, maman ! dis-je en me dégageant de ses mains.

J'en profite pour jeter un œil à Zack, dont la mine amusée me donne envie de disparaitre.

— Regarde ce que j'ai pour toi ! s'écrie jovialement ma mère en sortant de son sac-cabas un gâteau au chocolat fait maison et un sachet de bonbons. Et c'est ta recette à toi, en plus ! Enfin, je ne suis pas aussi douée que toi, mais j'y ai mis tout mon cœur !

Mais qu'on m'achève !

— Bon, dit mon père. Si on allait à la cafétéria se prendre un bon café ?

Il me fait les gros yeux pour me faire comprendre qu'il souhaite se débarrasser de mon camarade peu conventionnel et, même si leur réaction démesurée m'exaspère, j'acquiesce.

Ils sont quand même venus pour me voir !

— Bon, eh bien… bonne journée, Zack ! dis-je en récupérant mon portable, qui était encore dans sa main.

Cet idiot ne m'aide même pas, et je dois tirer sur le fil pour récupérer l'écouteur toujours dans son oreille.

Avec un léger sourire en coin, il lève une main en l'air pour me dire au revoir, et mon père s'empresse de se mettre derrière mon fauteuil pour m'aider à avancer. Une fois que j'ai le dos tourné, je relâche tout l'air contenu dans mes poumons, mais nous avons à peine fait quelques mètres que Zack me lance d'une voix rieuse :

— À ce soir, Call, même heure, même endroit…

Chapitre 17 – Callie

Ce type est un grand malade !

Les derniers mots de Zack ont fait l'effet d'une bombe. Mes parents se sont figés instantanément, mais personne n'a rien osé dire. Après un léger temps d'arrêt montrant bien leur surprise, nous avons continué d'avancer jusqu'à la cafèt', sans un mot.

Sur le coup, je n'avais qu'une envie, me retourner pour l'assassiner du regard. À aucun moment, on ne s'est donné rendez-vous, notre rencontre de ce matin était même un pur hasard ! Qu'est-ce qui lui a pris de dire un truc pareil ? La réponse est simple : c'était de la provocation. Même s'il n'a rien dit, Zack a bien vu la manière dont le scrutaient mes parents, et il a trouvé moyen de les attaquer subtilement.

Tandis que nous traversons le hall, je me mets finalement à rire en y repensant. Plus je connais Zack et plus je m'aperçois qu'il se fiche complètement de ce que peuvent penser les gens. Il se moque de plaire ou non. La surprise de sa franchise et son attitude nonchalante me laissent souvent sans voix.

Et je ne suis pas la seule d'ailleurs !

Une fois installés, mes parents mettent quelques secondes à enclencher le dialogue.

— Alors, ma puce, quoi de neuf ? Je vois que tu as fait de nouvelles rencontres. David et Kate ne sont plus là ?

J'adore cette aptitude qu'a ma mère de tenter de détourner l'attention. En gros, je te pose vite une autre question pour faire comme si tu n'avais pas entendu la première. C'est certainement une façon pour elle de ne pas affronter directement la réponse.

— En effet, David et Kate sont passés en soins de jour.

Les lèvres pincées, je sens que ma mère bout de connaitre la réponse à sa première question, et je prends un malin plaisir à faire durer le suspense.

— David va beaucoup mieux et Kate commence à prendre confiance. Ça devrait s'arranger rapidement pour eux.

Leurs sourires coincés témoignent bien du fait qu'ils n'attendent qu'une chose : que j'en dise plus à propos de Zack. Mais je fais comme si je n'avais pas capté. Au bout de quelques secondes de silence, mon père capitule.

— Ce garçon a l'air… sympa ! dit-il en affichant un sourire aussi juste qu'une guitare mal accordée.

Papa ne sait absolument pas mentir, et on peut voir dans ses yeux qu'il se force à dire ça.

— Oui, on ne se connait que depuis peu, mais Zack est cool.

Tous deux déglutissent ensemble, et je ris intérieurement. *S'ils voyaient leur tête !*

— Et ta rééducation, alors ? Tu nous racontes ces premières séances ?

Je glousse en voyant mes parents désespérés de ma nouvelle rencontre. En effet, il vaut mieux changer de sujet. Cela dit, celui-ci ne m'enchante pas vraiment.

Je souffle et baisse la tête. Me remémorer ces efforts qui ne servent à rien me donne envie de pleurer, mais je ne veux en aucun cas inquiéter mes parents. En même temps, je ne peux pas minimiser la souffrance morale que cela m'inflige. Ils ont toujours été là pour moi, je me dois d'être honnête.

— Ce n'est franchement pas facile ! Voire carrément désespérant.

Sans pouvoir m'en empêcher, mes mains se mettent à trembler légèrement, et ma voix devient chevrotante. Ma mère se lève et vient positionner ses bras autour de mes épaules.

— Ma chérie, je suis sûre que ça va aller en s'arrangeant. Ce sont les premières séances, il faut te laisser du temps.

— Oui, mais après deux séances, il n'y a eu aucune évolution. Je ne suis pas sûre que les résultats seront au rendez-vous…

— Moi, j'en suis persuadé ! me contredit mon père en posant sa main sur la mienne.

Les avoir près de moi me réconforte, mais je reste intimement convaincue que tout ceci ne fera pas des miracles.

— Et ton blog ? m'interroge ma mère en voyant que le thème de la rééducation n'est pas forcément le bon pour discuter sereinement.

— Ça va. J'ai de plus en plus d'abonnés et j'ai trouvé de nouvelles idées qui semblent plaire. Mais la cuisine me manque !

— On peut peut-être demander au docteur si tu peux bientôt venir passer une journée à la maison ? Comme ça, on pourra cuisiner ensemble. À moi aussi ça me manque !

C'est vrai que c'était un peu notre moment à nous deux. Ma mère, en tant que commis, et moi, aux fourneaux. On a testé des associations de goût pour parfois finir par tout jeter. Maman m'a largement initiée aux plaisirs de la bouffe, comme elle le dit, et je l'en remercie, car sans cette soudaine passion, je ne sais pas ce qui m'aurait tenu la tête hors de l'eau.

Façon de parler évidemment…

— Super idée ! Je demanderai au médecin. Et vous, quoi de beau ? Jenna m'a dit qu'elle n'était pas dispo pour venir, mais Gabriel ? Est-ce qu'il va passer ?

— Non, ma chérie, Gaby est parti en week-end avec ses amis pour fêter la fin des exams. Il nous a évidemment dit de t'embrasser bien fort et il viendra te voir très prochainement.

Je baisse la tête, un peu déçue de ne pas voir mon frère aujourd'hui, mais au fond, je suis heureuse qu'il s'éclate avec ses potes. Après tout, ce n'est pas une vie de rendre visite à sa grande sœur impotente, et Dieu sait qu'il remplit déjà largement son rôle de super petit frère.

— En revanche, il est très impliqué dans l'organisation de votre séjour à la mer. Ça lui tient vraiment à cœur.

Oups, j'avais oublié ça !

Je souris pour tenter de cacher mon angoisse, mais c'est peine perdue, puisque ma mère répond avant même que j'aie le temps d'ouvrir la bouche :

— Callie, ce sera super ! Vous allez vous amuser !

Si tu le dis...

— Et si on goûtait ce gâteau ? proposé-je en tendant les bras en direction du plat.

Peut-être que le chocolat calmera mes pulsations cardiaques !

Ma mère se lève pour aller chercher un couteau et mon père commence à me raconter une anecdote de son boulot, ce qui a le don de me faire rire.

En fait, j'ai un peu l'impression de revenir à l'époque où j'étais déjà là à temps complet. Dès que mes parents venaient me voir, la première demi-heure consistait en des questions-réponses sur mon quotidien et les soins. Puis, passé ce moment de « mise à jour », nous entamions enfin une discussion, comme des personnes ayant une vie normale. *Exit* la pitié et les encouragements vains. Place à la vraie vie, et c'est ce que je préfère !

Quand ma mère revient, nous sommes en train de rire de son collègue qui est arrivé au bureau en pantoufles parce qu'il n'a pas fait attention en partant de chez lui. Même si je n'aurai jamais ce genre d'anecdotes à raconter, j'aime qu'on me fasse partager un quotidien classique.

— Tiens, goûte, ma puce.

Je plonge la cuillère dans la part de gâteau au chocolat et prends le temps de déguster. En effet, ça change des gâteaux secs qu'on a à la cantine. Je ferme les yeux pour profiter au maximum du sucre qui éclate sur mes papilles.

La bouche pleine, je lève le pouce en direction de ma mère pour lui indiquer que c'est excellent.

— Délicieux, maman !

Elle me regarde, suspicieuse, avant de demander :

— Mais ?

Je me mets à rire parce que ma mère me connait par cœur et sait qu'en matière de cuisine je suis intraitable et jamais complètement satisfaite. Même quand c'est moi qui suis aux commandes, je pars du principe que c'est toujours perfectible.

— J'aurais mis un peu plus de crème dans ta ganache. Mais sinon, c'est parfait ! Et que ça fait du bien de manger de vraies bonnes choses ! Merci beaucoup !

— Avec plaisir ! La note ?

— 4,5/5.

— Pas mal, finalement !

Une idée me vient alors.

— Plus personne n'y touche !

Mes parents se redressent et lèvent les mains en l'air en me sondant du regard sans comprendre où je veux en venir. Je sors mon téléphone et prends en photo le gâteau sous toutes ses formes. Après plusieurs minutes à m'observer sans rien dire, mon père m'interroge :

— Tu comptes faire quoi de ces photos ?

— Je vais faire une recette inversée. Je vais poster toutes les photos et demander à mes abonnés de me donner la recette !

— Super ! s'extasie ma mère en tapant dans ses mains.

L'idée n'est pas aussi folle que sa réaction, mais disons que ça aura le mérite de faire patienter ceux qui me suivent jusqu'à ce que je puisse enfin regagner une vraie cuisine.

Chapitre 18 – Callie

Le reste de la journée passe vite, et mes parents partent juste avant le diner. Cela me fait toujours un pincement au cœur de les quitter en sachant que je ne les reverrai pas pendant plusieurs jours, mais je fais tout pour ne pas leur montrer. S'ils sentent que je vais mal, ils viendront me voir durant la semaine, et je ne veux pas bouleverser davantage leur emploi du temps. Ils en ont déjà fait tellement pour moi ! Après mon accident, maman a carrément arrêté de travailler pour s'occuper de moi. Puis elle a repris à mi-temps, et même si je n'arrête pas de lui dire qu'elle peut retravailler comme avant, elle s'y refuse.

En entrant dans le réfectoire, je ne peux m'empêcher de regarder partout autour de moi, mais encore une fois, Zack n'est pas là. À croire que ce mec ne mange jamais !

C'est donc seule que je me mets à table et, une fois devant mon assiette, je me demande pourquoi je suis venue ici. Après avoir englouti trois parts du gâteau de maman, je n'ai plus faim !

Je prends tout de même le temps de picorer tranquillement, tout en regardant des vidéos sur mon portable. Dès que j'ai terminé, je m'apprête à remonter dans ma chambre quand je me souviens de ce que m'a proposé Zack, tout à l'heure. Sur le coup, je l'ai vu comme une provocation envers mes parents, mais une petite partie de moi se demande s'il souhaitait vraiment qu'on se retrouve, ce soir.

Même si je m'estime bien bête d'imaginer que ce garçon veuille passer du temps avec moi, je fais demi-tour et sors du bâtiment. Une fois dehors, je prends conscience que je n'ai vraiment pas l'habitude de sortir si tard le soir. Surtout lorsque j'emprunte l'allée qui mène aux poubelles, seule, et dans la nuit noire.

En arrivant, je secoue la tête tant je me trouve ridicule. Évidemment, Zack n'est pas là.

Je tente d'étouffer ce sentiment de déception qui m'assaille. Pourquoi est-ce que je ressens ça ? La raison m'en échappe.

Après tout, même si je n'ai pas l'habitude de venir à cette heure-là, c'est ici que je viens me réfugier pour avoir la paix. Alors, pourquoi je ne profiterais pas de ce moment de solitude ? Je ferme les yeux et tente de me décontracter, mais rien n'y fait, pour cette fois, ce n'est pas ce que je cherchais en venant ici.

Je pose mes mains sur les roues de mon fauteuil pour me retourner et partir, mais je tombe nez à nez avec une silhouette. *C'est lui.*

Un petit sourire se dessine sur ses lèvres lorsqu'il me voit sursauter. Pourquoi est-ce que je ne peux m'empêcher de me dire qu'il est beau ? Ce n'est vraiment pas mon style d'avoir ce genre de pensées.

— Alors tu es venu…

— Je t'ai donné rendez-vous, non ? raille-t-il.

Honnêtement, je comptais lui passer un savon pour ce qu'il m'a fait tout à l'heure. Mais finalement, je lui renvoie son sourire taquin. *Il me le payera plus tard !*

Tout en allumant sa clope, Zack descend son regard sur le bas de mon corps avant de revenir à mon visage.

— Pourquoi tu n'as pas de fauteuil électrique ?

Alors que je hausse les sourcils, surprise qu'il me demande une telle chose, Zack se laisse glisser contre le mur pour s'asseoir exactement à la même place que la dernière fois. Le lampadaire situé un peu plus loin me permet de voir son visage dans cette pénombre et, à l'inverse de ce que je peux ressentir, je remarque qu'il est complètement serein.

— J'en ai eu un au début.

Je prends quelques secondes avant de me lancer dans les explications, car c'est toujours douloureux de repenser à ce que j'ai vécu. Zack attend tranquillement que je lui raconte la suite.

— Ici, on nous conseille d'utiliser un fauteuil manuel pour nous maintenir en forme. Au fur et à mesure de la rééducation, je me suis musclée et j'ai réappris à utiliser mes bras correctement de façon à me déplacer seule.

Zack ne réplique pas et plisse les yeux pour recracher la fumée de sa cigarette. Pendant un instant, je m'apprête à lui demander pourquoi cette question lui est venue à l'esprit. Puis je fais le rapprochement avec la rencontre de mes parents. Même s'ils sont plutôt simples, on voit tout de suite qu'ils sont distingués. Il a sûrement dû se dire que ma famille avait les moyens…

Vu que je n'ai absolument pas envie de parler d'eux ni du siège qui me sert à me déplacer, je change de sujet.

— J'ai téléchargé ta musique, m'exclamé-je en agitant mon téléphone en l'air.

Zack sourit légèrement en adoptant une expression songeuse. Je garde le silence, tout en le regardant fumer, jusqu'à ce qu'il réagisse enfin à ma remarque :

— En fait, c'est ma petite sœur qui écoute cette chanson. Tu me fais un peu penser à elle, alors je me suis dit qu'elle te plairait.

Une pensée subite et étrange me vient à l'esprit : je n'ai pas envie qu'il me voie comme une petite sœur. Mais d'un côté, ça ne m'étonne pas. Les gens me voient souvent comme une gamine. Une petite fille qu'il faut protéger. Seulement, je n'avais pas l'impression d'être dans cette position aux yeux de Zack, bien au contraire…

— Quel âge a-t-elle ?

— Neuf ans.

Super…

— Tu as beaucoup de frères et sœurs ?

Une lueur sombre traverse son visage. Zack tire longuement sur sa clope avant de répondre en soufflant :

— Non, seulement elle.

Son visage se ferme tout à coup et il tourne la tête de l'autre côté. Je saisis alors qu'il n'a pas non plus envie de parler de sa famille. Ou bien c'est à moi qu'il n'a plus envie de parler ? Ma gorge se serre à cette idée. Je ne sais pas pourquoi, mais je me sens bien en sa présence. Il me donne l'impression d'être quelqu'un de normal.

— Tiens, approche, m'ordonne-t-il tout à coup.

J'hésite une seconde, puis je m'avance jusqu'à lui en me demandant ce qu'il veut. Quand il sort le téléphone de sa poche, je me mets à sourire.

— Écoute ça, murmure-t-il.

Une musique jouée à la guitare résonne dans son téléphone et Zack s'empresse de baisser le volume pour qu'on ne se fasse pas griller. Puis il pose sa tête contre le mur en fermant les yeux. Malgré un rythme assez rapide, la voix du chanteur et les instruments sont plutôt apaisants. J'en profite pour observer son cou. Il est large et partiellement encré lui aussi. Je me demande alors s'il est également tatoué au niveau du torse.

Quand il rouvre les paupières, je me racle la gorge avant de lui demander :

— C'est quoi ?

— Jack Jackson, répond-il d'une voix rauque comme s'il venait de se réveiller. Je kiffe tous ses sons. Celui-là, c'est *Better Together*.

Encore une fois, le titre provoque une sensation étrange en moi. Mais Zack ne semble pas sous-entendre quoi que ce soit.

— Tu en as d'autres ? demandé-je, en tentant de cacher mon trouble.

Un demi-sourire aux lèvres, Zack passe à la chanson suivante. Nous écoutons alors sa playlist, dont plusieurs musiques de cet artiste que je ne connais pas. Ce moment de partage est comme suspendu dans le temps. J'apprécie tellement qu'il m'arrive même de l'imiter en fermant les yeux, pour mieux me détendre.

Ce n'est que lorsque je regarde ma montre que je me rends compte que cela fait presque deux heures que nous sommes ici.

— Bon sang, il est presque minuit ! m'affolé-je.

Zack ricane, sa musique toujours en fond sonore, et je secoue la tête avant de lui expliquer :

— C'est que demain, je… j'ai… je dois me lever tôt.

Pas envie de pourrir l'ambiance en pensant à cette fameuse séance que je redoute tant, demain matin à la première heure.

— Et alors ?

Je hausse les épaules. Est-ce que ça veut dire qu'il souhaite que je reste avec lui ?

— Qu'est-ce que tu fais dans la vie ?

Il aurait pu me demander tout un tas de choses, mais je ne m'attendais certainement pas à ça. Je le fixe, étonnée. Zack n'est pas du style à poser des questions personnelles, et il fallait qu'il le fasse avec la pire qui soit.

— Rien de spécial, dis-je en sentant mon cœur se serrer.

J'ai un peu honte de lui donner cette réponse, mais d'un autre côté, il voit bien que je ne peux pas travailler, non ?

— Rien ? insiste-t-il en arquant son fameux sourcil.

— Je… je tiens un blog, mais… sinon je ne fais rien d'autre.

— Un blog de quoi, pâtisserie ?

J'écarquille les yeux de stupeur.

— Comment sais-tu que…

Je m'arrête en comprenant toute seule. Ma mère a parlé de ça tout à l'heure et bien évidemment, il n'en a pas perdu une miette. Je reprends mon souffle avant de lui répondre :

— Un blog culinaire, oui. Je fais pas mal de pâtisserie, mais ma spécialité, ce sont les recettes à la française.

Zack ne dit plus rien, mais son regard semble interrogateur, alors je continue :

— Ma mère est française, et j'ai toujours adoré ce pays. Enfin, je n'y suis jamais allée, mais… tout me fascine, et surtout leur gastronomie. Ce qui est drôle, c'est que maman n'est pas spécialement bonne cuisinière et qu'elle ne connait pas grand-chose de son pays natal.

Non, mais qu'est-ce qu'il me prend de raconter ma vie comme ça ?

Je me pince les lèvres comme pour m'excuser, mais il continue de m'observer sans rien dire, avec une expression flegmatique.

— Bref, mon blog est un peu en stand-by depuis que je suis revenue ici.

— Pourquoi ?

— Pourquoi ? répété-je en riant. Voyons, comment veux-tu que je cuisine, ici ?

Zack s'apprêtait à allumer sa deuxième clope quand finalement, il se met debout et la retire de ses lèvres pour la ranger dans sa poche.

— J'ai une idée, me lance-t-il. Tu me suis ?

— Pourquoi j'ai l'impression que ça ne va pas me plaire…, dis-je, alors que sans savoir pour quelle raison, je le suivrais n'importe où.

Zack m'offre un sourire malicieux avant de me faire signe de venir avec lui.

Chapitre 19 – Zack

Forcer la porte du garde-manger située juste derrière le bâtiment du réfectoire est un jeu d'enfant pour moi. Je n'ai pas vraiment de mérite parce qu'avec le temps que j'ai passé ici depuis mon arrivée, j'ai largement pu observer les cuistots quand ils sortaient fumer leurs clopes entre deux services.

Callie me suit sans vraiment savoir où on va et quand je commence à ouvrir la porte, elle chuchote très fort :

— Non, mais tu es fou ! On n'a pas le droit !

— Est-ce que tu vois quelqu'un, là ?

— Et s'il y a une alarme ?

— T'inquiète !

Elle n'a pas le temps de continuer à m'engueuler que je me suis déjà engouffré dans la pièce. Tout est sombre et silencieux. Quand je ressors pour lui faire signe d'avancer, Callie a les bras croisés et ne bouge pas d'un iota.

— Je te croyais plus courageuse que ça ! lui lancé-je en croisant les bras à mon tour tout en m'appuyant contre le montant de la porte.

— Et tu comptes faire quoi au juste ? râle-t-elle en me fusillant du regard.

— Moi ? Rien ! Ce n'est pas moi le pro.

Je ne sais pas pourquoi, son air offusqué m'amuse plus que d'ordinaire. Je suis sûr qu'elle n'a jamais enfreint les règles de quoi que ce soit et la faire sortir de ses gonds est juste super kiffant.

Callie tourne la tête dans tous les sens et souffle bruyamment, mais elle ne fait pas demi-tour pour autant. Je vois qu'elle est à deux doigts de franchir la limite autorisée, mais sa bonne éducation l'en empêche.

— Allez, on n'a qu'une vie !

Elle ouvre la bouche de surprise et son regard se durcit davantage tellement elle semble choquée par mes propos. Puis elle se met à rire nerveusement en se cachant le visage dans ses mains.

— OK ! Mais si on se fait attraper, je dirai que tu m'as forcée !

— Aucun problème.

Au début, je n'étais pas sûr qu'elle accepterait, mais elle n'a pas froid aux yeux finalement.

Callie me rejoint en empruntant la rampe d'accès, et je lui fais un signe de tête pour qu'elle me suive. J'appuie sur les interrupteurs et de gros néons nous éblouissent, éclairant l'immense cuisine. Quand je me retourne, j'ai l'impression de voir une petite fille devant un énorme cadeau de Noël. Callie semble émerveillée de se retrouver là. Elle contourne l'énorme plan de travail en alu tout en passant doucement sa main dessus.

Après ces quelques secondes, elle s'arrête et se retourne dans ma direction.

— Et maintenant ?

— À toi de jouer !

— Quoi, « à moi de jouer » ?

— Dans une cuisine, on fait quoi à ton avis ?

Je repense vaguement à ce que j'ai déjà pu faire dans une cuisine… mais on va s'en tenir à sa fonction première.

Callie souffle en secouant la tête, mais son demi-sourire aux lèvres trahit son envie de se lancer. Elle est presque craquante…

— Tu veux que je cuisine ?

— Oui, rien que pour moi ! la taquiné-je en la voyant virer au rouge pivoine.

Je ne sais pas pourquoi, j'ai toujours envie de la faire rire ou de l'embêter. Quand elle reprend son sérieux, elle baisse les yeux sur ses mains, et je remarque que quelque chose la dérange.

— Tu flippes ?

— Non, ce n'est pas ça !

J'appuie mon bras gauche sur l'îlot central et je la fixe en attendant qu'elle m'explique pourquoi elle bloque comme ça. Elle met quelques secondes à me regarder en face et son visage a perdu toute sa gaieté. Je fronce les sourcils pour l'intimer à parler.

— C'est que… ça ne va pas être possible !

— Et pourquoi ? On est dans une cuisine, il y a tout ce qu'il faut, non ?

— Je te rappelle que je suis assise et que les installations sont faites pour des personnes valides ! me cingle-t-elle de sa remarque et d'un regard froid.

Merde, j'y avais pas pensé ! Et c'est vrai que sa tête dépasse à peine du plan de travail.

— Et en plus, je ne cuisine jamais seule. J'ai besoin de quelqu'un pour m'aider.

— Je suis ton homme ! m'exclamé-je sans réfléchir.

Je constate immédiatement qu'elle est déstabilisée par mes paroles, mais c'est bien la seule chose que je puisse faire pour l'aider. Elle avait tellement l'air heureuse quand elle est rentrée ici qu'on ne va pas tout arrêter maintenant. Et puis en plus, j'ai la dalle !

Je me retourne sans lui laisser le temps de répondre et file en direction d'un énorme frigo. Quand je l'ouvre, j'ai l'impression d'être dans une pièce congelée.

— Oh, putain, c'est immense ! Viens voir.

Elle ne bouge pas et me réplique d'un ton blasé :

— Ça s'appelle une chambre froide, Zack.

Ouais, bah, qu'est-ce que j'y connais, moi ?!

Perso, c'est la première fois que je vois ce genre de truc. Je me sens inculte tout à coup, mais je ne me laisse pas faire.

— Je suis sûr que tu vas cuisiner un jambalaya[3]…

— Tu me prends pour une petite joueuse ? proteste-t-elle en haussant les sourcils. Et puis je n'aurai pas le temps. J'ai tellement peur que quelqu'un débarque…

— Alors ? Qu'est-ce qu'il te faut ?

Je sens qu'elle hésite, mais je me recule pour qu'elle puisse entrer à son tour. Elle lève la tête pour regarder partout autour d'elle.

J'ai l'impression qu'elle est dans la caverne d'Ali Baba, mais au lieu de trésors, on est juste devant des fruits, des légumes, et des kilos de victuailles.

— Tiens, prends les œufs, là, une brique de lait et de la farine.

— À vos ordres, chef ! dis-je en positionnant ma main sur ma tempe.

---

[3] Le jambalaya, ou jumbalaya, est une spécialité culinaire à base de riz, emblématique de la Louisiane aux États-Unis

Elle se marre, et le bruit agréable de son rire me fait un drôle d'effet. Du coup, je la suis en rigolant à mon tour.

Callie tend le bras en l'air en direction d'une étagère.

— Mon commis ?

Mon quoi ?!

Avec tous ces termes à la con, je suis largué !

— Un commis, c'est le nom de celui qui aide en cuisine, reprend-elle en voyant que je bugge complètement.

Je souris pour la remercier d'être venue à ma rescousse. Toujours le bras en l'air, elle me dit :

— Saladier !

J'attrape l'objet et je le lui tends.

— Fouet !

Ça devient flippant !

Une fois qu'elle a le matériel entre les mains, elle avance et se dirige en direction de la balance. Son sourire est revenu, et elle semble de plus en plus à l'aise quand moi, je cours à droite et à gauche pour trouver ce qu'il lui faut.

— Deux cent cinquante grammes de farine, s'il te plait.

Je commence à verser la poudre blanche dans le bac de la balance et, évidemment, un énorme paquet vient s'écraser à côté.

— Merde !

De nouveau, je l'entends rire dans mon dos.

Vas-y, moque-toi !

— J'espère que tu es moins gauche avec un ballon ! s'exclame-t-elle en pouffant.

En temps normal, j'aurais envoyé chier quelqu'un qui se fout de ma gueule aussi ouvertement. Mais sans savoir pourquoi, sa taquinerie me fait marrer.

Une fois que la farine est dans le récipient, Callie commence à casser les œufs. Je suis impressionné de la voir aussi concentrée. Et à l'inverse de moi, alors que le saladier est sur ses genoux, rien ne dépasse. Elle prend ensuite le lait et en verse en mélangeant au fur et à mesure.

Sacré coup de fouet !

Tout le haut de son corps se remue, et je vois qu'elle y met toute sa force. Elle rajoute du lait petit à petit et bat de nouveau avec vigueur. Entre deux battements, elle s'arrête pour attraper ses longs cheveux châtains et les ramener sur son épaule gauche, ce qui dégage son visage. C'est alors que je remarque que son nez est fin et ses pommettes légèrement rebondies. Callie se mord la lèvre inférieure tant elle est concentrée, et je bloque complètement sur ce simple geste. Elle est mignonne quand elle est à fond dans ce qu'elle fait.

Mignonne ? Non, mais je déraille !

— C'est un gâteau ?

— Non, des crêpes ! me répond-elle sans lever le nez de sa pâte.

Une fois qu'elle s'arrête, elle prend une grande inspiration, comme pour reprendre son souffle.

— Il me faut du beurre et une poêle plate, antiadhésive.

Facile !

Je galère un peu à trouver, mais finis par lui rapporter ce qu'il faut.

— Tu peux lancer le feu ?

Je me penche en avant pour tourner le bouton, mais le peu de place fait que je suis carrément au-dessus de Callie. Elle s'adosse contre le dossier de son fauteuil et tente de reculer, mais elle est bloquée par un autre meuble.

— C'est bon ! lancé-je fièrement.

— Bon, pour la cuisson, c'est toi qui prends la main !

Mais bien sûr... Je n'ai jamais fait ça de ma vie, je vais foutre le feu !

— Ça va aller ! m'encourage-t-elle, en posant sa main sur mon poignet, qu'elle retire immédiatement comme si elle s'était brûlée.

Ce bref contact me fait bizarre, mais j'essaie de rester concentré sur ce que je dois faire.

— Après avoir beurré la poêle pour pas que ça accroche, tu verses une louche dedans et une fois qu'elle aura cuit, on la fera sauter.

Je m'exécute sous son regard approbateur, et au bout de quelques minutes à observer la pâte chauffer et se rétracter, je prends la poêle pour lui montrer. Elle acquiesce d'un signe de tête et me prend le manche des mains. Nos doigts se frôlent un bref instant, et nous nous regardons au même moment. Je sens qu'elle est gênée par cette proximité, mais je fais comme si je n'avais rien remarqué.

— Tu es prêt ? me demande-t-elle.

Prêt à quoi ?!

D'un coup sec du poignet, elle avance la poêle, ce qui a pour effet de faire voltiger la crêpe en l'air et de lui faire faire un salto pour qu'elle se retrouve sur l'autre face.

— Impressionnant ! Même pas besoin de cette cuillère plate ? dis-je en lui montrant l'objet que j'ai dans la main.

— Spatule, Zack !

— Ouais, appelle ça comme tu veux !

Elle sourit et avance en direction du simple frigo blanc pour l'ouvrir. Puis elle en sort différents pots, dont un de confiture et un de chocolat.

— À toi ! m'ordonne-t-elle en me désignant la poêle.

— Je vais faire un carnage…

— Mais non, tu te débrouilles très bien, allez !

Je tente alors de retourner la pâte cuite, mais le résultat est très moyen. Elle s'est pliée en deux et a collé sur le bord.

À chier !

Elle rit en se moquant ouvertement de moi, mais encore une fois, je n'arrive pas à l'envoyer bouler.

Nous continuons de faire cuire toutes les crêpes en silence, mis à part nos rires qui résonnent dans la pièce quand vient enfin le moment de les manger !

— Voilà une vraie crêpe à la française, dit-elle en me tendant un triangle dégoulinant.

Quand je goûte, le mélange du citron et du sucre me fait avoir un orgasme culinaire. J'ai failli lui dire ça, mais pour une fois, je me suis retenu de sortir une connerie.

— C'est trop bon ! me contenté-je de lui dire, la bouche encore pleine.

— Crêpe Suzette !

Je lui adresse un clin d'œil pour la remercier. En plus, c'était plutôt cool de cuisiner.

Putain, si mes potes me voyaient !

Quand nous avons terminé, Callie commence à ranger les pots, puis se dirige vers le fond de la pièce en prenant tous les ustensiles à la main.

— Tu fais quoi ?

— La plonge !

C'est quoi ça encore ?!

Devant mon air atterré, Callie pouffe tout en avançant.

— Désolée, mais là aussi j'ai besoin de ton aide, dit-elle en me faisant signe de la rejoindre.

Je m'approche et découvre l'immense bac à vaisselle.

— Tu as tout compris, ajoute-t-elle en voyant mon air désespéré.

C'est bien parce qu'il ne faut pas qu'on sache qu'on est venus là, mais franchement, c'est pas mon truc ! Je grogne tout en frottant rapidement tout ce dont nous nous sommes servis, et Callie récupère et essuie les différents objets, avec toujours ce même sourire accroché aux lèvres. Alors que je range le saladier, on entend du mouvement, au loin.

Callie se décompose et commence à avancer le plus vite qu'elle peut. Je ne réfléchis pas et me saisis de son fauteuil pour ressortir illico. Elle pousse un petit cri de surprise en sentant la pulsion de mes mouvements et nous arrivons à quitter les lieux avant de nous faire choper.

C'était moins une !

Une fois dehors, je continue de la faire avancer alors même qu'elle se retourne pour me fusiller du regard.

— Stop ! hurle-t-elle à travers la nuit.

Je m'arrête net et me mets à côté d'elle tout en reprenant mon souffle. L'adrénaline lui apporte une expression que je ne lui connaissais pas, et le simple clair de lune dévoile vraiment son visage.

Merde, elle est vraiment très belle !

Alors que je m'attends à ce qu'elle me crie dessus et qu'elle enchaine sur les risques qu'on a pris, elle me fixe avant de dire tout bas :

— Merci pour tout, Zack.

Chapitre 20 – Callie

— Bravo, Callie, tu es sur la bonne voie !

Le docteur Crown parait tellement sincère que j'y croirais presque. Quant à Mme Smith, elle ne cesse de sourire, contrairement aux deux dernières séances où elle semblait aussi terrorisée que moi. Sûrement de me voir dans un état si pitoyable.

— Merci, dis-je, en tentant de leur adresser un sourire poli avant de quitter la pièce.

Ils savent tous aussi bien que moi qu'il n'y a pas eu d'amélioration depuis la dernière fois. Au contraire, j'avais même du mal à suivre les indications tellement mon esprit était embrumé. De fatigue et de… plein d'autres choses que je ne saurais qualifier.

Hier soir, après avoir passé la plus incroyable des soirées depuis que je suis dans ce centre, j'ai eu du mal à trouver le sommeil. Pourtant, il était déjà trois heures du matin quand je suis revenue dans ma chambre. Je n'avais pas ressenti une aussi forte montée d'adrénaline depuis très longtemps.

Mais cette fois, ce qui m'empêchait de fermer l'œil n'était pas une angoisse ou quelque chose qui y ressemble. Plutôt un mélange d'excitation et de pensées étranges… Je me suis remémoré chaque moment passé avec Zack en boucle dans ma tête. Et chaque fois que je revoyais son sourire, que j'entendais ses répliques ou que je me souvenais de ce que j'avais éprouvé lorsque sa peau avait effleuré la mienne, une drôle de sensation envahissait tout mon corps. J'ai adoré la façon qu'il avait de me regarder quand je cuisinais. J'avais l'impression d'être quelqu'un d'important, et c'est quelque chose que je ne ressens jamais.

J'ai fini par m'endormir aux alentours de quatre heures du matin, et quand le réveil a sonné quelques heures plus tard, je n'ai même pas éprouvé cette lourdeur dans le cœur. Au contraire, je me sentais bien et apaisée.

Du coup, même si cette séance ne s'est pas forcément mieux déroulée sur un plan technique, mon moral n'est pas aussi bas que d'habitude.

Quand j'arrive dehors, j'aperçois tout de suite Kate et David en train de prendre leur café sur notre banc habituel. Je ne peux m'empêcher de balayer le parc du regard pour voir si Zack est présent et je me sens ridicule de constater que mon pouls s'accélère à cette idée. Mais ce qu'il m'a fait vivre hier était si exceptionnel… Je sais que ce n'est sûrement pas grand-chose pour lui, mais pour moi, c'est énorme.

— Salut !

En me voyant, David se redresse aussitôt pour me tendre mon gobelet.

— Café froid ?

Je ris en tendant mon bras pour le récupérer.

— Désolée ! Le doc voulait me parler après la séance. Vous avez passé un bon week-end ?

Kate hoche légèrement la tête tandis que David se met à nous raconter qu'il a glandé pendant deux jours.

— Alors, au lieu de sortir t'éclater quand tu quittes enfin cet endroit, toi, tu passes ton temps devant la télé ? lâche Kate.

— Quoi, tu vas me faire croire que tu as passé le week-end du siècle ? rétorque-t-il aussitôt.

Kate hausse les épaules avant de finir le fond de sa tasse.

— Et toi, Call ?

Tout à coup, je me fige, comme prise en flagrant délit de je ne sais quoi.

— Moi ? Euh… je… comme d'hab', quoi.

Je n'ai absolument pas envie de leur parler de Zack, car je vois déjà arriver les milliers d'interrogations auxquelles je risque d'avoir droit. Et le pire c'est que, même moi, je n'ai pas de réponses à ces questions !

— Tout va bien, Callie ? s'inquiète David en fronçant les sourcils. T'es sûre que ça a été, ce matin ?

Ça m'arrange bien qu'il en déduise, encore une fois, que ce sont mes séances qui me troublent et non le garçon à la peau tatouée.

— Ouais, je… Le docteur Crown m'a encore bassinée pour la piscine et… bref, comme vous le savez, c'est compliqué.

Quand je vois leur moue désolée, je baisse le regard sur mes mains, gênée de leur mentir. Enfin, il ne s'agit pas vraiment d'un mensonge en fait. En réalité, tous les praticiens du centre me rappellent sans cesse les bienfaits de la balnéothérapie pour tenter de me convaincre. C'est juste que là, je me cache derrière cette excuse.

— Et ils ont raison, l'eau te ferait le plus grand bien ! renchérit David, sérieux. Oh, salut, Zack !

Je relève aussitôt la tête en entendant ce prénom et alors que je m'attends à le voir arriver au loin, ce dernier est juste à côté de nous.

— Salut, murmure-t-il, en me regardant droit dans les yeux.

Mince, je me sens rougir et je ne sais même pas pourquoi ! Je réponds par un signe de la main, car j'ai trop peur de bafouiller comme une idiote.

Ce matin, il porte un short en coton gris, et je me retiens de toutes mes forces pour ne pas observer ses mollets, ou plutôt, son fameux tatouage que je n'ai pas eu l'occasion d'observer en plein jour. En haut, il est vêtu d'un simple tee-shirt noir. Pas d'écharpe pour soutenir son bras qu'il tient contre lui, à l'horizontale. Alors que je fronce légèrement les sourcils en me demandant pourquoi il ne la porte pas, Zack a déjà continué son chemin.

Et je respire de nouveau.

Voir David se retourner pour mater son postérieur a le mérite de me faire rire et de me détendre un peu.

Une fois hors de notre vue, mon pote lance une discussion sur les prochaines vacances qu'il aimerait faire, et Kate l'écoute avec attention. Aucune remarque sur Zack.

Je lâche un léger soupir de soulagement en voyant qu'ils n'ont rien remarqué.

Mais remarqué quoi, bon sang ?!

Chapitre 21 – Zack

Mon épaule me fait un mal de chien, et je commence à en avoir sérieusement ras le bol de faire toujours ces mêmes exercices. En plus, devoir me lever tôt pour aller me foutre le cul dans une piscine froide dès le matin me gonfle encore plus !

— Zack, tends le bras en avant et ramène-le près du corps. Dix comme ça, à ton rythme.

J'en peux plus de lui non plus !

Je souffle bruyamment dans l'eau en exécutant ces mouvements qui me donnent l'impression qu'un tas d'aiguilles me transpercent les chairs. La douleur est insupportable, et je suis obligé de m'arrêter en attendant qu'elle s'estompe. J'en ai pris des chocs, mais si je ne serre pas les dents, je jure que je me mettrais à chialer comme un môme.

— Alors, jeunot, on baisse les armes ?

Je relève la tête en direction d'un homme grisonnant d'une soixantaine d'années, qui affiche un grand sourire en me regardant.

Qu'est-ce qu'il me veut, l'ancien ?

Je ne le regarde même pas pour lui montrer que je ne suis pas d'humeur à parler.

— On est tous passés par là, nous aussi ! Il faut persévérer, continue-t-il, sans même que je montre un quelconque intérêt à propos de ce qu'il me raconte.

Encore une fois, je reprends mes exercices en lui tournant presque le dos.

— Putain ! chuchoté-je pour que personne ne m'entende.

C'est plus fort que moi, je n'arrive pas à lever le bras correctement et ça me rend dingue. À ce rythme-là, je vais rester ici plus longtemps que prévu, et ça me fout les nerfs !

— Tu me fais un peu penser à mon fils !

Cette phrase me hérisse le poil, mais je ne peux m'empêcher cette fois de me retourner face à lui pour l'interroger du regard.

— Un grand gaillard, sportif, et en colère contre le monde entier !

Même si la description qu'il fait de moi n'est pas la plus agréable, il n'a pas l'air si vieux jeu que ça et peut être que lui parler me changerait les idées après tout.

— Pourquoi vous êtes là, vous ?

— Prothèse au genou !

J'acquiesce de la tête, et il me tend la main directement :

— Rob !

— Zack.

Il retourne vivement à sa place initiale. Plutôt dynamique et musclé pour son âge !

— Eh oui ! poursuit-il. Glissade dans l'escalier pendant un voyage, rapatriement, enfin, la totale. La machine est un peu rouillée !

Les bras accrochés au rebord, il continue de pédaler dans l'eau avant de m'interroger :

— Tu es là pour longtemps ?

— Deux mois minimum.

Rien que de me le rappeler, cette durée me semble interminable.

— Ne fais pas cette tête. Ce n'est pas le bagne quand même ! Hôtel, piscine, pension complète, faut voir le bon côté des choses. Je peux te dire que la bouffe est bien meilleure ici que quand ma femme cuisine.

Je souris à sa vanne. Ce qu'il me dit a le mérite de me faire penser à autre chose qu'à cette putain d'articulation qui reste figée et douloureuse.

— Ajoute à ça la section club de rencontres, et tu verras, ton séjour sera merveilleux !

Je le fixe sans comprendre le sens de sa dernière phrase.

— Ben oui, je ne serais pas étonné qu'un garçon comme toi ait déjà quelqu'un, mais au cas où, c'est aussi l'occasion de trouver une petite minette, ici !

Cette fois, je me marre. C'est drôle de voir un mec de son âge avec un franc-parler comme ça.

Il me rappelle mon père, mais en bien plus fun…

En temps normal, je l'aurais ignoré, mais comme je vais le croiser régulièrement, autant ne pas me mettre à dos la seule personne qui ose m'adresser la parole, ici. Et puis il ne me dérange pas plus que ça, en fait.

— Même éclopées, il y en a de plutôt jolies ! ajoute-t-il, parti dans son délire. Regarde celle-là, me dit-il en levant le menton en direction d'une femme de l'autre côté du bassin.

Je tourne la tête pour mieux voir de qui il parle, alors qu'il explose de rire.

On dirait ma grand-mère en maillot de bain !

J'écarquille les yeux, et la dame en question nous décoche un signe de la main avec un grand sourire… sans dents !

Nous rions ensemble, et je me retourne pour ne pas me faire griller.

— Rencontre du troisième âge, ouais !

— Toute expérience est bonne à prendre, raille-t-il.

Nous nous esclaffons de plus belle sans arriver à nous cacher, cette fois.

— Rowe, ce n'est pas la récré ! me reprend le kiné. Encore une série, et ce sera bon pour aujourd'hui.

Je m'exécute, le sourire aux lèvres, et mon voisin fait de même en imitant la fermeture d'un zip sur sa bouche. On dirait un gamin, version soixante piges !

Une fois nos exercices terminés, je mets la tête sous l'eau et quand je ressors, je vois tout de suite, dans mon champ de vision, le pote de Callie, qui arrive au bord du bassin.

Qu'est-ce qu'il me veut ?

Je sors et file récupérer ma serviette, suivi de Rob. Quand il passe derrière moi, ce dernier me lance :

— À demain, jeunot !

Je souris et lève ma main valide pour le saluer. Mes séances vont peut-être devenir plus légères grâce à lui, finalement.

— Alors, pas trop fatigué ? me demande David en me reluquant le torse.

— Ça va ! dis-je sèchement.

En voyant son regard descendre plus bas, j'enroule la serviette autour de ma taille en serrant les dents. *Je jure que je vais péter un câble !*

— Chacun son tour ! me lance-t-il pour m'indiquer qu'il est là pour sa séance de balnéo.

Encore heureux qu'il ne soit pas venu uniquement pour me mater !

Rien que de penser qu'on se trempe tous là-dedans me dégoûte, et une question me vient évidemment en pensant à ça :

— Dis-moi, je ne vois jamais Callie ici, tu sais pourquoi ? J'ai bien entendu un semblant de discussion à ce sujet tout à l'heure, mais je n'ai pas capté pourquoi elle n'y allait pas.

— Tu devrais peut-être lui demander directement, me répond-il avec un clin d'œil lourd de sens.

— T'as raison, laisse tomber, dis-je en avançant en direction des vestiaires.

Après tout, j'aurais mieux fait de tracer ma route quand je l'ai vu arriver.

Ça m'apprendra à vouloir jouer les mecs cool !

Alors que j'ai les pieds dans le pédiluve, je sens une main se poser sur mon épaule. Sans faire volte-face, je tourne la tête froidement vers David.

— Aquaphobie, mec !

Impossible de me concentrer sur ce qu'il me dit tant sa main sur moi me stresse. Je donne un coup d'épaule pour la dégager et quitte rapidement le bassin.

C'est une fois dans ma cabine que je tilte. Il me parlait de Callie.

Chapitre 22 – Zack

En arrivant dans le parc, je regarde un peu partout pour voir si je l'aperçois quelque part, mais rien. Faut sérieusement que j'arrête de faire ça !

Ce matin, j'étais un peu dégoûté de la trouver avec ses deux potes, qui ne m'inspirent franchement rien. Du coup, je ne suis pas resté avec eux, même si j'avais envie de lui parler. Pourquoi ? Je n'en sais rien, bordel !

Mais en me réveillant, j'ai tout de suite repensé à notre soirée de la veille et j'avais envie qu'on en discute. Elle est partie assez vite après notre escapade en cuisine et je n'ai pas eu le temps de lui demander ce qu'elle en avait réellement pensé.

Après avoir pris ma pause-clope, adossé à mon mur préféré, tout en bloquant sur la porte de l'arrière-cuisine, je retourne à l'intérieur pour regagner ma chambre. J'ai encore une heure devant moi avant ma prochaine séance, et je compte bien en profiter pour me poser. À mon avis, ça va se terminer en sieste improvisée. La nuit a été courte et, après la piscine, je suis K.-O.

Quand j'arrive dans le hall, je vois tout de suite Callie, au loin. Un gobelet à la main, elle se trouve à côté d'un sofa, près des distributeurs de boissons. Son regard est perdu dans le vide. Je vérifie que sa copine trop cheloue n'est pas dans les parages et la rejoins.

Dès qu'elle m'aperçoit, elle cligne des yeux avant de m'adresser un léger sourire.

— Je comprends mieux pourquoi t'es toujours stressée, lui lancé-je en m'asseyant sur le petit canapé.

Les sourcils froncés, elle fait pivoter son fauteuil pour se mettre face à moi, et je lui désigne ce qu'elle a entre les mains. À chaque fois que je la croise, elle tient ce fameux gobelet en carton.

— Hum… peut-être que je n'aurais pas besoin d'autant de caféine si on ne m'avait pas forcée à me coucher si tard !

Elle sourit pour me montrer qu'elle plaisante, et je me penche en avant pour la fixer dans les yeux.

— Forcée, tu dis ?

Tout comme ce matin, son sourire s'efface, et elle parait tout à coup déstabilisée. Son comportement me fait me demander si elle regrette ce que l'on a fait, et bizarrement, ça m'emmerderait qu'elle pense ça.

— Disons plutôt « poussée », se reprend-elle en m'adressant un clin d'œil.

Son propre geste la fait rougir, et je ne peux m'empêcher de me mordre la lèvre tellement je la trouve… putain, non, faut que j'arrête avec mes « mignonnes » et autres conneries de ce genre !

— Tu as quoi comme séances aujourd'hui ? demandé-je en m'appuyant contre le dossier du canapé.

— J'ai kiné en fin de matinée, et cet après-midi, yoga.

Je ne peux m'empêcher de ricaner.

— Qu'est-ce qui te fait rire ?

Je hausse les épaules, et elle rajoute aussitôt :

— Crois-moi, les bienfaits du yoga sont extraordinaires ! J'étais sceptique au départ, moi aussi… mais ce cours m'apporte énormément.

Je la fixe sans rien dire quand elle ouvre grand les yeux, comme prise d'une soudaine idée.

— Pourquoi tu ne viendrais pas ? Il s'agit d'une séance ouverte, et tout le monde peut…

— Non, merci, la coupé-je en secouant la tête. La méditation, tout ça… très peu pour moi !

Elle lève les sourcils exagérément : surprise ou vexée par ma réponse, je ne saurais pas le déterminer.

— C'est à l'épaule que j'ai mal ! lui expliqué-je en lui désignant mon bras. Pas au cerveau !

Callie prend une grande inspiration comme pour peser les mots qu'elle s'apprête à utiliser pour me défoncer. Mais finalement, elle change de sujet en secouant la tête :

— D'ailleurs, tu n'as plus besoin d'attelle pour soutenir ton bras ?

— En fait, normalement, si. Je suis censé la retirer dans deux semaines, mais aujourd'hui, elle me gênait.

Encore une fois, elle parait ahurie, mais ne rétorque rien et détourne le visage.

— Et la piscine ? demandé-je, en revenant à notre sujet initial. C'est quand tes séances ?

Quand elle relève la tête, son regard se fait menaçant. Soit je suis grillé, et elle sait que j'ai entendu sa conversation, soit elle n'a vraiment pas envie d'aborder ce sujet avec moi.

— Je n'y vais pas, répond-elle simplement.

— Pourquoi ?

Alors là, vu son expression, j'ai carrément l'impression qu'elle me dit : « Qu'est-ce que ça peut te foutre ? », et honnêtement, c'est sans doute ce que j'aurais moi-même répondu. Cependant, je continue de la fixer en attendant une réponse.

— Je… j'ai… je ne peux pas, c'est tout.

Voir la tristesse assombrir son visage me fait un truc, mais il y a autre chose qui m'embête. Je sais qu'on n'est pas potes, mais le fait qu'elle se confie à d'autres et qu'elle ne veuille pas m'en parler à moi, me saoule. Et je ne sais pas pourquoi, bordel !

— Ici, tout le monde dit que c'est un passage inévitable, quel que soit le handicap. Donc je me demandais pourquoi tu…

— Ça suffit ! me coupe-t-elle en haussant le ton.

Son regard se fait fuyant, et je penche la tête pour tenter de le récupérer. En même temps, je réfléchis à une façon plus cool de lui présenter les choses sans la brusquer. Je n'ai jamais été très doué pour ça, alors je me répète la phrase dans ma tête avant de la lui dire à voix haute :

— Callie, si c'est important, tu dois t'efforcer de faire ces séances.

Là, j'ai l'impression de l'avoir insultée. Elle plante ses prunelles dans les miennes sans sourciller pour m'adresser le regard le plus glacial qui soit. Je ne l'ai jamais vue aussi exaspérée. Ses yeux me lancent des éclairs de colère.

— Non, mais pour qui tu te prends, hein ?

Je suis tellement surpris par sa manière de me parler que j'en reste muet.

— Tu ne sais rien de moi, Rowe ! crie-t-elle. Et tu ne connais rien du handicap ! Tu penses savoir de quoi tu parles parce que tu as un bobo à l'épaule ?

Callie bout de rage et ne me laisse même pas le temps de répondre qu'elle embraye en hurlant :

— Putain, non, tu ne sais rien ! Tu as retiré ton écharpe, car tu te sens mieux, n'est-ce pas ? Dans quelques semaines, cet endroit ne sera qu'un mauvais souvenir pour toi ! Moi, c'est toute ma vie ! Cette prison, comme tu l'appelles, c'est toute ma vie, putain ! Alors, ne viens pas me dire ce que je dois faire pour aller mieux, OK ? Je n'irai jamais mieux, MERDE !

Elle a tellement hurlé son dernier juron que sa voix s'en est brisée. Aussi, des larmes de colère pointent au bord de ses yeux, mais elle fait tout pour ne pas pleurer. Ses joues sont rouges, et elle me fixe avec une telle rage que je me surprends moi-même du self-control dont j'arrive à faire preuve. Pour une fois.

Franchement, jamais personne n'a osé me parler sur ce ton ou alors, ce n'était pas sans conséquence. Mais là, je me sens déstabilisé.

Mme Thompson se redresse derrière son bureau pour voir ce qu'il se passe, mais Callie ne le remarque même pas. Je bloque l'intendante d'un regard menaçant pour qu'elle reste à sa place. Si elle s'en mêle et qu'elle en parle au directeur, je suis mort !

Je fronce les sourcils et me retourne vers Callie pour lui dire quelque chose, mais elle ne m'en laisse pas le temps et lève une main en l'air :

— Non, s'il te plait, ne dis plus rien. On ne vient pas du même monde, Zack, tu l'as dit toi-même !

Devant mon expression interdite, elle détourne le regard et pose brusquement les mains sur son fauteuil pour s'éloigner le plus vite possible de moi.

Chapitre 23 – Callie

Le souffle court, je m'éloigne délibérément de lui. Je ne sais même pas où je vais, mais pour fuir le plus vite possible, j'emprunte le couloir du fond et je rejoins une porte vitrée qui mène à la grande terrasse de derrière.

C'est ici que les membres du personnel ont pour habitude de prendre leur pause, du coup, il est rare d'y voir des patients. C'est rare aussi, car l'endroit n'est pas du tout adapté à des personnes comme moi. Quelqu'un avec un *handicap*, comme vient si bien de me le rappeler Zack.

Mon cœur se comprime dans ma poitrine en le revoyant dire ce mot pour me caractériser. Bien sûr, je sais très bien de quoi je souffre, mais j'ai toujours refusé de mettre des mots dessus. Parce que… parce que ça fait trop mal !

Ce n'est pas uniquement cette discussion qui m'a mise hors de moi, mais le fait que ce soit lui qui me dise tout ça. Celui à qui tout réussit. Celui pour qui ce séjour n'est qu'une parenthèse dans son quotidien. Mais surtout, celui qui me fait ressentir des choses que je ne devrais pas ressentir.

Mes larmes coulent toutes seules quand je prends conscience de ce qu'il se passe. Zack me plait, et c'est totalement ridicule !

Vu qu'il n'y a pas de rampe d'accès, je reste devant la porte sans bouger à regarder dehors. Je suis soulagée de voir qu'il n'y a personne. Dans des moments de mal-être comme celui-ci, j'ai besoin d'être seule.

À peine ai-je cette pensée que j'entends des pas derrière moi. Je sèche vite mes larmes, prête à quitter les lieux quand je sens qu'on attrape mon fauteuil pour le faire pivoter brusquement. Mes yeux s'écarquillent de stupéfaction quand je tombe nez à nez avec Zack dont le regard me transperce de part en part. *Il vient vraiment de me bousculer, là ?!*

— Non, mais je rêve ! braillé-je. Qu'est-ce que tu…

— Tu la fermes ! me coupe-t-il sèchement.

J'ouvre grand la bouche et je m'apprête à hurler encore plus fort quand on entend quelqu'un derrière nous. Je reconnais tout de suite un camarade à qui je ne parle jamais. Zack se retourne vers lui, et je ne sais pas exactement ce qu'il se passe, mais ce garçon semble avoir vu un fantôme. Il bégaie quelque chose d'inaudible avant de faire demi-tour. C'est à ce moment-là que je prends conscience que Zack peut faire peur.

En tout cas, pas à moi. Je tente d'avancer en pestant, mais il me barre de nouveau la route.

— Laisse-moi passer ! hurlé-je.

Une once d'étonnement passe dans son regard, mais il répond très vite sur le même ton que moi :

— Non, c'est mort !

Soudain, il passe derrière moi, donne un coup de pied à la porte, qui s'ouvre à la volée, et pousse mon fauteuil dehors.

— Non, mais t'es un grand malade ! crié-je tandis qu'il me fait carrément descendre de petites marches. Arrête ça tout de suite !

Je m'accroche fermement à mon siège en sentant de légères secousses, et une fois que nous sommes arrivés sur le sol en composite de la terrasse, il se met de nouveau face à moi. Je suis tellement choquée par ce qu'il vient de faire et par sa manière de me fixer de ses yeux noirs que je reste immobile sans rien dire. Complètement figée !

Bizarrement, même si nous sommes seuls et qu'il m'assassine du regard, il ne me fait pas peur. Son expression est dure et ses poings sont serrés. Ça serait mentir de dire qu'il ne m'impressionne pas, surtout que, d'où je suis, il parait encore plus grand. Sans parler de sa mâchoire contractée qui en dit long sur sa colère… Mais je sais que ce garçon ne me fera pas de mal. Je le sens, c'est tout.

Tout à coup, Zack se penche en avant pour venir poser carrément ses deux mains sur les accoudoirs de mon fauteuil. Ses traits se tordent en une légère grimace, prouvant que cette posture lui fait mal à l'épaule, mais il ne bouge pas pour autant. Les sourcils froncés, il n'est qu'à quelques centimètres de mon visage.

— OK, t'as raison sur un point, commence-t-il durement sans me lâcher des yeux. Je ne sais pas de quoi je parle.

— En effet.

Ma voix n'est qu'un souffle, et je déglutis lentement tout en maltraitant mes doigts.

Son odeur mentholée envahit mes narines et son souffle chaud contre ma peau me perturbe plus que de raison. Il ne me touche pas, mais être encerclée de ses bras me donne une impression de… sécurité.

— Quand je te vois comme ça, je me dis qu'à ta place, je me serais déjà foutu en l'air.

Je cligne plusieurs fois des yeux. Il est trop proche de moi, et j'ai du mal à me concentrer, mais ses derniers mots ont le mérite de me ramener à la réalité. Jamais on ne m'avait sorti un truc pareil !

Alors que je serre les dents et pose mes mains sur ses avant-bras pour les dégager, il continue :

— Seulement toi, tu es plus forte que ça.

Quoi ?!

Je ne sais plus si je dois hurler pour qu'il s'en aille ou profiter de la chaleur de sa peau sous mes paumes. Je me sens si bête de ressentir ça. Comment un simple contact peut-il me bouleverser à ce point ? Je retire mes mains pour les replacer sur mes jambes et il poursuit :

— Je l'ai vu dès le premier jour où je t'ai croisée. Tu n'as peur de rien, tu… t'es une battante, Callie !

Même si mon entourage me répète souvent que je suis courageuse, jamais personne ne m'avait affirmé les yeux dans les yeux que j'étais une battante, et ce mot résonne en moi comme un affront, dans un premier temps.

— Arrête. S'il te plait, dis-je en sentant mes larmes revenir.

Je suis loin d'être tout ce qu'il dit, au contraire. Je suis si faible que j'ai du mal à me regarder dans un miroir. Si fragile, que je ne peux vivre sans l'assistance des autres.

Je ferme brièvement les yeux et des larmes traitresses s'en échappent aussitôt. Je rouvre vivement les paupières au moment où je sens ses doigts se poser sur ma joue. Lentement, Zack passe son pouce sur ma peau tandis que je tente de canaliser les battements effrénés de mon cœur. Ce n'est pas seulement son geste qui me touche, mais également ses paroles si fortes qui se sont immiscées dans mon être pour me réchauffer insidieusement le cœur.

Nom de Dieu ! Comment un homme aussi dur peut-il être aussi doux ?

Je relève la tête pour le regarder dans les yeux.

— Tu peux le faire, murmure-t-il. L'aquaphobie, ça se soigne.

Je fronce légèrement les sourcils en me demandant comment il sait ça, mais ne m'y attarde pas. En plus, ce n'est même pas de ça que je souffre vraiment. Il s'agit surtout d'un traumatisme de gamine, qui s'est accentué avec mon état.

— Non, je… je t'assure, je ne peux pas.

Zack soupire en me relâchant et s'assoit sur une des marches, face à moi. Son recul me procure une sensation de vide incroyable, mais au moins, je respire de nouveau normalement.

— Depuis quand ?

Je sens un nœud se former dans ma gorge. Je déteste parler de ça, mais avec lui, c'est encore pire ! Je me sens déjà tellement nulle, si on rajoute ma crainte de l'eau, je suis juste un cas désespéré.

Mais la manière dont il m'observe en attendant une réponse m'oblige à lui dire la vérité.

— J'avais six ans, j'ai failli me noyer dans la piscine de mon oncle. À partir de là, et même si mes parents ont tout fait pour m'aider, je n'ai plus jamais aimé me baigner. Et puis… il y a eu mon accident, et… je… ça a empiré.

— Pourquoi ?

— Sérieusement, Zack ? Tu me demandes pourquoi ? Tu t'imagines une seconde qu'on te mette dans l'eau alors que tu n'as pas de jambes pour te soutenir ?

Encore une fois, j'ai haussé le ton malgré moi. Et quand je le vois se mordre la lèvre, gêné, je le regrette aussitôt.

— Écoute, laisse tomber, c'est… Tu sais, je ne remarcherai jamais. Donc, ce n'est pas bien grave si je ne vais pas à ces séances.

— J'aimerais qu'on essaie.

— Je te demande pardon ?

— Toi et moi.

Bon sang, mon cœur… arrête de t'enflammer pour si peu !

— Je veux qu'on le tente, continue-t-il sérieusement sans me lâcher du regard.

— Écoute, Zack, soufflé-je. Je n'ai jamais réussi à retourner dans l'eau depuis deux ans, ce n'est sûrement pas avec un inconnu qui a un bras en moins que je vais le faire !

Alors que je me demande si je n'y vais pas un peu fort, Zack se met à sourire. Et mon Dieu, quel sourire !

— Laisse-moi juste essayer, insiste-t-il. Tu ne voulais pas cuisiner, et pourtant tu as kiffé me préparer des pancakes, pas vrai ?

— Premièrement, Rowe, je ne risquais pas ma vie en faisant la cuisine ! Et deuxièmement, si tu appelles encore une fois mes crêpes françaises, « pancakes », je te botte le cul !

Là, il se passe quelque chose d'incroyable : Zack éclate de rire. Je l'ai déjà vu rigoler, mais jamais de cette manière. Je suis bien obligée de l'imiter, et nous rions un moment avant qu'il ne reprenne son sérieux.

— Tu ne risques rien, Callie. Promets-moi d'y réfléchir.

Je hausse les épaules pour qu'il me laisse tranquille avec ça, mais bien évidemment, c'est hors de question. Rien que d'entendre la mer au loin, ça me donne le vertige !

— Alors… Deal ?

Je hausse les sourcils avant de répondre :

— Hum… OK, si toi aussi tu fais quelque chose en retour.

Zack m'adresse un demi-sourire à croquer avant d'acquiescer, et je ne peux m'empêcher de glousser en imaginant la tête qu'il va faire quand je vais lui dire de quoi il s'agit.

Chapitre 24 – Zack

Je me demande encore comment je peux me retrouver là. Autour de moi, des personnes de tous âges et tous handicaps confondus. *Du yoga, sérieusement ?* Je n'aurais jamais dû accepter sans savoir ce qu'elle avait comme idée derrière la tête.

Jamais de la vie je n'aurais pensé un jour prendre un tapis et m'installer au sol pour faire ce genre d'activité. Comment peut-on appeler ça un sport ? Parce que, pour moi, un sport, ça reste collectif, avec du contact, et ça ne consiste pas à faire le poirier en pleine nature. Mine de rien, je n'en mène pas large parce que je n'ai aucune idée de ce que je vais devoir faire. Je ne me démonte pas pourtant, et le sourire radieux de Callie à côté de moi est pour l'instant la seule chose qui me fait rester ici.

— Prenez chacun un tapis et installez-vous. Nous allons approfondir la respiration pour entrer en méditation de pleine conscience.

C'est définitif, je suis chez les fous !

Nous faisons la queue pour en récupérer un chacun quand Callie me chuchote avec un grand sourire aux lèvres :

— Tu vas voir, ça va ouvrir tes chakras !

— Mes quoi ?

Elle se marre et elle me suit quand je repars me positionner le plus loin possible de la prof. Alors que je jette le tapis au sol, je vois Callie le déposer calmement et attendre.

Comment elle va faire ?

— Besoin d'aide ? ne puis-je m'empêcher de lui demander.

— Non, non, ça va ! me répond-elle en baissant les yeux.

Qu'est-ce que j'ai dit encore ?

Callie garde les yeux fixés sur ses mains qu'elle triture, comme à chaque fois qu'elle est mal à l'aise. Je vois alors la prof arriver et la soutenir, pour la poser délicatement au sol. Callie est visiblement gênée que je la voie si vulnérable, et même si je dois dire que ça m'a fait bizarre que quelqu'un puisse la porter ainsi, ça ne me dérange pas plus que ça. En fait, même si on peut difficilement oublier son handicap, ce genre de retour à la réalité me fait de la peine pour elle.

Toujours sans me regarder, Callie se positionne bien droite et ramène chacune de ses jambes de façon à se retrouver assise en tailleur. Elle s'appuie ensuite sur ses paumes, ce qui fait ressortir sa… putain de poitrine !

Comment se fait-il que je n'aie pas remarqué ça avant ?

En même temps, c'est la première fois que je la vois habillée avec des fringues aussi près du corps. Elle porte un tee-shirt en lycra noir et un pantalon de la même couleur, un peu plus large.

Je détourne alors le regard et m'installe à côté d'elle.

— Et maintenant ? chuchoté-je en râlant, ce qui tire un léger sourire à Callie.

— Chut ! Attends, tu vas voir.

Je tourne la tête dans tous les sens en voyant tout le monde s'installer. Nous sommes une dizaine, mais c'est déjà bien suffisant pour me taper la honte. J'aperçois, à quelques mètres de moi, Rob, qui me fait un signe discret de la main.

Lui aussi ?! La totale !

— Bien, on va commencer par fermer les yeux.

Une musique douce se répand à travers l'espace, et rien que d'entendre des flûtes de pan, j'ai les nerfs tendus directement.

— J'ai l'impression d'être chez les Indiens, on va finir avec une plume dans le…

— Chut, Zack ! me coupe-t-elle alors que je l'entends glousser.

J'ouvre discrètement un œil pour regarder autour de moi, et tous les autres participants sont hyper concentrés.

— Pour la respiration, on va puiser au plus profond de soi-même. Quand vous inspirez, gonflez votre ventre pour ensuite expirer par la bouche doucement, comme si vous souhaitiez faire vibrer une plume positionnée devant votre bouche. Imaginez cette plume…

Peut-être que je ne me trompe pas finalement !

Callie, qui a dû ressentir que je ne suis absolument pas concentré sur ce que je dois faire, me met une petite tape sur le poignet comme pour me signaler de rester attentif. Son geste me surprend, et j'ouvre les yeux, mais elle est toujours aussi droite, les jambes croisées et les yeux fermés.

Je peux discrètement la regarder sans qu'elle me voie. Je m'en veux de l'avoir fait sortir de ses gonds tout à l'heure, mais c'est mon problème quand je suis énervé : j'ai du mal à me contrôler ! Et puis je suis persuadé qu'elle peut y arriver.

— Zack, s'il te plait, reste avec nous ! m'interpelle la prof légèrement agacée.

Je reprends la position initiale et respire calmement. Le son du bruit de l'eau qui coule ne m'apporte absolument aucune sérénité, mais je m'efforce de supporter l'expérience.

— Maintenant, on va tendre les jambes et aller chercher le plus loin possible avec ses mains devant.

Ma main valide arrive à peine à la hauteur de mes genoux, et j'ai les muscles des jambes en feu.

La souplesse, très peu pour moi.

Callie, elle, s'étire doucement en respirant. Elle est plutôt très à l'aise, et je suis épaté de la voir si calme.

Elle se retourne pour me voir, moi qui suis complètement bloqué.

— Un sportif n'est pas censé être souple ?

— Ça te fait rire ?

C'est clair, j'ai carrément l'air d'une planche de bois. Je ris aussi en voyant ma posture plus que médiocre par rapport aux autres.

— Maintenant, on se redresse et on s'étire vers le haut.

Je bombe alors le torse et me grandis au maximum en étirant la tête. Je sens que Callie m'observe discrètement.

— Impressionnée, non ?! lui dis-je en lui envoyant un clin d'œil, qui lui fait relâcher tous ses efforts dans un fou rire qu'elle tente de cacher vainement.

La prof s'approche de nous et fait les gros yeux avant de nous dire tout bas :

— Vous dérangez tout le monde ! La prochaine fois, vous quittez la séance.

Je baisse les yeux et Callie aussi, tous les deux légèrement honteux. En même temps, ce ne serait pas la première fois que je me fais virer d'un cours.

— Maintenant, on va se mettre sur le dos !

Nous nous exécutons, et je suis encore une fois impressionné de voir comment Callie se débrouille seule. Elle s'appuie sur ses coudes et descend doucement par étapes jusqu'à poser son dos au sol.

— On écarte les bras en croix !

Nos mains se rencontrent alors sans que nous le contrôlions, et l'un comme l'autre, nous nous décalons légèrement pour rompre le contact.

C'est bizarre, j'ai l'impression que Callie ne supporte pas qu'on la touche. Tout à l'heure, je l'ai sentie se raidir sous ma main. Peut-être parce qu'elle en a marre que d'autres personnes s'occupent de son corps. Je ne dis rien et profite d'être couché tranquillement.

C'est bien le seul moment où la prof n'est pas sur notre dos…

— Prenez le temps de respirer ! Imaginez que l'air est une boule d'énergie qui entre en vous et vous procure la jouissance du bien-être.

J'explose de rire sans pouvoir me contenir. Alors, à quel moment être couché dans l'herbe provoque une jouissance ?

Callie rit à son tour et son buste se secoue sans qu'elle puisse se retenir. Entendre le bruit de son rire me fait carrément partir ailleurs et voir son visage s'éclairer quand je dis des conneries, ça, c'est jouissif !

— Zack et Callie, je vais vous demander de quitter la séance, nous avons besoin de concentration pour entrer en méditation.

Ça tombe bien, c'était trop pour moi ! Je me relève, et alors que Callie se redresse, je m'approche, mais son regard menaçant suffit à me faire reculer avant même d'avoir proposé mon aide.

Encore une fois, je suis admiratif de la voir rassembler ses jambes et pivoter tout en prenant appui avec ses bras sur son fauteuil, jusqu'à tomber assise dessus.

— Désolée, madame ! dit Callie en baissant la tête, ce qui me fait dire qu'elle expérimente encore quelque chose de nouveau avec moi : le renvoi.

Nous reposons nos tapis et repartons tandis que les autres participants nous regardent discrètement. Même Rob mime une claque de la main dans ma direction, mais son grand sourire trahit le fond de sa pensée.

Quand nous sommes plus loin du groupe, je m'assois sur un banc. Aucun de nous deux n'ose dire quoi que ce soit. J'hésite à m'excuser d'avoir été aussi indiscipliné, mais elle ouvre la bouche en même temps :

— On s'est fait virer, Zack, tu te rends compte ?

Elle semble paniquée, mais je commence à comprendre ses mimiques, et ses yeux rieurs ne m'échappent pas.

— Zut ! dis-je, en baissant la tête et en faisant ressortir exagérément ma lèvre inférieure. En même temps, je t'avais dit que de faire le sphinx enragé, c'était pas mon délire !

Elle sourit, puis secoue la tête avant de soupirer.

— Je fais n'importe quoi en ce moment !

Ça s'appelle « vivre », chérie !

— En tout cas, j'ai rempli ma part du marché…

Son visage s'assombrit, sachant pertinemment ce que ça veut dire.

— Euh… pas vraiment. On n'a même pas fait la moitié de la séance !

Ouais, c'est ça, esquive-toi !

— Je dois y aller. Rendez-vous ce soir ?

Callie hoche la tête en se mordant la lèvre inférieure, et j'ai soudain envie de la mordre moi-même, cette lèvre bombée. *Non, mais je délire ou quoi ?*

Être enfermé ici me rend un peu fou. Et je crois que je commence à être en manque…

Je n'ai pas de petite amie à proprement parler, mais le sexe fait tout de même partie de mes activités préférées. *Ça doit être ça !*

Je me lève et repars en direction du bâtiment où une séance de kiné m'attend. Pendant le trajet, je réfléchis à la manière dont je vais devoir convaincre Callie de se baigner. J'ai bien vu qu'elle comptait se défiler et il va falloir que je trouve un truc pour ne pas lui laisser le choix.

Chapitre 25 – Callie

Comme mes amis ne sont plus là pour diner avec moi, je mange rapidement avant d'aller m'installer dehors pour profiter du coucher de soleil, au même moment où mon téléphone sonne.

— Jenna ! Je suis contente de t'entendre.

— Comment tu vas ? Je suis désolée, je n'ai pas eu le temps de passer la semaine dernière, promis, je vais vite me rattraper.

— Ne t'inquiète pas, tout va bien.

— Ben oui, ça a l'air !

Est-ce que ma bonne humeur se ressent à travers le combiné ?

— Les séances ne sont pas faciles, mais je tiens le coup.

C'est moi qui ai dit ça ?!

Alors que Jenna me raconte sa semaine harassante, je sens une petite tape sur mon épaule droite. Quand je tourne la tête, Zack est déjà en face de moi. Je souris en lui montrant que je suis au téléphone. Il s'assoit silencieusement à côté et branche ses écouteurs en attendant que j'aie terminé. Sa nonchalance m'étonnera toujours, et je dois dire que je n'arrive pas trop à rester concentrée sur ma conversation avec mon amie. Je ne réponds que par de brèves interjections et prétexte être fatiguée pour couper court à la discussion.

Une fois que j'ai raccroché, je lui retire un écouteur pour lui signifier que je suis disponible.

— Enfin ! s'exclame-t-il en se remettant debout.

— Jamais tu ne manges au self ?

— Ça m'arrive !

Il réfléchit quelques instants avant de me dire jovialement :

— J'ai une surprise pour toi !

Qu'est-ce qu'il manigance encore ?

— Si c'est illégal, tu laisses tomber, j'ai eu ma dose récemment.

— T'inquiète !

— Avec toi, on ne doit jamais s'inquiéter de rien ! le taquiné-je.

— Tu me fais confiance ?

— Je ne te connais pas trop, Zack, comment veux-tu que je te fasse confiance ?

Il bombe alors le torse et me regarde du coin de l'œil en imitant une démarche de mannequin.

— Zack Rowe, vingt-deux ans, 1 m 88 pour 78 kg, plutôt beau gosse, qui aime le sport, la nature et les jolies filles.

J'explose de rire face à sa description caricaturale, et il rit à son tour. Il vient se positionner derrière moi tandis que je le scrute pour voir ce qu'il compte faire. Je le vois sortir de sa poche un ruban noir.

— Tu permets ? me demande-t-il en tendant le bandeau devant mes yeux.

— Non, mais ça va pas ! Et puis quoi encore ?

— Allez ! De toute façon, il fait presque nuit, et j'aimerais que tu te détendes.

— Parce que sans la vue, tu crois que je serai plus détendue ? Tu comptes faire quoi de moi au juste ?

— Plein de choses…

Sans le savoir, sa réponse me chamboule intérieurement et visiblement, ça le fait marrer.

Une sensation inédite m'envahit : un mélange de peur et d'excitation à la fois. Je reste persuadée que Zack ne me fera pas de mal, mais je suis partagée entre le fait de le laisser faire ce qu'il veut de moi et la peur qu'il fasse quelque chose qui ne me plaise pas. Ma mobilité étant déjà réduite, m'enlever la vue revient à condamner le peu de libre arbitre qu'il me reste. Et je ne sais pas si je suis prête à l'accepter. En même temps, j'ai cette confiance aveugle en lui qui me pousse à accepter l'expérience. Son regard semble tellement sincère et dépourvu de toute intention malsaine que j'acquiesce d'un signe de tête. Un infime sourire étire ses lèvres et il dépose le bandeau sur mes yeux.

— Promets-moi que je ne vais pas le regretter !

Son souffle vient effleurer mon oreille gauche pour me murmurer :

— Fais-moi confiance.

Une vague de chaleur se saisit de tout mon être sans que je puisse maitriser la force avec laquelle elle me retourne les viscères. Je prends une grande inspiration pour tenter de canaliser mes impressions.

— Hé, qu'est-ce que tu fais ? ne puis-je m'empêcher de crier quand je sens quelque chose dans mes oreilles.

La voix de son musicien préféré résonne dans les écouteurs et m'apaise légèrement bien que mille questions me viennent en tête.

Bon sang, qu'est-ce qu'on va faire ?

Zack retire une oreillette pour me dire tout bas :

— Maintenant, calme-toi.

Mon Dieu ! Sa voix grave, qui chuchote à mon oreille, répand une trainée de frissons le long de ma colonne vertébrale. Je suis complètement à sa merci et, étrangement, je me laisse aller.

Je sens une impulsion m'indiquant que Zack a pris les commandes de mon fauteuil, et nous avançons dans la nuit.

Une boule d'adrénaline se fraie un passage dans mon ventre, et j'affiche un sourire niais malgré moi alors que le rythme de la mélodie me fait penser à une bande d'amis réunis autour d'un feu. Au bout de quelques minutes, nous nous arrêtons, et Zack me retourne pour enclencher une marche arrière. Un léger saut m'indique que nous passons un pas de porte. Tous mes sens sont décuplés, et le moindre mouvement me fait immédiatement imaginer un lieu. Ce n'est que lorsque Zack repositionne mon fauteuil dans le bon sens que je prends le temps d'analyser mon environnement, comme je peux. En revanche, il ne me faut pas plus d'une demi-seconde avant de percuter.

— Arrête ça tout de suite, Zack ! crié-je en me figeant dans un premier temps, les mains levées en signe de stop.

Il pose sa main sur mon épaule, sans doute pour tenter de me rassurer.

Mais là, ce n'est même pas la peine d'insister !

— Bien que j'aie la vue et l'ouïe en moins, mon odorat fonctionne toujours, et cette odeur de chlore me donne déjà la nausée. Sortons d'ici ! hurlé-je en enlevant les écouteurs et le bandeau.

Je suis prête à faire demi-tour quand Zack vient s'accroupir devant moi, sans me toucher.

— Du calme, Callie.

— Comment tu veux que je me calme, Zack ? Tu sais que j'ai peur de l'eau, et ta surprise, c'est de m'emmener au bord de la piscine ! Tu es malade ! Je n'avancerai pas plus.

Je sens que Zack ne va pas lâcher l'affaire, et en effet, il me bloque. Je ne peux ni avancer ni reculer.

Son regard me transperce et il me fixe sans sourciller. Cependant, pas une once de colère ou de tristesse ne se lit à travers. Juste de l'empathie.

— Non, Zack, je ne peux pas.

— Moi, je te dis que si.

Je croise les bras sur ma poitrine, bien décidée à ne pas céder, mais son visage si tendre me confirme qu'il a foi en moi. Et sans savoir pourquoi, je n'ai pas envie de le décevoir.

— On va juste s'approcher un peu, d'accord ?

— Tu me jures que tu ne me forceras à rien ? lui dis-je en le pointant du doigt.

— Je le jure ! répond-il du tac au tac en levant la main droite. On va juste aller au bord du bassin, OK ? Tranquille !

Je le regarde sans bouger.

— Il faut que tu enlèves tes chaussures, me lance-t-il en retirant ses baskets.

Je me penche et enlève mes sandales que je dépose sur le côté. Avoir les pieds nus sur mon fauteuil me stresse déjà. Zack me lance un regard d'encouragement, et à cet instant, je le trouve vraiment trop mignon.

Il faut que j'arrête de me faire avoir par son charme !

Quand il se relève pour se positionner derrière mon fauteuil, je me demande pourquoi il fait tout ça…

Zack me fait avancer dans l'eau du pédiluve et bien que le passage soit bref, je ne peux retenir un cri de peur en sentant l'eau m'effleurer brièvement les orteils. Mais lorsque je me retrouve face à cette immense étendue d'eau, je porte carrément mes mains à la bouche et ferme les yeux dans un premier temps.

Zack s'arrête immédiatement.

— Tout va bien ?

— Non, ça ne va pas, Zack, je ne peux pas, c'est au-dessus de mes forces ! Rien que de voir toute cette eau, j'ai la tête qui tourne, ramène-moi, s'il te plait, l'imploré-je dans un demi-sanglot.

Son visage s'adoucit, et je sens qu'il n'est pas loin d'accepter ma requête, mais son tempérament de gagnant ne risque sûrement pas de lui faire baisser les bras aussi facilement.

Il cale le dos de mon fauteuil contre la vitre, face au bassin et s'assoit par terre, à côté de moi. L'odeur, le léger bruissement de l'eau et tout ce calme sombre qui nous entoure ne me rassurent absolument pas.

Zack me donne un écouteur et positionne l'autre dans son oreille. Puis il me tend la main, et je pose la mienne dessus sans réfléchir. Quand la voix d'Eddie Vedder me traverse les tympans, je reconnais tout de suite la musique du film *Into the Wild. Hard Sun.*

Cet hymne à la liberté me saisit, et malgré le stress, qui m'empêche de respirer correctement, le pouce de Zack caressant ma main me relaxe un peu.

Nous restons ainsi plusieurs minutes à regarder toute cette eau, bercés par ce son qui donne envie de se dépasser.

Quand la musique se termine, Zack se redresse pour me regarder, sûrement pour vérifier comment je vais. La seule lumière de la lune qui passe à travers les vitres de la piscine rend son visage encore plus craquant. Ce mec est juste à tomber, et nous sommes là, main dans la main, à l'écart de tous.

Cet instant serait parfait si on n'était pas au bord de cette satanée piscine !

Je m'attarde sur ses lèvres, et il semble le remarquer, car il passe une main dans sa mèche désordonnée pour rompre ce contact visuel. Je tourne alors le visage vers la piscine. J'arrive maintenant à regarder l'eau avec un peu moins d'appréhension.

— Pourquoi tous ces tatouages ?

Je vois qu'il est surpris par ma question, mais j'ai besoin de parler d'autre chose pour éviter de me focaliser sur le lieu dans lequel nous sommes. Puis aussi, car ça m'intéresse, évidemment.

— Le premier que j'ai fait est celui-là, déclare-t-il en levant sa jambe pour me montrer.

J'écarquille les yeux en le voyant de près. Le dessin lui prend la moitié du mollet et représente différentes formes, mais une ressort en particulier : un huit à trois anneaux. Je fronce les sourcils pour essayer de comprendre à quoi cela correspond.

— C'est un tribal maori avec comme élément central, le pikorua.

Zack sourit en me voyant complètement perdue et continue :

— C'est un symbole qui indique la relation entre deux personnes que des éléments ont séparées.

D'après son expression, je comprends qu'il en a déjà dit beaucoup plus que ce qu'il aurait certainement voulu, donc je n'insiste pas pour avoir davantage de détails.

— C'est très beau, ne puis-je m'empêcher de dire en bloquant carrément sur certains éléments. Ça fait mal ?

— Disons que ce n'est pas une partie de plaisir, mais c'est supportable.

— Et les autres ?

Son petit sourire narquois refait surface.

— On va mettre les pieds dans l'eau ?

Je me tends instantanément.

— Impossible !

— Mais si ! Regarde, on est capables d'avoir une conversation normale au bord d'un bassin. Allez, essaie au moins !

Zack tente de me faire rire en joignant ses mains sous son menton pour me supplier, mais ça ne fonctionne pas.

— Non, je ne peux pas.

— Tu veux connaitre le sens des autres tatouages ?

— Chantage ?

— Échange de bons procédés !

Je lui souris brièvement avant de secouer énergiquement la tête. *Tant pis pour les tatouages !*

Mais Zack se redresse pour attraper mes mains dans les siennes.

— Rappelle-toi que tu es une battante. Tu vas y arriver.

Mon Dieu, ses mains sur moi me font tourner la tête ! Il est si doux et tellement directif et encourageant à la fois que j'ai l'impression d'être endoctrinée dès qu'il s'approche un peu trop de moi.

— Tu veux bien essayer ? insiste-t-il en me fixant intensément.

Ses yeux m'implorent de lui faire confiance, je sens à travers le contact de ses mains chaudes qu'il place en moi tous ses espoirs de réussite. C'est bouleversant !

— OK, soufflé-je d'une voix presque inaudible.

Zack me conduit au bord du bassin, enclenche le frein et baisse les cale-pieds de mon fauteuil. Je suis très étonnée de voir l'aisance avec laquelle il fait toutes ces manipulations. Il ne semble absolument pas gêné de devoir faire cette manutention. Il retourne le bas de mon pantalon pour former un ourlet.

Tétanisée comme je suis, je n'aurais pas pu le faire !

Je suis cramponnée aux accoudoirs et me recule au maximum au fond du siège.

— Détends-toi, Callie.

Je tremble malgré moi et je n'arrive pas à desserrer mes mâchoires, mes yeux fixant cet abime dont je ne distingue même pas le fond.

— Je peux pas, je peux pas, je peux pas !

Zack se poste derrière le dossier de mon fauteuil et chacun de ses bras se pose devant mon buste. Il crée autour de moi une ceinture de protection qui brouille toute ma lucidité. Mon cœur ne sait plus s'il doit s'emballer de peur ou d'excitation pour cet homme, qui provoque en moi des sensations inédites.

Enfermée entre ses larges bras, je suis comme dans une bulle, disposée à affronter n'importe quoi, mais l'eau qui me chatouille les pieds m'empêche de me laisser aller totalement. Ces sentiments contradictoires me vrillent tous les sens.

— Ne me lâche pas, Zack !

Je sais que je suis ridicule, mais j'ai tellement peur !

À cet instant, la vulnérabilité dans laquelle je me trouve fait monter en moi de grosses larmes que je ne peux réprimer. Bien que je garde les yeux fermés, mes joues sont rapidement inondées. Le souffle de Zack, si proche de mon oreille, calme ma respiration erratique, et je commence à retrouver un rythme cardiaque un peu moins rapide.

— Tu vois, là, sur ma main ? me susurre-t-il calmement.

Je rouvre les yeux et hoche la tête, étant incapable d'articuler quoi que ce soit. Je tente alors de me concentrer sur ce signe celte représentant un triangle dans lequel apparaissent des ronds. Mes mains sont agrippées aux siennes et mes doigts tremblent.

— Respire, Callie ! Cool !

Son odeur musquée m'enivre. Je tourne la tête pour le regarder, mais nos visages sont finalement plus proches que ce que je pensais, donc après un rapide arrêt sur image, les yeux dans les yeux, je reprends ma position initiale.

C'est trop... Beaucoup trop d'émotions d'un coup !

Il souffle par la bouche tout doucement pour me pousser à faire pareil, et je m'exécute dans un silence presque apaisant.

Son pouce caresse mon avant-bras, comme pour me rassurer, mais ce microcontact me donne des fourmis partout.

— C'est une triquetra, murmure-t-il d'une voix rauque et sensuelle. Ce symbole représente le cycle de la vie : l'enfance, la vie d'adulte, la mort.

Je serre son bras pour lui signifier que j'ai saisi ses explications, mais je suis toujours incapable de poser des mots sur mon ressenti. Au bout de quelques minutes, Zack se redresse, mais je m'accroche fermement à son bras en l'interrogeant du regard. *Il va où comme ça ?!*

— On ne va pas passer la nuit ici, bébé !

Sans que j'aie le temps de réagir, il recule mon fauteuil et le repositionne comme avant. Je prends alors une grande inspiration, soulagée de me retrouver sur la terre ferme.

Je n'étais franchement pas à l'aise, les pieds dans l'eau, mais en revanche, j'aurais voulu rester dans le cocon protecteur de ses bras.

« Bébé ». Ça me rend dingue qu'il m'appelle ainsi !

— Tu vois, dit-il fièrement. C'était pas si compliqué.

Zack m'adresse un clin d'œil à tomber par terre.

À force de ressentir tous ces sentiments contraires, je ne sais plus quoi penser. Mon cœur fait des saltos, et je n'arrive pas à maitriser mes agissements en sa présence. Quand nous retraversons le pédiluve, je suis beaucoup moins angoissée, mais lorsque je remets mes chaussures, une question me vient :

— Et comment tu as eu les clés du bassin ?

— Peut-être que je te le dirai, un jour.

Je secoue la tête en riant. Encore une fois, il m'a fait enfreindre les règles, mais pour m'emporter tellement loin que je n'arrive même pas à l'engueuler.

En fait, j'ai passé une incroyable soirée. Un cocktail d'émotions mêlant appréhension, peur, dépassement de soi et surtout, une touche de rapprochement, qui me fait horriblement douter à propos de ce que je ressens pour ce garçon.

Chapitre 26 – Zack

J'ai à peine le temps d'enfiler mon tee-shirt qu'un texto de Tyler m'indique qu'il est arrivé. D'un pas vif, je quitte ma chambre et rejoins l'entrée du centre en moins de deux. Je n'ai plus de clopes depuis hier, et le manque de nicotine commence sérieusement à se faire sentir. Donc, même si je m'étais juré de ne pas faire venir mon meilleur pote ici, je n'ai pas eu le choix. *Ma santé mentale est en jeu.*

Le grand portail de l'entrée s'ouvre pour accueillir plusieurs voitures en file indienne. Nous sommes dimanche, et la plupart des patients reçoivent leurs visites hebdomadaires. Lorsque j'aperçois la vieille Ford cabossée de Tyler entre deux berlines de luxe, un rire m'échappe. Il a à peine franchi l'entrée du centre qu'il attire déjà l'attention sur lui !

Je lève une main pour le saluer et le regarde se garer sur le parking. Une fois sorti de la voiture, il me rejoint tranquillement en affichant un grand sourire.

— *Yo*, mon pote ! s'écrie-t-il en me tendant son poing.

Je souris en cognant dessus avec force, et ses yeux dérivent tout de suite sur mon épaule, maintenue en écharpe.

— Ça va, t'inquiète !

Tyler hoche vaguement la tête avant de regarder partout autour de lui avec un air admiratif.

— Putain, c'est la classe ici !

— Viens, lui ordonné-je, en lui faisant signe de me suivre.

Mon pote n'est pas aussi tatoué que moi, mais son look jogging/casquette dénote carrément avec le reste de notre entourage. Diverses œillades plus ou moins appuyées confirment bien ce que je pensais. Même si je n'en ai rien à foutre, je n'ai pas envie de me faire remarquer. Et j'ai surtout un besoin viscéral de m'en griller une !

Nous remontons l'allée en silence, direction : mon lieu de prédilection.

— T'as bien apporté ce que je t'ai demandé ?

— Oh, merde !

Je m'arrête net pour le fusiller du regard. *Je vais me le faire !*

— Sérieux, Tyler !

— Ça va, je déconne, mec. Mate-moi ça !

Mon pote attrape le sac qu'il avait sur le dos pour l'ouvrir en grand. Mes yeux s'écarquillent en voyant plusieurs paquets de cigarettes ainsi que d'autres substances dont je ne citerai pas le nom.

— Mais t'es dingue ! râlé-je en refermant le sac contre lui tout en jetant un rapide coup d'œil autour de nous. Je t'ai demandé une cartouche de clopes, pas toute la panoplie du parfait dealer !

— Je ne te connaissais pas si coincé ! lâche-t-il, mi-amusé, mi-surpris par ma réaction.

OK, il m'est déjà arrivé de fumer des pétards, mais franchement, ce n'est pas trop mon truc. J'aime pas avoir la gueule en vrac ! Au moins, la cigarette me détend tout en restant conscient et lucide. En plus, si on me chope avec ça ici, je me fais virer direct !

Tyler secoue la tête en replaçant son bien sur son dos.

— Je pensais que ça t'aiderait, se justifie-t-il.

— Ça va, j'ai de moins en moins mal.

Je fais quelques mouvements avec mon bras pour lui montrer que je suis beaucoup moins amorphe que la dernière fois où on s'est vus, après l'opération.

— Je te parlais pas de ça ! dit-il en balayant le parc des yeux. Bordel, c'est chaud, mec, ici !

Je suis son regard qui s'arrête sur un groupe de vieux qui font des exercices, et quand j'aperçois Rob en train de lutter pour toucher ses pieds, un sourire discret me gagne.

De ce côté-là, ça va mieux aussi, mais ça, je ne lui dirai pas.

Ça fait une semaine que Callie et moi, on est un peu entrés dans une routine que je qualifierais de « plutôt agréable ». La journée, on va chacun à nos cours, et quand elle n'est pas avec ses potes, je la rejoins pour discuter, ou juste écouter de la musique. Chaque soir, notre nouveau squat est le bassin. Un jour où je quittais l'endroit en même temps que l'intendante lors de la fermeture, je l'ai vue ranger la clé derrière le comptoir. *Trop facile.*

Même si Callie est tendue à chaque fois que nous y pénétrons et qu'elle ne va jamais au-delà de mouiller ses pieds, je la vois prendre confiance petit à petit, et ça, c'est trop kiffant !

Je ne sais pas vraiment pourquoi je fais ça et encore moins pourquoi ça me plait autant de l'aider. Au départ, j'ai pensé que c'était juste pour passer le temps. Mais au fil des jours, j'ai compris que je me sentais bien en sa présence. Il m'arrive de faire des trucs bizarres, comme la toucher dès lors qu'elle panique. Sérieusement, j'ai parfois du mal à me reconnaitre ! Mais elle est si douce et fragile que je ne me vois pas agir autrement. Et putain, j'adore voir l'éclat dans ses yeux quand je pose mes mains sur elle ! Le paradoxe, c'est que Callie donne l'impression de fuir constamment le contact, mais dès lors qu'il s'agit de moi, elle parait apaisée.

Est-ce que c'est ça ? Le fait qu'elle me donne l'impression d'être quelqu'un d'important ? J'ai toujours joué au con, qui se fout de tout, mais au fond, ça fait du bien de se sentir utile.

Être enfermé ici commence à me monter à la tête !

— Bon, alors, on se la fume cette clope ou merde ? braille mon pote.

— Baisse d'un ton ! le menacé-je en lui lançant un regard noir.

Avec Tyler dans les parages, je risque de griller ma cachette préférée, mais tant pis, j'ai trop besoin de fumer, là !

En arrivant à l'intersection menant derrière le bâtiment, je vérifie que personne ne nous observe et tombe sur Callie, au loin. Je retiens un rictus en voyant ses parents arriver près d'elle, surtout quand sa mère sort un énorme gâteau pour le poser sur ses genoux.

— C'est qui, elle ?

Tyler me fait presque sursauter. Pendant un instant, j'ai quasiment oublié sa présence. Je ne réponds pas et continue de l'observer en silence. Aujourd'hui, elle ne porte pas l'un de ses tee-shirts habituels, mais un chemisier blanc assez cintré. Une mèche de ses cheveux est attachée sur le côté, laissant mieux voir son visage fin.

— Elle a l'air bandante !

De surpris, je passe en mode irrité en une fraction de seconde.

— Ne parle pas comme ça !

C'est à son tour d'être étonné par ma réponse. J'admets que dans mon milieu, on n'a pas l'habitude d'utiliser de meilleurs adjectifs pour indiquer qu'une fille nous plait. Mais bizarrement, je ne supporte pas qu'il parle de Callie de cette manière.

— Cet endroit te fait changer, mec ! Tu deviens un saint ou quoi ?

Je grimace avant de répondre :

— Putain, mais tu vois pas qu'elle est handicapée ?

Je me mords la langue comme si je venais de dire une grosse connerie. Callie déteste ce mot et honnêtement, je la comprends. Surtout que là, j'utilise cette excuse bidon pour que mon pote ne se doute pas de quelque chose, et je me trouve con, tout à coup.

— J'avais pas vu le fauteuil, dit-il en haussant les épaules.

Je soupire avant de reporter mon attention sur elle et quand je vois un gars se pencher pour la prendre dans ses bras, mon sang ne fait qu'un tour. *Merde, c'est qui, celui-là ?*

D'où je suis, je peux voir que le type est grand, mince et blond. Mais surtout, de bonne famille. Le stéréotype du gendre idéal. Tout l'inverse de moi, quoi.

Mon souffle s'arrête net quand je vois les bras de Callie s'enrouler avec vigueur autour de son cou. Je la fixe bêtement, comme pris d'un soudain vertige. Je comprends mieux pourquoi elle s'est apprêtée, et ça me fait chier.

Pourquoi je ressens ça, bordel ? Encore une question que je m'efforce de virer de ma tête.

Je me rends compte qu'on n'a jamais discuté de nos vies personnelles avec Callie. Après tout ce temps passé ensemble, il ne m'est jamais venu à l'esprit de lui demander si elle avait un petit copain. En vérité, j'étais loin d'imaginer qu'elle était casée, et cette idée me comprime la poitrine.

Je détourne vivement la tête et fais signe à Tyler de tourner à gauche.

— Voilà mon squat ! m'exclamé-je en tentant de camoufler ma rage.

Mais Tyler n'est pas dupe. Il plisse les yeux avant de s'asseoir à côté de moi, contre le mur. Il ouvre son sac et me tend une clope que je m'empresse d'allumer pour calmer mes nerfs.

— Tu sais, commence-t-il en crachant sa fumée. J'ai croisé Bethany ce week-end, elle m'a demandé de tes nouvelles.

Je tire sur ma clope sans répondre. Je ne sais pas pour quelle raison il me parle maintenant de celle qui se prend pour ma petite amie, mais je finis par capter. Sous ses airs de demeuré, Tyler est loin d'être idiot, bien au contraire.

— Elle m'a dit que tu lui manquais affreusement…

Sa voix emplie de sous-entendus a le mérite de me faire rire. Je me fous de Bethany, et il le sait parfaitement. Il s'agit d'une vieille connaissance avec qui je passe du bon temps…, mais rien de plus.

Tyler soupire franchement avant de m'interroger :

— OK, elle s'appelle comment ?

Je bloque la fumée dans ma gorge et j'hésite une seconde avant de répondre :

— Callie.

Les minutes qui suivent, Tyler ne dit plus rien. Je sens qu'il se pose des questions, mais il reste silencieux. Nous terminons notre clope, et je lui demande en bégayant :

— Et Mia ? Comment… comment elle va ?

— Je suis passé chez ton père hier et tout roule.

Je soupire, soulagé. Bien entendu, j'ai demandé à mon meilleur pote de vérifier que ma petite sœur allait bien et je peux lui faire confiance sur ce point. Tyler est bien le seul qui connait les moindres détails de ma vie personnelle et il sait pertinemment la place que tient ma sœur pour moi.

— Pourquoi tu ne l'appelles pas sur son portable ? m'interroge-t-il alors.

— Son portable ? répété-je en grimaçant. T'es con, elle n'a que neuf ans !

— Ah ouais, c'est vrai.

Je souris. Ma petite sœur est tellement maligne et mature qu'elle a toujours fait plus que son âge.

Putain, ce qu'elle me manque !

Quand nous terminons notre deuxième clope, Tyler se met debout. Il dépose son sac à mes pieds en me faisant signe de le garder.

— Bon, alors, tu me fais faire un tour des lieux ?

J'arque un sourcil. *Tu rêves, mec !*

Avec une moue amusée, Tyler se penche en avant pour me dire tout bas :

— Présente-moi plutôt cette Callie. J'ai comme l'impression qu'elle vaut le détour…

Chapitre 27 – Callie

Un sourire idiot flotte sur mon visage depuis ce matin. Même si ça m'a fait du bien de passer cette journée avec ma famille, j'avais hâte qu'ils s'en aillent. C'est horrible, et je m'en veux d'avoir ce genre de pensées ! Surtout que mon petit frère a bien mieux à faire que de perdre son dimanche dans un endroit comme celui-ci… J'ai à moitié écouté ce qu'ils m'ont raconté, et plusieurs fois ma mère m'a reprise pour me demander si j'allais bien.

Le truc, c'est que Zack me manque. Tout le temps ! J'ouvre à peine les yeux le matin que je pense déjà à lui. Et quand je les ferme le soir, c'est de nouveau son visage que j'imagine. Je commence à prendre conscience que, même si je ne devrais pas, je ressens quelque chose de fort pour ce garçon. Mais je ne me méprends pas du tout ! Jamais ça n'ira plus loin que de l'amitié. Jamais quelqu'un comme lui ne s'intéressera à moi autrement qu'en tant que copine. Je le sais, et le fait d'en être parfaitement consciente me protège, en quelque sorte. Je n'attends rien de plus que ce qu'il me donne, et Dieu sait qu'il m'apporte déjà beaucoup.

Bien que je sois toujours en train de rouspéter, je ne regrette jamais de le suivre dans ses délires les plus fous. Moi, passer mes soirées devant un bassin empli d'eau ? Qui l'aurait cru ?!

J'avais trop envie de raconter cette prouesse à Gabriel, mais le fait que mes parents soient là m'en a empêchée. Je sais que j'aurais eu droit à une tonne d'interrogations à ce sujet, et mentionner Zack n'est pas une bonne idée…

C'est justement quand je pense à lui que je le vois traverser la cour, au loin. Il est accompagné d'un garçon qui doit avoir à peu près notre âge. Je ris légèrement en devinant d'où ils sortent, et quand il tourne son visage dans ma direction, je lui adresse un salut appuyé. Zack se fige un instant et finit par me décocher un infime signe de la tête. Mon sourire s'évanouit aussitôt. D'habitude, Zack semble content de me voir, mais là, il ne me donne pas du tout cette impression. Mon regard dévie sur son pote, qui a maintenant les yeux rivés sur moi, et je saisis alors.

Zack a honte de moi.

La grande déception qui m'envahit vient se loger dans ma cage thoracique et provoque en moi une douleur que je tente d'effacer en secouant la tête. Après tout, je ne peux pas lui en vouloir et, dans un sens, je le comprends. Il n'y a pas de quoi être fier de trainer avec une fille incapable de se déplacer autrement qu'en fauteuil.

Et puis je sais très bien que je ne suis qu'un passe-temps ici pour Zack. Même s'il me donne parfois l'impression d'apprécier nos échanges, je sais pertinemment que je n'ai rien à lui offrir, et qu'une fois sorti d'ici, il m'oubliera aussi vite que sa première paire de chaussures.

La dure réalité me rattrape plus vite que prévu parfois !

Pour qu'il ne se force pas à jouer un rôle devant son ami, je pars carrément m'installer plus loin, dans un endroit où je ne vais jamais. Mais à peine ai-je stoppé mon fauteuil près du saule pleureur qu'une voix familière me fait lever la tête.

— Salut.

Un peu surprise, mon regard fait des va-et-vient entre Zack et son pote, debout devant moi.

— Oh, salut, je… J'allais lire un peu.

Je veux qu'il se sente à l'aise : il peut partir et profiter de son ami sans se soucier de moi. J'ai l'habitude d'être seule !

— Où est ton livre ?

Merde !

— Je… euh… livre numérique, tu connais ? dis-je en lui montrant mon téléphone.

Le visage de Zack est fermé et son regard est fixe. Il me ferait presque flipper, mais après quelques secondes sans sourciller, il acquiesce brièvement avant de me désigner son pote, d'un coup de menton.

— Au fait, je te présente Tyler.

Je lui adresse un signe de la tête avec un léger sourire et alors que je détourne le regard, ce dernier s'empresse de me faire une révérence plutôt théâtrale, qui me fait glousser.

— Enchanté, Callie !

Qu'il sache comment je m'appelle me fait légèrement froncer les sourcils. *Alors ils ont parlé de moi ?!*

Je tourne mon regard vers Zack qui, visiblement embarrassé, s'empresse de changer de sujet :

— Tes parents sont déjà partis ?

Je retiens mon souffle, choquée par le ton dur qu'il vient d'employer, mais également par l'expression de son visage. Je ne le connais peut-être pas suffisamment, mais assez pour voir que quelque chose ne va pas.

Pourquoi est-il si infect tout d'un coup ?

— Oui, dis-je simplement en le regardant droit dans les yeux.

Il est vrai que d'habitude mes parents restent jusqu'à ce que j'aille diner. Mais étant donné qu'ils sont venus avec une seule voiture, ils sont repartis un peu plus tôt, car mon frère avait des choses à faire. J'aurais pu expliquer ça à Zack si je n'avais pas l'impression qu'il m'assassine du regard.

— Et l'autre gars ? m'interroge soudainement Tyler. C'était ton mec ?

Alors ils m'ont carrément espionnée ?

D'abord surprise, j'écarquille les yeux. Zack semble également étonné, et un brin agacé par la question de son ami. Après nous être regardés en chiens de faïence pendant quelques longues secondes, je ne peux m'empêcher d'éclater de rire.

— Bah, quoi ? lance Tyler en haussant les épaules.

— Non, c'est juste que… tu es aussi direct que ton ami, on dirait !

Je lance un coup d'œil complice à Zack, mais c'est à peine s'il le voit tant il est concentré sur l'herbe.

Je ne sais pas s'il m'en veut de quelque chose – je ne pense pas, car vu son fichu caractère, il me l'aurait déjà fait remarquer ! – ou s'il s'est levé du pied gauche. En tout cas, je décide d'ignorer sa mauvaise humeur et me tourne vers Tyler pour lui répondre. J'ai à peine entrouvert la bouche que j'entends crier mon prénom, au loin.

Nos trois regards se tournent vers Gabriel, qui court dans notre direction. Lorsque mon petit frère aperçoit Zack et Tyler, son visage se décompose.

— Call, halète-t-il, essoufflé. J'avais oublié ça dans la voiture.

Il s'approche pour me tendre un sac en papier que je m'empresse de placer derrière mon fauteuil, sachant déjà de quoi il s'agit.

— Tout va bien ? articule-t-il en me faisant les gros yeux.

— Oui, t'inquiète, Gaby. Je te présente Zack, un patient du centre, et Tyler, son ami.

Mon petit frère écarquille encore plus les yeux quand il saisit qu'ils sont avec moi. Puis, dès lors qu'il voit les bras dénudés de Zack, il semble carrément dégoûté.

C'est dingue, j'ai remarqué que les tatouages de Zack poussaient les gens à avoir une attitude étrange, comme si ça les gênait. Moi qui les trouve si passionnants, et ce, d'autant plus depuis que je connais la signification de certains.

Les deux hommes continuent de se toiser en silence tandis que je me racle la gorge, mal à l'aise.

— Tu veux sa photo, peut-être ? raille Tyler en réponse à mon frère.

— Non, euh… je…, balbutie-t-il en reportant son attention sur moi.

Je ne sais pas si c'est le bon moment pour ça, mais je me mets à rire comme une idiote. Ça doit être nerveux !

— Tyler, je te présente Gabriel, qui n'est pas « mon mec », dis-je en reprenant ses mots exacts en riant. Mais mon petit frère.

Tyler se tourne vers son pote et gonfle exagérément ses joues en positionnant sa main devant sa bouche, comme pour s'empêcher de s'esclaffer. Quant à Zack, il lève les yeux au ciel.

Qu'est-ce qu'il a encore ?

— Bon, je dois y aller, les parents m'attendent dans la voiture, m'informe mon frère en se penchant sur moi pour me faire une dernière accolade. Prends soin de toi, OK ? me chuchote-t-il à l'oreille.

Quand il se redresse, je lui adresse un large sourire, accompagné d'un clin d'œil pour le rassurer. Je sais que Zack peut faire peur au premier abord, mais s'il savait à quel point il peut être doux et bienveillant avec moi.

À contrecœur, Gabriel finit par nous laisser, et je croise de nouveau le regard de Zack, qui me fixe sans sourciller. Ses yeux noirs se sont radoucis, et un minuscule rictus étire ses lèvres. Je ne sais pas ce qu'il s'est passé ces dernières minutes, mais il semble beaucoup plus calme. J'ose même lui adresser un léger sourire qu'il me rend de façon beaucoup plus claire dans la seconde. C'est automatique, mon cœur se met à battre plus vite.

— Bon, alors ! s'écrie Tyler en s'asseyant directement sur l'herbe. Y a quoi à faire dans ce trou à rats ?

Je ris encore, et cette fois, Zack m'accompagne tout en secouant la tête. Puis il s'installe également par terre, face à moi.

— Ça fait combien de temps que vous vous connaissez tous les deux ? demandé-je, curieuse de connaitre Tyler.

Zack s'apprête à ouvrir la bouche pour répondre, mais son pote le devance :

— Oh, avec Zack, on se connait depuis qu'on est gosses ! On était dans la même classe en primaire et depuis, on se quitte plus.

Tyler adresse un clin d'œil évocateur à Zack, qui lui répond avec un coup dans l'épaule. Ensuite, il repart dans un monologue interminable sur leurs professeurs, leur quartier et j'en passe. En à peine trois minutes, j'apprends que Tyler est fils unique, qu'il est menuisier dans la boite de son père, et que sa grande passion, c'est le football.

— Enfin, attention, je ne suis pas un pro comme Zack, hein ! Moi, je fais pas les championnats, et tout, et tout. En fait, je fais partie du même club que lui, mais pour gérer les équipements, organiser les rencontres et…

— Non, mais tu vas la fermer ? le coupe Zack en soupirant bruyamment. Tu vois pas que tu la gonfles avec tes histoires ?

Tandis que je hausse les sourcils, Tyler ne semble pas vexé le moins du monde.

— Est-ce que je te gonfle, Callie ? me demande-t-il sérieusement.

Je ne peux m'empêcher de glousser avant de répondre :

— Pas du tout !

Bien qu'il soit un vrai moulin à paroles, j'en apprends plus sur Zack en quelques minutes que ces trois dernières semaines. Et puis il est tellement drôle et naturel !

Tyler me remercie avant de se remettre à parler, et Zack se mord le coin de la lèvre en me fixant. C'est fou ce qu'un simple geste venant de lui peut autant me chambouler…

— D'ailleurs, frérot, continue-t-il en se tournant vers son pote. Le coach espère que tu seras là pour le prochain championnat, dans le Queens.

Zack hoche brièvement la tête en soupirant de lassitude, et je comprends soudainement pourquoi son problème à l'épaule est si incommodant pour lui. En fait, le sport, c'est toute sa vie !

— Mia pourrait même venir avec nous, j'en ai parlé au coach, et il est d'accord !

Mia ?

Je sens tout de suite Zack se tendre en entendant ce prénom, et je ne pose pas de questions, même si je meurs d'envie de savoir qui est cette fille. *Ou pas…*

— Et ton boulot au fait ? T'as pu avoir ton boss ?

— Non, répond simplement Zack. Pas depuis que je lui ai dit que je ne reviendrais pas tout de suite. J'aviserai en sortant d'ici.

Tout à coup, mon estomac se contracte. Alors même que je n'y avais jamais songé, je m'aperçois à l'instant que Zack a une vie en dehors de ce centre. Je veux dire, une vraie vie, avec un travail, une passion, des amis et… sûrement une petite amie qui l'attendent. À l'inverse, moi, je n'ai rien de tout ça. Je ne suis finalement rien de plus que ce que je lui montre chaque jour.

— Ça va, Callie ? me demande Tyler, le regard inquiet alors que je suis perdue dans mes pensées.

J'évite de regarder Zack et secoue la tête comme pour reprendre mes esprits.

— Oui, c'est juste que… je suis un peu fatiguée.

— Tu entends ça ? lui lance Zack. Tu l'as saoulée avec tes bla-bla !

Malgré cette prise de conscience qui vient de me submerger, je souris en voyant les deux garçons se taquiner. Ils ont beau se lancer des vannes et se frapper à tout bout de champ, on sent bien que leur relation est profonde, et je trouve ça hyper touchant !

— Je vais vous laisser.

Je n'ai pas le temps de poser mes mains sur mon fauteuil que Zack secoue la tête.

— Non, ne pars pas. Tyler s'apprêtait à bouger, pas vrai ?

Zack lui fait de gros yeux, mais son pote plisse le nez, l'air dubitatif.

— Tu dégages ! lui dit-il alors en élevant la voix.

Aussitôt, Tyler ouvre grand la bouche, signe qu'il vient enfin de comprendre.

— Ah, bah, fallait le dire plus tôt ! lâche-t-il en se mettant debout. Callie, j'ai été ravi de te rencontrer. Mec, tu m'appelles quand t'es à sec, OK ?

Les deux se font un check, et Tyler m'adresse un dernier au revoir avant de quitter les lieux. Zack attend patiemment qu'il ne soit plus dans notre champ de vision pour se tourner vers moi. Le regard pétillant qu'il me lance me fait frémir, mais ce n'est rien comparé aux paroles qu'il me murmure ensuite :

— Enfin seuls.

Chapitre 28 – Zack

Même si mon pote est lourd, il m'a enlevé un sacré poids des épaules quand il a mis les pieds dans le plat concernant le frère de Callie. Le soulagement que j'ai ressenti en connaissant l'identité de ce type était tellement déroutant que j'ai d'ailleurs mis quelques secondes avant de réagir.

— Une *self-party*, ça te dit ?

Callie relève le visage, visiblement très surprise par ma proposition.

— C'est pas comme si on avait le choix, blague-t-elle en regardant l'heure sur son portable.

Nous nous dirigeons vers le réfectoire, et une fois dans la file, je me souviens de la raison pour laquelle j'attends toujours le dernier service pour manger. C'est blindé !

J'ai l'habitude de prendre mes repas seul, et je préfère quand il n'y a personne autour de moi. Ce soir, je fais une exception à cette règle et quand je m'installe face à celle qui me fait changer mes habitudes, je ne le regrette pas le moins du monde.

— Bon appétit ! me lance Callie en faisant tourner sa fourchette dans ses spaghettis.

Je l'imite avant d'engloutir une bouchée, quand elle rajoute joyeusement :

— Tyler est sympa !

— Ouais, il est plutôt cash, tenté-je de dire pour justifier son comportement.

— Oui, j'ai remarqué, d'ailleurs il me rappelle quelqu'un…, raille-t-elle en m'adressant un clin d'œil. Ne t'inquiète pas, je l'ai trouvé drôle ! Sa franchise ne m'a pas dérangée.

Callie affiche un grand sourire. On dirait qu'elle n'a pas vu de nouvelles têtes depuis bien longtemps. J'espère juste qu'elle n'en pince pas pour mon meilleur pote !

— Et alors comme ça, tu es une star du ballon ovale ?

Je secoue la tête en repensant à la façon dont Tyler a parlé de moi à propos du foot.

— Tyler exagère toujours tout. Je suis juste quarterback dans l'équipe de deuxième division.

— Ah, d'accord… Je comprends mieux pourquoi te retrouver là sans rien faire te rend dingue.

J'aimerais lui dire que depuis que je passe du temps avec elle, mes journées sont beaucoup moins longues et ennuyeuses, mais je n'y arrive pas.

— Ça va, c'est pas si terrible finalement.

Trop naze !

— Et tu fais quoi comme travail ?

Je relève les yeux dans sa direction, et elle se met tout de suite à rougir.

— Euh, désolée…, continue-t-elle en baissant les yeux sur son assiette.

C'est presque amusant de la voir si troublée dès que je la regarde intensément. Je dis « presque », car je ne sais pas qui de nous deux l'est le plus à cet instant. Quand elle rougit comme ça, je la trouve trop craquante !

— Je suis informaticien.

Ses yeux s'éclairent tout à coup, et elle semble admirative.

Pourtant, il n'y a franchement rien d'extraordinaire !

— Depuis longtemps ?

— Ça va bientôt faire un an. Les longues études n'étaient pas faites pour moi et vu que j'ai toujours été à l'aise avec la robotique… voilà. Je voulais surtout avoir un job qui me permette de garder mes soirées et mes week-ends pour pouvoir faire du foot en club.

Je me surprends moi-même à lui raconter ma vie alors que d'ordinaire, je déteste parler de moi. Avec elle, tout parait simple. C'est troublant !

Elle écoute attentivement, comme absorbée par mon récit, qui n'a pourtant rien de palpitant.

— Et tu arrives à tout cumuler ? Boulot, sport… euh… vie privée ?

Callie détourne le regard en tentant de garder contenance alors que sa gêne est plus que grillée.

— Ça va !

Je sens qu'une question lui brûle les lèvres et je pense connaitre laquelle, d'après ses sous-entendus. La voir si suspicieuse me fait rire intérieurement. Et je suis presque flatté que cette partie de ma vie l'intéresse.

À cause de ce couillon de Tyler, je suis persuadé qu'elle pense que Mia est ma petite amie.

Finalement, elle termine son assiette sans rien dire, et je suis déçu qu'elle n'ose pas. Je décide tout de même d'être direct :

— Si tu veux savoir si j'ai quelqu'un dans ma vie, la réponse est non. Dans ce domaine, je fais cavalier seul.

Elle ouvre la bouche de surprise et reste muette durant un petit instant.

— En même temps, dit-elle en secouant la tête. Tu fais ce que tu veux, ça ne me…

— Callie, la coupé-je. Mia est ma petite sœur.

Pourquoi est-ce que je ressens ce besoin de lui dire la vérité ? En temps normal, j'aurais fanfaronné, mais avec Callie, tout est différent.

Elle sourit discrètement et répond de façon détachée :

— Ah, d'accord, celle à qui je te fais penser.

Je fronce les sourcils. Jusqu'à ce que je me souvienne de l'une de nos premières conversations.

— En effet, vous avez un peu le même caractère, dis-je sans pouvoir m'empêcher de sourire en pensant à elle.

— C'est-à-dire ?

— Elle m'impressionne par son mental d'acier.

Callie ne semble pas se rendre compte que je la complimente, mais parait plutôt en pleine réflexion.

— Pourquoi est-elle aussi forte pour son jeune âge ?

Et merde !

Mon souffle se bloque dans ma gorge, mais je tente de répondre le plus évasivement possible :

— Disons qu'on n'a pas eu une enfance facile, et malgré ça, elle garde la pêche. C'est une boule d'énergie qui ne se laisse jamais abattre.

Callie parait tout à coup peinée, et s'il y a bien une chose que je déteste, c'est qu'on ait pitié de moi.

— Pourquoi une enfance difficile ? ose-t-elle demander.

Là, c'en est trop pour moi. Callie a beau avoir ce pouvoir surnaturel qui me fait causer plus que d'ordinaire, je n'ai absolument pas envie de rentrer dans les détails du chaos qu'a été ma vie de famille.

— Joker, murmuré-je en posant mes couverts, en signe de satiété.

Callie se redresse illico et bredouille des excuses incompréhensibles, tant elle est embarrassée. Un silence s'ensuit, mais en la voyant si mal à l'aise – et comme je ne veux pas qu'elle s'en aille –, je décide de changer de sujet :

— Ton frère a l'air cool ! dis-je en portant ma petite cuillère à ma bouche.

Geste qu'elle suit de très près et qui me fait ressentir quelque chose d'étrange dans le bide.

— Oui, Gaby est super ! s'exclame-t-elle alors en détournant les yeux. Il a toujours été là pour m'aider. Pour lui, ce n'est pas facile de me voir… euh… comme ça. Et il fait tout pour que je vive une vie normale.

Ses yeux brillent quand elle parle de son frère, et c'est beau à voir, mais je ne sais pas pourquoi, ça m'énerve. À contrario, j'aime qu'elle s'ouvre un peu plus à moi alors que d'habitude, je me fous royalement de la vie des autres. En fait, tout m'intéresse chez cette fille, même si je sais que nous ne sommes absolument pas du même monde.

Nous terminons notre dessert en discutant de tout et de rien, puis quittons le réfectoire. Sans même nous parler, nous prenons la même direction. J'allume ma clope, et Callie suit chacun de mes gestes des yeux. C'est perturbant, putain !

À la fin de ma cigarette, Callie m'informe qu'elle est fatiguée et qu'elle n'a pas envie d'aller à la piscine, ce soir. Je n'insiste pas. Même si elle a fait des efforts, je vois bien qu'on stagne et que je n'arriverai pas à la faire aller au-delà de ce qu'elle est actuellement capable d'accomplir. En même temps, le bassin du centre ressemble aux piscines municipales, c'est-à-dire qu'il est moche et froid. D'autant plus que nous ne pouvons pas allumer les lumières, ce qui rend l'endroit très sombre… Pas franchement accueillant, quoi !

Tout à coup, il me vient une idée.

— Au fait, demain, tu n'as pas cours l'après-midi, c'est bien ça ?

— Parce que tu connais mon planning par cœur ? demande-t-elle sans me lâcher des yeux.

Heureusement qu'on est presque dans le noir parce qu'elle a réussi à me mettre légèrement mal à l'aise.

— Tu me l'avais dit la semaine dernière.

C'est faux, mais je croise les doigts pour que ça passe. J'entends Callie glousser avant qu'elle me dise tout bas :

— En effet, je comptais faire du yoga pour me détendre, donc si tu es libre…

— Oublie ça ! la coupé-je en grimaçant.

Callie éclate de rire. Bon sang, je kiffe tellement ce son qu'un jour ça me perdra !

— J'ai une bien meilleure idée de ce qu'on pourrait faire, dis-je en haussant les sourcils plusieurs fois de suite.

— Oh, mon Dieu, tu me fais peur…

Ses mots sont en contradiction avec l'intonation de sa voix, et j'adore ça. *Elle a envie de passer du temps avec moi !*

— Tu veux bien me donner ton numéro de téléphone ?

C'est bien la première fois que je fais ça !

Et d'habitude, quand une fille me demande le mien, j'esquive ! J'aime pas être au téléphone. Encore moins recevoir des textos qui servent à rien et ça, c'est la spécialité des nanas en règle générale.

Vu qu'elle ne répond pas, je m'empresse de me justifier :

— Ça sera plus pratique pour… euh… enfin tu vois, quoi !

Je rêve ou je bégaie comme un con ?

Je la vois faire semblant d'hésiter pendant quelques secondes. Elle pose alors ses mains sur son fauteuil et part dans la direction inverse alors que je viens tout juste d'allumer ma deuxième clope.

OK, je suis en train de me manger le vent le plus monumental de tout l'univers.

Tandis que je reste sur place sans bouger, je l'entends me crier au loin :

— 555 852 6534, et je ne répéterai pas.

Alors qu'elle s'éloigne en riant, je souris comme un abruti.

— Bonne nuit ! crié-je à mon tour.

Ce qu'elle ne sait pas, c'est que, malgré la rapidité avec laquelle elle m'a filé son numéro, j'ai une très bonne mémoire !

Chapitre 29 – Callie

[Je recherche la pro des pancakes. C'est le bon numéro ?]

J'éclate de rire en lisant le texto que je viens de recevoir alors que j'arrive tout juste dans ma chambre.

Il a bien retenu mon numéro…

Comme une ado après son premier rencard, mon cœur s'emballe quand je relis son message.

Je réfléchis à la façon dont je pourrais lui répondre, mais rien ne me vient spontanément, alors je file me mettre en pyjama et m'allonger dans mon lit. Bien que je sois exténuée, mon sourire ne retombe pas. Dans la pénombre de la pièce, seul l'écran allumé de mon téléphone se reflète au plafond.

Quelle mémoire…

Lorsque je vois les trois petits points indiquant que mon interlocuteur est en train de rédiger un message, mes yeux papillonnent en attendant sa réponse. J'ai conscience d'être ridicule, mais ça fait tellement longtemps que je n'ai pas communiqué avec quelqu'un d'autre que ma famille ou Jenna.

[Pour demain, prends ton maillot de bain.]

Toute la fougue que je ressentais retombe comme un soufflé. N'a-t-il pas encore compris que je ne me baignerais pas ? Je suis tout à coup beaucoup moins emballée par sa sortie improvisée à venir. Et s'il compte me harceler par texto pour me convaincre, il peut se mettre le doigt dans l'œil.

[Dans tes rêves !]

Sa réponse ne se fait pas attendre :

[Allez, tu ne le regretteras pas…]

Il accompagne son message d'un smiley suppliant, et je souris en voyant tout le mal qu'il se donne pour me persuader. Mais sur ce point, il peut faire ce qu'il veut, je ne céderai pas.

[Non négociable !]

[Alors, mets quelque chose de plus cool…]

[Qu'est-ce que ça veut dire ?]

Je lui renvoie un smiley interrogatif. Je ne supporte pas d'exposer mon corps et encore moins mes jambes toutes frêles et informes. C'est pour ça que je porte toujours des vêtements amples.

[Habille-toi en fonction de la météo, pour changer…]

Bien que j'aie envie de lui hurler dessus, sa vanne me fait sourire.

Une multitude de questions tournent dans ma tête et m'empêchent de lui répondre. Je suis à la fois émoustillée de recevoir des messages de Zack, mais j'ai trop peur de ce qu'il compte faire. Surtout que la piscine du centre est occupée l'après-midi.

Au bout de quelques minutes, il me renvoie un message :

[Tu dors ?]

Je glousse en le lisant et comme je n'ai pas envie de répondre à sa question précédente, je tape :

[Oui.]

[Bonne nuit, alors…]

Je serre mon téléphone contre mon cœur et mon esprit divague tandis que je lève les bras au ciel. Je relis à plusieurs reprises la succession rapide de messages que nous avons échangés, mais à chaque fois, ça me fait le même effet. Voir le nom de Zack sur mon écran accélère mon pouls de façon déraisonnable.

C'est le téléphone serré dans la main que je m'endors paisiblement.

***

En me réveillant ce matin, la première chose que je fais est de vérifier si Zack ne m'a pas envoyé d'autres messages, mais rien. J'hésite à lui écrire, mais je ne veux pas passer pour la fille accro, alors je me prépare tranquillement en essayant de ne pas trop y penser. En fin de matinée, j'ai ma séance de « marche », comme ils appellent ça, et je n'ai absolument pas envie d'y aller.

Quand je regarde dans mon placard et que je repense à la conversation d'hier soir avec Zack, je sors tous mes pantalons, et le constat est sans appel, je n'en ai que des noirs, larges, sauf un que ma mère s'évertue à mettre dans mes affaires pour le jour où je me sentirai mieux.

Je l'enfile tant bien que mal pour voir à quoi je ressemble, et quand je me vois dans le miroir, une grimace de dégoût apparait sur mon visage. En effet, voir mes jambes toutes maigres, moulées dans ce legging qui s'arrête à mi-mollet, me conforte dans mon idée première : les vêtements ajustés ne sont pas pour moi.

Néanmoins, je prends une grande inspiration et décide de le garder. J'enfile ensuite l'unique tee-shirt blanc en ma possession et file dehors pour lire tranquillement. Pas de Zack à l'horizon et pas de message non plus. Un peu déçue, je pars déjeuner, seule. Je rejoins ensuite la salle de torture, comme je la nomme personnellement, et une fois harnachée comme un animal, je recommence mes efforts, encadrée par le personnel soignant, qui ne cesse de me rabâcher à quel point mon travail est extraordinaire.

Je n'écoute que la moitié de leur discours et me concentre sur ce que je dois faire. Alors que toute mon attention se porte sur le bas de mon corps, voir les deux bâtons qui me servent de support ne se mouvoir que très légèrement me décourage. Je m'oblige à continuer en espérant encore que mon travail paye, mais au fond de moi, c'est le néant qui m'habite.

En fin de séance, mon kiné me complimente, mais comme d'habitude, j'ai du mal à y croire. Je sais qu'il exagère pour m'encourager à continuer, mais honnêtement, ça ne sert à rien.

Je souris et j'acquiesce pour couper court à la discussion, tant je suis pressée de retrouver Zack. Je prends alors conscience qu'en ce moment rien d'autre ne compte plus que de passer du temps avec lui. Malgré son franc-parler et son indélicatesse, il me fait rire et me fait presque oublier ma condition physique. Il a toujours un mot pour dédramatiser toutes les situations, et j'aime passer du temps à ses côtés.

En pensant à lui, je récupère mon téléphone, impatiente de voir si j'ai un message.

C'est pathétique d'être aussi accro !

Mon engouement s'arrête rapidement puisque je n'ai aucune nouvelle. Je quitte alors la pièce et prends l'ascenseur pour me diriger vers le hall.

Quand je sors, la chaleur de cette fin de matinée m'écrase presque. C'est le premier jour qu'il fait aussi chaud et le ciel dégagé me donne envie de me caler au soleil avec un bouquin.

Alors que je m'avance en direction d'un banc, je suis stoppée par une grande silhouette. Je n'ai pas besoin de relever la tête, car je reconnais tout de suite les jambes musclées de la personne qui me fait face. Il porte un short et un tee-shirt gris clair, faisant ressortir ses tatouages. Et ses bras musclés ! Ses cheveux mouillés prouvent qu'il sort de sa séance de piscine, et il est encore plus beau quand il n'est pas coiffé.

Son regard s'attarde sur mes jambes, et je pose mes mains dessus pour tenter de les cacher comme je peux.

— Bien dormi ? me demande-t-il d'une voix rauque qui me fait frémir malgré moi.

— Comme un bébé ! Et toi ? Dispense de bandage aujourd'hui ?

Il rigole en regardant son bras qui pend le long de son corps.

— Ouais, j'arrive de mieux en mieux à m'en servir, m'explique-t-il en mimant les gestes qu'il travaille avec son kiné.

Le voir aussi mobile me renvoie moi-même à mon état qui stagne et n'évoluera probablement jamais. Une boule se forme dans ma gorge, mais je tente vite de dissiper mon embarras.

— Prête ?

Je plante mon regard dans le sien et comme hypnotisée, j'acquiesce alors que je ne sais absolument pas quel programme tordu il a préparé. Dès que Zack m'embarque dans ses plans foireux, je ressens toujours cette pointe d'excitation qui me vrille les entrailles et me pousse à accepter de le suivre.

— J'ai un peu peur…

Zack se marre tout en traversant le parc. Je le suis en lui demandant tout de même où il compte m'emmener, mais seul son sourire en coin me convainc de l'accompagner.

Tout en marchant, il se penche vers moi pour me dire quelque chose. Son odeur d'after-shave m'emplit les narines et déconnecte instantanément mes neurones. Je tente tout de même de me concentrer sur ce qu'il me dit :

— Tu vois le portillon là-bas, derrière le bâtiment ?

Oh, mon Dieu ! Je crains le pire…

— On va l'emprunter, déclare-t-il.

Je m'arrête net.

— Quoi, tu veux quitter le centre ? Non, mais t'es malade ! Et s'il nous arrive quelque chose dehors ? Et si en plus on…

— Et si on s'amusait ? me coupe-t-il en me regardant droit dans les yeux.

Comme à chaque fois qu'il utilise sa voix cassée et suave, je fonds comme neige au soleil.

Bon sang, mais à quel moment je vais réussir à lui tenir tête ?

Zack se positionne derrière mon fauteuil et me fait avancer plus vite, sans même que je l'arrête dans son délire. Je suis amusée de le voir regarder partout autour de nous pour vérifier que personne ne nous voie.

— Tu as vraiment repéré tous les endroits possibles pour t'échapper d'ici, toi ! lui lancé-je en gloussant, éberluée d'enfreindre les règles encore une fois.

Je l'entends encore s'esclaffer tandis que nous sommes maintenant sur le trottoir, à l'extérieur du centre.

C'est bête à dire, mais j'ai comme l'impression que l'air est beaucoup plus respirable ici. Je me sens tout à coup prise d'un élan de liberté qui me fait tourner la tête. La montée d'adrénaline qui me terrasse, couplée à la vision de l'homme qui me fait chavirer, me fait partir dans un fou rire incontrôlé.

— On est complètement dingues !

À cet instant, le sourire de Zack est différent. Je mets quelques secondes à le qualifier, mais je dirais qu'il est fier. Bien qu'il me pousse dans mes retranchements, je sens qu'il est heureux de me voir me lâcher.

Nous avançons sur le trottoir, Zack marchant à côté de moi. J'observe les passants pressés autour de nous, qui nous doublent, ou d'autres, qui se baladent tranquillement. Je prends le temps de profiter d'une activité quotidienne ordinaire que je ne partage que trop peu et je suis émue de constater que la vie continue, tandis que je suis dans ma prison dorée.

— On fait quoi maintenant ? l'interrogé-je sans savoir où nous allons.

— T'as bien pris ton maillot de bain ?

Je m'arrête net pour le fusiller du regard. Ce n'est que maintenant que je me souviens que cette rue mène à la plage.

— Je crois t'avoir déjà répondu, ce n'est pas la peine d'insister, Zack ! braillé-je en me retournant en direction du centre.

Il me rattrape et se met accroupi devant moi pour m'empêcher d'avancer.

— Callie, commence-t-il d'une voix douce. Tu dois me faire confiance.

— Non ! dis-je aussitôt en secouant vivement la tête.

Zack soupire avant de continuer :

— Faisons un marché : on essaie une seule fois. Juste une seule, Call. Et si vraiment c'est au-dessus de tes forces, je te ramènerai au centre et je te promets que plus jamais je ne t'embarquerai dans des situations de ce genre.

Même si je fronce les sourcils, ce qu'il me dit me fait un pincement au cœur. Je sais bien que c'est paradoxal, mais je n'ai tout simplement pas envie qu'il arrête.

Je secoue tout de même la tête en entendant la mer, au loin.

Je n'y arriverai pas.

Cela dit, voir son visage suppliant et sa bouche en cœur fait voler en éclats toutes les règles que je me suis fixées. Et ça m'énerve encore et toujours d'être aussi faible face à lui. Ses yeux ne me lâchent pas, et j'ai l'impression que nous sommes seuls alors que la rue adjacente grouille de monde. Mon cerveau ne sait plus quoi analyser en premier pour donner la bonne réponse.

— Je sais que tu peux le faire, murmure-t-il en posant sa main sur la mienne.

S'il me touche, je ne réponds plus de rien et malheureusement, c'est encore une fois ce qu'il se passe.

— Je te préviens, je reste habillée ! râlé-je en tentant de ne pas montrer à quel point il me perturbe.

— Pas grave, j'ai de l'imagination !

Je lui tape le bras en gloussant, mais je n'en mène pas large. Ça fait bien longtemps que je ne vais plus à la plage, et ma poitrine se comprime rien que de m'imaginer sur le sable.

Zack attend patiemment que je sois prête, et je finis par acquiescer en déglutissant douloureusement.

Mais qu'est-ce que je suis en train de faire…

Nous continuons d'avancer sur le trottoir, et je me surprends à observer les devantures des magasins, chose que je n'ai pas faite depuis des lustres.

Une fois arrivée au bout de l'avenue, je suis obligée de fermer les yeux pour ne pas me laisser emporter par les émotions. Seulement, entendre le bruit des vagues et sentir l'air salin ne me calme pas le moins du monde cette fois.

Quand je rouvre les paupières, ce n'est plus la mer qui me fait face, mais ce beau garçon au regard ténébreux qui me fait faire n'importe quoi.

— On y va ?

Même si je ne sais absolument pas comment il compte faire pour pousser mon fauteuil sur le sable, je hoche la tête, déterminée à lui accorder toute ma confiance.

Chapitre 30 – Zack

Le panneau indiquant qu'il est interdit de fumer sur la plage me fait soupirer. Je m'adosse au muret qui sépare le trottoir du sable, et j'allume une clope tout en posant mon regard sur Callie. Au moins, mon geste a le mérite d'ôter ce masque de panique de son beau visage, car désormais, elle hausse les sourcils de stupeur.

— En fait, tu passes ton temps à transgresser les règles ?

Je me marre en recrachant la fumée par les narines. Techniquement, nous ne sommes pas encore sur la plage, donc je n'enfreins rien du tout.

Sans répondre, je lui fais un clin d'œil, et elle secoue la tête en souriant. Puis son attention se reporte derrière moi, et elle se remet à respirer n'importe comment. J'aimerais lui dire quelque chose d'intelligent pour l'aider, mais honnêtement, je ne sais pas moi-même comment je vais gérer ça. Je sais juste qu'elle est bien plus forte qu'elle ne le croit et qu'avec un peu de volonté, elle y arrivera.

Quand je termine ma clope, je l'écrase au sol avec ma basket et fais un signe à Callie pour lui demander si on peut y aller. Elle ferme brièvement les yeux avant de prendre une grande inspiration.

— Je… euh… ouais.

Alors que je lui adresse un sourire, son regard flippé refait surface.

— Comment tu comptes me trainer sur le sable ? Je ne sais pas si les roues de mon fauteuil peuvent…

— Ton fauteuil ? la coupé-je en arquant un sourcil. Il reste ici.

Callie ouvre tellement grand la bouche que ça me fait marrer.

— Es-tu au courant que je ne peux pas marcher, gros malin ? Ou alors tu penses que je joue la comédie, mais je peux t'assurer que je ne peux absolument pas…

Avant qu'elle ait fini sa phrase, je me suis déjà approché pour passer mon bras dans son dos. Alors qu'elle lâche un cri de surprise, j'agrippe sa taille et la soulève d'un bras avant de placer l'autre sous ses jambes.

Bordel, elle est toute légère !

— Zack ! hurle-t-elle en s'agrippant à mon cou. Non, mais t'es dingue ou quoi ? Repose-moi tout de suite !

— Arrête de crier, dis-je en regardant autour de nous pour lui signifier que des gens nous regardent. Si on se fait remarquer, quelqu'un risque d'appeler la police. Et j'imagine que ce n'est pas ce que tu veux…

Ses joues rougissent de colère, et ça me donne envie de rigoler, mais je me retiens pour ne pas l'énerver encore plus.

Je fais un pas vers la plage quand elle me donne une tape sur l'épaule.

Aïe, putain !

Je grimace de douleur, car sans s'en rendre compte, Callie vient de frapper en plein dans ma cicatrice.

— Mon fauteuil ! crie-t-elle. On ne peut pas le laisser là ! Et si on me le volait ?

— Qui voudrait voler ça, sérieux ?

Quand elle écarquille les yeux, choquée, je me rends compte que les mots sont sortis trop vite de ma bouche, comme toujours. C'est mon gros problème : je dis tout ce que je pense sans réfléchir et surtout, sans songer aux conséquences. Mais d'un autre côté, je déteste l'hypocrisie et j'espère que Callie sait que tout ce que je dis n'est pas contre elle. J'essaie tout de même de me reprendre :

— On y jettera un œil de là-bas, OK ? Maintenant, on peut y aller ?

Callie ferme de nouveau les yeux en se mordant la lèvre un peu trop fort, y laissant carrément la marque de ses dents. Je sens qu'elle s'apprête à refuser, alors je n'attends pas son feu vert et j'avance. À peine ai-je les pieds dans le sable qu'elle s'agite de nouveau.

— Non, attends ! Et ton épaule ?

Nos visages ne sont plus qu'à quelques centimètres quand je lui souris. Ça me fait quelque chose qu'elle s'inquiète pour moi. Mais franchement, ce n'est pas son poids plume qui va aggraver ma blessure. Elle est tellement fine que j'ai l'impression de ne rien porter. C'est étrange, mais j'aime ça. Voir mes bras tatoués autour de son corps frêle me fait ressentir quelque chose de puissant au fond de moi.

— T'inquiète pas pour ça.

Son regard descend sur ma main, placée sur sa taille fine avant de revenir à mes yeux. La manière profonde qu'elle a de me regarder me fout carrément des frissons !

Callie inspire de nouveau avant de croiser ses mains derrière ma nuque et là, je jure que je sens mon sang bouillir dans mes veines. Surtout lorsqu'elle baisse la tête, et que je me retrouve à marcher avec ses cheveux volant sur mon visage. *Elle sent tellement bon, putain…*

Plus on s'approche de la mer, plus je sens son corps se raidir contre moi. Ses ongles se plantent brusquement dans mes trapèzes, mais je ne réagis pas. Callie pose ensuite carrément sa tête sur mon épaule en fermant les yeux, et même si ça me fait kiffer à mort, la raison de ce rapprochement m'empêche d'en profiter. Elle est complètement effrayée !

Je m'arrête à quelques mètres de l'eau et me baisse pour la poser délicatement sur le sable. Callie rouvre brusquement les paupières, et je m'assois à côté d'elle pour la rassurer. J'attrape sa main pour la placer entre les miennes en regardant son beau profil éclairé par le soleil.

Sans lâcher l'horizon des yeux, Callie serre mes doigts par à-coups. Sa lèvre inférieure frémit tandis que ses yeux sont grands ouverts. Elle est tellement stressée que j'hésite un instant à tout laisser tomber. J'aime pas la voir comme ça !

— Ça va ?

Elle se contente de hocher la tête, et nous restons un moment silencieux à regarder les vagues faire des allers-retours sur le sable. Le bruit de l'eau, normalement apaisant, la pétrifie encore plus, mais malgré sa respiration saccadée, elle applique discrètement les conseils donnés au yoga pour se relaxer. J'attends que sa main desserre la mienne, signe qu'elle commence à se détendre, avant de lui dire tout bas :

— Baigne-toi avec moi.

Son visage se tourne aussitôt vers le mien. Je m'attends vraiment à ce qu'elle refuse ou qu'elle me supplie de la ramener au centre. Mais au lieu de ça, et malgré les larmes qui commencent à pointer au coin de ses yeux, elle acquiesce de la tête.

De peur qu'elle ne change d'avis, je retire rapidement mes chaussures et me mets debout pour ôter mes vêtements. Je me retrouve alors en short de bain devant sa mine interdite.

Eh ouais, j'avais absolument tout prévu…

Alors qu'elle fixe mon torse, ébahie, j'imagine qu'elle est en train d'analyser chacun des tatouages qu'elle n'a pas encore eu l'occasion de voir. Je me penche en avant pour lui dire à l'oreille :

— Après ça, tu auras le droit de connaitre la signification de chacun d'eux…

Je me baisse encore un peu plus pour la porter quand elle lève une main devant moi.

— Non, attends.

Je me redresse et l'interroge du regard. Callie rougit légèrement avant d'attraper le bord de son tee-shirt pour le passer par-dessus sa tête. *Bordel, si je m'attendais à ça !*

Étant donné que je la fixe comme un con qui n'a jamais vu de nanas de sa vie, elle croise nerveusement ses bras sur son ventre pour se cacher, avant de se justifier :

— Je… euh… je mets toujours une brassière de sport pour mes séances et… bref.

Callie est tellement troublée qu'elle ne remarque pas mon état. Surpris, ébloui… excité ? Ouais, probablement tout ça à la fois. Sa brassière noire, qui n'a pourtant rien de spécial, met en valeur sa forte poitrine, bien bombée sur le dessus. Sa taille est si fine et ferme que ses seins ressortent gracieusement de son buste. *Sublime !*

— Zack ? T'as changé d'avis ?

La voir plaisanter me fait sourire, et je me précipite pour la porter. Et accessoirement, la sentir de nouveau contre moi…

Une fois dans mes bras, son souffle s'accélère, surtout lorsque je commence à avancer. Quand elle se rend compte que j'ai les pieds dans l'eau, elle enfouit son visage dans mon cou en m'agrippant comme une tigresse.

— Du calme…, chuchoté-je contre sa joue. L'eau est super bonne.

En vérité, je ne sais pas qui d'elle ou de moi doit se calmer le plus. Le fait de sentir sa peau contre la mienne fait pulser mon cœur jusque dans mes oreilles. La chaleur de son corps contre le mien me fait perdre toute notion de température, et alors que nous ne sommes qu'à la fin du mois de mai, j'ai l'impression d'être en plein été.

— Zack, halète-t-elle.

Je m'arrête en voyant les traits de son visage se tordre en une grimace. Merde, si je pouvais, je ferais disparaitre tout ce qui la tourmente !

— Hé, Callie, regarde-moi…

Elle s'exécute, et je continue, sans la lâcher des yeux :

— Ne regarde pas l'eau, OK ? Ne regarde que moi.

Ses yeux larmoyants plantés dans les miens, j'avance tout doucement en la serrant de plus en plus fort. Et comme si ce n'était pas assez pour la rassurer, ses bras se referment également avec vigueur autour de ma nuque.

Un pas après l'autre, je tente de canaliser le chamboulement qu'elle provoque dans mon esprit.

Quand l'eau m'arrive à la taille et qu'elle effleure ses pieds, elle sursaute. *Alors quoi, elle a senti ?*

Je ne me suis jamais vraiment demandé ce qu'elle avait comme handicap, mais j'avais imaginé qu'elle était totalement paralysée et ne ressentait plus rien. Même si j'ai envie de savoir, je ne lui pose pas la question maintenant. Ce n'est pas le moment.

— Ça va toujours ? lui chuchoté-je à l'oreille.

Ma voix rauque, comme si je venais de me réveiller, doit sûrement trahir ce que je ressens, mais Callie ne semble pas le remarquer. Son regard toujours planté dans le mien, elle se contente de faire oui de la tête en frissonnant.

La mer est plutôt calme, mais je préfère tout de même m'arrêter d'avancer. Si Callie se met tout à coup à paniquer, il faut que je puisse nous tirer de là sans problème. Vu que l'eau atteint maintenant mon ventre, je relâche lentement ses jambes, mais Callie attrape carrément mes cheveux derrière ma nuque en me fixant avec un regard paniqué.

— Ne me lâche pas ! s'affole-t-elle en baissant les yeux.

Quand elle voit l'eau atteindre ses fesses, son souffle s'accélère, et elle pose son front sur mon épaule, les yeux fermés. Je mesure à présent tous les efforts qu'elle fait pour en arriver là et je suis touché par la confiance qu'elle place en moi.

— Callie, regarde-moi.

Elle s'exécute aussitôt, mais sa respiration est toujours chaotique. Elle lutte clairement contre ses démons, et son visage affiche une souffrance qui me tord les boyaux.

— Je ne te lâcherai pas, d'accord ?

Callie hoche la tête, mais une larme dégringole sur sa joue. La voir comme ça me retourne le bide, et j'hésite vraiment à faire demi-tour. *Allez, mec, on doit aller jusqu'au bout maintenant.*

J'abandonne complètement ses jambes qui retombent dans l'eau lourdement, et alors qu'elle lâche un cri aigu, j'enroule directement mes bras autour de sa taille pour la soutenir. Les mains plaquées contre mon torse, elle se fige en écarquillant les yeux.

Je jette un rapide coup d'œil sur sa poitrine collée contre mes pectoraux, et l'effet est abyssal. Je suis en ébullition malgré la fraicheur de l'eau.

Une petite onde nous fait légèrement bouger, et je la serre encore plus fort pour lui prouver qu'elle est en sécurité. Son corps plaqué contre le mien et mes bras encerclant sa mince cage thoracique me donnent l'impression que nous ne faisons qu'un et que plus rien n'existe autour. Nous restons ainsi un petit moment, à nous regarder dans le blanc des yeux sans rien dire.

Au bout de quelques minutes, je sens son corps se détendre. Son cœur semble également reprendre un rythme plus calme et régulier tandis que le mien part toujours en vrille. Ses muscles se relâchent, jusqu'à ce qu'elle laisse carrément retomber ses bras le long de son corps. Ce signe de confiance totale m'expédie dans un autre monde.

Putain, Callie, qu'est-ce que tu me fais…

Je n'ai pas l'habitude de tout ça. Je veux dire toutes ces nouvelles sensations qui me consument de l'intérieur. Pourtant, je les savoure une à une.

Lorsque ses mains plongent dans l'eau, elle baisse enfin la tête pour découvrir nos deux corps submergés à moitié. Quand elle relève le visage pour me regarder, je m'attends à ce qu'elle panique, mais non. Callie lâche un léger soupir avant de me sourire timidement.

Je ne sais pas réellement ce qu'elle éprouve là, maintenant, mais elle semble plus sereine que jamais. Elle me fixe avec beaucoup de tendresse dans les yeux et ça m'émeut déraisonnablement. *Est-ce qu'on m'a déjà regardé comme ça ?*

Alors qu'elle replace lentement, et timidement, ses bras autour de mon cou, je me mets à détailler chaque trait de son visage. Tout est harmonieux. Avec le reflet de l'eau, la nuance de vert a accaparé la totalité de ses iris tandis que ses lèvres rosées n'osent pas encore s'étirer complètement.

— Tu es très belle…

Quoi, c'est moi qui aie sorti ça ?!

OK, je dis tout ce qui me vient en tête, mais un compliment de ma part reste très rare, surtout dans ce genre-là. Alors qu'elle se mord la lèvre, gênée, je fixe ce geste avec désir.

— J'ai envie de t'embrasser, Callie.

Bien qu'elle ouvre grand les yeux de surprise, son frémissement et sa bouche entrouverte me prouvent qu'elle en a également envie. Quand son regard descend sur mes lèvres, je garde un bras autour de sa taille pour la maintenir contre moi et remonte mon autre main le long de son dos pour la placer sur sa nuque.

Puis je l'embrasse.

Chapitre 31 – Callie

Ses lèvres douces et tièdes fondent complètement sur ma bouche, et quand sa langue implore instamment d'entrer en contact avec la mienne, c'est tout mon esprit qui part en vrille. Alors que j'ouvre les yeux une fraction de seconde pour vérifier que je ne suis pas en train de rêver, la main de Zack qui maintient ma nuque caresse délicatement ma peau, ce qui provoque un frisson puissant dans tout mon corps. Il joue avec mes lèvres, les aspirant par moments avant de replonger avec avidité dans cette danse érotique. Je suis le mouvement comme je peux alors que cela fait très longtemps que je ne me suis pas livrée à cet exercice, mais les sensations sont juste exceptionnelles. Je suis propulsée dans un tourbillon de douceur mêlé à la puissance qui se dégage de son baiser.

J'ai encore du mal à réaliser ce que je suis en train de faire. Depuis que nous avons quitté le centre tout à l'heure, j'ai agi de façon complètement déraisonnable et sans aucune réflexion. D'ordinaire, j'analyse tout avant de me lancer, mais dès que je suis avez Zack, je fonce sans réfléchir aux conséquences. Et maintenant que je reviens un peu à moi, voir mon corps quasiment nu être collé au sien me rend toute chose. Je ne saurais pas expliquer pourquoi j'ai ressenti ce besoin d'enlever mon tee-shirt, une fois que je l'ai vu torse nu. C'est tout simplement fou ! Et puis moi qui ai honte de mon corps maigre et qui ne supporte pas l'eau, je me retrouve immergée en grande partie et complètement dépendante de lui.

Qu'est-ce qui m'arrive…

Zack colle son front contre le mien.

— Il se passe quoi là-dedans ? demande-t-il en faisant référence à ma réflexion intérieure, peu discrète apparemment.

Je me mords la lèvre inférieure et sans me demander la permission, il vient lui-même l'attraper avec ses lèvres.

Mon Dieu, il me fait perdre la tête !

Tellement que, lorsque sa bouche se détache de la mienne, je recule mon buste et penche ma tête en arrière tandis que Zack me maintient toujours par la nuque. Je ressens cette sensation de liberté alors que je ne peux que faire confiance à cet homme qui m'encercle de ses bras forts.

Je sais qu'il ne me lâchera pas !

Tandis que je ferme les yeux en sentant l'eau toucher le haut de mon crâne, je perçois les lèvres de Zack qui viennent se poser dans mon cou pour remonter jusque sous mon oreille. La douceur dont il fait preuve est en totale contradiction avec sa façon de parler ou d'agir sur des coups de tête. Le contact de sa bouche sur ma peau est semblable à une caresse, et me sentir entourée et protégée de la sorte me fait monter les larmes aux yeux. Quand je me redresse pour lui faire face, je sens son souffle sur ma joue, et sa barbe naissante me picote la mâchoire.

Je passe alors ma main dans ses cheveux, ce qui lui fait fermer les yeux.

Il est si parfait…

Alors que je ne m'accroche que par un bras autour de son cou, je fais glisser mon index sur un des tatouages positionnés entre ses deux pectoraux.

Ici est dessinée une croix avec à chacune de ses extrémités un croissant de lune. Un cœur entoure le bas de la croix. Encore une fois, je ne sais absolument pas à quoi cela correspond, mais sans être gênée le moins du monde, je redessine les traits de ce symbole et l'interroge du regard. Les yeux de Zack, aussi noirs soient-ils, brillent intensément tout en suivant mon geste. Nos visages sont tellement proches qu'une de ses mèches désordonnées vient chatouiller mon front.

Je sens toujours ses mains, qui maintiennent fermement le bas de mon dos, et je suis sereine, même si toute cette eau nous entoure. Quand nos yeux se croisent à nouveau, il me sourit tendrement.

— C'est le symbole de la fraternité.

Je comprends immédiatement à qui il fait référence et je ne lui demande pas plus d'explications, tout en m'attardant sur les autres dessins qui embellissent son corps déjà plus que parfait à mes yeux.

— Je me sens si bien, Zack.

À peine ai-je prononcé ces quelques mots qu'il colle de nouveau son front contre le mien. Je vois à ses poumons qui se gonflent exagérément que sa respiration est saccadée. Je ne sais pas ce qu'il se passe dans sa tête, mais il semble à la fois soucieux et serein.

— Je savais que tu pouvais le faire, me souffle-t-il tout en repositionnant ses mains dans mon dos. Tu es une battante.

Nom de Dieu, ses paroles, ses mains sur moi… je ne saurais dire ce qui m'émeut le plus !

Je ne veux être nulle part ailleurs qu'ici. Je ne sais pas pourquoi, je me sens complète quand je suis dans ses bras. Il comble ce manque de confiance en moi de la plus belle des manières et cela me bouleverse. Je retiens mes larmes et tourne la tête vers la plage.

Je fronce les sourcils, et Zack fait de même en constatant que les vagues montent sur le sable, engloutissant nos vêtements.

— Merde ! lâche-t-il en écho à mes pensées.

Je glousse sans pouvoir me retenir.

— Alors, tu avais tout prévu, Don Juan ?

Il rit à son tour, et son sourire carnassier allié à son regard intense, qui fonce directement sur mes lèvres, me donne chaud.

— Accroche-toi, bébé !

Si en plus il m'appelle comme ça, c'est la totale !

Il s'abaisse un peu, ce qui a pour effet que je me cramponne à son cou pour qu'il puisse passer son bras gauche sous mes genoux et, comme une princesse, il me porte pour sortir de l'eau. J'ai encore du mal à comprendre comment il fait avec son épaule convalescente. J'ai l'impression de peser une tonne, mais il ne se formalise pas et continue d'avancer lentement en me jetant des œillades pour vérifier que tout va bien de mon côté.

En effet, nos vêtements sont trempés. Il se baisse, sans me faire toucher le sable, pour ramasser le tas de linge désordonné que forment nos habits, et file ensuite en direction de mon fauteuil.

— Tu vois ? Il est toujours là ! raille Zack en m'y déposant doucement.

Il est essoufflé, mais nous rions tellement que j'ai du mal à reprendre mes esprits.

— On n'était pas obligés de se déshabiller finalement ! lancé-je en pouffant, alors que Zack est penché en avant, les mains posées sur ses cuisses.

Son corps se soulève et redescend à plusieurs reprises tandis qu'il tente de reprendre son souffle. Je me plie en deux pour cacher mon buste, car mon état émotionnel se trahit par mon corps qui répond sans que je puisse le contrôler.

— La prochaine fois, je m'organiserai mieux.

La prochaine fois ?!

Savoir qu'il sous-entend qu'il y aura d'autres fois comme celle-ci entre nous me rassure et fait battre mon cœur un peu plus fort. J'ai les cheveux tout mouillés, mais en cette belle journée, je n'ai pas froid. Cela me permet de réguler un peu mon thermomètre émotionnel.

— Tiens ! me dit-il en me balançant le morceau de tissu qui me sert de tee-shirt.

Pendant que je l'enfile, Zack me dit tout bas :

— Bravo, tu m'as impressionné…

Je baisse la tête et rougis, tellement je suis touchée par son compliment. Je ne peux pas lui dire que c'est parce qu'il a des atouts que d'autres n'ont pas que j'ai réussi à me laisser aller, mais je le pense vraiment. Zack est un homme bourré de qualités sous ses airs de gros dur.

— On rentre, miss tee-shirt mouillé ?

Même si je n'ai pas envie de retourner au centre, je dois être raisonnable, alors j'acquiesce en riant.

— On n'a pas l'air malins, comme ça !

Zack rit à son tour et se repositionne à mes côtés.

— Tu n'as pas trop mal au bras ? demandé-je en avançant.

— Me demande celle qui a des biceps en béton ? raille-t-il. Non, t'inquiète ! Je n'avais pas encore travaillé avec autant de poids, mais ça me fait de la rééducation.

— Merci ! dis-je en le voyant secouer son bras discrètement.

Son ironie me fait toujours rire, mais intérieurement, j'espère que de me porter ne lui aura pas causé de tort. Tout en avançant, je remarque que Zack n'est pas gêné de se promener à côté d'une fille en fauteuil, et ça me rassure, même si je ne suis moi-même pas très à l'aise habituellement dans la rue.

Quand nous arrivons à la hauteur du portillon, Zack regarde partout pour vérifier qu'il n'y a personne et l'ouvre. Nous regagnons l'arrière-cour du centre, déserte. Avant qu'il ne se remette à avancer, je le prends par le poignet, ce qui lui fait faire volte-face.

— Zack… je… je sais que je ne vais pas être originale, mais… merci. Merci pour tout.

Il me répond en me faisant une révérence surjouée accompagnée d'un clin d'œil qui me fait chavirer.

Encore une fois, je prends conscience qu'être en fauteuil n'est pas pratique. Si j'étais valide, je pourrais me pendre à son cou pour l'embrasser fougueusement afin de lui montrer la puissance de ce qu'il est capable de me faire ressentir… mais là, je ne peux que lui caresser le dessus de la main.

— Au fait, le mode écrevisse te va bien au teint…

Quoi ?!

Je touche mes joues et en constatant qu'elles sont chaudes et douloureuses, j'imagine que je suis écarlate. C'est ce qui arrive quand quelqu'un d'aussi pâle que moi ne se protège pas du soleil !

Nous continuons d'avancer tandis qu'il se moque ouvertement de moi, et que la seule réponse que je puisse lui apporter est de ricaner à ses âneries. Avec nos vêtements mouillés, on ressemble vraiment à deux enfants qui ont fait une bêtise.

Quand j'arrive vers l'énorme pot de fleurs devant l'entrée, mon ergothérapeute franchit à son tour les portes automatiques.

Oups...

Son regard passe de Zack à moi, plusieurs fois de suite.

— Tiens, Callie, tout va bien ?

— Oui, merci, tenté-je de dire de façon désinvolte.

Alors que son sourire traduit clairement qu'elle a imaginé ce que nous avons fait – en même temps, ce n'est pas trop compliqué –, elle me lance :

— Lors de ta prochaine séance, n'hésite pas à venir accompagnée.

Pourquoi elle dit ça ?!

Je n'ai pas le temps d'y songer qu'elle nous a déjà tourné le dos.

En plus de mon teint coloré, la chaleur qui accapare mes joues me fait clairement penser que j'ai carrément brûlé cet après-midi, tant le feu que je ressens ne retombe pas.

Dans le hall, le regard du directeur du centre est fixé sur nous. Pendant plusieurs secondes, je me demande ce qu'il va faire, car sa mine ne présage rien de bon. Zack bloque aussi sur lui et j'ai l'impression d'assister à un combat de coqs silencieux.

— Prête ?

À quoi ?

Sans comprendre ce qu'il se passe, mon fauteuil fait demi-tour, et la vitesse que je prends me fait comprendre que Zack est aux commandes.

— Zaaaaack ! hurlé-je en m'agrippant aux accoudoirs.

— T'inquiète, j'ai mon permis.

Je bascule la tête en arrière en riant à gorge déployée. Ce mec n'a aucune limite !

Lorsque nous nous arrêtons, je n'arrive pas à cesser de rire et j'en ai même mal au ventre. Cette fois, ce sont des larmes de joie qui coulent sur mes joues. Zack aussi est plié, et nous mettons quelques minutes à ne pas repartir en fou rire quand nous nous regardons.

— Tu n'as peur de rien, toi ! Tu te fous de tout et de tout le monde !

— Non, pas de tout le monde…

Seigneur ! Un simple regard, et je me consume. Il se redresse pour regarder au loin.

— Le champ est libre ! Tu peux aller te changer. On se retrouve pour diner ?

Sans arriver à articuler quoi que ce soit, je fais un signe de tête, et Zack m'adresse un sourire qui m'électrise alors qu'il se dirige lui-même vers sa chambre.

Chapitre 32 – Callie

En me réveillant ce matin, je ne m'attendais vraiment pas à vivre une journée aussi incroyable. Et même après avoir pris une douche, il m'est impossible de faire disparaitre ce sourire béat de mon visage. Enfin, sauf quand je croise mon reflet dans le miroir…

Je lâche carrément un cri d'horreur en découvrant que non seulement mes joues, mais également mon menton, mon front et le bout de mon nez ont viré au rouge. Bon sang, je ressemble à une tomate ! Et le pire, c'est qu'au lieu de m'inquiéter pour ma peau, je suis juste dégoûtée que Zack m'ait vue dans cet état.

Tu es très belle…

Sa voix, douce et rauque, me parvient alors comme s'il était vraiment là, avec moi. Si je ferme les yeux, je peux même le sentir contre moi, et rien que les sensations que me procure ce mini-fantasme me fichent la trouille. Je ne sais pas comment l'expliquer, mais je ressens cette chose que je n'avais jamais éprouvée même avant mon accident, voire de toute ma vie. Ce truc puissant qui relie les battements de mon cœur à mon intimité. Je sais que c'est ridicule, car je ne suis plus censée percevoir quoi que ce soit à ce niveau-là, mais ce que j'éprouve est bien réel, je ne l'invente pas.

Maintenant que je suis au calme, je me mets à réfléchir à la situation. Zack m'a embrassée. Nom de Dieu, le beau mec qui me fait tant d'effet m'a embrassée ! Et c'était tout simplement inespéré et magique. Tellement que je ne pense qu'à une seule chose : recommencer.

C'est à cet instant précis que de nombreux doutes viennent me brouiller l'esprit. Est-ce qu'il y aura une prochaine fois ? Zack est tellement impulsif qu'il agit souvent sans réfléchir aux conséquences. Il fait ce qu'il veut, quand il le veut, sans se prendre la tête, voilà tout. Est-ce qu'il s'agissait d'un acte spontané juste parce que, sur le moment, il en avait simplement envie ?

Mon estomac se tord en réalisant tout ça. Il est clair qu'un garçon comme lui, aussi libre et indépendant, ne perdrait pas son temps à sortir avec une fille telle que moi. Je soupire de frustration – et de tristesse, je dois l'admettre – quand je prends conscience que tout ce que j'ai ressenti ne se reproduira probablement jamais. Néanmoins, je ne veux pas le perdre pour autant. Depuis que j'ai rencontré Zack, je revis ! D'ailleurs, je n'arrive toujours pas à croire que je me suis baignée, et en pleine mer, qui plus est. L'effet Zack…

Il faut absolument que je me calme. Qu'il sache que son amitié me suffit et que je n'espère rien de lui. Sinon, il risque de s'éloigner, et cette simple idée me donne la nausée.

Après avoir vérifié une nouvelle fois si Zack ne m'a pas envoyé de messages – ce qui est totalement idiot étant donné que l'on vient à peine de se quitter –, je décide d'allumer mon ordinateur. Il reste encore deux heures avant le diner et il faut absolument que j'occupe mon esprit, au risque qu'il soit victime d'un court-circuit !

En me connectant à mon blog, j'écarquille les yeux en constatant le nombre de messages que j'ai reçus depuis la dernière fois. Certains me félicitent pour mes derniers projets, mais pour la plupart des autres, cela ressemble plutôt à des plaintes. *Oh non !*

Ces derniers jours, c'est vrai que j'ai un peu délaissé mon site, et il est clair que je n'ai pas habitué mes abonnés à ça. J'attrape mon téléphone, et la seule photo encore non partagée que je trouve est celle de deux mains tatouées, enroulées autour d'une crêpe. Mon cœur s'emballe à la vue de cette image et, malgré mes doutes, je la poste à côté de ma recette.

Crêpe Suzette : onctueuse et au parfum sauvage...

Je souris, fière de mon titre à double sens, et prends le temps de répondre à mon fameux défi en donnant divers conseils à chaque participant.

Finalement, les deux heures passent vite. Avant de descendre diner, je tente de camoufler mes coups de soleil avec un peu de fond de teint, mais c'est peine perdue. Mon visage va ressembler à une glace vanille-fraise pendant encore quelque temps…

Je fais exprès d'arriver cinq minutes plus tard, mais Zack n'est toujours pas là. Pendant un instant, j'hésite à lui envoyer un message, mais ma conscience me rappelle vite qu'il faut que je le laisse tranquille. Si j'agis comme la fille accro, qui ne pense qu'à notre dernier baiser – ce qui est pourtant bien le cas –, il va me fuir comme la peste.

— Salut…

Seigneur !

Sa voix pénètre dans mon oreille pour venir se faufiler jusque dans ma poitrine. Ça ne va pas le faire s'il continue de s'adresser à moi avec un timbre aussi sexy ! Je me retourne vers Zack en faisant preuve de toute la bienséance dont je suis encore capable, mais quand je le vois, c'est encore pire. Il est vêtu d'un jean moulant parfaitement ses jambes musclées et d'un tee-shirt blanc qui laisse deviner ce qu'il y a en dessous.

C'est-à-dire un torse parfait taché d'encre qui me fait vibrer. *Stop, bon sang !*

— Euh… salut, dis-je nerveusement en tentant de le regarder dans les yeux.

Il m'observe en fronçant les sourcils, comme s'il se posait des questions. Puis finalement, il m'adresse un léger sourire en me faisant signe de le suivre dans le réfectoire.

En silence, nous nous servons avant de nous installer au fond de la salle, l'un en face de l'autre. Alors que j'ai l'estomac noué, Zack engloutit la moitié de son assiette sans m'adresser un regard. Je constate que lui aussi a décidé de faire comme s'il ne s'était rien passé entre nous. Bien que j'aie conscience qu'il s'agissait juste d'un baiser comme ça, sous le coup de l'émotion, j'aurais aimé que ça compte un minimum pour lui.

Il y a à peine trois heures, on flirtait sur la plage, et là, on ressemble à deux amis en train de partager un repas.

Ce n'est que lorsque Zack s'attaque à son dessert qu'il rompt enfin le silence :

— T'es pas bavarde, ce soir.

— Toi non plus, dis-je du tac au tac.

Il fronce légèrement les sourcils.

— Pour ma part, c'est comme d'habitude…

Le fait que Zack me taquine me détend un peu et je lui adresse un sourire avant de m'attaquer à mon fruit. De toute façon, je n'arrive pas à jouer un rôle quand je suis devant lui, et la moindre provocation de sa part me redonne le sourire.

— C'est quoi exactement tes séances ? me demande-t-il.

Je l'interroge du regard jusqu'à ce que je me souvienne de ce qu'a dit mon ergo tout à l'heure, quand nous l'avons croisée. Ça alors, ce mec ne loupe rien !

— Ah ! Ça… c'est… un peu compliqué à expliquer.

— J'ai tout mon temps, lâche-t-il sans me quitter des yeux.

Mince, ça va être bien plus difficile que je ne le croyais ! Je pensais pouvoir faire comme si de rien n'était et profiter de son amitié, mais en le voyant me considérer de cette façon, j'ai juste envie de plus. Je le veux, lui, et ça me fait mal, car je sais que ce n'est pas possible.

— C'est une sorte de traitement expérimental, soupiré-je en baissant la tête. Mais comme l'indique son nom, il s'agit d'un test sans certitudes de résultat. Ce qui veut dire que ça ne sert probablement à rien.

— Pourquoi tu dis ça ?

— Eh bien, j'en ai déjà fait plusieurs et je n'avance pas. Dans tous les sens du terme…

Je tente de rire à ma blague, mais Zack me fixe toujours sans sourciller. Il semble même réfléchir sérieusement à mes propos. Pour une fois que je fais preuve d'autodérision.

— Le docteur Crown est quelqu'un de très optimiste, continué-je. Mais je ne pense pas que mon état va s'améliorer un jour.

Alors que je sens la tristesse m'envahir, Zack se penche en avant, m'obligeant à relever les yeux sur lui.

— Moi, je suis sûr que si.

C'est pas vrai, il ne va pas recommencer…

Je soupire en l'imaginant déjà en train de me tanner en me rappelant ce que j'ai réussi à faire aujourd'hui, mais finalement, il change de sujet.

— Qu'est-ce que tu as, exactement ?

Je ne sais pas s'il s'en rend compte, mais sa question me surprend autant qu'elle me perturbe. Je déglutis douloureusement, à un point tel que j'ai l'impression d'avaler de l'acide, tout en tentant de garder une respiration normale. Aborder ce sujet n'est toujours pas facile pour moi.

— Je… euh… j'ai… je suis paraplégique.

Oh, mon Dieu ! Je ne me souviens même pas de la dernière fois que j'ai dit ça à voix haute. Je me demande même si j'ai déjà réussi à prononcer ce mot un jour.

— OK, donc… ça veut dire que tu ne ressens aucune sensation ?

Mis à part le tourbillon que tu m'as fait vivre sur la plage ? Non, rien…

Je bois une gorgée d'eau avant de lui répondre :

— Dans mon cas, il s'agit d'une paralysie incomplète. Ça veut dire que j'ai perdu l'usage de mes jambes, mais que je perçois toujours quelques sensations, même si elles sont infimes.

— C'est pour ça que tu as senti l'eau sous tes pieds, tout à l'heure ?

Je hoche la tête et comprends pourquoi il s'interroge, tout à coup. Finalement, même si je ne supporte pas de parler de cette partie de moi, je me sens soudain libérée d'un poids. C'est bizarre… Comme si je n'avais plus à me cacher de qui je suis vraiment.

— Comment ça t'est arrivé ?

Là, il va trop loin ! Et quand il plante ses prunelles dans les miennes, il saisit que ce n'est pas le moment. En réalité, ça ne le sera jamais. Je refuse de repenser à mon accident, c'est au-delà de mes forces !

Alors qu'un voile humide me brouille la vue, Zack se lève de sa chaise en faisant comme s'il n'avait rien remarqué.

— Et si on bougeait ?

La gorge complètement nouée, je me contente d'acquiescer.

Sur le chemin menant à notre endroit secret, nous discutons de tout et de rien, et je le remercie intérieurement pour ça. Même s'il peut parfois être insistant et sans tact, il commence à connaitre les limites à ne pas dépasser, du moins avec moi.

Quand nous arrivons, Zack s'adosse contre le mur, et je me place à quelques mètres de lui.

— Tu m'en donnes une ? demandé-je en le voyant allumer sa cigarette.

Il secoue la tête en riant, et j'imagine qu'il repense à ma dernière quinte de toux, alors j'insiste :

— Allez ! J'ai eu une journée compliquée…

— Compliquée ? répète-t-il en arquant un sourcil.

Oui, enfin, je voulais dire sensationnelle, magnifique, ardente…

Tandis que je fais oui de la tête avec un léger sourire moqueur aux lèvres, Zack jette sa clope à moitié entamée avant de l'écraser d'un coup de talon.

— Je veux que tu sois franche avec moi, Call. Qu'est-ce que tu veux ?

Je retiens mon souffle tout en écarquillant légèrement les yeux. Qu'est-ce que je veux ? C'est quoi cette question, bon sang ? Vu la manière dont il me regarde, je pense ne pas me tromper en imaginant le sens de sa question, et au risque de me ridiculiser, je décide d'y aller franco :

— Toi.

À peine ce mot sorti de ma bouche que mes bras se couvrent de chair de poule. *Je viens vraiment de lui avouer ça ?!*

Zack m'adresse un sourire à tomber par terre avant de s'approcher lentement. Une fois à mon niveau, il se penche en avant pour poser ses mains autour de mon cou. Je me sens tout de suite frémir à son contact, et l'envie forte qu'il m'embrasse encore refait surface. Mais il ne le fait pas. Non, Zack caresse lentement la peau de mes joues avec ses pouces, tout en m'observant d'une manière qui me rend folle. La lumière orangée du lampadaire me donne une vue incroyable sur ses iris couleur ébène, mais surtout, sur ses lèvres bien dessinées.

N'y tenant plus, je lève la tête et pose ma bouche contre la sienne. Il lâche un léger grognement qui m'embrase la poitrine avant d'entrouvrir ses lèvres humides pour accueillir ma langue. *Que c'est bon !*

Je n'aurais jamais imaginé pouvoir vivre ce genre de scène dans ma situation. Je veux dire, dans les films, on ne voit jamais une pauvre fille handicapée échangeant un baiser passionné avec un homme aussi beau.

Pourtant, c'est bel et bien ce qui est en train d'arriver.

Chapitre 33 – Zack

— Tu veux bien te concentrer ?

C'est la troisième fois que mon kiné me reprend, mais faut dire que ce matin, je suis carrément dans les vapes.

Alors qu'il exerce une pression sur ma main, je pousse ma paume vers l'avant, et la douleur est quasi inexistante, ce qui me tire un sourire fier.

En même temps, s'il savait ce que j'ai fait hier.

Je repense alors à Callie, toute légère dans mes bras…

— J'ai presque plus mal ! m'exclamé-je, triomphant.

— En effet, ta cicatrice est belle, et tes mouvements sont beaucoup plus harmonieux. Lève le bras en l'air, s'il te plait.

Je m'exécute, et dès lors que j'ai le bras tendu au-dessus de ma tête, je remarque que je n'arrive pas à le mettre entièrement à l'horizontale.

— Il te manque encore quelques degrés pour atteindre l'extension complète, mais je pense que ça va vite revenir. Tu vas pouvoir passer en hôpital de jour plus rapidement que prévu, me lance-t-il avec un clin d'œil.

Ah ouais ?!

D'un côté, je suis content, parce que ça veut dire que je vais pouvoir reprendre les entrainements et retrouver ma sœur. Mais d'un autre côté, ça veut aussi dire que je vais retrouver mon paternel et toutes les emmerdes qui vont avec.

Et bien sûr, ça signifie aussi que je ne pourrai plus passer mes soirées avec Callie, et ça, ça me saoule d'avance. Pourquoi ? Je n'en sais foutre rien ! Même si ça m'a gonflé d'être enfermé là au début, j'ai finalement pris goût aux bons plats du réfectoire et au cadre plutôt sympa.

J'adresse un rapide signe de la tête à mon kiné et me rhabille avant de quitter la salle. Quand je récupère mon téléphone, une enveloppe clignote en haut de l'écran, et mon cœur se met directement à battre plus vite. L'excitation retombe aussitôt que je l'ouvre :

[Alors, mec, quoi de neuf ? Comment va Callie ?]

Que Tyler me parle de Callie provoque en moi une crispation immédiate ! Qu'est-ce qu'il a avec cette fille ? Il la kiffe ou quoi ?

Je secoue la tête et rejoins le parc en tapant ma réponse :

[Rien de neuf. Ça va.]

Dans la seconde qui suit, mon téléphone vibre à nouveau :

[Allez, raconte ! Tu as passé la vitesse supérieure ?]

D'habitude, c'est vrai qu'on partage tout avec mon pote, même des anecdotes sur nos conquêtes respectives, mais là, ce n'est pas pareil. Je n'ai pas envie de lui dire quoi que ce soit sur Callie et moi. Je n'arrive déjà pas à savoir ce qu'il se passe entre nous, donc je ne risque pas de parler.

— Alors, jeunot, ça n'a pas l'air d'aller ! me hèle quelqu'un derrière moi tandis que je fonçais, tête baissée sur mon portable, tel un vrai ado.

Rob me rejoint en claudiquant. Je l'attends et tente de sourire pour éviter les questions, mais je crois que c'est déjà trop tard.

— On va boire un coup à la cafèt' avant notre séance ? me propose-t-il.

J'hésite avant d'acquiescer. Finalement, ça me changera les idées. En arrivant à table, j'y dépose mon verre et balance mon téléphone.

— Un souci ?

Je n'ai pas envie de parler. D'ordinaire, je suis hyper méfiant, surtout par rapport aux gars de l'âge de mon père, mais je ne sais pas pourquoi, cet homme m'inspire confiance.

— Problème de cœur ? insiste-t-il.

Je ris en secouant la tête. Faut peut-être pas abuser, on ne va pas jouer au psy non plus ! Mais avant même que je réagisse, il continue :

— Je t'ai bien vu avec la petite aux cheveux longs. Plutôt jolie d'ailleurs, tu t'embêtes pas…

Qu'est-ce qu'ils ont tous à me parler d'elle aujourd'hui ? Je me demande où il veut en venir, mais s'il attend que je valide ses propos ou que je lui raconte quoi que ce soit, il se plante en beauté. En revanche, j'ai envie de savoir ce qu'il sous-entend, alors je le fixe en attendant la suite.

— Elle a changé depuis que tu l'empêches de travailler correctement, mais c'est pas plus mal ! Tu la fais rire, et femme qui rit…

J'explose de rire. Ce type est vraiment barré ! Après m'être repris, je tourne mon verre en fixant l'eau qui fait des vagues dans le fond transparent.

— Je vais passer en hôpital de jour d'ici peu, apparemment.

— Et c'est ça qui t'angoisse ?

— Je sais pas, ça va me faire bizarre de quitter ce cocon. Je crois que j'ai pas envie de retrouver la bouffe pourrie chez moi et de remplacer la piscine par le boulot, tenté-je de dire en riant.

— Ne me dis pas que tu raffoles des soirées jeux de société, version maison de retraite ?

Je marque un temps d'arrêt, car en y repensant, c'est à partir de là que tout a commencé avec Callie.

Ça craint, arrête de penser à elle, mec !

— Oui, mais tu vas retrouver ta vie d'avant, tes amis, tes sorties, ton sport. C'est ça la vie à ton âge !

L'entendre me dire ça me fait immédiatement penser à Callie et à ce qu'elle m'a expliqué sur son état, hier. Ça me tord les boyaux, rien que de me dire qu'elle ne pourra jamais avoir une vie normale de nana de son âge.

Que la vie peut être garce !

— T'as raison ! Je n'ai pas envie de croupir avec des anciens comme toi.

Je souris pour lui montrer que je plaisante, et il se penche vers moi en pointant son doigt en avant :

— Alors, écoute-moi bien, jeunot, quand le vieux aura récupéré toute sa mobilité, il te prend au cent mètres quand tu veux !

J'acquiesce en riant tout en acceptant la main qu'il me tend.

— Marché conclu !

En voyant l'heure sur la pendule du self, nous avons la même réaction simultanément et nous nous levons pour rejoindre la piscine. Sur le chemin, je le charrie sur le fait qu'il n'avance que très lentement et qu'on est loin de la course, et il rit lui-même de sa condition physique.

Alors que je suis en train de me changer dans les vestiaires, dans ma tête, c'est le bordel. Entre cette discussion avec Rob, le kiné qui m'annonce que je pourrai sortir plus tôt, et mes pensées qui dérivent sans cesse vers Callie, je suis complètement largué. J'ai les nerfs à vif. Comme d'habitude, je ne réfléchis pas avant d'agir.

La seule option qui peut m'aider ne me ressemble absolument pas, mais c'est un peu comme si, pour une fois, j'y trouvais un réel intérêt. Sans contrôler mes gestes, mes doigts s'activent tout seuls sur les touches :

[J'ai envie de te voir…]

Chapitre 34 – Callie

Pendant ma pause, je cherche Kate et David, mais ne les trouve nulle part. Avec leurs nouveaux emplois du temps, qui ne cessent de changer, je suis perdue ! En tout cas, une chose est sûre, je ne risque pas de croiser Zack. Le mercredi matin, il a deux heures de balnéo, et en général, il va se reposer ensuite. Enfin ça, c'était avant de… avant notre rapprochement, quoi ! J'espère qu'au lieu de retourner dans sa chambre, il pensera à me faire un petit coucou.

Accro, moi ?! Peut-être un chouia…

Je ne sais toujours pas ce qu'il se passe entre nous, mais une chose est sûre, ce garçon monopolise mes pensées ! Hier soir, après nous être embrassés pendant un petit moment, nous sommes rentrés sans rien nous dire. Je frissonne rien que de le revoir me déposer un baiser mouillé sur le coin de la lèvre pour me dire au revoir, devant les ascenseurs.

Mes pensées s'envolent lorsque j'aperçois l'intendante se diriger droit sur moi, d'un pas décidé.

— Bonjour madame Thompson, m'exclamé-je en lui adressant un large sourire.

Elle m'adresse un léger rictus à peine perceptible, ce qui me surprend. C'est rare de la voir de mauvaise humeur.

— Callie, tu as de la visite ! m'informe-t-elle très sérieusement. Ils t'attendent dans le hall.

— De la visite, moi ? Mais…

— Viens avec moi, tu veux ?

Je n'insiste pas et la suis en silence.

Étant donné que les visites sont interdites en semaine, je me demande qui ça peut bien être. Je pense vaguement à Jenna, qui n'a pas encore eu l'occasion de venir me voir, et qui, folle comme elle est, serait capable d'inventer n'importe quoi pour parvenir à ses fins. Je souris à cette idée, mais quand j'arrive dans le hall et que je vois ma mère et mon frère visiblement très contrariés, mon cœur se comprime. Affolée, je force sur mes bras et roule à toute vitesse jusqu'à eux.

— Maman ? Gaby ? Qu'est-ce qui se passe ? Où est papa ?

Le temps qu'ils échangent un regard, et je m'imagine déjà une dizaine de scénarios plus horribles les uns que les autres.

— Calme-toi, dit mon frère en se penchant pour me déposer un bisou sur la joue. Tout va bien, on veut juste te parler. Tu n'as pas ton téléphone ? On a essayé de te joindre.

Je n'ai pas le temps de réagir à son reproche que maman s'avance pour me faire une bise à son tour.

— C'est vrai ça, où est ton portable ? m'interroge-t-elle froidement.

— Il est dans ma chambre en train de charger ! Mais enfin, qu'est-ce que vous avez ?

Ma mère regarde autour d'elle avant de demander :

— On peut aller discuter au calme ?

Je fronce les sourcils en m'interrogeant sur ce qu'ils ont à me dire et leur propose d'aller boire un café au réfectoire.

Une fois servis, ils s'installent tous les deux en face de moi, et j'attends quelques secondes qu'ils daignent m'expliquer leur venue, mais ils prennent le temps de siroter leur boisson chaude. En revanche, leurs regards ne m'inspirent toujours rien de bon.

— Bon, vous allez me dire ce qui se passe ?

Maman pose sa tasse et s'essuie la bouche avant de répondre sèchement :

— C'est plutôt à toi de nous expliquer, mademoiselle ! Tu n'as rien à me dire, par hasard ?

Son ton sec et froid me fait écarquiller les yeux.

Qu'est-ce qu'elle raconte ?!

— Callie, reprend mon frère d'une voix calme, mais pas moins dure pour autant. Le directeur nous a appelés hier. Apparemment, tu aurais quitté le centre sans autorisation avec… ce type, là.

Je ne sais pas ce qui me déçoit le plus : le fait qu'on appelle mes parents au moindre de mes mouvements, comme si j'étais une gamine, ou bien le fait de voir mon petit frère grimacer en parlant de Zack.

— Et c'est pour ça que vous êtes là ? demandé-je, ahurie, en les regardant l'un après l'autre.

— Callie, mais voyons, qu'est-ce qui te prend ? s'emporte ma mère. D'abord, on te voit trainer avec cette racaille et ensuite, on apprend que tu…

— Cette racaille ? répété-je, choquée. Comment oses-tu ?

— C'est l'hôpital qui se fout de la charité ! braille-t-elle. Toi, comment oses-tu te mettre en danger de la sorte ?

Me mettre en danger ?!

Je suis tellement outrée par toutes les conneries que débite ma mère que je reste muette un instant.

— Non seulement tu sors sans autorisation, mais en plus tu rentres trempée avec la peau complètement brûlée !

Ça alors, le dirlo a vraiment tout balancé !

— Maman, dis-je en serrant les dents pour tenter de calmer mes nerfs. Il faisait plus de vingt-cinq degrés dehors, donc aucun risque que j'attrape froid. Et je me suis juste pris un coup de soleil, je ne vois pas ce qu'il y a de dangereux là-dedans !

En la voyant ouvrir grand la bouche, je rajoute :

— Je me suis tout simplement amusée comme tous les jeunes de mon âge, il n'y a rien de grave à ça !

Au contraire, elle devrait être heureuse que j'aie fait autre chose que lire ou m'occuper de mon blog. Elle qui me reproche souvent de ne jamais vouloir sortir.

— Justement, lâche-t-elle. Tu n'es pas comme les jeunes de ton âge, tu… tu es fragile, Callie.

Ses paroles me soulèvent le cœur. La rage me terrasse, et je n'arrive pas à desserrer mes mâchoires. Mes poings sont tellement fermés que je commence à sentir mes ongles me transpercer les paumes.

— Call, intervient mon frère en voyant l'expression horrifiée de mon visage. On s'inquiète pour toi, c'est tout.

Gabriel pose sa main sur la mienne, mais je la retire d'un coup sec.

Toi, ne joue pas double jeu !

— Vous savez pourquoi j'aime passer du temps avec Zack ? demandé-je en haussant le ton. Parce que, contrairement à vous, lui me permet de me sentir normale ! Oui, il est loin d'être délicat ou courtois, je dirais même qu'il est plutôt sauvage…

Malgré la colère que je ressens, un léger sourire m'échappe en pensant à lui.

— Il ne me trouve pas fragile, continué-je en sentant ma gorge se serrer. Je dirais même qu'il me considère comme quelqu'un de fort. Quelqu'un d'ordinaire qui n'a pas besoin qu'on la protège sans cesse et qui peut attraper un coup de soleil sans en faire tout un drame !

Le premier réflexe de ma mère en m'entendant crier est de vérifier que personne ne nous regarde. Puis elle se rend enfin compte de ce qu'elle a osé me dire.

— Callie, je… ce n'est pas ce que je voulais…

— Non, maman. Ne dis pas que tu regrettes ce que tu as dit, je sais que tu en penses chaque mot. Tu crois que je suis faible, et tu…

Je me tourne vers mon frère pour continuer :

— VOUS ne me voyez pas comme une femme, mais uniquement comme une handicapée.

Ma voix s'est brisée en prononçant ce dernier mot. Les yeux de mon frère se remplissent de larmes, et même si j'ai beaucoup de peine de le voir comme ça, je ne compte pas m'excuser. Je sais qu'ils veulent mon bien, mais leur façon d'agir ne m'aide pas à aller mieux.

— Mais enfin, Callie, on veut juste te rendre la vie plus facile et te protéger.

— Me protéger de quoi, maman ? J'ai déjà perdu la moitié de ma liberté, donc est-ce que je peux au moins conserver le reste pour faire ce dont j'ai envie ?

— Bien sûr, mais pas en faisant n'importe quoi ! dit-elle d'un ton cinglant, les bras croisés.

— Ce truc, continué-je en montrant mon fauteuil, m'empoisonne la vie, alors, arriver à profiter de moments sympas tout en étant dans cet état, ce n'est pas ce que vous voulez ?

— Ce n'est pas pour ça que tes fréquentations doivent se dégrader !

Elle est en boucle, ça ne sert à rien de discuter !

— J'ai une séance de kiné qui m'attend, soufflé-je en reculant. S'il vous plait, partez.

Je me retourne sans leur dire au revoir. Alors que je m'attends à ce qu'ils me rattrapent, maman me lance en haussant le ton :

— Callie, nous n'avons pas terminé !

Je marque un temps d'arrêt, mais ne me retourne pas.

— Laisse-la, maman.

J'entends mon frère lui murmurer cette injonction. Sans doute a-t-il bien vu à quel point j'étais énervée. Il est rare que je m'en prenne à eux de cette manière, mais quand ça arrive, mon frère sait qu'il vaut mieux me laisser tranquille.

L'estomac noué, je remonte dans ma chambre pour me changer et j'en profite pour vérifier mon portable. Je soupire en voyant les cinq appels en absence de ma mère et les textos de mon frère m'indiquant qu'ils souhaitent me parler. Mais en constatant que j'ai également reçu un message de Zack, mon cœur s'emballe dans la seconde. Et quand je l'ouvre pour découvrir son contenu, il explose dans ma poitrine.

[J'ai envie de te voir…]

Je ne sais pas comment c'est possible, mais ce simple message vient finalement d'égayer ma journée.

Chapitre 35 – Callie

Toutes ces émotions contraires m'ont chamboulée, et je mets encore plus de temps que d'habitude pour m'habiller. Mais à la différence des autres fois où je me traine, je ris toute seule de me voir me tortiller pour mettre mon pantalon. En effet, ça change des joggings larges que j'enfile rapidement !

Bizarrement, la colère que je ressentais est retombée comme un soufflé, et la seule chose qui compte pour moi maintenant est de retrouver Zack.

Je décide également de mettre un tee-shirt un peu plus ajusté et tire légèrement dessus pour avoir un mini-décolleté. Je me surprends moi-même de me voir penser à ce genre de détail, qui passera certainement inaperçu aux yeux des autres. Enfin, sauf à ceux de Zack… Je ne sais pas si je me fais des films, mais j'ai souvent l'impression qu'il bloque sur ma poitrine comme s'il la trouvait à son goût. Quand il fait ça, je me sens désirable, je me sens femme ! Chose qui ne m'était pas arrivée depuis bien longtemps.

Après m'être remis de la crème hydratante, je remarque que le rouge fait doucement place à un teint hâlé et bien que mon entourage n'approuve pas, je trouve que ça me va bien. Je brosse mes cheveux et les lâche en cascade sur mes épaules.

Après un dernier regard dans le miroir, je quitte ma chambre pour reprendre l'ascenseur en direction de la sortie. Je ne peux m'empêcher de repenser aux propos de ma mère, mais aussi à la façon dont je lui ai parlé. Cela fait bien longtemps que je ne m'étais pas emportée comme ça, mais d'un autre côté, j'ai l'impression de m'être soulagée de quelque chose. Et bien que la culpabilité me ronge, le bonheur de retrouver celui qui me donne cette légèreté de penser suffit à ne pas me faire ruminer davantage.

En arrivant dehors, je prends le temps de respirer à pleins poumons et j'avance doucement pour traverser le parc. Je passe devant les paons, et en voir un en train de faire la roue devant sa belle me fait sourire. Quand je me retourne pour continuer mon chemin, j'aperçois David arriver au loin. Ravie de le voir, je m'arrête à sa hauteur et lève la main pour le saluer.

— Te voilà enfin ! Je te cherchais tout à l'heure.

— Oui, les plannings ne font que changer, soupire-t-il. Je croyais que j'avais balnéo, mais finalement, c'est cet après-midi.

Il marque un temps d'arrêt pour m'observer de plus près en se penchant doucement en avant.

— Ça va, toi ? La cabine UV fonctionne bien ?

David se marre en me tapotant la joue, et je me recule en l'imitant.

— On se pose cinq minutes ? me propose-t-il.

— Je te suis.

Ça fait longtemps que nous ne nous sommes pas retrouvés tous les deux, et je suis contente de pouvoir partager ce moment en tête à tête avec lui.

— Où est Kate ? l'interrogé-je, une fois que nous sommes arrivés à notre banc habituel. Je ne l'ai pas vue depuis un moment.

— Je ne sais pas. Je trouve qu'elle est encore plus en retrait depuis qu'elle est passée en hôpital de jour. Je crois qu'elle vit moyennement le retour à la réalité…

— Oh, mince ! Tu sais si elle a quelqu'un dans sa vie ?

David se retourne tout d'un coup pour me regarder.

J'ai dit quelque chose qu'il ne fallait pas ?

— Les histoires de cœur t'intéressent maintenant ? lâche-t-il en gloussant bruyamment.

Je baisse la tête en sentant la chaleur envahir mes joues. Heureusement, avec le teint que j'ai, il ne voit rien.

— J'espère juste qu'elle n'est pas complètement seule. Ce n'est pas facile de rentrer chez soi après un séjour ici, et mieux vaut être entouré.

— Kate vit avec sa mère, donc ça va. Et comme tu dis, il faut retrouver ses repères quand on retourne à la vie normale. Ici, on est coupés de la réalité !

Je l'interroge du regard pour qu'il continue sur sa lancée.

— Perso, j'ai retrouvé mon train-train et franchement, je dois dire que c'est plutôt cool. Revoir ses potes, sortir, ça fait du bien. Ça aère la tête !

Je hoche la tête et nous restons quelques instants sans rien dire, chacun perdu dans ses pensées. Bien que je partage le point de vue de David, je ne peux m'empêcher de me dire que lorsque Zack va quitter le centre, il va certainement aussi retrouver sa liberté, ses amis, son quotidien… Je fais un peu une fixette sur tout ce qui pourrait se passer entre nous, mais c'est plus fort que moi, je n'arrive pas à penser à autre chose ! Pourtant, il ne m'a évidemment rien promis concernant notre avenir et d'ailleurs, je doute que nous en ayons un ensemble.

— À quoi tu penses, miss ? me surprend David.

— À rien !

— Tu n'étais pas plutôt en train de mater le beau gosse qui arrive droit sur nous ?

Je positionne ma main en visière sur mon front pour mieux examiner de qui il s'agit. Quand j'arrive enfin à distinguer de qui il parle, mon pouls s'accélère sans même que je puisse le contrôler. Je sens mes joues se contracter pour faire naître un sourire, et tout ceci malgré moi. Je tente de ne rien montrer, mais David me connait suffisamment pour voir que je suis passée du calme à l'euphorie intérieure en une fraction de seconde.

— Oh, tu parles de Zack ?

— Fais pas genre !

Je hausse les épaules d'un air détaché, en espérant qu'il ne voit pas mon trouble.

— En tout cas lui, on dirait qu'il va te manger toute crue ! lance-t-il en me faisant signe de regarder devant moi.

Je me retourne de nouveau vers Zack, qui n'est maintenant qu'à quelques mètres de nous, et en effet, son expression est étrange. Son visage est complètement fermé, et j'imagine alors que sa séance a certainement dû mal se passer…

Vu qu'il n'a pas l'air dans son assiette, j'imagine qu'il va à peine nous regarder et tracer sa route. Moi qui étais ravie de le voir, mon engouement s'amenuise au fil de ses pas.

Je tourne la tête en direction de David pour reprendre notre conversation, mais une main se pose sur ma joue pour glisser jusqu'à ma nuque tout en renversant mon visage en arrière. Dans la seconde qui suit, je reconnais immédiatement les lèvres de Zack avidement posées sur les miennes. J'ai à peine le temps de réagir tant son baiser est fougueux. Quand sa langue vient à la rencontre de la mienne, son contact éclair me laisse un goût d'inachevé, car il détache sa bouche sans reculer pour autant.

Oh, mon Dieu !

Nous nous fixons intensément pendant qu'il se passe le pouce sur le coin de la lèvre. Ce simple geste mêlé à son regard de braise me fait frissonner.

Finalement, Zack soupire en se redressant et adresse un bref signe de tête à David avant de continuer son chemin.

Ça alors ! Son attitude me déroute complètement. Depuis quand on s'embrasse en public ?

Je suis partagée entre l'excitation instantanée que m'a fait ressentir ce baiser et la fureur qui émanait de son corps. Ce garçon est vraiment imprévisible, et je ne sais jamais à quoi m'attendre ! L'armée de fourmis qui est en train de sillonner mes entrailles me donne chaud, mais je tente de le cacher. En vain, évidemment…

— J'ai raté un épisode ?

Mince ! Avec tout ça, j'ai carrément oublié la présence de mon ami, dont le regard pétillant me sonde sans sourciller. Je lui adresse un sourire gêné.

— J'en étais sûr ! s'écrie-t-il. Bon sang, quelle veinarde !

Je tente de dire quelque chose pour expliquer la situation, mais aucun mot n'arrive à se frayer un chemin jusqu'à mes lèvres, encore gonflées par le baiser inattendu de Zack. Et puis, en même temps, je ne vois pas comment je pourrais trouver une explication plausible à ça !

— Bon, ma belle, dit David, en se mettant debout. Quand tu seras remise de tes émotions, va lui expliquer que les filles, c'est pas mon truc… ça devrait le calmer !

— Pourquoi tu dis ça ? demandé-je d'une voix cassée.

— Bah, au cas où tu n'aurais pas remarqué, il semblait énervé de te voir avec un autre homme. Ahaha s'il savait qu'il n'a rien à craindre de moi !

Impossible de ne pas rire avec lui, malgré la tonne de questions qui m'assaillent. *Zack, jaloux ? J'en doute...*

Cela dit, je me demande ce qui lui a pris d'agir ainsi. Et en même temps, Zack est tellement surprenant qu'il est rare de le voir venir.

J'attends que David soit parti pour le retrouver, en espérant qu'il soit bien à l'endroit auquel je pense.

Chapitre 36 – Zack

Je crois que je viens de merder ! Ce n'est pas du tout mon style de courir après une meuf, mais avec Callie, j'ai tendance à faire n'importe quoi.

En sortant de ma séance de piscine, la première chose que j'ai faite est de vérifier si elle avait répondu à mon message. Rob s'est bien foutu de ma gueule en me voyant tout trempé avec mon téléphone à la main et ma tronche de déterré.

Je me suis alors posé une dizaine de questions du style : est-ce qu'elle a bien reçu mon message ? Est-ce qu'elle va bien ? Ou encore : est-ce qu'elle a également envie de me voir ? *Un vrai couillon !*

Dans ma tête, c'était déjà le bordel quand je suis sorti du bassin, mais alors quand je l'ai vue en train de rire avec son pote, mon sang n'a fait qu'un tour. Un mélange de déception et de jalousie s'est mêlé à ma colère et, comme d'habitude, quand je suis énervé, je déconne à pleins tubes !

En temps normal, j'ai déjà du mal à réfléchir avant d'agir, mais on dirait que mon impulsivité est multipliée par mille dès lors qu'il s'agit d'elle. J'ai alors foncé tête baissée sur elle pour l'embrasser devant tout le monde. Franchement, je ne sais pas encore pourquoi j'ai fait ça, mais vu son expression effarée, j'imagine que je l'ai déçue. Callie voit en moi un homme qui l'aide à affronter ses démons, mais elle n'a pas encore eu à affronter le vrai Zack. C'est-à-dire un pauvre type impulsif, qui a du mal à gérer ses émotions.

Étonnamment, et malgré sa surprise, elle m'a rendu mon baiser. Elle m'a même donné l'impression d'avoir apprécié autant que moi. Enfin, jusqu'à ce qu'elle me fusille du regard avant de rougir de partout.

J'aurais pas dû faire ça, bordel ! C'est vraiment con comme attitude ! Ils ne faisaient que discuter ! Pour qui va-t-elle me prendre désormais ?

Maintenant, énervé contre moi-même, j'allume ma clope alors que je n'ai pas encore atteint l'arrière du bâtiment. Je tente de me détendre en tirant une grosse taffe, et c'est à ce moment précis que je prends conscience de quelque chose de fou : Callie est pire que la nicotine qui s'insère dans mes poumons. Une fois qu'on y a goûté, on ne peut plus s'en passer…

Je secoue la tête tellement je me trouve con et m'assois par terre, à ma place habituelle. Mon téléphone à la main, je mets mes écouteurs pour tenter de remettre mes idées d'aplomb avec un peu de musique. Je pose mon crâne contre le mur et ferme les yeux.

Même après avoir enchainé deux clopes et trois de mes chansons préférées, impossible de me la sortir de la tête. À tel point que, lorsque j'ouvre les yeux et que je la vois juste devant moi, je mets deux secondes à réaliser qu'elle est vraiment là.

Je retire mes écouteurs en la fixant avec une certaine appréhension. Callie n'a pas l'air fâchée ni contrariée… mais elle ne me sourit pas non plus.

— Tu écoutes quoi ? me demande-t-elle alors.

J'hésite un instant avant de lui tendre une oreillette, mais elle secoue négativement la tête. Pendant une seconde, je me demande si elle refuse parce que c'est trop compliqué pour elle, étant donné que je suis assis par terre, ou bien si elle ne veut plus rien partager avec moi. Mon cœur fait des bonds désespérés à cette idée, et encore une fois, je dis quelque chose qui ne me ressemble pas :

— Je suis désolé.

Callie hausse brièvement les sourcils, avant de m'adresser un sourire timide. Soudain, je pense savoir comment elle fait pour me calmer sans rien avoir à faire de spécial. C'est la légèreté et la délicatesse qu'elle dégage qui m'apaisent, sans même qu'elle s'en rende compte.

— Est-ce que tu regrettes ? m'interroge-t-elle d'une voix douce.

— Regretter quoi ?

J'ai envie de rire en la voyant rougir violemment et se triturer les doigts pour tenter de camoufler sa gêne. Qu'est-ce que je kiffe de la voir déstabilisée comme ça ! Vu qu'elle ne répond pas, j'insiste :

— De t'avoir embrassée ?

Callie hoche la tête en replaçant une mèche de cheveux derrière son oreille.

— La réponse dépend de toi. Est-ce que ça t'a ennuyée ?

Je doute qu'une fille de bonne famille comme elle ait envie de s'afficher avec un type comme moi. Mais contre toute attente, elle secoue la tête en se mordant la lèvre inférieure.

Putain, ça y est, j'ai encore envie de l'embrasser !

— C'est juste que…, murmure-t-elle en détournant le regard. Je me demandais… enfin je me demande… qu'est-ce qu'on est exactement ?

Qu'est-ce qu'on est ?!

Alors, là, je n'en sais foutre rien ! Toutes les fois où une meuf m'a posé ce genre de question, je suis parti en courant. Mais là, la dernière chose que je veux c'est m'éloigner d'elle.

— Pour être franc, je n'ai pas l'habitude de ça. Je vis au jour le jour sans me poser de questions, tu vois ?

— Pas vraiment…

Merde !

Je n'ai pas envie qu'on arrête de se voir, mais je ne veux pas non plus lui donner de faux espoirs. Il est clair que je ressens quelque chose de fort pour cette fille, mais ce n'est pas pour autant que j'ai envie de me caser. Et puis est-ce que le fait d'être enfermé là, à ne voir qu'elle, ne me pousse pas à penser comme ça ? Je ne sais plus où j'en suis.

— Est-ce qu'on peut juste… profiter des moments qu'on passe ensemble sans se prendre la tête ?

En général, ça passe ou ça casse. Soit elle accepte, soit elle m'envoie bouler.

Callie semble réfléchir une seconde, avant de lâcher avec des yeux rieurs :

— Une relation à la Zack, quoi !

Je tente de sourire sans vraiment savoir à quoi m'attendre. Finalement, elle pose les mains sur les roues de son fauteuil pour s'approcher un peu.

— D'accord. Ça me va.

Callie esquisse un sourire tandis que je retiens un soupir de soulagement.

— Si je n'étais pas coincée ici, lâche-t-elle en baissant les yeux de honte, je me serais sûrement jetée sur toi.

Waouh ! Ses paroles mélangées à sa voix sensuelle me rendent fou. Je n'ai pas juste envie de l'embrasser, j'ai envie de la sentir contre moi. Je me mets debout et alors qu'elle lève la tête, s'attendant sûrement à un simple baiser, je passe mon bras derrière son dos.

— Je peux ?

Elle rit doucement.

— Tu demandes la permission maintenant ? On progresse !

Je me marre en plaçant mon autre bras pour la soulever de son fauteuil, avant de me rasseoir là où j'étais. Callie se retrouve alors sur mes genoux, les jambes allongées sur le côté. Tandis qu'elle gigote, mal à l'aise, pour tenter de trouver une position adéquate, je l'attrape par les hanches pour l'approcher un peu plus. Son corps se raidit aussitôt, surtout lorsque je pose mes lèvres contre son oreille.

— Détends-toi…

Son souffle s'accélère, puis elle tourne la tête pour me regarder dans les yeux. J'ai l'impression que l'air me manque tant cette proximité et son regard perçant me troublent. J'aimerais profiter un peu de ce moment, mais quand elle se met à humidifier ses lèvres en fixant les miennes, je ne tiens plus. J'écrase ma bouche contre la sienne.

Callie gémit en me rendant mon baiser, et ce son me rend dingue. Aussi, retrouver le goût de sa langue est plus que kiffant.

Alors que nous nous embrassons sensuellement, Callie crochète ses bras autour de mon cou en se collant un peu plus à moi. Elle passe ses mains dans mes cheveux et dès lors que je sens sa poitrine généreuse contre mon torse, mon pantalon commence à me serrer.

Je me détache doucement, même si j'ai envie de plus. Oh, putain, ouais, beaucoup plus qu'elle ne le saura jamais !

— Doucement, bébé…, chuchoté-je contre ses lèvres pleines.

Depuis quand je sors ce genre de conneries ?

En temps normal, rien n'aurait pu m'arrêter, surtout que là, j'ai l'impression de ne jamais avoir été aussi excité de ma vie. Est-ce parce que ça fait longtemps ou que l'endroit est insolite ?

Cependant, je sais que ce n'est pas possible. Du moins pas avec elle. Pas de cette façon.

Callie retire ses mains de mon cou pour les remettre à leur place initiale, sur ses jambes. Je ne lui laisse pas le temps de baisser la tête, et je pose ma main sur son menton pour l'obliger à me regarder dans les yeux. Ils brûlent de désir. Je lui dépose un rapide baiser sur le bout du nez, ce qui la fait rire, avant de prendre mon téléphone.

Sans dire un mot, elle accepte l'écouteur que je lui tends en souriant. Qu'elle est belle quand elle sourit ! Et quand elle est gênée aussi. Et quand… bon sang, elle est tout le temps magnifique ! D'autant plus avec ce teint hâlé qui lui va si bien.

Lorsque je lance ma playlist, c'est la musique de The Vamps qui démarre : *Somebody to you.*

Callie m'adresse un regard qui fait partir mon pouls en vrille avant d'enfouir son visage dans mon cou. Je passe mes bras autour d'elle pour la serrer contre moi et pose mon menton sur le haut de sa tête. Puis je ferme les yeux en respirant son parfum envoutant.

Chapitre 37 – Zack

Allongé dans mon lit, je regarde par la fenêtre en attendant d'aller à ma prochaine séance. Quand mon téléphone vibre, je me redresse illico, un sourire aux lèvres en imaginant qui m'appelle, mais je le perds instantanément quand je découvre qui c'est.

— Oh, mec, comment ça va ? braille Tyler.

— Bien, et toi ?

Même si mon téléphone est devenu un objet précieux depuis peu, j'ai toujours autant de mal à discuter naturellement dans ce combiné.

— Ça roule ! Besoin de ravitaillement ?

Mon pote fait certainement référence aux clopes, et je me rends compte que je fume beaucoup moins depuis quelques jours. Du coup, par rapport à la dernière fois où il est venu, il me reste encore deux paquets. Le problème, c'est que si je lui dis ça, il va se foutre de ma gueule et me poser encore plus de questions.

— Ça devrait aller !

— Sans déconner ?! Bon, je viens quand même te voir demain avec une surprise…

J'ai bien vu la façon dont les autres patients regardaient Tyler quand il est venu l'autre jour et je préfère éviter ça. Aussi, je suis persuadé qu'il va me rapporter encore « de quoi me détendre », comme il dit, mais je n'en ai juste pas besoin.

— T'es pas obligé, mec.

— Tu ne vas pas être déçu ! Allez, à demain !

Et avant même que je n'aie le temps de répondre, il raccroche.

Quel casse-couille !

Je regarde l'heure sur mon portable et décide de me bouger pour ne pas être en retard à ma séance.

Encore une fois, le kiné me félicite pour ma mobilité, et je suis plutôt fier de pouvoir me resservir de mon bras quasiment librement.

— Tu as vraiment une bonne récupération, Zack. Encore une semaine à temps plein, et je signe ton passage en hôpital de jour pour la semaine suivante !

Même si je suis satisfait de ce qu'il me dit, je n'arrive pas à me réjouir.

— Et ça va changer quoi, à part ne plus dormir ici ?

— Tu auras moins de séances et tu pourras reprendre doucement tes activités. Le but est de conserver cette souplesse et continuer à la travailler tout en remusclant ton épaule. Le fait d'avoir été arrêté t'a fait perdre de la masse musculaire, et avec le sport que tu fais, il vaut mieux être armé, me lance-t-il en souriant.

Jamais je n'aurais cru dire ça, mais ce type aussi est plutôt cool. Même si, au début, je n'étais pas coopératif, on a appris à se connaitre, et quand j'ai su qu'il était kiné du sport pour des équipes de basket, je lui ai accordé ma confiance.

Il termine par un massage de la cicatrice, et quand je la regarde, j'ai toujours ce haut-le-cœur. Ce connard de Jared m'a vraiment défoncé !

— C'est possible de terminer plus tôt aujourd'hui ? demandé-je, mine de rien.

Il m'observe bizarrement au début – peut-être en attendant que je lui dise pourquoi –, mais je soutiens son regard en restant silencieux. Il finit par sourire avant de me répondre :

— Pas de problème !

Callie a sa séance à 10 h 30, et j'aimerais bien la rejoindre. C'est trop bizarre, dès que je n'ai pas de nouvelles d'elle, j'ai tendance à me poser plein de questions. Je lutte parfois pour ne pas lui envoyer de messages, juste pour savoir comment elle va.

Mais je me rappelle aussi qu'avant qu'elle me connaisse, elle se débrouillait déjà seule sans problème, donc je me ravise et me retiens de l'appeler. À force, elle risquerait de me prendre pour un taré.

Je me rhabille et pars en direction de la salle de rééducation. Callie m'en a vaguement parlé quand j'ai essayé de savoir où se trouvait cette fameuse « salle de torture », comme elle l'appelle, et d'après ses explications, je n'en suis pas loin. Je regarde discrètement à travers toutes les salles qui bordent le couloir jaune pâle. Toujours pas de Callie à l'horizon. Je commence à m'impatienter, mais en même temps, je n'ai pas envie de me faire attraper. On n'a pas vraiment le droit d'assister aux séances individuelles d'autres patients.

Lorsque j'arrive vers une porte bleue, les fenêtres adjacentes sont fermées par des tissus blancs opaques.

C'est ici.

Quand je m'approche, je remarque qu'un des rideaux est légèrement tiré et je peux apercevoir discrètement ce qu'il se passe à l'intérieur de la pièce.

Je tente de ne pas me faire repérer, mais ma mâchoire manque de se décrocher de stupeur quand je reconnais Callie, malgré tout le matériel qu'elle porte sur elle.

Putain, c'est encore pire que ce que je croyais !

Elle est assise sur la table pendant que plusieurs personnes s'affairent autour d'elle. Elle a l'air abattue, et une énorme boule se forme dans ma gorge. J'étais persuadé qu'elle abusait en employant des mots comme « marionnette » ou encore « pantin », mais je comprends mieux, maintenant.

Je tente de faire disparaitre l'étau qui me serre la gorge et fais comme si de rien n'était quand une infirmière passe derrière moi. Dès lors qu'elle a quitté le couloir, je me reconcentre sur Callie. Une fois équipée, je la vois alors poser ses mains sur les rampes et, rien qu'à sa mine déconfite, je sens qu'elle force pour tenter de se maintenir droite sur ses jambes, même si un harnais accroché au plafond la maintient.

C'est juste surréaliste !

La voir debout me fait un drôle d'effet. Même si je l'ai portée plusieurs fois, je me rends compte que c'est vraiment un petit bout de femme, pas très grande, mais toujours aussi charmante avec ses longs cheveux qui retombent sur son épaule.

On peut voir sur son visage qu'elle fait preuve de concentration, mais j'ai l'impression qu'elle a l'esprit ailleurs. Au lieu d'être motivée pour avancer, je vois bien qu'elle est dépitée à la seule idée de se voir dans cette posture. Ce que je peux largement comprendre !

J'ai envie de frapper contre cette putain de vitre pour plusieurs raisons. Je ne supporte pas de la voir si vulnérable, mais aussi, je sens bien qu'elle ne se défonce pas complètement pour y arriver, alors que je suis sûr qu'elle peut le faire. Elle a des capacités qu'elle ne soupçonne pas, et ça me rend dingue qu'elle n'y mette pas plus du sien.

J'essaie de capter son regard, rivé sur ses jambes, en me grandissant à travers le petit espace qu'offre le rideau et, au bout de quelques minutes, elle relève enfin la tête.

D'abord surprise, elle écarquille les yeux, mais dans la seconde qui suit, je jurerais que ses iris me lancent des éclairs de me voir posté là. Je la fixe en lui adressant un petit sourire, mais elle ne me le rend absolument pas. Je lève alors mon poing en l'air pour l'encourager et j'articule en silence : « Tu es une battante ». Pour seule réponse, son regard se durcit et elle baisse la tête à nouveau.

Je reconnais un de ses médecins qui me voit également à travers la fenêtre et qui s'avance dans ma direction. À mi-chemin, elle s'arrête et se retourne vers Callie, qui semble plus en colère que jamais.

Quand je la vois faire demi-tour, je comprends que Callie a certainement dû lui dire de ne pas m'ouvrir la porte, et ça me fout les nerfs.

Pourquoi est-ce qu'elle refuse mon aide ?

C'est vrai que dès que je lui pose des questions sur ce travail en particulier, elle se renferme et ne veut pas s'étaler. Aussi, je ne l'ai pas prévenue que je viendrais ce matin, mais je pensais qu'elle serait contente de me voir. Après avoir réalisé des prouesses dans l'eau, je suis persuadé qu'elle peut arriver à faire avancer ses jambes !

Je tente de nouveau d'intercepter son regard, mais rien à faire. Callie reste bloquée, les yeux tournés vers le sol, et ses mouvements sont infimes.

Je souffle en me prenant la tête dans les mains et tourne en rond comme un con devant la porte.

Alors même que j'essaie de me raisonner pour ne pas faire n'importe quoi, comme à chaque fois, mon corps réagit avant que mon cerveau ne l'en empêche.

Je pose la main sur la poignée et, d'un geste sec, j'entre dans la pièce.

Chapitre 38 – Callie

Mais qu'est-ce qu'il fout là ?

Me voir dans cette posture m'est déjà difficile, mais en plus, il faut que Zack débarque. Quand je l'ai vu débouler dans la pièce à toute vitesse, j'ai eu un temps d'arrêt, mais à présent qu'il est en face de moi, je n'ai qu'une envie : le dégommer !

Alors que tous les professionnels de santé se tournent dans sa direction, j'espère que quelqu'un va gentiment lui demander de quitter la salle, sinon c'est moi qui vais le faire. Il sait pertinemment à quel point c'est compliqué pour moi de faire cette rééducation et monsieur décide de s'imposer à une séance, sans même m'en aviser avant. J'ai la rage, et mes bras tendus sur les barres de support tremblent malgré moi.

Et en plus, il n'est même pas gêné d'intervenir pendant une séance individuelle. Il n'en a vraiment rien à faire des règles, mais cette fois, ça ne m'amuse pas !

Je ne sais pas pourquoi, mais aucun des soignants n'intervient pour lui demander de partir.

— Callie…, chuchote-t-il.

Je lève à peine la tête pour le considérer. Je ne l'ai jamais senti si délicat, mais ce n'est pas pour autant que je me laisse amadouer. Je ne veux pas le voir ici !

— Zack, va-t'en, s'il te plait.

— Callie, regarde-moi ! m'implore-t-il en se rapprochant.

J'ai l'impression d'avoir mis le temps sur pause. Zack sait pertinemment que je ne vais pas faire un scandale devant tout le monde, et ça m'énerve qu'il joue là-dessus aussi. Il est face à moi et, encore une fois, je n'ai encore pas d'autre choix que de le regarder.

— Tu peux y arriver ! J'en suis sûr !

Dans ce genre de situation, ce type de paroles m'exaspère. C'est facile pour quelqu'un de valide de dire ça, mais personne n'est à ma place.

Je tente de desserrer les dents, mais je n'y arrive pas. Il s'approche encore. Je sens qu'il est hésitant, dans un premier temps, et certainement impressionné par tout l'équipement que je porte.

Zack pose ses mains sur les miennes, et je sens immédiatement la chaleur qui émane de son corps se faufiler à travers mes bras mettant tous mes sens à l'affût.

Il pose ensuite son index sous mon menton pour m'obliger à le fixer. Ses yeux sont brillants, mais empreints de compassion. Ça me perturbe de le voir dans cet état. Déjà, dans l'eau, il m'avait paru être un autre homme, mais là, c'est encore plus fort. Dans la seconde qui suit, j'ai l'impression que nous ne sommes plus que tous les deux dans cette pièce.

— Regarde-moi, bébé. Tu vas les faire bouger ces jambes, c'est clair ?

Le chuchotement de sa voix, ajouté à toutes les sensations qui explosent dans mon corps, me donne chaud. Et je me rends compte qu'il a un pouvoir de persuasion qui est à la limite de l'endoctrinement.

J'ai du mal à soutenir son regard, et mes yeux s'embuent rapidement. Il passe alors son pouce sur ma joue, et je pose ma tête contre sa main, comme pour me réconforter.

— Je n'y arrive pas, Zack.

— Tu as réussi à te baigner, non ? Là, c'est pareil. Je sais que tu peux le faire.

Il ne sait vraiment pas de quoi il parle. Je ne compte plus le nombre de séances que j'ai déjà faites, mais bien souvent, ça se solde par un infime mouvement. Même si tout le monde me félicite, prétextant que mes efforts payent, au fond de moi, je sais que je ne pourrai pas faire mieux, et ça me saoule de devoir continuer.

— Tu ne m'as pas dit que tu mourais d'envie de te jeter dans mes bras ? me demande-t-il en les ouvrant.

Évidemment, comme à chaque fois qu'il utilise son arme fétiche, qui est l'humour, je ne peux m'empêcher de glousser.

— Callie, concentre-toi, reprend-il d'une voix chaude et encourageante.

Il recule d'un pas tout en gardant son sérieux. Son regard est fixe, et il ne me lâche pas des yeux.

Je mets toutes mes forces pour soulever ma jambe droite et je vois que Zack suit des yeux mon mouvement. Mon genou se plie légèrement, mais mon pied retombe lourdement. Je soupire d'exaspération.

— Je ne peux pas, soufflé-je en secouant la tête.

— Crois-y plus fort et recommence. Tu es une battante, Callie, n'oublie jamais ça ! me répète-t-il en parlant un peu plus fort.

Je n'ose pas regarder les autres personnes présentes dans la pièce, mais je suis surprise que personne ne l'empêche d'agir comme il le fait. Je reste malgré tout focalisée sur les paroles de Zack. On dirait qu'il s'est métamorphosé en coach sportif. Le poing serré, il ne relâche pas son attention et place tous ses espoirs en moi. Indirectement, il me transmet sa motivation, et je relève la tête avant de prendre une grande inspiration.

— Allez, bébé ! me lance-t-il en tendant sa main vers moi.

J'inspire profondément avant de retenter. Alors que je me concentre, je vois ma jambe gauche se soulever doucement pour s'avancer de quelques centimètres.

— Oui, Callie ! s'écrie le docteur Crown, qui arrive à ma hauteur pour s'accroupir et vérifier que mon pied est bien à plat.

Je ne comprends pas vraiment ce qu'il se passe, mais il flotte alors une effervescence dans la pièce qui me pousse à continuer.

Est-ce que j'ai vraiment avancé mon pied ?

Zack est toujours face à moi, les bras tendus, et m'adresse un sourire qui me fait fondre.

— Encore ! me motive-t-il, en me faisant signe d'avancer avec ses mains.

Je réunis toutes les forces qu'il me reste et me concentre au maximum. Mon attention est seulement focalisée sur le regard de Zack, qui est puissant et intense. À travers ses yeux, j'ai comme l'impression qu'il me fait passer des messages forts. Je sens que je peux faire tomber les barrières que je me mets inconsciemment, et alors que, jusqu'à maintenant, j'étais persuadée de n'arriver à rien, Zack me fait déplacer des montagnes. Il a cette capacité à me pousser à bout, qui fait que j'ai envie de l'étrangler d'abord, mais ensuite, tant de compréhension et de douceur s'ajoutent à son comportement désinvolte que ce cocktail de dureté et de tendresse me permet d'accomplir des choses inédites.

Ma jambe droite se lève et avance à son tour.

— C'est génial ! hurle Zack en s'avançant pour me prendre dans ses bras.

Je m'accroche immédiatement à son cou et lâche les rampes tandis qu'il me serre contre lui.

Bon sang, que j'aime le sentir contre moi…

C'est la meilleure des récompenses. Il pose ensuite son front contre le mien et me susurre :

— Je savais que tu y arriverais…

Nos souffles se mélangent, et alors que j'aimerais me laisser aller contre ses lèvres, je me souviens que nous sommes tout de même entourés de toute l'équipe médicale. Nous relevons la tête simultanément, et les visages de mes soignants me réconfortent également.

Mon ergo a presque les larmes aux yeux et mon kiné m'applaudit silencieusement. Je me dégage de l'étreinte de Zack, et tous reviennent autour de moi pour m'escorter jusqu'à la table sur laquelle je m'assois lourdement.

— Bravo, Callie, tes mouvements ont été beaucoup plus significatifs, me lance mon kiné alors qu'il est en train de m'enlever le matériel.

— Je suis fier de toi, Callie, je savais que tu pouvais le faire ! renchérit le docteur Crown, les bras croisés, face à moi, mais en affichant un grand sourire que je ne lui avais jamais vu jusqu'à maintenant.

Alors que tous me félicitent, je n'arrive pas encore à comprendre ce qu'il s'est réellement passé, et aucun mot n'arrive à sortir de ma bouche. Zack est en retrait et assiste à la scène, un sourire accroché aux lèvres.

Tout ça, c'est grâce à lui !

— Maintenant que tu as levé les blocages émotionnels que tu avais, nous allons pouvoir travailler beaucoup plus sereinement, et tu verras, ça va aller de mieux en mieux, continue le médecin.

Blocages émotionnels ? Je préfère ne pas m'attarder sur ce point.

J'ai encore du mal à réaliser ce que je viens de faire, mais la sensation que j'ai ressentie lorsque mes pieds se sont avancés ressemblait à un regain de liberté. Comme à chaque fois que Zack n'est pas loin de moi.

Une fois tout le matériel retiré, je regagne mon fauteuil avec quelques difficultés tant mon corps est fatigué. Zack reste toujours à mes côtés. Nous sortons de la pièce, et malgré l'épuisement intense que je ressens, l'euphorie me gagne. Je suis excitée comme une puce alors que je comprends enfin ce qu'il vient de se passer.

— Callie, nous nous retrouvons la semaine prochaine pour reprendre ce superbe travail ! me dit mon docteur.

Il se retourne ensuite vers Zack et pose sa main sur son épaule :

— Merci pour ton aide ! Surtout, n'hésite pas à venir la prochaine fois.

Zack se passe la main sur la nuque en baissant la tête.

Est-ce que le garçon sûr de lui en toutes circonstances serait gêné par ce genre de compliment ?

Quand nous nous retrouvons tous les deux, j'attrape sa main, et il s'accroupit pour être à ma hauteur. Ses yeux me sondent, mais son visage est tellement doux. On dirait qu'il est apaisé.

— Non, mais tu te rends compte ? J'ai marché ! crié-je sans me soucier du volume sonore de ma voix.

Zack hoche la tête en me souriant.

— Et même si j'ai voulu te tuer quand je t'ai vu entrer, tout ça, c'est grâce à toi !

— C'est toi qui as fait les efforts, je n'y suis pour rien ! me répond-il d'un air dégagé.

— Disons que ton insolence a du bon, parfois…

Il pose alors ses mains sur mes cuisses, et étrangement, ça ne me dérange pas qu'il touche mes jambes frêles.

— J'étais sûr que tu y arriverais. Il te fallait juste un coup de pouce. C'est là-dedans que ça se joue ! continue-t-il en posant son index sur ma tempe.

Je le tire par la main pour qu'il se redresse et j'agrippe son cou pour l'embrasser alors que nous sommes dans le couloir où d'autres patients circulent.

J'ai besoin de le sentir encore plus près de moi. Quand ses lèvres se posent sur les miennes, c'est une seconde explosion de bonheur qui me terrasse et je ne veux pas que ça s'arrête. Alors que je lui témoigne toute ma reconnaissance à travers ce baiser langoureux, la chaleur de sa langue m'emmène très loin. Il se recule ensuite à peine de quelques centimètres pour me dire tout bas :

— Tu es la femme la plus forte que je connaisse, Callie.

— Et toi, l'homme le plus entêté, Zack.

Le baiser qu'il me dépose ensuite sur le front dégage une puissance qui m'émeut plus que de raison.

Je me recule pour poser mes mains sur les roues pour avancer, mais je grimace de douleur tant j'ai été contractée.

— Tu permets ?

Comment le moindre de ses mots peut-il me faire autant d'effet ?

La sensualité que dégage cet homme malgré lui est juste époustouflante.

Je me retourne et lui adresse un sourire. Je n'aime pas qu'on me promène, et Zack ne le fait jamais, mais j'avoue que je n'ai plus de forces, donc j'acquiesce d'un mouvement de tête.

Alors que nous avançons en direction de l'ascenseur, il se penche pour me dire à l'oreille :

— Si tu es sage, tu auras droit à un massage…

Et le baiser qu'il me dépose dans le cou suffit à me faire perdre complètement la tête.

Chapitre 39 – Callie

La sonnerie de mon réveil me sort d'un profond sommeil, et je me redresse en ouvrant à peine les yeux pour le faire taire. Se lever tôt un dimanche matin devrait être interdit par la loi ! Enfin, il n'est pas si tôt que ça, mais disons que j'aurais aimé dormir un peu plus.

Je ne suis pas adepte des grasses matinées, mais depuis que je traine avec Zack, ou plutôt, depuis que je ne me couche plus à l'heure des poules, la donne a changé. À vrai dire, il n'y a pas que le fait de me coucher tard. Ce garçon a bouleversé tout mon quotidien !

Un frisson me parcourt l'échine rien qu'à l'évocation de ma journée d'hier. J'étais tellement sous le choc d'avoir réussi à marcher que j'ai eu un mal de chien à m'endormir. Aussi, j'ai fait ce rêve étrange dans lequel je réussissais à me déplacer debout, avec des béquilles. Rien à voir avec ces songes improbables où mes jambes cavalent à toute vitesse. Non, celui-ci avait l'air un peu plus… réel. Me dire que cette vision de moi, debout, est possible me met dans un état de jubilation incroyable !

J'étire mes bras encore douloureux en l'air et me dépêche d'aller me préparer. Maman m'a envoyé un message hier soir pour me prévenir qu'ils comptaient arriver en fin de matinée afin de déjeuner avec moi. Au départ, j'ai failli refuser, mais en y réfléchissant bien, je me suis dit qu'au moins ma soirée serait libre pour Zack. Un sourire niais apparait sur mes lèvres en pensant à lui. Je sais, c'est à la limite de l'obsession, mais je n'y peux rien. Cet homme m'apporte tellement ! Il n'y a pas que sa beauté et sa personnalité qui me subjuguent… en tout cas, l'effet qu'il a sur moi est juste exceptionnel. Avec lui, c'est comme si une force surnaturelle s'emparait de mon corps. Quand il me parle, mon esprit perd le contrôle !

Je lui envoie un message pour lui souhaiter une bonne journée, et il me répond dans la seconde qui suit par un « bon courage ! » qui me fait sourire. Je ne lui ai pas raconté l'altercation avec ma mère et mon petit frère, j'avais trop honte ! Mais je lui ai fait comprendre qu'il était préférable que mes parents ne me voient pas avec lui, et il n'a posé aucune question. Même si j'ai cru voir une lueur de déception dans son regard, il m'a assuré qu'il me laisserait tranquille pour la journée.

Il est onze heures passées quand j'arrive dans le hall, et je ne suis pas étonnée que maman soit déjà là, en train de vérifier sa montre.

— Je suis là ! m'exclamé-je en soupirant.

Mis à part quelques messages pour prendre de mes nouvelles, on n'a pas reparlé de ce qu'il s'est passé l'autre jour, et j'espère vraiment qu'elle ne compte pas remettre ça sur le tapis. Alors qu'elle se penche pour me prendre dans ses bras, je lui demande :

— Où est papa ?

— Il est dans la voiture ! me répond-elle avec un sourire fier. Ce midi, nous t'emmenons déjeuner dehors !

J'écarquille les yeux de surprise.

— Ah bon ? On a le droit de faire ça ?

Ma mère jette un coup d'œil complice à l'intendante, juste à côté de nous, avant de revenir à moi.

— Oui, il est possible de faire une demande d'autorisation de sortie au directeur pour quelques heures…

J'ignore le ton sarcastique qu'elle emploie pour me faire passer le message et je me contente de hocher la tête. Ma mère m'adresse un sourire entendu avant de passer derrière mon fauteuil.

— Non, maman, c'est bon, dis-je en avançant toute seule.

Quand nous arrivons sur le parking, papa sort de la voiture pour venir me prendre dans ses bras.

— Ma chérie, ce que tu m'as manqué…, dit-il en me serrant fort.

— Toi aussi, papa.

Une fois qu'il a relâché son étreinte, il ouvre la portière arrière avant de revenir à moi pour me porter. Je sais me transférer du fauteuil à une voiture, mais mon père m'a déjà prise dans ses bras. Et comme à chaque fois qu'il me soulève pour me placer sur le siège, je ne me sens pas bien. Ça me donne la sensation d'être malade et impuissante. Bref, je déteste ça !

Et me voilà en train de repenser à Zack. Tandis que papa me transporte avec délicatesse et lenteur, comme si j'étais un objet en porcelaine qu'il ne faut surtout pas casser, je me revois dans les bras puissants de Zack. Lui ne me soutient pas de cette manière. Bien sûr, il fait attention, et je suis persuadée qu'il ne me laisserait jamais tomber. Mais sa façon de faire, un peu plus brutale, me donne tout simplement l'impression d'être quelqu'un de tout à fait ordinaire. C'est à ce moment précis que je prends conscience de quelque chose de complètement fou et inédit : j'adore quand Zack me porte !

— Bien installée ? me demande papa en reprenant sa place derrière le volant.

J'acquiesce, et il attend que ma mère ait fini de ranger mon fauteuil dans le coffre avant de démarrer. Quand nous passons le grand portail de l'entrée, une drôle de sensation m'envahit. Je ressens tout à coup un manque inqualifiable, comme si quelque chose me retenait. *Plutôt quelqu'un*, me souffle ma conscience.

Je tente de ne pas penser une fois de plus à Zack en regardant par la fenêtre. Les rues autour de celles du centre se ressemblent toutes, et je me dis que c'est la première fois que je viens dans ce quartier assez huppé.

Lorsque nous arrivons dans le centre-ville, papa se gare le long d'une petite avenue, et après m'avoir repositionnée sur mon fauteuil, nous voilà en train de nous balader côte à côte. À plusieurs reprises, mon père me demande si je souhaite qu'il me pousse, mais je refuse gentiment.

— C'est joli ici, constaté-je en regardant autour de moi.

Le trottoir est large et le sol est si propre qu'on pourrait y manger sans problème. Les devantures rouges ornées de balcons fleuris donnent à cet endroit un air de vacances. Plusieurs musiciens jouent en bord de route, et le saxo mêlé à la guitare me fait battre la mesure avec ma tête.

— Oui, je me suis dit qu'une balade en ville serait plus judicieuse qu'en bord de mer.

Je le remercie d'être si prévenant avant de jeter un regard en biais à ma mère.

Alors, elle ne lui a rien dit à propos de mon escapade avec Zack ?!

Quand je croise son regard et qu'elle m'adresse un petit sourire en coin, j'en conclus que non, elle n'en a pas parlé avec mon père. Bien que cela m'étonne, je suis soulagée ! Moi qui croyais subir un interrogatoire ce midi, il se peut que je passe un bon moment, finalement.

Après nous être promenés durant une petite heure, nous arrivons devant un restaurant dans lequel papa a fait une réservation. Les petites tables sont recouvertes de nappes à carreaux rouge et blanc, et la déco un peu kitsch me plait beaucoup. Une fois que nous sommes installés, je me saisis du menu, et quand je vois les spécialités de cet endroit, je relève vivement la tête en ouvrant grand la bouche.

— Gastronomie française ? m'écrié-je.

Mes parents se jettent un rapide regard complice tout en me souriant largement, heureux de me faire plaisir.

— Merci beaucoup…

Je n'ai pas très faim, mais je suis si heureuse que je commande une salade de chèvre chaud en entrée et un steak tartare. Voir mon père grimacer face à ma viande crue me fera toujours autant rire !

Nous dégustons nos plats en discutant de tout et de rien. J'écoute attentivement mon père me parler de son nouveau poste de manager et je suis ravie que son travail lui plaise autant. Vu que la conversation dévie ensuite sur la qualité de nos plats, maman en profite pour me parler de mon blog.

— Je trouve toutes les idées que tu as eues vraiment superbes !

— Merci, maman, mais… c'est compliqué de ne pas poster de nouvelles recettes. J'ai peur de perdre des abonnés. Et puis j'ai tellement d'idées.

— Ne t'inquiète pas, me rassure mon père. Tu es tellement douée que tes fans t'attendront !

J'aime son optimisme, surtout quand il s'agit de moi. Néanmoins, je ne suis pas aussi sûre que lui de ça. À force de ne plus partager de recettes, ma page risque de ne plus être aussi intéressante.

Lorsque nos desserts arrivent, je ne peux m'empêcher de les remercier encore une fois pour ce repas. Ça fait si longtemps que nous n'avions pas passé un aussi bon moment ensemble !

— Que ça fait plaisir de te voir comme ça, ma chérie ! s'exclame mon père.

— Comment ça ? demandé-je en fronçant les sourcils.

— Tu es différente ! Tu m'as l'air épanouie, et ça me rend si heureux.

Alors que ma mère se racle nerveusement la gorge en baissant la tête sur son assiette vide, je me perds dans mes pensées. Était-ce à cause de moi si on ne riait plus ensemble ? Je prends alors conscience qu'ils ne méritent pas ça. Tout ce qui m'est arrivé les a énormément fait souffrir et jamais ils ne m'ont laissée tomber malgré mon humeur maussade et souvent massacrante.

— Maman, papa… j'ai quelque chose à vous dire.

Les yeux ronds, ils me fixent tous les deux en attendant la suite.

— Promettez-moi, avant toute chose, de ne pas crier, d'accord ?

Tandis que mon père gigote d'impatience, ma mère semble s'être arrêtée de respirer, ce qui me provoque un gloussement. En effet, depuis que j'ai remarqué que l'atmosphère était détendue, j'ai envie de partager avec eux mes progrès d'hier, mais je ne veux pas leur faire de fausse joie non plus. Je suis bien consciente que je n'ai finalement fait que deux pas, donc je ne veux pas qu'ils s'emballent pour rien.

— Qu'est-ce qui se passe ? demande-t-elle, affolée.

— J'ai eu une séance avec le docteur Crown, hier, et… j'ai réussi à faire deux pas.

Les yeux de mon père s'emplissent de larmes tandis que ma mère pose ses mains sur sa bouche pour retenir un cri étouffé. Et deux secondes plus tard, ils sont déjà dans mes bras.

Voir cette joie et cette fierté dans leur regard décuple la mienne, et nous terminons notre repas tel qu'il a commencé, c'est-à-dire dans une ambiance douce et joyeuse.

***

De retour au centre, j'ai la sensation d'être enfin chez moi. C'est drôle de ressentir ça pour un endroit que j'ai tant maudit autrefois. Cependant, ça m'a fait un bien fou de sortir avec mes parents. Ils m'ont d'ailleurs proposé de rester jusqu'à ce soir, mais j'ai prétexté être fatiguée et vouloir me reposer pour être en forme demain matin. Non pas que je n'appréciais pas leur compagnie, mais j'avais trop hâte de rejoindre Zack ! J'ai aussi senti papa fatigué et je m'en veux qu'ils soient forcés de passer leur jour de repos ici, avec moi.

Avant de monter dans ma chambre, je récupère mon portable pour prévenir Zack que je suis de retour. Il m'a dit que Tyler venait le voir aujourd'hui, mais je ne sais pas s'il est encore là. J'aurais aimé les rejoindre, mais après avoir demandé à Zack de se tenir à distance de moi, ça serait malvenu de m'imposer à eux.

Alors que je tape mon message, une voix familière me hèle. Je relève la tête et tombe sur Tyler, qui se dirige droit vers moi.

— Oh, Callie ! Comment tu vas ?

Je ne peux m'empêcher de rire en le voyant s'approcher vivement pour me faire un check.

— Tu pars déjà ? demandé-je en cognant mon poing contre le sien.

— Non, en fait, on arrive à l'instant !

On ?

Au moment même où je m'apprête à lui poser la question, une petite silhouette apparait sur sa gauche.

— Bonjour ! s'exclame une fillette d'une voix fluette en m'observant de haut en bas.

— Euh… bonjour.

Je ne sais pas pourquoi la présence de cette petite fille me trouble autant. Sans doute car je sais déjà de qui il s'agit. Ses yeux noirs perçants et son air nonchalant ne font aucun doute.

— C'est Mia, m'informe tout de même Tyler en passant son bras autour de son épaule. C'est une surprise, Zack n'est pas au courant !

— Oh, quelle jolie attention…

— Où est-ce qu'il est ? demande Mia en sautant d'un pied sur l'autre, prouvant son impatience.

— Je ne sais pas, je viens tout juste de rentrer. Sûrement dans le parc ou dans sa chambre.

Alors que je tourne les roues de mon fauteuil pour les quitter, Tyler m'interpelle :

— Tu nous accompagnes ?

— Je ne suis pas sûre que…

— Allez ! insiste la jeune fille. Viens avec nous !

D'abord surprise, je hausse les sourcils. Et puis je me souviens qu'il s'agit de la petite sœur de Zack, et que si elle a hérité du même caractère, elle ne me lâchera pas avant que je cède.

— OK, je vous aide à le retrouver, mais j'ai des choses à faire ensuite.

Je leur fais signe de venir avec moi, et nous remontons l'allée menant au grand jardin. Ils me suivent en silence jusqu'à ce que la petite accélère le pas pour se mettre à ma droite.

— Et c'est quoi que tu vas faire ?

— Pardon ? demandé-je toujours en avançant.

— Bah, tu as dit à Titi que tu avais des choses à faire, après…

Oh, la petite maligne !

Je souris avant de lui mentir :

— Je gère un site de cuisine, je dois m'en occuper.

Mia réfléchit un instant, et alors que je m'attends à ce qu'elle me questionne à ce sujet, elle me demande :

— Pourquoi tu marches pas ?

Ça alors ! Je reconnais bien là la fillette décrite par son grand frère. Même si, venant d'elle, ça ne me vexe pas, je ne réponds pas et lui fais signe de regarder devant elle. En effet, Zack est tranquillement assis, en train d'écouter de la musique. Il est installé sur le haut du siège, les pieds sur le banc et les mains croisées devant lui, sa tête est penchée en avant, et ses yeux scrutent le vide.

Mon cœur se met tout de suite à battre plus fort en le voyant comme ça, tout décoiffé et beau comme un Dieu.

— Zack ! crie Mia avant de courir jusqu'à lui.

Tyler et moi nous arrêtons à quelques mètres pour observer la scène en souriant. Zack ne lève le visage que lorsque sa petite sœur lui secoue le bras. Et là, il se passe quelque chose qui me remue de l'intérieur. Sous son expression interdite, son visage s'illumine d'un immense sourire que je ne lui ai jamais vu.

— Mia ?! s'écrie-t-il en retirant ses écouteurs pour la prendre dans ses bras.

La petite sautille de joie en le serrant contre elle, et une légère grimace de douleur apparait sur le visage de Zack. Même si elle lui fait sans doute mal à l'épaule, il ne dit rien et ne relâche pas son étreinte.

— C'est beau, l'amour, hein ? s'émerveille Tyler.

— C'est clair ! Bravo pour la surprise… *Titi.*

Tyler se tourne vivement vers moi pour me fusiller du regard, et je me contente de rire en haussant les épaules.

Une fois leur câlin terminé, le regard de Zack atterrit sur nous. Je me contente de lever la main pour le saluer tandis que Tyler s'avance vers eux. Ils se donnent une tape dans la main pendant que je reste immobile, sans savoir ce que je dois faire.

— Tu viens ? me demande Mia en faisant de grands gestes.

Je regarde Zack comme pour avoir son autorisation et, même s'il ne semble pas très à l'aise, il acquiesce de la tête.

Pendant que je les rejoins, Mia monte sur le banc pour venir s'asseoir à côté de son frère et s'il y a bien une chose qui les différencie, c'est leur façon de communiquer. En effet, Mia est un vrai moulin à paroles ! Pendant un bon quart d'heure, elle décrit sa nouvelle maitresse et parle de tous ses camarades de classe.

— Tu te rappelles Elena, hein ? Bah, on n'est plus copines ! Elle est amoureuse de Jason alors qu'à la base c'est moi qui étais amoureuse de…

— Jason ? la coupe Zack en arquant un sourcil. Il faut vraiment que je revienne à la maison, moi…

Tyler éclate de rire tandis que Mia croise les bras.

— Oh, ça va ! J'ai bientôt dix ans, je te signale !

— Donc tu continues bien d'aller à l'école ?

— Quand papa n'oublie pas de m'emmener, répond la fillette en baissant la tête.

Zack se rapproche de Mia et parle tout bas. Je remarque alors que ses poings sont serrés.

— Et à la maison, ça va ?

Les traits de Mia changent en une fraction de seconde. La petite fille pétillante et bavarde vient tout à coup de laisser place à une enfant triste et désemparée.

— Papa dort beaucoup, mais ça va, répond-elle sur le même ton en baissant les yeux.

La mâchoire de Zack se contracte en voyant sa sœur dans cet état, mais il ne riposte rien. Nous restons silencieux un petit moment jusqu'à ce que Mia retrouve sa bonne humeur.

— D'ailleurs, tu sors quand, hein ?

— Je… euh…

Zack me jette un rapide coup d'œil avant de passer nerveusement sa main dans ses cheveux indisciplinés.

— Je passe en hôpital de jour la semaine prochaine, répond-il en reportant son attention sur sa petite sœur. Donc je serais là pour te surveiller, au cas où un certain Jason oserait t'approcher..., dit-il en lui pinçant la joue, un large sourire aux lèvres.

Mia hurle de joie en l'attrapant par le cou, et Tyler se marre toujours. Quant à moi, j'ai l'impression que quelque chose vient d'exploser à l'intérieur de moi. Voilà ce que ça fait de profiter de la vie sans anticiper les choses : on tombe de très haut.

Quand le regard de Zack revient sur moi, je tente de sourire pour lui cacher ma peine. Au fond, je suis heureuse qu'il aille mieux et qu'il puisse reprendre son quotidien qu'il aime tant. Mais me dire que je ne l'aurai plus près de moi me brise littéralement le cœur. Alors que je me perds dans mes pensées, je vois Mia se relever et sautiller sur place en regardant Zack.

— Est-ce que tu pourrais m'acheter une glace ?

— Tu t'es crue où, dans un club de vacances ? rétorque-t-il en lui ébouriffant les cheveux. Il n'y a pas de glaces à vendre ici, et on ne peut pas sortir comme on veut.

— Et c'est ça qui va t'empêcher de m'acheter une glace ? demande-t-elle, choquée. Je ne reconnais pas mon grand frère !

Aucun doute : c'est bien une Rowe !

Alors que je regagne un semblant de bonne humeur face à cette petite boule d'énergie dotée d'une répartie incroyable, Zack se met debout.

— T'as raison, sœurette. Je connais un endroit par lequel on peut sortir en douce...

Il se tourne ensuite vers moi pour m'adresser un clin d'œil, qui me fait rougir.

— Super ! dit Mia. Elle vient aussi, ton amoureuse ?

Quoi ?!

Alors que Tyler et moi écarquillons les yeux, Zack secoue la tête avec un léger sourire en coin.

— Ouais, si elle veut bien.

En plus du charme de l'homme qui se tient face à moi, me voilà devant une petite fille au regard suppliant et dont le sourire radieux m'empêche de refuser.

Chapitre 40 – Zack

Ma sœur, mon pote et Callie, le combo gagnant pour passer un bon après-midi. Même s'il me saoule par moments, je dois avouer que la surprise que m'a faite Tyler m'a redonné la pêche. Voir ma petite sœur et surtout savoir qu'elle va bien est le plus beau cadeau qu'il pouvait m'offrir. Je ne pensais pas que Callie se joindrait à nous, mais finalement, ce rendez-vous que j'appréhendais un peu se transforme en super moment.

— Alors, c'est où les glaces ? répète Mia, surexcitée.

— Attends, on va bien finir par trouver un glacier en bord de mer.

Mia ralentit alors pour se retrouver à la hauteur de Callie. Je les laisse discuter tout en tendant l'oreille discrètement.

— Tu as des frère et sœur, toi, Callie ? l'interroge-t-elle.

— Oui, j'ai un frère, qui s'appelle Gabriel.

— C'est chouette, hein, d'avoir un grand frère ?

J'entends Callie rire.

— Le mien est plus petit que moi !

— Ah, d'accord ! Mais c'est bien aussi.

Callie acquiesce et continue d'avancer avec le sourire aux lèvres. Inconsciemment, je suis content que ces deux-là discutent. Ma sœur n'a pas de présence féminine autour d'elle, et je sais combien ça lui manque.

— Ils sont trop beaux tes cheveux. On dirait des cheveux de princesse !

— Merci, Mia, si tu veux, tu pourras me faire une tresse.

Mia lâche un cri aigu, qui montre qu'elle est plus que ravie. Je ris tout seul en les entendant tenir des conversations capillaires. Ma sœur n'a pas vraiment l'occasion de jouer à la coiffeuse puisqu'elle n'est entourée que d'hommes à la maison. Pendant ce temps, Tyler continue de m'expliquer les recommandations qu'a données le coach lors du dernier match, mais je ne l'écoute qu'à moitié.

Quand nous arrivons devant le marchand de glaces, Mia m'attrape par la main en tirant fort sur mon bras.

— Doucement, tu te souviens que je me suis fait mal à l'épaule ?

— Oups ! Pardon, mais c'était pour te dire que c'était là.

— J'ai vu, oui ! Chocolat, je parie ?

— Oui !

Je demande ensuite à Tyler ce qu'il veut, et il ne se fait pas prier pour prendre une glace double. Je me retourne ensuite vers Callie en l'interrogeant du regard.

— Fraise, me répond-elle timidement.

Je sens qu'elle est gênée par quelque chose et je pense savoir de quoi il s'agit, mais je vais tenter de rester calme, le temps que ma sœur et Tyler sont là. Je n'aime pas la voir triste, et lorsqu'elle se retourne pour regarder la mer derrière nous, je la vois respirer à pleins poumons.

— Moi, j'adore me baigner dans la mer ! reprend Mia en se postant à côté du fauteuil de Callie.

Callie sourit tout en la regardant avec un air attendri. Je donne les cônes à chacun, au fur et à mesure, et nous partons nous installer sur un banc, face à la plage. Ma sœur dévore son cornet tandis que j'observe discrètement Callie déguster le sien.

Quand je vois sa langue s'entortiller autour de la crème glacée, je frissonne carrément.

Calme-toi, mec !

Mais elle est trop sexy ! Le moindre de ses gestes me donne des pensées à la limite du raisonnable. Et quand je vois ses lèvres pulpeuses aspirer la glace, je décide de regarder la mer. Ça calmera ce qu'il se passe dans mon caleçon !

Heureusement, elle ne s'est absolument pas rendu compte que j'avais complètement buggé sur ce qu'elle faisait.

— Elle est pas bonne ta glace, mec ? m'interroge Tyler en voyant ma tête.

Il me jette un regard qui en dit long, mais heureusement, il ne met pas de mots sur le fond de sa pensée.

— Ça vous dit qu'on marche un peu ? lance Tyler à la volée avant de se retourner vers Callie. Euh… enfin qu'on avance un peu par là-bas, reprend-il pour tenter de rattraper le coup, gêné.

Callie se met à rire tandis que nous continuons le long de la jetée. Mia ne veut décidément pas la lâcher, et je n'arrive pas moi-même à capter son regard. Je la sens fuyante, et ça me bouffe de ne pas pouvoir la toucher. Même si ma sœur a utilisé un mot fort tout à l'heure pour la qualifier, je ne veux pas la coller de trop près et en plus, je suis sûr qu'elle serait capable de me dire de profiter de ma sœur au lieu d'être avec elle.

— Tu t'es baigné dans la mer depuis que tu es là, Zack ? me demande ma sœur sans même soupçonner qu'elle déclenche un tsunami dans ma poitrine.

Je mets quelques secondes à lui répondre avant de fixer Callie, qui me regarde avec un micro-sourire.

— Une des plus belles baignades de ma vie !

— Tu as trop de chance ! On pourra revenir se baigner quand tu seras sorti ? Avec Callie et Titi aussi !

Callie baisse la tête et rougit.

— Bien sûr.

Nous continuons d'avancer, et les filles reprennent leurs discussions vernis à ongles et maquillage. Au bout de quelques minutes, Mia commence à grogner :

— J'en ai marre de marcher !

Je me retourne pour l'interroger du regard tandis qu'elle se poste à côté de Callie.

— Tu as de la chance, toi !

Alors que je m'apprête à reprendre Mia, Callie ne me laisse pas le temps de réagir et saisit la main de ma sœur en riant.

— Je ne sais pas si on peut parler de chance, moi, à la place, ce sont mes bras qui travaillent !

Le regard d'enfant que porte ma sœur face à la situation de Callie est innocent, et je ne peux pas lui en vouloir pour ça, mais je remarque qu'elle ne prend pas de gants pour lui dire ce qu'elle pense.

— Stop, Mia ! Allez, on rentre !

J'interviens pour couper court à cette discussion.

— Mais j'en peux plus, Zack, je suis fatiguée !

Callie tend alors son bras dans sa direction.

— Tu veux venir sur mes genoux ?

Ma sœur ne se fait pas prier et s'assoit sur les cuisses de Callie. Nous repartons ensuite en direction du centre. Sur le chemin, j'entends Mia répéter à plusieurs reprises que c'est comme un tour de manège, et Callie ne se formalise pas et rit tout en dirigeant son fauteuil.

Les voir ensemble si complices me réchauffe le cœur et me confirme encore une fois que Callie est vraiment quelqu'un de spécial.

Une fois que nous sommes arrivés au centre, Tyler se retourne vers nous.

— Bon, miss, on y va ? lance-t-il à Mia, qui est enfin redescendue des genoux de Callie.

— J'ai pas envie de rentrer !

— Oui, mais on n'a pas le choix, le centre va fermer.

Ma sœur s'approche de Callie et lui dépose un bisou sur la joue.

— Merci, c'était chouette !

— Merci à toi, j'ai passé un très bon après-midi.

Tyler s'approche également d'elle pour lui faire un check et vient ensuite me taper dans la main. Mia se jette dans mes bras et alors que je la serre fort, Callie nous lance :

— Rentrez bien ! Je remonte moi aussi. Bonne soirée.

Quoi, déjà ?!

Même si j'ai bien senti qu'elle m'évitait toute la journée, je ne supporte pas qu'elle se casse comme ça.

Je répète les règles d'usage à ma sœur et l'embrasse sur la joue avant de la voir rejoindre Tyler. Ils partent main dans la main et, quand je me retourne, Callie aussi a foutu le camp.

Chapitre 41 – Callie

Après m'être mise en pyjama, je m'installe directement dans mon lit avec mon ordinateur portable. Je tente de répondre aux messages et commentaires de mes abonnés, mais je ne trouve pas les mots ce soir.

Malgré la superbe journée que je viens de passer, mon cœur pèse des tonnes. C'est comme si je prenais petit à petit conscience de ce que j'allais perdre. Cette relation complètement libre, folle et sauvage, va bientôt s'arrêter, et je ne suis tout simplement pas prête à ça. Je sais pertinemment que Zack n'est pas l'homme de ma vie. Je veux dire, pas besoin d'être devin pour voir que l'on n'est pas faits l'un pour l'autre. Tout nous oppose et pourtant, plus je passe du temps avec lui, plus je m'attache à sa personnalité hors du commun. Surtout maintenant que je l'ai vu avec sa petite sœur… Il est si prévenant et attentionné avec elle que je frémis d'émotion rien que de les imaginer tous les deux. Derrière sa carrure de sportif et son air détaché, Zack est si doux et attentif…

Les doigts immobiles, posés sur les touches de mon clavier, je fixe mon écran en tentant de trouver quelque chose d'intéressant à dire. Jusqu'à ce qu'on frappe à la porte et que je relève brusquement la tête en fronçant les sourcils. Vu l'heure qu'il est, je me demande si ce n'est pas une erreur, quand deux coups beaucoup plus fort me font carrément sursauter.

Je garde le silence en fixant la porte. Je serais bien allée ouvrir, mais le temps de sortir du lit pour regagner mon fauteuil, l'infirmière de nuit sera déjà loin.

La porte s'ouvre alors lentement, et mes yeux s'écarquillent en voyant une grande silhouette dans l'entrebâillement.

— Zack ?! chuchoté-je, abasourdie.

Il entre rapidement avant de refermer derrière lui. Tandis que je l'interroge d'un regard hébété, Zack s'adosse contre la porte en me fixant avec un air amusé.

— Salut, bébé.

Voilà comment il réussit, en une fraction de seconde, à me faire passer de l'agacement à l'excitation. Son regard brûlant ne me quitte pas et enflamme la totalité de mon corps, surtout lorsque celui-ci descend sur ma poitrine. C'est quand je le vois bloquer dessus que je me rends soudainement compte que je n'ai pas de soutien-gorge sous mon tee-shirt beige quasi transparent.

Même si j'ai tout à coup très chaud, je me saisis de la couette pour recouvrir mes jambes nues. Lui aussi s'est changé. Il porte un bas de jogging noir avec un tee-shirt de la même couleur.

Mince, ce qu'il est beau…

Je secoue la tête pour reprendre mes esprits avant de l'interroger durement :

— Qu'est-ce que tu fais là ?

Il plisse les yeux comme s'il réfléchissait à une réponse, puis il finit par se décoller de la porte pour s'avancer jusqu'au lit.

— Zack, non ! dis-je tout bas de peur qu'on ne m'entende. Si quelqu'un te voit ici, on risque de…

Je m'arrête en le voyant arquer un sourcil tout en s'asseyant sur le matelas. *Non, mais je rêve !*

— Callie, c’est bon. Personne ne m’a vu entrer.

Sa voix douce et rauque me fait un effet de dingue que je tente de dissimuler.

— C’est pour ça que tu es habillé en mode ninja ?

— En mode ninja ?

Je lui désigne sa tenue sombre, et il éclate de rire. Bien que j’adore ce son, je me penche en avant pour plaquer ma main contre sa bouche.

— Chuuut !

Le contact de ses lèvres réchauffe ma paume, et je la retire brusquement en réajustant mon oreiller derrière mon dos. Tout à coup, je me sens mal à l’aise de me retrouver dans cette situation, c’est-à-dire seule avec lui, et dans mon lit.

— Qu’est-ce que tu fais ? demande-t-il dans un chuchotement à peine audible en désignant mon ordinateur.

— Je m’occupe de mon blog.

— Je peux ?

Je hoche la tête, et Zack attrape un deuxième oreiller qu’il place à côté du mien pour s’asseoir à ma droite. Son corps chaud frôlant le mien active tous mes sens, tandis qu’il se concentre sur mon écran.

— C’est ça, ton site ? m’interroge-t-il en grimaçant.

— Ouais, pourquoi ?

— Il est plutôt banal.

Je me tourne vers lui en ouvrant la bouche de stupeur.

Il est gonflé !

Quand il le remarque, il sourit et penche la tête en avant, laissant retomber une mèche sur son front dans laquelle j’ai envie de passer mes doigts.

— Donne-moi ça, m’ordonne-t-il en récupérant mon bien.

À peine l'a-t-il posé sur ses jambes qu'il se met à pianoter dessus à une vitesse folle. Je tente de faire abstraction de ses mains musclées et tatouées, qui tapent avec une précision déconcertante, et j'essaie de me focaliser sur ce qu'il fait. Évidemment, je n'y comprends pas grand-chose, mais tout ce que je vois, c'est qu'en quelques minutes, il change la couleur de fond, crée une bannière sur le haut de la page ainsi que des sous-titres sur le côté, permettant d'accéder à mes recettes en un seul clic, sans avoir à passer par la page d'accueil.

— Waouh ! m'exclamé-je, en fixant l'écran.

— C'est juste une mise en page, dit-il en haussant une épaule.

Zack continue ses modifications, et j'hallucine en voyant mon blog se transformer en un site ressemblant à ceux de vrais professionnels. Une fois terminé, il tourne l'ordinateur vers moi.

— Je suis impressionnée !

Et c'est peu de le dire ! Comment a-t-il pu faire une page si attrayante en quelques minutes seulement ?

Il secoue la tête en riant.

— Je peux faire beaucoup mieux que ça, tu sais ?

Je le regarde dans les yeux et pendant un instant, je me demande s'il parle toujours d'informatique. Je me racle nerveusement la gorge avant de déclarer :

— Ta petite sœur est vraiment adorable.

Zack ne peut s'empêcher de sourire.

— Elle est toute ma vie.

Ce qu'il dit m'émeut tellement que j'ai envie de le serrer fort dans mes bras. Je suis aussi curieuse d'en savoir plus sur ce que j'ai entendu tout à l'heure, mais j'ai peur qu'il se braque si j'aborde ce sujet.

— Je peux te poser une question ?

Zack retient sa respiration, comme s'il se doutait déjà de ce que j'allais demander. Sans le quitter des yeux, j'attends qu'il acquiesce avant de l'interroger :

— Ta mère… elle… tu n'en parles jamais.

Un voile sombre traverse son regard, qu'il détourne rapidement avant de répondre dans un soupir :

— Elle est partie quand j'avais treize ans. Mia était bébé, elle ne s'en souvient pas.

Je pose instinctivement ma main sur la sienne, mais Zack ne réagit pas, le regard toujours dans le vide. Je vois alors une autre facette du Zack sûr de lui. Un côté de sa personnalité qu'il cache avec soin, mais que je sens tellement présent. Cette partie de lui qui fait qu'il est si attentionné et à fleur de peau malgré lui.

— Et ton père ?

Instantanément, ce n'est plus de la tristesse que je perçois sur son visage, mais de la colère.

— Il n'y a rien de spécial à dire, Callie. Mon père est un pauvre alcoolique, qui ne pense qu'à sa gueule, point barre.

Quand il retire brusquement sa main de sous la mienne pour la passer dans ses cheveux, je regrette d'avoir été si indiscrète. Je suis bien placée pour savoir qu'il est parfois difficile de parler de son passé et j'aurais peut-être mieux fait de me taire.

— Je suis désolée, murmuré-je, gênée.

Je baisse le visage, mais Zack attrape mon menton pour me forcer à le considérer de nouveau.

— Pourquoi tu es partie si vite ? demande-t-il sérieusement, tandis que son souffle glisse lentement sur mes lèvres.

Je soupire et ferme mon ordinateur avant de le poser sur la table de chevet.

— J'étais fatiguée.

— Et la vraie raison ?

Ne sachant pas quoi dire, je me mords le coin de la lèvre. Soit je lui dis la vérité et passe pour une pauvre fille accro, soit je lui mens.

— Arrête de faire ça, me surprend-il en fixant ma bouche.

— Hein ?

— À chaque fois que tu te mords la lèvre, j'ai envie de le faire à ta place.

Oh, mon Dieu !

Mon rythme cardiaque s'affole tout à coup. Encore plus lorsqu'il pose sa main sur ma joue sans me lâcher des yeux.

— Toute la journée, je n'ai pensé qu'à ça… T'embrasser…

Il pose sa bouche sur la mienne et me mord doucement la lèvre inférieure. Je le laisse faire en souriant, et il lâche un grognement aussi sexy que viril avant d'enrouler sa langue autour de la mienne. La façon douce et délicate qu'il a de m'embrasser me surprend, mais ne me déplait pas du tout, bien au contraire. Sans que je m'y attende, sa main glisse de ma joue à mon cou pour venir ensuite caresser ma poitrine du bout des doigts.

Même si ce frôlement est bref, l'effet qu'il a produit sur moi est incroyable ! Une énorme vague de chaleur me traverse de part en part, et avant de perdre pied, j'interromps notre baiser en ouvrant les yeux. Zack baisse les siens pour fixer ma poitrine avec envie.

— Putain, Callie, souffle-t-il contre ma peau. Tes seins, ils… ils sont parfaits. Tu sais combien de temps ça fait que je rêve de te toucher ?

Oh là là, je vais m'évanouir !

Ces paroles me gênent autant qu'elles m'embrasent. Mon sang bat dans mes oreilles au point d'oublier que nous sommes dans une chambre d'hôpital.

— Zack…

Ses yeux brillants de désir et ses lèvres gonflées et humides me déstabilisent. Qu'est-ce qu'on va faire maintenant ? Est-il conscient que je ne suis pas capable d'aller plus loin ?

Alors que la panique et la frustration me gagnent en imaginant combien je vais le décevoir, Zack pose sa main sur mon ventre.

Nous reprenons nos souffles tout en nous fixant en silence. Il repousse alors une de mes mèches de cheveux avant de me dire :

— J'ai appris que je sortais hier.

Je l'interroge du regard, et il continue :

— C'était avant ta séance, et je ne voulais pas gâcher ton bonheur.

Je souris en posant ma main sur la sienne, toujours sur mon ventre. J'apprécie son explication, mais ce qui me touche le plus, c'est qu'il ait compris pourquoi je n'étais pas bien. Avec lui, nul besoin de mots pour se comprendre.

— Je devrais continuer en hôpital de jour durant deux ou trois semaines, on pourra toujours se voir…

En dépit de mon hochement de tête, la peine doit se lire sur mon visage, car il passe sa main derrière mon dos pour me forcer à rejoindre ses bras.

Je me colle contre lui et l'embrasse, mais il ne me rend pas mon baiser comme je le voudrais.

— Il vaut mieux qu'on se calme, bébé.

Quand il se met à gigoter en mettant sa main dans la poche de son pantalon pour remettre quelque chose en place, je descends mon regard sur son entrejambe, mais le détourne aussitôt en voyant une bosse.

Alors, il a envie de moi ?

Cette idée me fait autant plaisir qu'elle me terrifie.

Heureusement, il ne va pas plus loin et m'intime de poser ma tête contre son torse avant de me serrer contre lui. En sentant les battements de son cœur contre mon oreille, le mien part dans tous les sens.

Et là, je prends conscience de quelque chose : je suis littéralement tombée amoureuse de Zack.

Chapitre 42 – Callie

Je n'aurais jamais cru penser ça un jour, surtout en étant coincée ici, mais je vis les plus beaux moments de ma vie !

La journée, nous faisons chacun nos séances, mais nous trouvons toujours le moyen de nous rejoindre entre deux, juste pour s'échanger un petit baiser dans un coin, parfois. Dorénavant, Zack reste même près de moi quand je passe du temps avec David et Kate. Même si je ne lui dis pas, j'apprécie énormément ses efforts, car je sais qu'il n'apprécie pas forcément leur compagnie.

Le soir, nous dinons tous les deux, et alors que nous faisons mine de nous dire au revoir, Zack me rejoint une heure plus tard, dans ma chambre. Et à partir de là, nous vivons des moments aussi doux qu'intenses ! Même si parfois les choses dérapent légèrement entre nous, Zack sait s'imposer une limite, et cela augmente la confiance que j'ai en lui. Jamais il n'ira trop loin.

En revanche, je ne sais jamais l'heure à laquelle il quitte ma chambre, car il attend toujours que je sois endormie pour le faire. Que c'est bon de le sentir contre moi et de rejoindre les bras de Morphée en respirant son odeur ! Et dire que dans à peine deux jours, tout ça sera terminé…

Je secoue la tête pour retirer ce genre de pensées négatives de mon esprit. Comme dit Zack : « On avisera en temps voulu ». Alors je suis son conseil et profite du moment présent en tentant de ne pas trop me soucier du reste.

— Ce n'est pas grave, Callie, me lance le docteur Crown avant que je quitte la pièce. Ce n'est pas parce que ça n'a pas fonctionné aujourd'hui que ça ne se reproduira pas, d'accord ?

Je hoche la tête avant de quitter les lieux. De ce côté-là, c'est un peu la déception. Après avoir réussi à faire l'impossible l'autre jour, voilà trois séances où je stagne de nouveau. Mes mouvements sont infimes, et je n'arrive pas à retrouver la sensation ressentie quand j'ai marché la dernière fois. Malgré tout, je tente de suivre les conseils du service médical et garde espoir : si j'ai réussi une fois, j'arriverai à le refaire !

Je vérifie l'heure, et sachant que Zack est encore chez le kiné, je décide de rejoindre ma chambre avant le déjeuner. Je m'apprête à prendre l'ascenseur quand je reçois un appel sur mon portable.

Tout en ouvrant la bouche de joie et de surprise, je décroche.

— Jenna !

— Hé, ma belle, comment tu vas ?

— Ça va ! Ça me fait tellement plaisir de t'entendre !

— Je suis désolée de ne pas être passée te voir…

— T'inquiète !

Ma meilleure amie ne m'a jamais laissé tomber et je sais que si elle n'a pas pu venir me rendre visite, c'est qu'elle a une bonne raison.

— Quoi de neuf ? demandé-je, j'ai hâte que l'on discute toutes les deux.

— Eh bien… j'ai tellement de choses à te raconter ! Mais, désolée, c'est trop long par téléphone !

Elle se fiche de moi ?!

— Je dois raccrocher ! ajoute-t-elle sans me laisser le temps de répondre.

— Quoi, déjà ?

— Ouais, répond-elle en chuchotant. J'ai rendez-vous avec ma meilleure amie…

Quand elle raccroche, je mets quelques secondes avant de percuter et me retourne brusquement vers l'entrée. En la voyant devant moi, les larmes me montent aux yeux.

— Oh, Jenna ! dis-je en me précipitant vers elle.

Mon amie s'avance à son tour pour me prendre dans ses bras.

— Ce que tu m'as manqué ! avoué-je en la serrant contre moi.

— Toi aussi, ma biche !

Une fois notre étreinte terminée, je fronce les sourcils :

— Mais… comment as-tu fait pour entrer un jour de semaine ?

— Disons que j'ai eu un petit coup de pouce.

Jenna m'adresse un clin d'œil avant de me faire signe de regarder derrière elle. Quand je vois mon petit frère qui me fixe, ma gorge se noue. On ne s'est pas reparlé depuis notre dernière dispute, et notre embarras mutuel est plus que palpable.

— Salut, dis-je en levant une main en l'air.

Hésitant, Gabriel finit par s'approcher afin de m'embrasser sur la joue.

— J'espère que tu es contente de me voir, dit-il en grimaçant presque.

— Je suis toujours contente de te voir, gros bêta !

Mon petit frère rit avant de m'ébouriffer les cheveux, et même si je râle, je suis heureuse de retrouver notre complicité.

— Je suis désolé, sœurette. J'ai… j'ai eu peur pour toi, c'est tout.

— Je sais bien, mais tu n'as rien à craindre, bien au contraire…

— Tiens, d'ailleurs ! nous interrompt Jenna en croisant les bras. J'ai cru comprendre que tu avais fait une rencontre ? Je rêve ou tu ne m'as rien dit ?!

— Si on allait se poser à la cafèt ? proposé-je en les regardant l'un après l'autre.

Ils acquiescent simultanément, et Gabriel se positionne directement derrière mon fauteuil pour m'y emmener. Même si j'ai envie de lui dire que je peux me débrouiller seule, je le laisse faire et profite du chemin pour discuter avec Jenna. Elle nous raconte qu'elle a passé ses vacances à travailler pour se payer son fameux voyage en Europe, et pour une fois, depuis mon accident, je ne l'envie pas. Bien sûr, visiter Paris doit être extraordinaire… mais pas plus que ce que je vis actuellement, ici.

— Bon, et toi alors ? m'interroge-t-elle en commandant un cappuccino. Comment il s'appelle ?

J'ai réellement envie de tout lui raconter dans les moindres détails, mais la présence de mon frère, et son regard scrutateur, m'en empêche.

— Il s'appelle Zack, dis-je simplement sans pouvoir m'empêcher de retenir un rictus. Il… disons qu'il ne correspond pas au genre de garçons qu'on a l'habitude de côtoyer.

Tandis que ma copine hausse les sourcils, perplexe, je le vois soudain arriver au loin dans le self. Mon cœur se met tout à coup à tambouriner dans ma poitrine, et encore plus lorsqu'il pose son regard sur moi avant de m'adresser un sourire en coin. Zack plisse les yeux en voyant que je ne suis pas seule et attend que je lui fasse signe de venir avant de nous rejoindre.

Une fois à notre hauteur, mon frère se redresse et croise les mains instinctivement sur la table. Bien qu'il soit complètement crispé, je fais signe à Jenna de se retourner.

— Jenna, je te présente Zack. Zack, voici Jenna, ma meilleure amie, dont je t'ai déjà parlé. Et mon petit frère, Gaby, que tu connais déjà.

Pendant que Zack adresse un signe de la tête aux deux personnes qui m'accompagnent, Jenna écarquille les yeux en l'observant. Aujourd'hui, Zack porte son short de sport avec un tee-shirt blanc, ce qui veut dire que ses tatouages ressortent encore plus que d'habitude. *Et qu'il est plus beau que jamais...*

— Euh... salut, bredouille mon amie en l'examinant avec stupéfaction.

— Tu t'assois avec nous ? proposé-je à Zack.

— Non, merci, répond-il sans se justifier. On se rejoint après, OK ?

— On comptait emmener Callie en promenade, intervient mon frère d'un ton ferme.

Alors que cette expression ne me dérangeait pas avant, elle me hérisse le poil désormais. On dirait qu'on parle d'une bête !

Je pivote vers mon frère, mi-surprise, mi-agacée, et n'ai pas le temps d'ouvrir la bouche que Zack lui rétorque sur le même ton :

— Oh, une sortie autorisée en plein milieu de la semaine ? Nous n'avons pas les mêmes valeurs...

Merde, ils me font quoi, là ?!

Abasourdie, je fixe les deux hommes s'affronter du regard quand Jenna tape dans ses mains avant de s'exclamer gaiement :

— Et si Zack nous accompagnait ? Je suis sûre que Gaby peut arranger ça…

Ma meilleure amie adresse un clin d'œil à mon petit frère, qui la fusille d'un regard noir.

Ambiance, ambiance !

— Je n'ai besoin de personne pour sortir d'ici, lâche Zack en fixant Jenna. Mais c'est OK, je vous accompagne. On a besoin de faire des courses pour Callie.

Hein ?!

Complètement chamboulée par ce combat de coqs ainsi que par tout ce qui se trame, je me contente de l'interroger du regard.

Zack sourit avant de se pencher vers moi pour me dire à l'oreille, de manière assez forte pour que tout le monde l'entende :

— Pour ton blog, bébé. On va en profiter pour acheter ce qu'il faut, tu pourras poster une recette ce soir.

Sous les regards ébahis de Gaby et Jenna, Zack me dépose un baiser au coin des lèvres avant de se redresser.

— Je vais prendre une douche, nous informe-t-il. On se rejoint à la sortie.

Chapitre 43 – Zack

De retour à l'accueil, Callie est en grande discussion avec sa copine tandis que Gabriel est au téléphone, un peu plus loin. Je m'apprête à tracer ma route, mais quand elle me voit, elle m'intime de la rejoindre.

Je lui fais signe que je sors, mais elle vient jusqu'à moi, suivie de son amie.

— Ne dis pas n'importe quoi ! braille-t-elle en m'attrapant par la main. Gabriel a vu avec l'intendante, et c'est OK, on a une heure devant nous.

Je hausse les sourcils, un peu surpris, et elle tire sur mon bras pour me forcer à me baisser à son niveau.

— Nous n'avons pas les mêmes valeurs…, chuchote-t-elle contre mon oreille.

Lorsque je me redresse pour la regarder dans les yeux, son sourire moqueur me fait exploser de rire. *Cette fille ne cesse de me surprendre !*

À chaque fois que je fais un truc idiot et que je m'attends à ce qu'elle soit folle de rage, ça se passe autrement. Je sais que mon comportement met souvent en rogne les gens qui m'entourent, mais pas Callie. On se comprend sans avoir à s'expliquer sans cesse. À croire que j'ai trouvé la nana parfaite !

Je ne saurais mettre des mots sur ce que je ressens pour elle, mais une chose est sûre : c'est de plus en plus fort. D'ailleurs, je me demande encore comment je fais pour me retenir de lui sauter dessus à chaque fois que je la retrouve dans son lit, le soir. Je dois être un putain de saint, sans aucun doute !

Les filles ne disent plus rien en ma présence, et je comprends alors qu'elles parlaient de moi. Je le sais, surtout en voyant sa copine me fixer avec un air malicieux dans le regard.

Quand le frère de Callie termine son appel, il nous rejoint avant de nous lancer :

— C'est bon, on peut y aller.

Avant de sortir de l'immeuble, il darde sur moi un regard glacial que je lui rends instantanément.

Si je lui ai répondu de cette manière tout à l'heure, c'est parce que j'ai bien compris la façon dont il me considère. Pour lui, je ne suis qu'un pauvre type pas assez bien pour sa sœur. En toute honnêteté, il n'a peut-être pas complètement tort. Je ne pense pas l'être, en effet. Mais Callie est assez grande pour décider avec qui elle veut passer du temps après tout.

En arrivant dans le parking, je reconnais tout de suite sa voiture : le seul coupé-cabriolet de luxe parmi les véhicules du personnel. Il enclenche l'ouverture automatique des portes avant de se tourner vers sa sœur.

— Mince, Callie, désolé ! J'aurais dû prendre la voiture de papa, je n'ai absolument pas pensé à…

— Et alors ? ne puis-je m'empêcher de dire. T'inquiète, je gère.

Il n'a pas le temps de me demander ce que cela veut dire que j'attrape Callie dans mes bras avant de lui faire signe de m'ouvrir la porte. Gabriel ouvre grand les yeux avant de s'exécuter, et j'installe sa sœur à l'arrière avant de m'asseoir à côté d'elle.

— Tout va bien ? s'inquiète-t-il tandis qu'il charge le fauteuil dans le coffre.

Callie rit avant de répondre :

— Très bien, allons-y !

Jenna et Gabriel se jettent un regard déconcerté avant de prendre place devant. Puis nous prenons la route dans un silence pesant. J'hésite à lui demander de mettre un peu de musique, mais me réfrène.

À plusieurs reprises, j'aperçois le regard inquisiteur de Gabriel, dans le rétroviseur. Quand Callie le remarque, elle attrape ma main pour la presser.

Va vraiment falloir que je prenne sur moi...

Une fois arrivés dans le centre commercial de la ville, nous longeons les allées tous les quatre. J'ai envie d'aider Callie à avancer, mais elle a refusé à son frère en sortant du parking, donc j'en déduis qu'elle préfère se débrouiller seule. Les deux amies se mettent à faire des messes basses, aussi, je recule un peu pour les laisser tranquilles. En passant devant les vitrines, je remarque que sa copine ne peut s'empêcher de regarder partout, surtout lorsqu'il s'agit de magasins de vêtements, alors que Callie, elle, se contente de jeter un œil sur les devantures, de loin.

Son frère et moi marchons côte à côte, et je constate qu'on est diamétralement opposés. Lui porte un pantalon chiné avec une chemise bien repassée et a une coupe de cheveux impeccable. Quant à moi, je suis en mode *schlag* avec mon bas de jogging et mon tee-shirt col V, laissant apparaitre mes tatouages sur le haut de mon torse. Sans parler de mes cheveux indisciplinés, qui mériteraient une bonne coupe.

— C'est là-bas ! nous informe Callie en nous montrant un magasin, au bout de l'allée.

Son sourire lumineux fait battre mon cœur un peu trop fort. J'aime tant la voir heureuse comme ça !

Plus on approche, plus je capte qu'il s'agit d'une boutique où elle trouvera tout ce qu'il faut pour cuisiner « à la française ». Cela veut dire que ce soir, on va devoir s'éclipser en cuisine, et cette idée me réjouit déjà.

Nous sommes presque arrivés quand deux mecs passent à côté de nous. L'un d'eux bloque sur Callie et se met à rire en donnant un coup de coude à son pote.

— Elle est bonne pour une handicapée, c'est dommage !

Sans la quitter des yeux, ils partent dans un grand éclat de rire. Alors que Gabriel attrape vivement le fauteuil pour la faire avancer plus vite, je m'immobilise et serre les poings en faisant mon maximum pour me contenir. Mes veines pulsent sur mes tempes, et la colère qui monte me prend aux tripes.

Non, mec, pas ici, pas devant eux…

Mais lorsque je vois Callie baisser la tête avec une expression triste, mon sang ne fait qu'un tour.

Je m'approche de ce petit connard, et avant qu'il ait le temps de se retourner, je l'attrape par le col de son polo de bourge.

— Excuse-toi ! grogné-je alors que je le soulève de terre.

Son copain me rejoint aussitôt, mais quand je tourne le visage vers lui pour l'avertir silencieusement de rester là où il est, il se fige.

— Zack, laisse tomber, arrête ! m'implore Callie.

Je l'entends sans écouter vraiment ce qu'elle dit. C'est comme si sa petite voix s'était perdue dans mon cerveau, embrumé par la rage. Ça faisait longtemps que je ne m'étais pas retrouvé dans cet état, et je sais que lorsque je suis comme ça, rien ni personne ne peut m'arrêter.

Vu que le mec ne répond pas, je le plaque contre une vitrine en lui cognant la tête. Je place mon bras sur son cou, et ce merdeux tente de se défendre en me regardant méchamment et en se débattant. Il ne sait pas sur qui il est tombé !

— J'ai dit : « Excuse-toi ! », articulé-je en serrant un peu plus fort.

La petite voix de Callie me parvient encore, mais je suis trop énervé pour comprendre ce qu'elle me dit. Ses paroles dégueulasses, quand il s'est moqué d'elle, tournent en boucle dans ma tête, et vu qu'il ne semble pas regretter, j'agis impulsivement : mon poing se lève et vient s'écraser lourdement sur sa mâchoire.

— Zack ! hurle Callie. Non, mais t'es malade ! Arrête !

Cette fois, je recule en le lâchant subitement. Le gars tombe au sol en crachant du sang, et c'est seulement maintenant que je vois les visages décomposés de Jenna et Gabriel qui me fixent, les yeux ronds comme des soucoupes. Je secoue mon poing bien que la rage qui m'anime inhibe la douleur dans ma main.

Mais quand je tourne la tête vers Callie, son expression choquée me fait l'effet d'une douche froide. Je prends conscience de ce que je viens de faire et de l'image que je renvoie.

Le deuxième gars aide son pote à se relever, et ils me jettent un rapide coup d'œil empli de crainte avant de partir en courant.

Pauvres types !

En reportant mon attention sur les trois paires d'yeux et leur air offusqué, je me sens tout à coup minable d'avoir agi comme ça, sous le coup de la colère.

— Je… je vais prendre l'air, soufflé-je.

Et je les laisse en plan.

Chapitre 44 – Callie

Une fois que j'ai retrouvé mes esprits, je m'apprête à suivre Zack, mais mon frère m'en empêche en se mettant face à moi.

— Tu vas où, Call ? Ne me dis pas que tu comptes le retrouver ?

— Laisse-moi passer, soupiré-je.

— Callie, intervient Jenna, d'une voix douce, en se plaçant à côté de Gabriel. Ton frère a raison, tu devrais le laisser se… calmer.

L'inquiétude de ma meilleure amie me fait froncer les sourcils. Il est vrai que Zack n'aurait pas dû s'emporter comme il l'a fait, mais jamais il ne me ferait de mal à moi, j'en suis persuadée !

— Vous n'avez pas à avoir peur de lui ! m'écrié-je. Il voulait juste prendre ma défense.

— Prendre ta défense ? répète mon frère d'un air ahuri. Voyons, Callie, ce n'est pas en frappant les gens qu'on y parvient.

Je ne sais pas quoi répondre à ça. Bien sûr qu'il a raison et que la violence n'arrange pas les choses, mais je ne comprends que trop bien pourquoi Zack a agi ainsi.

— Callie, continue-t-il. Tu sais que ce genre de moqueries arrive souvent, et malheureusement, elles ne cesseront d'arriver…

Je hoche la tête en déglutissant avec difficulté. En effet, les regards de travers et la risée font partie de mon quotidien, et je me suis habituée à les ignorer.

— Callie, reprend ma meilleure amie, en se mettant carrément accroupie devant moi. Je vois parfaitement ce qui t'attire chez ce mec, c'est vrai… waouh, quoi ! termine-t-elle avec une expression plutôt équivoque.

Malgré la situation, je ne peux m'empêcher de sourire, surtout lorsqu'elle ouvre grand la bouche pour étayer sa remarque.

— Il n'y a pas que ça, lui dis-je sérieusement. Zack… il… avec lui, je me sens vivante ! Tu comprends ?

Quand elle pose sa main sur la mienne en hochant la tête, mon frère se rapproche encore en marmonnant :

— Ce type n'est pas fait pour toi, Callie. Tu as besoin de confort, de sécurité et…

— Ça suffit ! le coupé-je. Gaby, je t'aime et je te remercie de t'inquiéter pour moi. Mais là, j'ai besoin de le retrouver.

Tandis que mon frangin écarquille les yeux de stupeur, Jenna m'adresse un large sourire en me faisant signe d'y aller. *J'adore cette fille !*

— On va faire quelques magasins en t'attendant ! dit-elle en enroulant son bras autour de celui de Gabriel. Appelle-nous quand c'est réglé, OK ?

J'ignore le regard meurtrier que lui lance mon frère et je leur tourne le dos. J'avance assez rapidement, mais je m'arrête au bout de quelques minutes pour passer un coup de fil à Zack. Je ne suis pas étonnée qu'il ne me réponde pas.

Après avoir longé quelques allées, je l'aperçois enfin derrière la grande entrée du bâtiment. Assis dehors sur un muret, il est en train de fumer une cigarette. Je le rejoins sans réfléchir. Je ne sais pas encore ce que je compte lui dire, mais j'ai besoin d'être avec lui.

Quand il me voit arriver droit sur lui, il détourne le regard en crachant la fumée de sa clope.

— Zack…

— C'est bon, Callie. Je sais ce que tu vas me dire, mais là, je t'assure, j'ai pas besoin de ça. Va retrouver ton frère et ta copine, on se rejoint au centre.

Son ton sec me fait mal au ventre. Je n'ai pas l'habitude qu'il me parle de cette manière et j'ai tout à coup très peur de ne pas réussir à le calmer. Les coudes posés sur ses cuisses, les yeux rivés au sol, il ne daigne même pas lever la tête dans ma direction.

— C'est avec toi que je veux être.

À ce moment-là, Zack relève vivement le visage et son regard glacial devient suspicieux.

— Même après ce que je viens de faire ?

— Oui. OK, tu as un peu, euh… beaucoup, exagéré, mais… Zack, personne n'a jamais pris ma défense comme tu l'as fait.

Et c'est vrai ! En général, les gens font comme si de rien n'était. Comme si les moqueries n'existaient pas. Ignorer pour oublier.

— Je ne voulais pas que tu me voies comme ça, souffle-t-il en secouant la tête.

— Comment ça ?

Il soupire franchement avant de répondre :

— Comme un pauvre type de banlieue qui ne sait pas se contrôler ! Je… tu sais, j'ai essayé de prendre sur moi et d'ignorer ce connard, je te le jure. Mais c'est plus fort que moi. Quand je suis comme ça, je veux dire, dans cet état, je deviens fou, je fais n'importe quoi ! Et putain, crois-moi, j'ai dû me contenir pour ne pas lui exploser la gueule !

En voyant ses traits se tordre de rage, je m'approche encore et me penche en avant pour attraper sa main, posée sur le muret. Zack me fixe un instant, surpris, mais se laisse faire.

— Je ne t'ai jamais vu comme un pauvre type, Zack. Tu sais, moi aussi, j'ai parfois des pensées tellement étranges que je me demande si je ne suis pas folle…

Il m'interroge du regard en tirant une taffe.

— Depuis mon accident, continué-je en sentant ma gorge se serrer, je ne cesse d'avoir des regrets, d'imaginer ma vie si je n'étais pas… comme ça.

Zack jette sa clope au sol d'un air triste, et j'en profite pour attraper son autre main pour la joindre à nos deux mains déjà liées sur mes genoux.

— Mais depuis que je te connais, je me dis que j'ai eu de la chance finalement. Si je n'étais pas dans cet état, je n'aurais jamais rencontré la personne extraordinaire que tu es.

Je n'ai jamais vu Zack aussi vulnérable. Ses yeux s'embuent, et il baisse la tête comme pour cacher ses émotions.

— C'est de la folie, je sais, dis-je en riant de moi-même. Mais c'est ce que je ressens quand je suis avec toi.

Zack relève la tête pour m'observer, perplexe. Puis il approche son visage du mien pour effleurer mes lèvres des siennes. Il y dépose un léger baiser, aussi doux qu'une plume, avant de reculer de nouveau.

— Sans doute la même folie qui fait que j'étais déçu en apprenant que mon épaule était guérie…

Oh, Zack !

Mon estomac fait un bond et ma tête se met à tourner. Si l'homme qui se tient en face de moi ressent ne serait-ce qu'un quart de ce que je ressens pour lui, alors je serai la femme la plus heureuse du monde.

Nous nous fixons avec tendresse tandis que mes pouces dessinent des cercles sur ses mains. J'espère juste que mes sentiments pour lui ne se reflètent pas sur mon visage. Ils sont trop puissants pour qu'il soit au courant, et il prendrait certainement peur devant tout ça.

Doucement, je retire mes mains et lui dis tout bas :

— Viens, on rentre maintenant.

Zack secoue vivement la tête avant de se mettre debout. Son visage semble se détendre, et un léger rictus réapparait au coin de ses lèvres.

— Allons d'abord faire nos achats. Ce soir, j'ai bien envie de manger le fameux plat au fromage dont tu m'as parlé…

Je lui adresse un sourire avant d'acquiescer, heureuse d'avoir réussi à l'apaiser. Alors que je place mes mains sur les roues de mon fauteuil pour retourner à l'intérieur, Zack me surprend en passant derrière moi pour prendre les commandes. Comme d'habitude, je m'apprête à lui dire que je préfère avancer seule quand il me tend sa main gauche, par-dessus mon épaule. J'hésite une seconde en fixant sa paume et je finis par l'accepter.

Et nous rentrons ensemble, main dans la main.

Chapitre 45 – Callie

Après avoir terminé mes emplettes dans une ambiance légèrement tendue, nous avons repris le chemin du centre, et nous voilà maintenant arrivés sur le parking. Les garçons ne se sont pas plus parlé qu'au début, mais j'ai remarqué que mon frère regardait Zack de façon moins agressive. Zack, de son côté, est resté distant, mais n'a pas joué la carte de la provocation, et je l'en ai remercié discrètement en caressant sa main de mon pouce. En même temps, je pense que les petites marques d'attention qu'a Zack envers moi, comme passer sa main sur ma joue ou déposer un léger baiser vers mon oreille lorsqu'il s'abaisse à ma hauteur pour me parler, n'ont pas échappé au regard insistant de mon frère.

Il va peut-être bien finir par comprendre que Zack n'est pas un mauvais garçon. Enfin, pas tout le temps.

Quand nous arrivons devant l'entrée, Zack presse mon épaule, et ce simple contact me rassure tout en me faisant comprendre qu'il va s'éclipser d'ici peu.

— Bon, je vous laisse, lance-t-il, en se retournant en direction de sa chambre.

Qu'est-ce que je disais !

— À bientôt ! lui jette Jenna enjouée, alors que mon frère lève juste la main pour être poli.

Nous nous retrouvons tous les trois comme au bon vieux temps, mais mon frère ne nous laisse pas dire quoi que ce soit. Il s'approche et se penche vers moi.

— Je suis désolé pour tout à l'heure, sœurette, je m'inquiète pour toi, c'est tout.

Je pose mes mains sur son visage avant de le rassurer :

— Tout va bien, Gab, tu peux me faire confiance.

— Je t'aime, prends soin de toi ! termine-t-il en me déposant un baiser sur la joue.

Il se relève et se tourne vers Jenna.

— Je t'attends dans la voiture.

Gabriel nous connait par cœur et a bien compris que nous avions besoin d'échanger entre filles. Je propose donc à Jenna d'aller nous installer dans le parc, et elle me suit, même si, bien évidemment, elle connait déjà les lieux pour y avoir passé quelques après-midi avec moi pendant ma convalescence, la première fois.

— Eh ben, veinarde ! commence-t-elle en me mettant un coup de coude.

Je fais mine de ne pas comprendre ce à quoi elle fait allusion alors que je sais parfaitement où elle veut en venir.

— Tu as un vrai garde du corps à tes côtés ! Et pas le plus moche…

Je pouffe face à sa remarque.

— Zack est tellement…

— Oui, je pense avoir compris. Tu es complètement accro, quoi ! me coupe-t-elle hilare.

Je rougis d'entendre mon amie poser des mots sur ce que je ressens pour lui et que je n'arrive pour l'instant pas à évoquer moi-même tout haut. Je dois vraiment être transparente.

— Disons que j'adore passer du temps avec lui. Il m'a fait évoluer et tu sais que… j'ai réussi à marcher grâce à lui !

— Quoi ?! crie-t-elle sans se soucier de ceux qui nous entourent.

— Oui, j'ai fait quelques pas pendant ma séance.

Jenna me serre alors dans ses bras avec un sourire radieux. Elle semble très émue pour moi et je suis touchée.

— Et je me suis baignée aussi.

— Hein ? lâche-t-elle en écarquillant les yeux, la bouche grande ouverte.

Je me triture les mains, gênée de ne pas lui en avoir parlé avant. C'est vrai que je suis comme dans un petit cocon ici, et que je n'ai partagé mes exploits avec personne depuis que j'ai rencontré Zack, de peur des critiques à son égard. Mais avec Jenna, ce n'est pas pareil. Je sais que je peux parler librement, sans jugement.

— Cet homme a des pouvoirs magiques, ce n'est pas possible ! Ou alors il embrasse comme un Dieu ?

Alors là, je vire au cramoisi. Ça fait tellement longtemps que je n'ai pas parlé de ce sujet, même avec ma meilleure amie. Elle m'a pourtant déjà connu en couple et à l'époque, nous partagions tout, voire peut-être même trop. Mais depuis mon accident, nous n'avons jamais abordé ma vie intime. En même temps, il n'y avait rien à dire !

— Hé, ça va, Callie, tu ne vas pas être gênée devant moi quand même !

— C'est que ça fait tellement longtemps que je ne me suis pas sentie aussi bien. Ça me fait peur.

— Peur de quoi ?

— De tout ! Zack est trop bien pour moi, et il risque de se lasser de tout ça ! dis-je tristement en montrant mon fauteuil.

— Parce que tu crois que si ça le gênait, vous en seriez là aujourd'hui ?

Je baisse la tête et ne réponds rien. Simplement parce que je n'ai pas de réponse à cette question.

— Regarde ce qu'il s'est passé avec Alec, dis-je, dépitée de repenser à cette partie de ma vie d'avant.

— C'est différent, Alec et toi, vous étiez jeunes, et il n'a pas supporté de te voir changer. C'est un lâche, il a eu peur ! Zack ne te connait que comme tu es aujourd'hui, et si tu ne lui plaisais pas, crois-moi, il ne serait pas avec toi. Parce qu'avec la gueule qu'il a, je suis sûre qu'il claque des doigts et elles arrivent toutes en courant.

Rien que de penser à ça, une trainée de frissons de dégoût me parcourt jusqu'à provoquer un tremblement malgré moi.

— En tout cas, je suis super heureuse pour toi. Et ce côté *bad boy* tatoué… même si c'est loin de plaire à tes proches, je trouve ça hyper sexy, moi !

Je ris à mon tour et prends la main de mon amie pour lui montrer que j'apprécie son soutien. « Sexy » est exactement le mot qui correspond à Zack, mais ce qui est encore plus touchant, c'est qu'il l'est malgré lui. Toujours habillé décontracté et coiffé à moitié, il est l'incarnation même du sex-appeal.

Maintenant que nous parlons de Zack, une autre question me vient en tête, mais je n'ose pas lui poser.

— Qu'est-ce qui te tracasse, Call ?

Cette fille lit en moi comme dans un livre ouvert, parfois, c'est déstabilisant.

— C'est que…, bafouillé-je, en me grattant les petites peaux des ongles.

Jenna attend silencieusement tout en soutenant mon regard. Je suis sûre qu'elle se doute de quoi il s'agit, mais elle me laisse me débattre avec mon embarras.

— Tu sais, avec Zack, on est de plus en plus proches.

— Hum, hum…

— Et… je… enfin, je me demandais comment faire si… enfin, si c'est possible…

— Quoi ? De faire l'amour avec lui ?

Voilà la phrase qui fait de nouveau monter la vague de chaleur jusqu'à mes joues pour me rendre écarlate.

— Y a pas de mal à vouloir se faire du bien, Callie ! me chuchote mon amie en se rapprochant de moi. Je ne vois pas où est le problème. Tu es une femme comme une autre après tout.

— Oui, mais je ne sais pas si ce n'est pas dangereux ou encore si ça peut fonctionner, tu vois ?

Jenna se met alors à rire en imaginant ce à quoi je fais allusion et je la rejoins aussitôt. Nous nous marrons jusqu'à en avoir mal au ventre, et ce fou rire libérateur me fait le plus grand bien.

— Pourquoi tu ne demandes pas à ton médecin ?

— Le docteur Crown ? demandé-je en grimaçant. C'est trop gênant !

— Mais non, rien n'est tabou dans leur métier ! Ça fait partie de la vie.

— Tu as raison… mais…

— Mais quoi ?

— Imagine que je ne ressente… rien !

— Le seul moyen de savoir, c'est d'essayer. Mais vu de qui on parle, je doute que tu restes de marbre face à un spécimen dans son genre.

J'adore la franchise de mon amie !

Nous nous mettons de nouveau à rire pendant que Jenna se relève du banc.

— Je vais peut-être y aller… parce que Gaby est gentil, mais il a déjà pris sur lui aujourd'hui, donc faudrait pas abuser non plus.

— Tu as raison, file !

Nous nous embrassons et tandis qu'elle repart en direction du parking, elle se retourne pour me lancer :

— La suite au prochain épisode !

Même si ses haussements de sourcils plus que suggestifs me font sourire, je sens mes boyaux se tordre à cette idée.

Chapitre 46 – Callie

Bien qu'aujourd'hui soit le dernier jour au centre pour Zack, je décide de rester positive et de profiter au maximum du temps qu'il nous reste à passer ensemble. « Profiter sans se prendre la tête. » Je tente donc le plus possible d'appliquer son adage à mon quotidien.

En outre, la conversation que j'ai eue avec Jenna, suivie par la soirée de rêve que j'ai passée aux côtés de celui qui me fait vibrer, ont suffi à me convaincre de poser la question qui me turlupine.

Tout en me préparant, je me remémore notre moment passé en cuisine, hier soir. Ce qui est fou, c'est que je n'ai presque plus peur d'enfreindre les règles et de m'immiscer dans un endroit interdit. Je sais qu'on risque gros si on se fait attraper, mais étrangement, cela m'encourage encore plus ! L'adrénaline de faire des choses censurées avec Zack me galvanise à un point que je n'aurais jamais imaginé.

J'avais mis tous mes achats dans mon sac à dos, et tels des voleurs, on est entrés dans la cuisine pour que je prépare une recette vite faite pour mon blog. J'ai donc décidé de faire un soufflé au fromage. Zack m'a assisté, comme la première fois, dans le plus grand sérieux, mais cette fois, c'est moi qui avais du mal à rester concentrée. Tous ses gestes dégageaient une sensualité qui me perturbait plus que de raison. C'est complètement ridicule, mais le voir se mettre sur la pointe des pieds pour attraper un objet, laissant découvrir le bas de son ventre me poussait à détourner le regard, sans parler de sa façon suggestive de se lécher les doigts. Je suis sûre qu'il le faisait exprès et c'était tout simplement super excitant !

Mon Dieu, rien qu'en y repensant, j'ai des bouffées de chaleur.

Le summum a été quand j'ai sorti le soufflé du four et qu'il m'a demandé si une fois qu'il avait monté, il allait redescendre. Je suis alors partie dans un fou rire qu'il n'a pas tout de suite compris, mais quand il s'est lui-même rendu compte que ses paroles avaient un double sens, il m'a rejointe et nous avons ri aux larmes. C'est ce que j'aime chez Zack. Avec lui, je peux être naturelle, sans filtre. Et puis je dois dire que j'ai l'esprit complètement embrouillé et que mes pensées ne sont pas forcément celles que j'ai en temps normal.

Quand Zack m'a soulevée pour me poser sur le plan de travail avant de se poster entre mes jambes, j'ai eu beaucoup de mal à me contenir. Ses bras accrochés autour de ma taille et nos visages étant à la même hauteur, nous avons cessé de jouer au chat et à la souris à grand renfort d'embrassades passionnées. Il me suffit d'y repenser pour revivre cette scène hors du commun. J'avais envie de tellement plus ! Lui aussi visiblement, mais il fait preuve d'un self-control dont je suis admirative. Je me demande encore comment nos seuls rapprochements le satisfont, même s'ils deviennent de plus en plus pressants. Monsieur est un vrai gentleman finalement, et je lui suis très reconnaissante de me respecter à ce point. C'est tellement bon de se sentir désirée après tout ce temps pendant lequel ma vie intime a hiberné.

C'est pourquoi ce matin j'arrive en avance à ma séance. J'ai besoin de parler au docteur en privé. Tout en me rapprochant de la porte, je me demande encore comment je vais aborder le sujet, c'est tellement gênant d'évoquer ça !

Évidemment qu'il me connait depuis le début, mais je n'ai pas l'habitude de parler de ma vie privée et encore moins avec mon médecin.

— Oh ! Tu es déjà là, Callie ? m'interroge le docteur Crown en vérifiant l'heure à son poignet. Entre et installe-toi !

Mon kiné me salue du fond de la salle tout en préparant le matériel.

Je me sens rougir alors même que je n'ai pas encore ouvert la bouche.

Ça commence bien !

Je baisse le visage sur mes jambes alors que mon cerveau est en ébullition pour trouver comment je peux formuler ma question. Le médecin voit tout de suite que quelque chose ne va pas et s'approche pour me demander :

— Tout va bien ? Tu n'as pas l'air dans ton assiette.

— Euh… C'est que… j'ai quelque chose… enfin, je ne sais pas…

Allez, courage !

— C'est ta séance qui te stresse ?

— Non, ce n'est pas ça ! J'ai une question à vous poser.

Le docteur se penche vers moi en comprenant que je ne veux pas parler trop fort. Je me triture les doigts avant de me passer une main sur le front. J'ai l'impression que le chauffage a été augmenté dans la pièce et je tente de respirer par à-coups pour me calmer. Je pose ensuite mes mains sur mes cuisses tout en me demandant comment aborder le sujet sans pour autant utiliser des mots trop directs, qui me mettraient vraiment dans une position délicate. En même temps, je n'ai pas trente-six solutions pour parler de ça !

Le médecin attend patiemment en face de moi. Je relève la tête pour affronter son regard en prenant une grande inspiration.

— Voilà, je voulais savoir si je pouvais… aller plus loin avec un garçon… enfin… vous voyez ?

Dieu, comme c'est embarrassant !

Je crois que je n'ai jamais été aussi gênée de ma vie. Je baisse illico la tête sur mes jambes tout en mordant l'intérieur de ma joue. Si je pouvais disparaitre immédiatement, je le ferais.

Je suis dans une position tellement désagréable ! Je ne sais pas pourquoi je pense à ça maintenant, mais j'espère juste qu'il n'en parlera pas à mes parents. Ce serait la totale !

J'ai la sensation que les secondes qui passent durent des heures et qu'au fur et à mesure, mon stock de transpiration augmente de façon exagérée.

— Bien sûr, Callie.

Quoi ?!

Je relève vivement la tête dans sa direction, et tout le sang monté jusqu'à mes joues redescend instantanément.

Alors, c'est possible ?

— Il n'y a aucune contre-indication de ce côté-là, continue-t-il en souriant. Peut-être seulement prévoir une bonne lubrification au départ et tout ira bien.

Le docteur Crown parle d'une manière si bienveillante et professionnelle que j'en perds ma pudeur.

— Et est-ce que vous pensez que… enfin… est-ce que je ressentirai des choses ?

— Non, pas comme avant, avoue-t-il. Mais étant donné que tu souffres d'une paraplégie incomplète, tout est possible avec de la patience, même l'orgasme !

Je me sens de nouveau défaillir. D'une, en entendant ce mot sortir naturellement de sa bouche, et de deux, d'imaginer Zack me procurer ce genre de plaisir.

— Merci, Docteur.

— Oh, une dernière chose ! dit-il alors que je m'apprête à me retourner. Pour commencer, il serait bien que ton partenaire agisse avec lenteur et douceur.

Son sourire équivoque me fait rougir violemment.

Je suis persuadée qu'il parle de Zack et alors là, c'est encore plus intimidant. Je tente de sourire de manière naturelle, mais il m'est impossible de soutenir le regard du soignant qui m'observe de façon plutôt paternelle, finalement.

Au fond de moi, j'ai envie de hurler de joie, mais mon éducation m'oblige à rester correcte. Et heureusement d'ailleurs, sans quoi je passerais pour une aliénée.

— On peut commencer ? demandé-je à mon kiné, qui a certainement fait semblant de ne pas écouter notre conversation et qui m'attend avec mon équipement.

Je secoue la tête pour faire redescendre la pression, mais je n'arrive pas à me départir de ce sourire niais sur mon visage. C'est comme si on m'avait ôté encore un poids de la poitrine !

Si on m'avait dit un jour que je serais à la limite de l'euphorie en apprenant que je pouvais avoir des relations intimes, je ne l'aurais pas cru.

Je ne sais pas si c'est justement le fait d'avoir appris cette bonne nouvelle, ou bien mes efforts sans relâche qui paient, mais cette séance se déroule beaucoup mieux que les autres, et je réussis de nouveau à enchainer quelques pas.

On est loin du cent mètres – et d'ailleurs ça n'arrivera probablement jamais –, mais je suis fière de ce que j'arrive à faire et le personnel médical aussi. Je ressors de là avec le sourire et décide de rejoindre Zack plus tôt que prévu.

Vu l'heure qu'il est, il doit terminer sa dernière séance de balnéo. Je file en direction du bâtiment. L'air extérieur est de plus en plus chaud et sentir le soleil sur ma peau me fait un bien fou. J'arrive vers les vitres donnant sur la piscine et je stoppe mon fauteuil à l'abri d'un arbre pour regarder à l'intérieur. Je remonte mes cheveux en un chignon désordonné tout en me penchant en avant pour mieux voir.

Il n'y a pas si longtemps, le simple fait de m'approcher de ce grand bassin, même derrière une vitre, m'aurait été impossible, mais désormais, j'arrive même à regarder à travers la fenêtre sans ressentir cette sensation de grand vide.

Il ne me faut pas longtemps pour retrouver la silhouette de celui qui me donne chaud dès que je pose le regard sur lui. Même de dos, j'arrive à le reconnaitre. L'eau lui arrive juste sous les omoplates, et il fait des mouvements circulaires avec son bras. Je remarque qu'il n'a en effet aucune difficulté à effectuer les exercices. Ses trapèzes se contractent, faisant ressortir sa musculature développée. Il se retourne ensuite dans ma direction, mais ne me voit pas. J'ai l'impression d'être une espionne, mais c'est plutôt agréable d'assister à un spectacle comme celui-ci.

Je deviens complètement cinglée !

Tous ses tatouages sont largement visibles, ce qui lui donne un air de mauvais garçon qui me fait frissonner. C'est vrai qu'il est hyper sexy…

Zack étire ses deux bras au-dessus de sa tête et c'est à ce moment-là qu'il m'aperçoit. Son regard s'accroche directement au mien et, une fois la surprise passée, je lui adresse un signe de la main qui lui tire un léger sourire.

Il termine alors son exercice sans me lâcher des yeux et mon squelette se transforme en branche sèche à laquelle on aurait mis le feu. C'est fou comme la puissance de son seul regard peut m'embraser.

Zack se retourne ensuite pour sortir du bassin et attraper sa serviette. Je bloque carrément sur son maillot de bain. Je reste bouche bée de voir que même ce genre de slip démodé lui va bien ! Ses fesses musclées sont encore mieux mises en valeur par ce bout de tissu fin, faisant ressortir ses jambes fuselées.

Bon sang, ce qu'il est canon !

Il enroule rapidement sa serviette autour de sa taille et me fait signe qu'il regagne les vestiaires. J'acquiesce et je souffle tout en me dirigeant vers l'entrée du bâtiment.

J'adosse mon fauteuil au mur de l'entrée et je positionne mes écouteurs en attendant que Zack sorte. Je ferme les yeux tout en me laissant bercer par une des musiques que Zack a enregistrées dans ma playlist. Alors qu'un petit air balaie mon visage, je profite de l'instant en laissant mon esprit divaguer. Je suis cependant vite réveillée par un baiser rapide déposé directement sur mes lèvres. Quand j'ouvre les yeux, je suis face à un Dieu vivant. Son tee-shirt gris laisse apparaitre ses pectoraux développés, et il porte son sac négligemment sur une épaule. Sans parler de ses cheveux encore mouillés, qui me donnent envie de plonger mes doigts dedans.

Son sourire mutin témoigne qu'il est visiblement content que je sois venue le chercher, ce qui me rassure.

— Ça va ? m'interroge-t-il en posant sa main sur mon épaule.

— Très bien, et toi ?

Il opine du chef et commence à avancer en me faisant signe de le suivre. En silence, nous allons instinctivement nous poser dans notre coin à nous pendant qu'il allume une clope.

— Sympa, le modèle poutre apparente ! ne puis-je m'empêcher de glousser en faisant référence à son maillot de bain.

Il relève la tête dans ma direction en riant à son tour.

— Impressionnée ? me rétorque-t-il d'une voix suave tout en me lorgnant du coin de l'œil.

Encore un coup de chaud ! Mon cœur ne va pas supporter tous ces saltos à force.

— Ce maillot de bain trop serré est un supplice, mais je n'ai pas le choix.

— Non, je t'assure, ça te va à merveille !

— Vas-y, moque-toi…

Il rit tout en tirant de nouveau sur sa clope sans me lâcher des yeux. Je ne sais pas à quoi il pense, mais il semble apaisé et heureux. Est-ce que c'est moi qui lui fait cet effet ?

— Une séance de yoga, ça te tente ? J'ai peur que ça te manque après, le taquiné-je.

— Ça aurait été avec plaisir, mais j'ai ma dernière séance de kiné. Dommage.

Nous nous sourions et quand il se relève, il se baisse pour venir capturer ma bouche. J'accroche immédiatement mes mains autour de sa nuque pour approfondir notre baiser, et Zack glisse ses mains entre mes bras pour attraper mon visage. Son souffle est saccadé tandis que nos bouches ne font qu'une. Il se recule ensuite légèrement pour me déposer un baiser sur le bout du nez.

— On se rejoint plus tard.

Puis il se redresse et me laisse pantelante et plus excitée que jamais.

***

Pendant le diner, nous avons discuté comme d'habitude, de tout et de rien, mais sans jamais aborder le sujet de l'« après-centre ». Nous nous sommes plutôt remémoré les bons souvenirs et surtout l'improbabilité de notre rapprochement. Aucun de nous deux ne sait poser de mots sur ce qu'il s'est passé, mais toujours est-il que nous sommes bien ensemble et c'est tout ce qui compte.

Zack a rapidement évoqué le fait qu'il appréhende un peu de retrouver son quotidien, mais je me suis contentée de le rassurer en lui rappelant qu'il allait pouvoir revoir sa petite sœur.

Maintenant que je suis seule dans ma chambre, je sais que Zack va venir me rejoindre d'ici peu, mais cette fois, je veux marquer le coup et certainement pas de la façon à laquelle il s'attend.

Chapitre 47 – Zack

Demain, c'est le grand départ pour moi, et je dois avouer que rien que de penser à ça, j'ai mal au bide. Évidemment, je suis content de sortir d'ici parce que ça veut dire que mon épaule va mieux, mais d'un autre côté, j'ai pris goût à être coupé du monde, laissant toutes mes emmerdes à l'extérieur du centre. Je me suis créé une nouvelle vie, certes pas idyllique, mais qui me convient en grande partie.

Je sors mes affaires du placard et les étale sur mon lit avant d'aller prendre une douche pour me changer les idées. Je rangerai après. Indirectement, je ne fais que repousser la préparation de ma sortie.

En fait, je n'ai qu'une hâte, comme tous les soirs d'ailleurs : aller rejoindre Callie dans sa chambre. J'adore les moments qu'on passe en tête à tête dans son lit. On discute, on rigole, on profite l'un de l'autre sans se prendre la tête, et c'est ce que j'aime chez elle. Elle n'est pas comme toutes les nanas que j'ai connues. Et puis me retrouver dans ses draps avec son odeur de vanille me réconforte. Bref, près d'elle, je me sens bien.

Quand je sors de la douche, j'enfile rapidement mon short en coton gris et me frotte les cheveux avec la serviette quand on frappe à la porte. Je pose alors la serviette sur mes épaules avant d'aller ouvrir.

Est-ce que j'ai oublié de signer quelque chose ?

En ouvrant, m'attendant à tomber sur une infirmière ou un des soignants du centre, je reste scotché. Celle que je n'attendais pas se trouve là en face de moi. Je mets quelques secondes à réagir tant ses yeux verts m'hypnotisent. Ses longs cheveux châtains encadrent son visage de poupée. Elle s'est légèrement maquillée, ce qui fait ressortir largement ses iris émeraude. Ses lèvres brillantes et pulpeuses forment à elles seules un appel à la luxure.

Évidemment, ce qui me saute aux yeux ensuite, c'est son putain de décolleté ! Callie n'a jamais porté ce type de vêtement auparavant, et là, son simple tee-shirt corail plutôt échancré laisse entrevoir le haut de sa poitrine.

Elle est juste à tomber !

Bien qu'elle soit timide et que la couleur de ses joues s'apparente à celle de son haut, elle me fixe avec un petit sourire en coin.

— Bonsoir…

Sa voix douce et légèrement enrouée me fait frissonner.

— Entre.

J'ouvre la porte en grand et Callie avance dans ma chambre, qui est en grand bordel ! Quand je la referme, je souffle un grand coup. *Du calme…*

— Normalement, c'est pas ça les règles du jeu…, lui dis-je en souriant.

— Les règles sont faites pour être transgressées, non ? me répond-elle du tac au tac.

Quelque chose a changé dans le regard de Callie, et je vois bien que cette fois, elle ne se dérange pas pour me mater sans aucune retenue. Elle fixe mon torse avec envie et je dois dire que ça me fait quelque chose.

Je dépose la serviette dans la salle de bains et pousse rapidement les tas de fringues posés sur mon lit.

Pour la première fois, Callie me tend les bras pour que je la porte. Je la soulève alors pour la prendre contre moi et nos regards restent accrochés l'un à l'autre dans un silence qui fait monter la pression. Elle me dépose alors un baiser sur la joue, puis un autre, et je ne peux alors pas m'empêcher de tourner la tête pour attraper ses lèvres. Ses bras se crochètent autour de ma nuque et elle m'embrasse de façon inédite.

Pour une fois, elle prend les commandes et je me laisse porter par son baiser sulfureux. Quand elle rompt le contact, j'ai du mal à revenir sur terre tant elle m'a emmené loin. Je crois, et pourtant je ne suis pas né de la dernière pluie, que je ne me suis jamais laissé aller comme ça.

Je la dépose délicatement sur le lit, mais ses mains ne quittent pas mon cou, et elle fait d'ailleurs glisser ses doigts dans mes cheveux. Mon corps tout entier se couvre de chair de poule. Ses yeux sont toujours accrochés aux miens et ses lèvres gonflées ne me donnent qu'une envie : replonger dessus, ce que je fais dans la seconde qui suit.

C'est trop bon !

Elle m'attire alors contre elle et je me retrouve au-dessus de son visage, appuyé sur mes avant-bras. J'adore la rendre folle en jouant avec mon nez contre le sien ou encore en la frôlant légèrement avec. À plusieurs reprises, elle essaie de me croquer, mais je me recule et elle rate son coup, ce qui la fait rire. Et je ne me lasse pas de ce putain de son qui m'emmène encore plus loin.

Malgré moi, mon corps réagit rapidement à notre rapprochement, qui est en train de déraper. Callie ne se gêne absolument pas pour passer ses mains sur mon torse, puis mon dos. Jusqu'à les plaquer directement sur mon cul.

Eh ben !

Elle qui est d'ordinaire plutôt réservée, devient carrément entreprenante. Et j'adore ça ! À mon tour, je la caresse sur tout le haut du corps jusqu'à glisser ma main sous son tee-shirt. Sa peau est douce et elle continue ensuite à me déposer des baisers sur la mâchoire, puis dans le cou pendant que j'effleure ses seins.

— Putain, Callie ! haleté-je. Tu me rends fou.

Je l'embrasse dans le cou et le petit gémissement qu'elle laisse échapper me conforte dans mon initiative. Je continue en descendant dangereusement en direction de sa poitrine qui m'accueille de façon plutôt claire. Alors que j'ai envie d'aller beaucoup plus loin, j'attrape ses mains et je les plaque à côté de son visage en reprenant mon souffle bruyamment.

C'est trop dur de lui résister !

Ses yeux sont brillants de désir, et je fais tout pour calmer mes pulsations cardiaques.

— Bébé…

Callie m'arrête en me volant un baiser avant de chuchoter contre mes lèvres :

— J'ai envie de toi, Zack.

Mon cerveau vrille à ce moment-là. Elle est si belle, si tendre, si… tout ! Moi aussi, j'ai envie d'elle, mais l'environnement me procure un blocage.

— Tu sais, je peux, il n'y a pas de souci, me rassure-t-elle en me regardant comme si elle jouait sa vie.

Je fronce légèrement les sourcils. À vrai dire, je ne m'étais jamais posé la question de savoir si c'était possible ou non. Pour moi, le sexe a toujours été une évidence.

— Je… c'est juste que…, dis-je en secouant la tête. Pas ici, bébé. Pas dans une chambre d'hôpital.

Callie m'interroge du regard et semble déçue par ma réponse avant de détourner le regard.

Je prends alors son visage dans ma main droite.

— Callie, regarde-moi !

Ses yeux s'embuent légèrement et sa lèvre inférieure frémit. Je l'attrape avec ma bouche et aspire toute sa déception. Je veux qu'elle comprenne pourquoi j'agis comme ça. Évidemment que moi aussi, je n'attends que ça depuis bien longtemps, mais j'ai trop de respect pour elle pour faire ça ainsi.

— Je ne veux pas faire n'importe quoi. Pas avec toi.

Elle s'accroche alors à mon cou et me serre fort. Je pense qu'elle a compris mon choix, mais maintenant, il faut que j'arrive à faire retomber la pression dans mon caleçon.

Nous continuons à nous embrasser tendrement et je comprends à travers ses baisers qu'elle n'est pas en colère contre moi.

Après avoir repris nos esprits, je m'allonge à côté d'elle, sa tête posée sur mon épaule. Je suis tellement bien. Il n'y a pas de meilleur endroit que là, collé à elle. Je respire son odeur à pleins poumons tandis que sa main est posée sur mon cœur. Si elle analyse la vitesse à laquelle il bat, elle comprendra largement ce que je ressens.

— Tu sais que j'ai remarché aujourd'hui, déclare-t-elle tout en levant le visage.

— C'est super ! lui dis-je en lui déposant un baiser sur le front. Une vraie battante.

Elle repose sa tête et pendant quelques secondes, nous restons silencieux.

— Et puis… ne t'étonne pas si le docteur Crown te regarde bizarrement.

Je sens que son visage se crispe en un sourire moqueur. Je soulève mon torse pour qu'elle me regarde dans les yeux.

— C'est lui qui m'a dit que c'était possible à partir du moment où mon partenaire était doux.

— T'es sérieuse, t'as parlé de ça avec lui ?

Je me marre en imaginant la conversation avec son doc. Perso, je n'aurais jamais pu demander à quelqu'un si je pouvais m'envoyer en l'air.

Cette fille a un petit côté barré quand même !

Elle joint son rire au mien et nous mettons quelques minutes à nous calmer.

— Arrête de te foutre de moi ! reprend-elle en me pinçant les côtes.

Je me retourne alors pour lui faire des chatouilles et elle se tord dans tous les sens en riant sans aucune retenue. Elle est trop belle quand elle est heureuse. J'arrête net mes mains et prends son visage pour l'embrasser à nouveau. Je ne suis jamais rassasié de sa bouche. Sa main baladeuse réveille de nouveau des sensations en moi, que je tente de réprimer comme je peux.

J'attrape alors mon téléphone et je glisse un écouteur dans son oreille. Je lance ensuite une musique de ma playlist et *Cold* de Mating Ritual résonne dans nos oreilles, nous berçant de la meilleure des façons.

La respiration de Callie devient régulière et je vois ses yeux fermés. Quelques secondes plus tard, son visage paisible s'alourdit sur mon torse. Je regarde le plafond et, à ce moment-là, je suis juste heureux.

Tellement, qu'au bout de plusieurs musiques et quand je suis sûr que Callie dort profondément, je me saisis de mon téléphone pour faire quelque chose que je n'ai jamais voulu faire jusqu'à maintenant.

Chapitre 48 – Callie

Mes paupières papillonnent au moment où j'entends du bruit, au loin. Toujours amorphe, je ne bouge pas tant je suis bien dans mes draps qui sentent l'odeur de…

— Zack ?! m'écrié-je en me redressant subitement.

Malgré la pénombre de ce début de journée, et même si les chambres se ressemblent toutes, je reconnais tout de suite celle de son propriétaire. Surtout quand mes yeux dérivent sur le sol où trainent toutes sortes d'affaires.

Oh, mon Dieu ! J'ai passé la nuit ici, avec lui. Dans son lit.

J'entends le bruit de l'eau qui coule dans la salle de bains et en déduis que Zack prend sa douche. Totalement paniquée, je serais bien sortie précipitamment, mais mon fauteuil est à l'autre bout de la pièce. Je n'ai d'autre choix que d'attendre qu'il revienne. C'est dans ces moments-là que je me sens le plus faible. Complètement incapable.

Je me redresse et remets de l'ordre dans mes cheveux ébouriffés. Je me donne une claque sur chaque joue, histoire de ne pas ressembler à une déterrée au réveil. Parce que c'est bien la première fois que je vais me retrouver face à Zack au saut du lit. Au bout d'un long moment à me ronger les ongles en me demandant à quoi je ressemble, Zack apparait enfin, vêtu d'un simple boxer blanc qui me fait oublier instantanément mes pensées moroses. Je me retiens de faire courir mes yeux sur sa silhouette parfaite, mais, malgré moi, mon regard s'attarde quelques secondes sur son entrejambe.

— Bien dormi ? me demande-t-il avec un léger sourire railleur.

Je secoue la tête avant d'ouvrir la bouche :

— Zack, pourquoi tu ne m'as pas réveillée ? Comment je vais faire maintenant pour retourner dans ma chambre sans me faire griller ? Oh, bon sang ! L'infirmière de jour ne devrait pas tarder à arriver et…

— Callie, me coupe-t-il tout en s'approchant du lit. Tout va bien, ne t'inquiète pas. Tu dormais si paisiblement que je n'ai pas eu envie de te réveiller. Et personne ne vient jamais ici le matin, ne t'en fais pas.

Je hoche la tête en tentant de calmer mon stress.

— Tu peux m'approcher mon fauteuil, s'il te plait ?

Zack jette un bref regard à celui-ci avant de venir jusqu'à moi.

— J'ai une bien meilleure idée, murmure-t-il en se penchant pour poser ses mains sous mes hanches.

Ses cheveux mouillés viennent chatouiller mon front en laissant quelques gouttes d'eau au passage. Tandis que je m'accroche à ses épaules, Zack me soulève en passant ses bras autour de ma taille, de manière que je sois debout, collée contre lui.

Mon regard planté dans le sien, je déglutis en sentant son corps chaud et encore humide sur mon tee-shirt.

— J'adore ça.

Zack hausse un sourcil interrogateur.

— Quand tu me portes, expliqué-je. Quand tu es contre moi. Quand tu me regardes comme ça. Quand…

Il ne me laisse pas terminer ma phrase en plaquant sa bouche contre la mienne, et nous échangeons un long baiser qui enflamme ma poitrine.

— Quand tu m'embrasses, continué-je sur ses lèvres, les yeux clos.

Zack soude son front au mien en me serrant encore plus fort et c'est à ce moment précis que je prends conscience qu'il est presque nu contre moi. Je ne sais pas s'il s'en rend compte aussi, mais il nous fait reculer jusqu'à mon fauteuil pour m'y déposer délicatement. Quand il se redresse, je détourne le visage de son membre qui semble avoir doublé de volume.

Bien qu'il m'ait repoussée hier soir, je suis soulagée de voir que je lui fais quand même de l'effet. J'ai envie de lui faire confiance et de croire en ce qu'il me dit, mais une petite partie de moi a peur qu'il ne veuille pas de moi pour une autre raison. Celle de coucher avec une invalide.

Le mal-être que me causent ces pensées est décuplé lorsque j'aperçois son sac de voyage, près de la porte. Avec tout ça, j'avais presque oublié qu'il partait aujourd'hui.

— Ça va, bébé ?

Je tourne la tête vers lui et, Dieu merci, il est enfin habillé. Vêtu d'un jean et d'un simple tee-shirt noir, il est toujours aussi sexy.

— Ouais, je… on se retrouve dans le hall ? Il faut que je retourne dans ma chambre pour me changer.

— Pourquoi ? m'interroge-t-il en observant ma tenue, les sourcils froncés.

Je porte un legging aussi cintré que mon haut qui dévoile mon 90 C – moi qui ne portais plus que des vêtements amples – et il ose me demander pourquoi ?!

En me voyant remonter mon tee-shirt pour couvrir ma poitrine, il semble comprendre et secoue la tête en riant. Puis il s'approche de moi pour me déposer un rapide baiser sur le bout des lèvres.

— Moi, j'adore ta pudeur, tu le sais, ça ?

Je hausse les épaules sans savoir quoi répondre, et il ouvre la porte avant de jeter un œil dans le couloir.

— La voie est libre. On se retrouve dans vingt minutes ?

J'évite de lui expliquer que, contrairement à lui, il me faut bien plus de temps pour me laver seule et acquiesce avant de sortir. La douche sera pour plus tard !

En longeant les murs telle une voleuse, je retrouve le sourire. Encore une situation improbable dans laquelle je ne me serais jamais imaginée.

***

Une fois changée, je rejoins l'accueil avec les images de la veille en tête. Une fois de plus, j'ai l'impression d'avoir vécu une des plus belles soirées de ma vie. *Une des plus belles nuits, aussi.*

Mon sourire s'envole à l'instant où j'aperçois la raison de mon bonheur, plus loin. Accoudé au comptoir de l'accueil, Zack signe ses papiers de sortie tout en discutant avec l'intendante. Je reste immobile à le fixer, avec cette folle impression de déjà-vu. Il y a presque deux mois, je rencontrais ce même garçon, exactement au même endroit, et vêtu de la même façon. Mais aujourd'hui, il n'a plus cet air accablé sur le visage. Non, il semble serein et ravi. À tel point que je le surprends même en train de rire avec Mme Thomson. Dans ma tête et à une vitesse folle, une succession d'images de nous, de notre rencontre à aujourd'hui, défilent sans s'arrêter : mes pieds dans l'eau, nos escapades interdites, nous deux dans la mer… tant de choses improbables que je n'aurais pas pu faire sans lui.

Bien sûr, une partie de moi est contente de le voir comme ça, si heureux. Mais d'un autre côté, la raison qui le rend si joyeux me peine. Zack va retrouver sa vie d'avant.

Quand il en a terminé, il salue l'intendante, qui semble attristée de le voir partir. Malgré un début chaotique, je crois qu'elle a appris à l'apprécier, elle aussi.

Zack balaie le hall du regard et quand il me voit enfin, un léger sourire en coin s'étire sur ses lèvres. D'un pas lent, il s'approche de moi avant de poser son sac au sol.

— Si on faisait comme si on ne se quittait pas ? demandé-je, en tentant de ne pas pleurer.

Il se baisse alors à ma hauteur et pose son index sous mon menton pour me faire relever la tête.

— Mais on ne se quitte pas…

Je hoche la tête avant de tourner les yeux en direction de la grande porte vitrée menant à l'extérieur. Il se redresse pour regarder dehors.

— On sort ?

— Pour quoi faire ? m'interroge-t-il, perplexe.

— Bah, pour se dire au revoir ! Tu ne comptes tout de même pas…

Je m'arrête de parler en découvrant son sourire taquin. Bien sûr que c'est ce qu'il compte faire.

— Monsieur Je-me-fiche-de-tout-et-de-tout-le-monde…, murmuré-je en le voyant se pencher vers moi.

— Pas de tout le monde, rétorque-t-il en me déposant un bisou sur le bout du nez.

Je ris en me remémorant la fois où il m'a répondu la même chose, et nous échangeons un baiser aussi appuyé que doux. Bien que Mme Thompson – et sûrement bien d'autres – soit en train de nous observer, je m'en contrefiche et passe même mes mains derrière sa nuque pour la caresser du bout des doigts.

Avant de se redresser, il m'embrasse une dernière fois sur le coin des lèvres, et je sens de nouveau mon cœur se serrer en le voyant reculer vers la sortie. J'aimerais lui dire de m'appeler ou de m'écrire, mais je sais que ce n'est pas son style, alors je me contente de lever une main en l'air en lui lançant :

— À dans trois jours…

Un sourire accompagné d'un clin d'œil me répond, avant qu'il ne quitte définitivement les lieux.

Chapitre 49 – Zack

Passer le grand portail du centre me fout le même cafard que lors de mon arrivée. Je me retourne une dernière fois pour voir cet immense bâtiment tandis que le soleil qui se reflète sur les portes vitrées m'empêche de voir si Callie est encore là.

Quelques minutes après, Tyler arrive avec sa voiture complètement déglinguée, et je m'engouffre dedans.

— Ça va, mec ?

— Bien.

— Retour à la *casa* ?

— Hum, hum…

Je n'arrive pas à faire semblant d'être content de rentrer chez moi. Tyler le comprend et met de la musique pendant qu'il me ramène.

— Merci, mec, dis-je, une fois arrivé devant chez moi. On se voit plus tard ?

Mon pote sait pertinemment que quand je suis comme ça, il vaut mieux ne pas me poser de questions, donc il me fait un signe de la main et repart en direction de chez lui.

Quand je me retrouve face au taudis qui me sert de baraque, je n'ai vraiment pas envie d'y entrer. Je regarde autour de moi et constate que rien n'a changé depuis mon départ. Les maisons sont toujours aussi miteuses, des chiens errants fouillent les poubelles à la recherche de bouffe et les trottoirs sont bordés de déchets.

Retour à la réalité !

Je m'avance dans l'allée pour rejoindre la porte d'entrée et tombe immédiatement sur des dizaines de cadavres de bouteilles d'alcool. Avant même de rentrer, je les rassemble et vais les jeter dans le conteneur au bout de la rue.

Je pousse ensuite la porte qui bloque. Je mets alors un grand coup de hanche pour l'ouvrir entièrement. Sans surprise, rien n'a changé. La petite cuisine exiguë est juste plus sale que quand je suis parti, la vaisselle est en partie faite, et quand j'ouvre le frigo, je découvre avec horreur qu'il est à moitié vide. Immédiatement, je pense à ma sœur et me demande ce qu'elle a bien pu manger pendant tout ce temps.

J'avance jusque dans le salon où je retrouve mon père avachi dans son fauteuil, devant la télé.

— Ah, t'es là ? me lance-t-il de sa voix rauque sans quitter l'écran des yeux.

Sympa, l'accueil !

— Mia est à l'école ?

— Où tu veux qu'elle soit ?

Du calme, Zack...

Je prends une longue inspiration et m'apprête à quitter la pièce quand mon père grogne dans mon dos.

— Alors, le sportif est de retour ? crache-t-il en portant une bière à sa bouche. J'espère que t'as compris que courir après un ballon, ça servait juste à te fracasser !

Je bous intérieurement. Mes mâchoires sont tellement contractées que je suis à deux doigts de me péter une dent.

— Ça s'appelle une passion. Et ça me permet de gagner de l'argent.

Contrairement à toi, gros lard !

— Tu parles ! C'est pas comme ça que tu vas avancer dans la vie.

— Parce que c'est en se torchant la gueule qu'on avance, hein ?

Cette fois, son regard se tourne dans ma direction. Il s'essuie la bouche du revers de la main et je vois directement que son état a empiré depuis la dernière fois. Ses traits ont vieilli et il parait sale.

— Tu te prends pour qui, petite merde ? Qui tu es pour me parler comme ça ? demande-t-il en se levant pour se pencher vers moi.

Il pue l'alcool à plein nez et ce n'est pas la peur qui me fait reculer, mais son haleine de chacal. Nous nous affrontons du regard et aucun de nous deux ne cède. Je suis légèrement plus grand que lui et il ne m'impressionne pas, enfin plus depuis quelques années.

Seulement dix minutes que je suis là et j'ai déjà envie de lui sauter à la gorge !

Il se marre d'un rire gras et dégueulasse.

— Alors quoi, hein, fiston ? éructe-t-il en me fixant de ses yeux vitreux.

Mes poings sont serrés et je commence à sentir mes mains devenir moites. Mon sang s'épaissit au fur et à mesure des minutes qui passent et j'ai l'impression que de la lave coule dans mes veines. Bien que ma première envie ait été de lui exploser la tête, je me contiens en pensant à Mia.

— Tu me dégoûtes, lui envoyé-je en le scrutant de haut en bas.

Comment peut-on en arriver là ?

Et alors que je vais pour lui déballer ses quatre vérités, nous sommes stoppés par un claquement de porte.

— Zack !

J'ai à peine le temps de me retourner que ma sœur me crie dans les oreilles en me sautant dans les bras. Elle me serre sans me lâcher, comme si elle était soulagée.

— Ça va, toi ? demandé-je en l'attrapant par les épaules pour examiner son visage.

— Je suis trop contente que tu sois là !

— Moi aussi, je suis content de te voir.

— J'en avais un peu marre de manger des sandwichs au beurre de cacahuète ! me chuchote-t-elle à l'oreille.

Savoir que mon père ne se donne même pas la peine de faire un minimum à manger pour sa fille fait ressurgir ma colère.

— Mais tu ne devrais pas être à la cantine ?

— Papa n'a pas payé, répond-elle en tordant sa bouche de gêne.

Je baisse la tête, les nerfs encore plus à fleur de peau en constatant la précarité dans laquelle ma sœur vit.

— On va déjeuner dehors, toi et moi, d'accord ?

— Qu'est-ce que vous vous racontez les deux, là ? bafouille notre géniteur en titubant en direction de la cuisine.

J'attrape la main de Mia avant de me diriger vers la sortie.

— Hé, vous allez où comme…

Nous ne lui laissons pas le temps de finir sa phrase qu'on est déjà dehors, à l'air libre. Être dans cette maison est comme être dans une cage, donc une fois à l'extérieur, on respire un grand coup.

Mia saute de joie et nous partons à pied, main dans la main. Sur le chemin, elle me raconte les histoires de ses copines à l'école, et je retrouve un peu de légèreté. Pas pour longtemps quand j'observe sa tenue et que je vois que ses chaussures sont trouées et que son jean lui arrive au-dessus des chevilles. Je ne lui fais aucune remarque. Je m'occuperai de ça dans les jours à venir.

Pauvre gamine !

Pendant tout le repas, elle ne cesse de parler et de se goinfrer. Je l'ai rarement vue engloutir autant de bouffe en si peu de temps, et ça me tord le bide de me dire qu'elle n'a certainement pas mangé à sa faim depuis un moment.

— La semaine dernière, je suis déjà venue ici avec Titi !

Savoir que mon pote a veillé un minimum au bien-être de ma sœur me réconforte et me confirme que c'est un type bien, malgré son caractère de cochon. Je n'en doutais pourtant pas.

Nous terminons notre repas et j'accompagne Mia à l'école sur le chemin du retour.

— Tu seras là ce soir ? me demande-t-elle, légèrement paniquée.

— Mais oui, je ne pars plus !

Elle me fait un gros câlin avant de filer en direction de sa classe.

Je profite d'être à côté du centre commercial pour m'arrêter faire de petites courses. Je n'ai jamais été un fin cordon-bleu, et même si j'ai pris vite fait des cours de cuisine avec Callie, je suis bien incapable de refaire ce qu'elle m'a montré. Sauf peut-être les pancakes ! Si elle était là, elle râlerait en me répétant qu'il s'agit de crêpes. Rien que d'y penser, je souris comme un con dans le rayon farine !

J'achète donc ce qu'il faut et quand je rentre, je remplis rapidement le frigo qui ne présente que des restes à moitié pourris. J'ai un haut-le-cœur en voyant des légumes sur lesquels apparait une mousse verdâtre. Je vide, nettoie et remplace tout par des aliments corrects.

Je rejoins ensuite ma chambre et je remarque encore une fois que rien n'a changé, si ce n'est mes draps qui sont défaits. Bizarre !

Une fois assis sur mon lit, je ne peux éviter de repenser à Callie et j'ai les boules de me retrouver ici, dans cette merde, alors que j'étais si bien avec elle.

D'un autre côté, et même si je n'avais pas le choix, je m'en veux d'avoir laissé Mia avec notre père, vivre dans ce merdier. Je décide de mettre un peu d'ordre avant qu'elle ne rentre de l'école.

Qui aurait cru que je sois une fée du logis ?

J'ouvre les fenêtres tellement l'air est irrespirable. Les effluves de tabac froid et d'alcool mélangés me donnent envie de gerber. Heureusement pour moi, mon père est parti se coucher. En dehors du fait d'être un connard fini, c'est bien la seule chose qu'il sache faire. Au moins, ça évite qu'il débite des conneries.

Quand Mia rentre de l'école, la maison ressemble un peu plus à un endroit habitable. Encore tout heureuse de me voir là, elle vient rapidement se coller à moi avant de me demander ce qu'on mange ce soir.

Sa question habituelle !

— Des crêpes !

— Des quoi ? demande-t-elle, en faisant une moue dégoûtée.

— Attends de voir si tu feras la tronche, après…

Elle rit et quand elle me voit sortir les ingrédients, elle me demande de participer au mélange. Je tente de me souvenir des conseils de la pro en la matière et fais exactement les gestes en nous revoyant dans la cuisine du centre. Cette simple pensée me galvanise.

Mia est épatée de me voir faire sauter les galettes. Elle essaie à son tour et ça finit par terre, ce qui nous vaut un fou rire à tous les deux.

— Qu'est-ce que vous foutez à faire tout ce bruit ? gueule mon père en trainant des pieds vers la porte de la cuisine.

— À bouffer !

— Vous pouvez pas faire ça en silence ?

On se regarde et Mia baisse la tête. J'ai les boules de la voir si sensible et vulnérable, face à lui. Je lui frotte le dos, et une fois qu'il a quitté la pièce, nous soupirons.

Quand elles sont prêtes, nous mangeons plusieurs crêpes qui, pour le coup, ressemblent vraiment à des pancakes tant elles sont épaisses.

— Ch'est trop bon ! dit Mia, la bouche pleine.

Je la vois ensuite réfléchir et me demande ce qu'elle a derrière la tête.

— Est-ce que je dois remercier Callie la prochaine fois que je la vois pour t'avoir appris à cuisiner ?

J'explose de rire et je manque de recracher ce que j'ai dans la bouche face à son audace. En même temps, elle n'a pas complètement tort.

— Tu pourras, ouais.

Elle m'adresse un large sourire et évoquer Callie dans mon environnement me fait un drôle d'effet, mais me rassure à la fois. C'est un peu comme si elle était là…

Ouais, je deviens taré !

Plus tard, Mia monte se coucher et comme lorsque j'étais encore à la maison, elle me demande de lui lire une histoire. Je m'assois à côté d'elle et à peine ai-je lu deux pages qu'elle dort déjà.

Je lui dépose un baiser sur la joue et quitte la pièce. Ce retour aux sources me file un gros coup au moral, et j'ai besoin de prendre l'air.

Je sors de chez moi et j'appelle Tyler pour qu'il me rejoigne dans le parc voisin. Quand il arrive, je relève les yeux et constate qu'il n'est pas seul.

Et merde ! Qu'est-ce qu'il fout avec elle ?

— Salut, beau gosse ! me lance Bethany en se rapprochant dangereusement de moi.

Encore une qui n'a pas changé. Toujours maquillée comme une voiture volée, avec ce regard plissé, qui en dit long sur ses intentions. Sa façon exagérée de mâcher son chewing-gum avec ses lèvres peinturées en rouge me fait grimacer. Ses cheveux blonds lui tombent sur les épaules, sous une veste en cuir noire, laissant voir sa poitrine remontée exagérément par son soutif rembourré.

Elle passe son index sur ma joue, me rayant la peau avec son ongle en plastique. Je me recule instinctivement pour lui faire comprendre que ce soir, c'est mort. Comme tous les autres soirs à venir d'ailleurs…

— Tu disais pas non, avant, mon chou ! dit-elle en se penchant pour me montrer ses seins.

Cette nana ne me fait absolument plus aucun effet, si ce n'est qu'elle me donne envie de fuir. La vulgarité qu'elle dégage me fait me demander ce que j'ai bien pu lui trouver.

— Laisse tomber, je ne suis pas d'humeur.

Je me relève du banc et me tourne vers Tyler, qui m'interroge :

— Alors, ce retour ?

— Merci de t'être occupé de Mia, je te revaudrai ça ! lui dis-je en tendant mon poing dans sa direction.

— C'est normal.

Nous discutons de banalités, et je bénis intérieurement Tyler de ne pas parler de Callie devant Bethany. Il ne manquerait plus qu'elle me fasse une scène !

— Du coup, je vais pouvoir recommencer à m'entrainer, mais sans contact dans un premier temps. Je viendrai pour faire du cardio.

— Trop bien, on te voit ce week-end, alors ? renchérit Tyler visiblement excité.

— Ouais, je viendrais voir le match.

— Toute l'équipe des *Cheers* sera ravie de te retrouver ! continue Barbie en humectant ses lèvres de façon équivoque.

On fume encore une clope pendant que Tyler me met au fait des dernières nouvelles concernant le club. Je repars sans un regard pour celle qui n'a toujours pas compris que je ne suis plus son plan cul.

Une fois dans mon pieu, je réfléchis. Aux côtés de Callie, j'avais presque oublié cette facette de ma vie d'avant. Baiser sans me poser de questions. Maintenant, je me rends compte que c'était n'importe quoi, et que le manque d'une personne est bien plus compliqué à gérer que des parties de jambes en l'air sans intérêt.

Je ferme les yeux et imaginer son visage d'ange m'aide enfin à me relaxer. Et à sombrer dans un profond sommeil.

Chapitre 50 – Callie

Alors que ces dernières semaines sont passées à une vitesse folle, les secondes semblent maintenant durer une éternité, comme avant que je le rencontre. C'est fou comme le temps s'écoule beaucoup plus vite lorsque l'on est heureux !

Je ne dirais pas que je suis malheureuse, car quoi qu'il en soit, j'ai pas mal évolué de ce côté-là. Non pas seulement au niveau de ma rééducation, mais également dans mon esprit. C'est bizarre, mais je me sens plus sereine et libre qu'avant.

Cela fait seulement deux jours que Zack est parti. Ça me fait mal au cœur de ne plus le croiser durant la journée, chaque endroit me rappelant une situation que l'on a vécue. Pendant mon cours de yoga de ce matin, je ne cessais de rire toute seule en me remémorant celui que nous avons partagé ensemble, le seul d'ailleurs. Revoir sa mine dépitée, ainsi que repenser à nos fous rires me fait autant de bien que de mal. *Il me manque tellement…*

Le pire reste le soir en allant me coucher. Je me suis habituée à m'endormir dans ses bras, du coup, je lutte pour trouver le sommeil désormais.

Je prends beaucoup sur moi pour ne pas l'appeler ou lui envoyer des messages à longueur de journée. Je n'ai pas envie de l'étouffer, je dois le laisser respirer ! Même si Zack a su me prouver qu'il tenait à moi, je ne suis pas dupe. Je sais ce que va engendrer le fait qu'il retourne dans son quotidien et je fais tout pour ne pas y songer. Le truc, c'est que c'est compliqué d'éviter les pensées négatives quand on est isolé. Entre David, dont le temps à passer ici diminue au fil des jours, et Kate, qui joue au fantôme, j'ai l'impression d'avoir fait un bond de deux ans en arrière et d'être continuellement seule.

J'avance le long de l'allée lorsque j'aperçois justement cette dernière, assise sur un banc, un magazine entre les mains. J'hésite une seconde, ne voulant pas la déranger dans sa lecture, mais quand je remarque qu'elle n'est pas vraiment concentrée, je la rejoins.

— Hé ! m'exclamé-je, en plaçant mon fauteuil à côté d'elle.

Kate relève le visage de sa revue et met un petit instant à se rendre compte que c'est moi qui viens de la saluer. Avec une lenteur incroyable, elle referme son magazine pour le ranger dans son sac et se tourne vers moi.

— Salut !

Bien que cette fille n'ait jamais été très joviale ni souriante, quelque chose me frappe dans les traits de son visage. Ils sont ternes et fermés. Sans parler des gros cernes violacés sous ses petits yeux marrons.

— Est-ce que tout va bien ? demandé-je avec appréhension.

Kate lâche un léger soupir avant de hocher la tête et tout à coup, je m'en veux. Même si elle n'est pas loquace et qu'elle m'évite depuis que Zack est dans ma vie, j'aurais dû insister et prendre plus souvent de ses nouvelles.

— Kate ? insisté-je. Je suis désolée si j'ai été moins présente ces derniers temps, je…

Elle relève brusquement le visage pour planter son regard dans le mien, me coupant dans mon élan.

— Ne le sois pas. Surtout pas. Si tu as réussi à trouver du réconfort, c'est tant mieux.

C'est étrange, ce qu'elle vient de dire ne va pas du tout avec son expression froide et contrariée. Quelque chose m'échappe et ça me perturbe.

— On vit dans un monde de merde, Call, lâche-t-elle soudainement.

Je hausse les sourcils, sans savoir quoi répondre à ça.

— Regarde-nous, continue-t-elle. On était jeunes. Assez jolies. On avait la vie devant nous…

— Tu as la vie devant toi, Kate ! la coupé-je en posant ma main sur la sienne.

Une larme de tristesse dégringole sur sa joue et elle n'imagine pas à quel point je la comprends mieux que personne. Des moments de déprime comme celui-ci, j'en ai vécu des tas. C'est comme si notre cerveau était toujours en éveil, mais que notre corps tombait dans un énorme puit sans fond.

Seulement, j'ai peur de ne pas être la bonne personne pour la consoler. Je ne suis pas assez forte pour ça ! Il suffit d'un cauchemar ou d'un simple détail me rappelant mon passé pour me faire basculer du côté des ténèbres.

— Tu dois te concentrer sur le positif, Kate, dis-je en déglutissant avec difficulté.

J'ai entendu cette phrase tellement souvent et, à chaque fois, détesté la personne qui me donnait ce conseil. Mais venant de quelqu'un qui vit la même chose, c'est différent.

— Tu sais, dis-je encore en pressant sa main, toujours sous la mienne. Moi aussi, j'ai broyé du noir. Souvent. Moi aussi, je déprime en pensant à ma nouvelle situation. Tout le temps !

Ma gorge se noue dès lors que je me revois sur mes deux jambes. C'est horrible de se dire qu'on avait tout pour être heureux, mais qu'on n'en a pas suffisamment profité tant que tout allait bien. C'est malheureusement une fois qu'on est privé de quelque chose de capital qu'on se rend compte de son importance. Tous domaines confondus d'ailleurs.

Kate continue de me fixer sans rien dire tout en reniflant.

— Ces deux dernières années, je vivais plus pour mon entourage que pour moi, continué-je en regardant au loin. Un peu comme si je leur étais redevable et que je devais tenir bon, tu vois ?

— Je vois tout à fait, me répond-elle d'une petite voix à peine audible.

— Mais dernièrement, j'ai pris conscience de certaines choses. Même si mon existence ne sera plus jamais comme avant, je sais que je peux encore vivre des moments intenses et être heureuse.

Les lèvres de Kate s'étirent en un léger rictus avant de s'ouvrir :

— C'est la rencontre avec le beau gosse tatoué qui te fait dire ça ?

Je souris malgré moi.

— En effet. Je n'aurais jamais pensé qu'une personne puisse changer ma perception des choses, et pourtant, c'est ce qu'il s'est passé.

— Qui te dit que ça va durer ? m'interroge-t-elle en fronçant les sourcils.

Sa question me va droit au cœur et me le comprime de douleur.

— Rien, évidemment. D'ailleurs, je suis persuadée que Zack va passer à autre chose. Ici, il n'avait que moi, mais dehors…

J'inspire profondément et je secoue la tête pour chasser ces horribles idées de mon esprit avant d'ajouter :

— Quoi qu'il en soit, il m'aura apporté des instants de bonheur, que je ne croyais plus possibles.

Kate me regarde avec tendresse avant de retourner sa main pour serrer la mienne entre ses doigts.

— Merci, Callie. Mais moi, tu vois, je n'ai envie de rien. Et surtout pas de faire des rencontres.

— Et tu penses que j'en avais envie ? Zack m'est tombé dessus par hasard. Un peu comme un tsunami ! m'exclamé-je.

Cette fois, Kate sourit vraiment, et je suis contente de la voir se détendre.

— Je dois avouer qu'on a du mal à vous imaginer ensemble, raille-t-elle. Il a l'air si… sauvage !

Sauvage…

Je ne peux m'empêcher de rire en imaginant ce que doivent penser les gens en nous voyant tous les deux.

— Toi aussi, tu vas faire des rencontres, Kate. Des garçons qui te décevront, certains qui te briseront même le cœur, mais c'est ça la vie après tout, non ?

Ma camarade hoche brièvement la tête avant de déclarer soudainement :

— Je suis sous antidépresseurs, Callie.

— Oh !

Je comprends mieux son état asthénique. Ne sachant plus quoi dire, je me contente de rester près d'elle. Parfois, une simple présence vaut mieux que mille mots. Je le sais d'expérience, surtout avec Jenna qui, au début, passait des heures et des heures dans ma chambre sans prononcer la moindre parole.

Nous restons ainsi durant un petit moment et je prends conscience, encore une fois, que Zack avait raison. C'est la force d'esprit qui fait tout. Quand je vois cette jeune femme à côté de moi, abattue et découragée, alors que son handicap est beaucoup moins important que le mien, je me dis que tout est dans la tête. La vie est dure, c'est certain. Mais il suffit d'une main tendue pour nous aider à aller de l'avant. Alors, même si je ne suis pas la mieux placée pour servir de roc à qui que ce soit, je ferai tout ce qui est en mon pouvoir pour l'aider à sortir de ce néant, que l'on appelle le désespoir.

Chapitre 51 – Callie

Assise au bord du bassin, l'eau remontant jusqu'à mes genoux, je me demande encore ce qui m'a pris d'accepter de tenter une séance de balnéo. Au fond de moi, je sais pourquoi j'ai fait ça, mais maintenant que je suis là, je me maudis intérieurement de vouloir croire que je suis capable de bien plus que ce que je suis en mesure de faire réellement.

— Je suis désolée, mais… je ne peux pas plus, bafouillé-je en me tournant vers mon kiné, qui est posté juste derrière moi.

Les mains cramponnées de chaque côté de mes cuisses, je suis au bord de la crampe tellement je m'accroche fort.

— Ce n'est pas grave, Callie, c'est déjà très bien !

Il m'aide ensuite à regagner mon fauteuil, et une fois que je suis assise, je respire un peu mieux. Je ne sais pas si j'arriverai un jour à faire une vraie séance en piscine, mais tout ce que je sais, c'est que je ne vais pas lâcher et que je réessaierai une prochaine fois. Je parviens maintenant à conserver cette niaque qui me pousse à accomplir des choses que je ne pensais pas possibles avant.

Quand je consulte l'horloge du bassin, je remarque que Zack devrait arriver d'ici une heure pour sa séance. Je me rhabille tant bien que mal et sors du bâtiment pour aller prendre l'air en l'attendant.

Alors que j'avance doucement tant le soleil m'aveugle, je chemine sans regarder qui je croise. Je suis stoppée net dans mon élan et me rattrape aux accoudoirs de mon fauteuil *in extremis*.

— Tu comptais te sauver où comme ça ? murmure à mon oreille une voix que je reconnaitrais entre mille.

Tous mes sens étant soudain en éveil, je repère également l'effluve boisé et musqué qui vient chatouiller mes narines.

Sans perdre une seconde, je me retourne.

— Salut, bébé…

Mes joues me font mal tant mon sourire est large de le retrouver ici, encore plus attirant qu'avant. Sa mèche est plaquée en arrière dégageant son visage et ses yeux. Mon Dieu, il est trop beau !

Sans un mot, je tends mes bras dans sa direction, et Zack se penche en avant. Je m'accroche à son cou, mais il ne me laisse pas le temps de le serrer et vient directement poser ses lèvres sur les miennes.

Comme c'est bon de le retrouver !

Sa langue vient s'enrouler autour de la mienne tandis que sa main est posée sur l'arrière de mon crâne. Et je retrouve immédiatement les sensations fortes que j'ai ressenties à chaque fois qu'il m'a embrassée. Ce tourbillon de complicité mêlé à l'envie de me coller à lui. Le sentiment d'être entière de nouveau me saisit, et je suis trop contente de voir qu'il semble heureux d'être là.

Quand il se recule, je pose une main sur chacune de ses joues et lui dépose plein de petits baisers successifs sur la bouche. Il se marre, mais se laisse faire jusqu'à ce que je m'aperçoive enfin qu'on est au milieu de l'allée. Zack se redresse et m'adresse un sourire qui m'électrise.

— Ta séance n'est pas à 15 h ?

— Si, répond-il en m'adressant un clin d'œil.

Alors, il est venu une heure avant pour me voir ?

Le simple fait qu'il dégage du temps pour le passer avec moi me ravit au plus haut point.

— On va se poser ? m'interroge-t-il en se retournant pour rejoindre notre planque.

Retrouver nos petites habitudes me réchauffe le cœur. J'ai l'impression de me revoir quelques semaines en arrière.

Je ne me gêne pas pour le mater tandis qu'il marche devant moi. Ses fesses moulées dans ce short noir font monter en moi des pensées coquines. Et sa large carrure me donne envie de me blottir dans ses bras.

Quand il s'assoit par terre et prend une clope, j'ai trop envie de savoir comment il va depuis son départ.

— Alors, ce retour à la maison ? lui lancé-je, enjouée, persuadée qu'il va me dire qu'il est content d'être à l'extérieur.

Zack pose la tête en arrière contre le mur en crachant sa fumée, et je me rends compte que je n'ai peut-être pas attaqué par la bonne question.

— Le retour à la réalité, tu veux dire ?

Son visage se ferme et je ne veux surtout pas qu'il se braque. Je cherche alors comment rattraper le coup, mais Zack ne me laisse pas le temps et continue :

— Rien n'a changé. Le quartier et la maison sont toujours dans le même état.

Aïe ! Je comprends pourquoi ce sujet n'est pas forcément agréable pour lui.

— Et Mia, ça va ?

Son visage s'éclaire légèrement.

— Heureusement qu'elle est là ! Oui, elle va bien et elle te remercie de m'avoir initié à la cuisine.

Je fronce les sourcils, ne comprenant pas tout de suite où il veut en venir.

Zack a cuisiné ?

— Toi ? Non !

Je pouffe en positionnant ma main devant ma bouche.

— Eh oui ! Un vrai pro des pancakes !

Je sais qu'il me charrie en utilisant ce mot, mais je me mets à rire en l'imaginant aux fourneaux, et il me rejoint pendant quelques secondes avant que son visage ne se ferme à nouveau.

— À part ça, rien de plus.

Je sais que je risque de le mettre en rogne, mais j'ai tellement envie d'en savoir plus sur son quotidien que je n'arrive vraiment pas à imaginer. Mais à cet instant, j'ai l'impression de retrouver le Zack du départ et je me dis que s'il m'en parle, je pourrai peut-être l'aider.

— Ça a été avec ton père ?

Zack tire deux taffes avant de répondre enfin :

— Au bout de dix minutes, j'avais déjà envie de lui casser la gueule. Mais à part ça, ça a été.

Euh... d'accord.

Zack ne semble pas trop énervé d'aborder ce sujet, mais plutôt fataliste, alors je ne lâche pas l'affaire :

— Pourquoi ?

— Il a commencé à me chercher et à dire, comme d'hab', que je ne prenais pas mes responsabilités, que jouer au ballon ne servait à rien. Mais ce qu'il oublie, c'est que sans ça, je ne pourrais pas assurer le bien-être de Mia. C'est pas mon petit boulot d'informaticien qui me fait gagner des masses !

Zack se confie réellement à moi pour la première fois, et ça me fait plaisir qu'il me fasse confiance au point de se livrer.

— Parce que tu sais, me surprend-il en continuant, si je vis encore sous son toit, c'est uniquement pour mettre du fric de côté afin de me barrer avec Mia.

Oh, Zack !

Nous restons un moment sans rien dire jusqu'à ce qu'une question me brûle les lèvres :

— Tu veux bien me parler de ta mère ?

— Pourquoi ? grimace-t-il. Il n'y a rien à dire à son sujet.

Il recrache la fumée de sa clope en formant un énorme nuage blanc au-dessus de sa tête, correspondant à peu près à mon état d'esprit. Embrumé.

— Excuse-moi. Son décès a dû être dur à gérer pour vous, et j'imagine que tu as du mal à aborder le sujet.

Zack se redresse et me fixe avec une expression indéchiffrable.

— Qui te dit qu'elle est morte ?

Je ne comprends plus rien.

Me voyant virer au rouge pivoine et baisser la tête, il reprend calmement :

— Elle s'est juste barrée avec un autre quand Mia était bébé. Parait-il qu'elle ne supportait pas la charge de deux enfants et qu'elle avait besoin de vivre sa vie.

Un voile sombre traverse son regard tandis que je saisis enfin. Quand Zack m'a dit qu'elle était partie, je n'avais pas compris qu'elle était réellement *partie*. En même temps, j'aurais dû m'en douter. Zack ne tourne jamais autour du pot et décrit les choses telles qu'elles sont vraiment.

— Et à partir de ce moment-là, ça a été la descente aux enfers pour mon père, qui s'est mis à boire, et qui nous a complètement laissés livrés à nous-mêmes. Quel père préfère s'acheter à boire plutôt que de nourrir ses gosses, hein ?

Son ton monte légèrement et je sens l'énervement dans sa voix.

— Mes deux parents sont juste deux gros égoïstes qui ne pensent qu'à eux. Il n'y a rien à dire de plus.

Mon estomac se noue en me disant qu'il a vraiment dû affronter des épreuves difficiles, surtout si jeune. Je comprends mieux pourquoi il y a tant de colère en lui…

— Et toi, comment tu vas ? demande-t-il en changeant de sujet.

Comme les dernières fois passées ensemble ici, il se lève pour venir me porter et m'installe sur ses genoux. Je me redis intérieurement que c'est là qu'est ma place : contre lui.

— Ça va ! J'ai accepté de faire une séance de balnéo.

Il me redresse pour que je sois en face de lui.

— Cool ! Et alors ?

— J'en sors justement. Et… ce n'est pas cool, non. J'ai juste réussi à mouiller mes genoux. Je n'ai pas pu aller plus loin, MAIS, continué-je en posant mon index sur ses lèvres avant qu'il ne termine à ma place. Je vais y arriver, je ne lâche rien !

Zack m'adresse un sourire fier avant de carrément ouvrir la bouche pour me croquer les doigts. Même si dans un premier temps, je bloque sur son geste, je ne peux m'empêcher de rire et il me fait taire en attrapant mon visage pour y déposer un baiser fougueux.

— Et toi, bébé, tu ne m'as jamais raconté…

Je sais déjà la question qu'il va me poser et je sens d'emblée que je ne vais pas être capable de lui expliquer.

Il déplace une mèche de mes cheveux derrière mon oreille, et sentir ses doigts glisser le long de ma colonne vertébrale me provoque un frisson puissant.

— Comment c'est arrivé, ça ? continue-t-il en pointant mes jambes.

La question fatidique !

Brusquement, j'ai chaud, mais pas pour les raisons agréables que me provoque cette sensation d'habitude. Je secoue la tête et me redresse en posant mes mains sur mes genoux.

J'aimerais tellement, à mon tour, réussir à me confier à lui, mais c'est plus fort que moi, je n'y arrive pas. Mettre des mots sur l'horreur que j'ai vécue me plonge dans un mutisme empli de souvenirs pénibles que Zack interprète directement.

Il pose son index sous mon menton pour me faire tourner la tête vers lui.

— C'est pas grave, bébé, un jour, tu me raconteras.

— Je suis désolée, sangloté-je, en me cachant le visage.

— Hé, tout va bien, murmure-t-il en me prenant dans ses bras.

J'essaie de ne pas mouiller son tee-shirt avec les quelques larmes qui glissent sur mes joues et je respire pour tenter de me calmer au plus vite.

Déjà qu'on ne se voit pas souvent, ce n'est pas pour pleurer devant lui.

— Au fait, tu ne m'as pas dit. Avec qui tu partages tes repas, maintenant ?

— Avec mon téléphone !

Je lui suis reconnaissante intérieurement de ne pas me pousser à parler pendant qu'il se marre de ma réponse.

— Je suis sûr que depuis que je ne suis plus là, tu es tranquille…

Il prêche le faux pour savoir le vrai et je prends un malin plaisir à le faire languir.

— Si tu savais, c'est le pied !

— Ah ouais ? grogne-t-il en attrapant ma nuque pour me mordiller la lèvre inférieure.

Je recule le visage en riant et sa bouche finit alors dans mon cou. Bon sang, cette capacité qu'il a à me rendre toute chose en une seconde est épatante !

Je colle mon front contre le sien avant de lui avouer dans les yeux :

— Tu sais ce qui est le plus dur pour moi ?

Il tourne la tête de gauche à droite.

— M'endormir seule, le soir.

Son sourire monte alors pour inonder son visage. Je crois que c'est la première fois que je le vois si épanoui.

Il prend mon visage en coupe et m'embrasse de la plus belle des manières. Un baiser lent et langoureux qui représente beaucoup pour moi. Comme s'il m'avouait à son tour quelque chose.

Quand nous nous détachons l'un de l'autre, il regarde sa montre et se relève en faisant attention de ne pas me faire tomber. Il me dépose dans mon fauteuil et je me sens alors toute nue, comme s'il me manquait une partie de moi.

— Je dois y aller, bébé.

— Mon soin commence au même moment où ta séance se termine, dis-je en retroussant exagérément les lèvres, triste de ne pas pouvoir le revoir.

— On se revoit vendredi, alors ?

Il ne me laisse pas le temps de répondre et m'embrasse en déposant une série de baisers sur ma joue. Puis il repart en m'adressant un signe de la main, et je fonds devant cet homme qui me rend toujours plus heureuse.

Quand je regagne ma chambre après diner, je réfléchis et me remémore ce moment passé ensemble, quand un immense sentiment de frustration m'envahit. J'ai adoré passer du temps avec lui et je me suis sentie rassurée de retrouver intacte notre tendre complicité. Zack est de plus en plus proche de moi et je suis heureuse qu'il se confie petit à petit. Mais il me manque quelque chose.

Couchée dans mon lit, j'observe le plafond, mais rien n'y fait, je n'arrive pas à fermer l'œil et mon esprit tourne à plein régime.

Alors que j'essaie de penser aux beaux moments passés ensemble pour m'endormir, mon téléphone vibre. Mon cœur fait un salto quand j'ouvre le message que je viens de recevoir.

Une photo de Zack me déposant un baiser sur les cheveux pendant que je dors, la tête posée sur son épaule.

Ça alors !

J'étouffe un cri de bonheur, surtout en me rappelant cette dernière nuit où je me suis endormie dans son lit, et jubile intérieurement quand je lis le texte accompagnant la photo :

[Voilà ce qui m'aide à m'endormir… Bonne nuit, bébé.]

Et c'est après avoir fixé son beau visage durant un long moment que je m'endors paisiblement, mon téléphone collé contre mon cœur.

Chapitre 52 – Callie

Après un agréable week-end au cours duquel j'ai eu la visite surprise et simultanée de mes parents, avec Gabriel et Jenna, la vie reprend son cours. C'est dans ces moments-là, passés avec mes proches, que j'ai hâte de rentrer chez moi et de retrouver mes habitudes. En plus, depuis que Zack est parti, je ne pars plus en vadrouille le soir, et cuisiner, ainsi que partager mes recettes me manque. Mes abonnés me le font sentir par moments, mais j'arrive à trouver des subterfuges ou d'anciennes recettes pour que tout le monde y trouve son compte.

Mon site n'est évidemment pas ce qui me manque le plus…

Voilà déjà trois semaines que mes journées se ressemblent toutes, sauf celles où Zack vient pour son suivi, soit deux fois par semaine. Même si c'est très peu et que nous n'avons pas assez de temps pour profiter l'un de l'autre, c'est toujours pour moi une bouffée d'air frais de le retrouver. D'ailleurs, c'est souvent ce qui me fait tenir dans mes mauvais jours. Ou bien quand je suis en grand état de stress comme ce matin…

Immobile dans le couloir, devant la porte du docteur Crown, je tremble en attendant de faire mon fameux point trimestriel. Un gros bilan sur les mois passés, mais surtout, sur les résultats quant à ces séances expérimentales. En gros, tout va se jouer aujourd'hui.

L'équipe médicale peut décider de continuer les tests ou bien de tout arrêter, car le but n'a pas été atteint. Même si j'en ai marre de tout ça, la deuxième option me terrifie. Cela voudrait dire que j'ai échoué et que tous ces efforts n'auront servi à rien.

Quand la porte s'ouvre enfin, ma respiration s'accélère. Le docteur Crown me salue en souriant, comme à son habitude, avant de me faire signe d'entrer. Contrairement à ce que je m'étais imaginé, nous sommes seuls. Est-ce bon signe que mon kiné et mon ergothérapeute ne soient pas là ? Pitié, qu'on en finisse ou ma tête va exploser à force de penser au pire !

— Bien, Callie, commence-t-il, en s'asseyant face à moi, derrière son bureau.

Ses lunettes carrées posées sur le bout de son nez, il me fait un rapide compte rendu de toutes les séances que nous avons eues. De la première à la dernière, pas plus tard qu'hier.

Bon sang, il ne peut pas abréger un peu ?!

Je hoche la tête pour être polie, mais à part me relater des choses que je sais déjà, on n'avance pas !

— Docteur Crown, le coupé-je en crispant le visage, un peu gênée. S'il vous plait, est-ce que… dites-moi que tout ça a servi à quelque chose.

Mon regard suppliant et ma voix tremblante lui font de la peine, je le sens. Mais il reprend vite contenance, et en tant que vrai professionnel, il pose les documents sur son bureau avant de croiser ses mains dessus.

— Callie, je tiens tout d'abord à te féliciter pour tout ce que tu as fait jusqu'à présent. Tu as été très courageuse, et même si le démarrage a été un peu difficile, tu t'es bien rattrapée.

Je déglutis en attendant la suite.

— Je me dois aussi d'être franc : ces séances expérimentales ont été testées dans d'autres centres et certaines ont été beaucoup plus concluantes que les tiennes.

Mon cœur s'alourdit dans ma poitrine et je baisse tristement la tête.

— Cependant, continue-t-il en haussant le ton, me forçant à relever les yeux vers lui. Nous avons également été surpris par ton évolution et ta capacité à réagir à ces tests. Après une réunion avec l'équipe médicale, nous en sommes donc venus à cette conclusion : nous sommes prêts à continuer les séances, disons six mois de plus, afin de voir si tu peux encore évoluer. Mais après ça, nous devrons arrêter.

Alors que j'ouvre grand les yeux, mi-surprise, mi-émue, le docteur Crown lève une main en l'air.

— Cela veut dire que tu dois t'engager à cent pour cent dans cette dernière ligne droite ! Tu dois croire en toi et continuer de tout donner, tu comprends ?

Mon médecin rit en me voyant hocher vigoureusement la tête, incapable de dire quoi que ce soit au risque de fondre en larmes.

Alors finalement, je ne suis pas une cause perdue. Ils croient en moi, et je vais tout faire pour y arriver. *Parce que je suis une battante...*

— Bien. Nous avons tout de même pris la décision de ramener ces séances à trois par semaine. Si j'ai bien compris, tu viens de te mettre à la balnéo et cela va beaucoup aider à la progression. Tes jambes ont besoin de se remuscler et travailler dans l'eau ne pourra qu'améliorer ta condition.

Je souris en me revoyant dans le bassin. Bon, je ne suis pas non plus comme un poisson dans l'eau, mais disons qu'il y a du mieux.

— Le but est de continuer à progresser tout en maintenant ton renforcement musculaire. Ce qui veut dire que, dès la semaine prochaine, tu repasses en hôpital de jour.

Quoi ?!

Cette fois, impossible de retenir un cri de joie !

Alors je rentre chez moi ?!

— Attention, Callie, me prévient tout de même le docteur. Cela ne veut pas dire que tu dois te relâcher ! Tu devras revenir les lundi, mercredi et vendredi.

— Avec plaisir ! m'écrié-je.

Mon médecin m'adresse un large sourire approbateur avant de me tendre mon dossier.

— J'ai fait une copie pour tes parents. D'ailleurs, j'étais étonné qu'ils ne soient pas là. Eux qui assistent habituellement à tous tes bilans.

Je me racle nerveusement la gorge en attrapant les feuilles. Inutile de lui expliquer que j'ai préféré ne pas les mettre au courant…

Non, pour une fois, j'avais envie – et besoin – d'affronter ça seule.

— Merci, Docteur. Merci pour tout.

En sortant, je me retiens de hurler de joie. Si je n'étais pas coincée dans ce fauteuil, je crois que je danserais comme une folle dans le couloir, pourtant rempli de patients.

Quand j'arrive dans ma chambre, la première personne que j'ai envie de contacter pour lui annoncer ces deux bonnes nouvelles est Zack, mais finalement, une idée me vient à l'esprit et c'est mon petit frère que j'appelle en premier.

— Oh là là, Callie, je suis si heureux ! répète-t-il pour la cinquième fois.

— Merci, frérot.

— Et tu me dis que les parents ne sont pas au courant ?

— Non, j'aimerais leur faire la surprise. Tu pourrais venir me récupérer vendredi soir ?

Oh, mon Dieu, rien que d'imaginer plier bagage et rentrer chez moi fait pétiller mon cœur de joie !

— Bien sûr ! Tu veux que je dise à Jenna de venir diner, après ?

— Bonne idée !

— Super !

— Et Gaby… j'ai… j'ai autre chose à te demander…

— *Yep* ! Tout ce que tu voudras.

Pas sûre qu'il dise la même chose dans une minute…

— C'est à propos de Zack.

Pas de réponse. Au bout de quelques secondes, je l'entends soupirer à l'autre bout du fil.

— Écoute, je sais ce que tu penses de lui, mais je te le répète, je n'en serais pas arrivée là sans lui !

— OK, Call, souffle-t-il. Peut-être qu'il t'a aidée, et alors ? Tu ne vas quand même pas continuer de le voir, si ?

— C'est justement pour ça que je t'appelle…

— Quoi ? Callie, ne compte pas sur moi pour t'arranger le coup avec ce type !

— Ah ouais ? Et la fois où je t'ai couvert pour que tu rejoignes cette poufiasse d'Alyson Conor ?

— Non, mais je rêve, j'avais à peine quinze ans ! Tu vas me ressortir cette histoire pendant combien de temps encore ?!

— Toute la vie s'il le faut…

Bien que le ton monte, il se met à rire avant de reprendre son sérieux.

— Désolée, Callie, je ne me vois pas mentir à papa et maman, surtout pour que tu rejoignes quelqu'un en qui je n'ai pas confiance.

— Qui t'a demandé de leur mentir ?

— Quoi ? Attends, je ne comprends pas, tu ne souhaites pas rejoindre ton *bad boy* en douce ?

— Gaby, soupiré-je. J'ai vingt-et-un ans, et crois-moi, rien, pas même ma situation, ne m'empêchera de voir Zack !

Mon petit frère grogne quelque chose d'incompréhensible avant de me demander :

— Alors, quoi ? Qu'attends-tu de moi ?

Chapitre 53 – Zack

Non, mais qu'est-ce que je fous là, sérieux ?

Cette question me tourne dans la tête depuis que je suis arrivé devant cette énorme bâtisse blanche. Je me demande encore ce qui m'a pris d'accepter de venir déjeuner chez Callie. Jusqu'à maintenant, quand je sortais avec une fille et qu'elle avait ce genre d'idée, je freinais des quatre fers, mais là, je me suis laissé avoir et je ne peux plus reculer. Même Tyler était sur le cul quand je lui ai dit !

En regardant le portail ouvert, je me dis que lui seul doit couter le prix de ma baraque. Le quartier est soigné, jusqu'aux haies qui sont taillées de la même façon d'une habitation à l'autre. J'ai l'impression de me retrouver dans un jeu vidéo où tout est normé. Les maisons sont cossues et les voitures garées devant annoncent la couleur quant au niveau de vie des habitants.

Je longe une petite allée pavée, bordée de rosiers, puis passe sous le porche de l'entrée, encadré de deux colonnes de part et d'autre. Face à moi, une immense porte noire imposante.

Callie est rentrée depuis vendredi, et je ne sais pas comment elle a réussi à convaincre ses parents de m'inviter, mais toujours est-il que je suis là, maintenant. D'ailleurs, après avoir accepté son invitation, je me suis demandé comment j'allais m'habiller pour ce genre de repas. Je n'ai franchement pas l'habitude de faire face à une famille complète, moi qui n'ai jamais connu ça. Elle m'a gentiment fait comprendre que le short n'était pas de rigueur. Elle m'a même soumis l'idée de porter une chemise, ce qui m'a fait exploser de rire, vu que la seule que j'aie jamais mise était pour passer mon entretien d'embauche et que c'était Tyler qui me l'avait prêtée. Callie a eu l'air choqué dans un premier temps, mais je pense qu'elle commence à me connaitre, maintenant.

Quand je regarde à gauche et à droite pour me donner du courage avant de frapper à la porte, un voisin, du haut de son perron, me lorgne bizarrement en me dévisageant des pieds à la tête.

Je lui dirais bien ce que je pense, mais je vais éviter de me donner en spectacle avant d'entrer. Je regarde une dernière fois ma tenue – jean et polo –, repasse ma main dans mes cheveux et prends une grande inspiration.

Je constate qu'il n'y a pas de sonnette, mais seulement une espèce de tige en fer, arrondie au bout, positionnée au milieu de la porte.

C'est certainement très chic, mais aussi très moche !

Quand je prends le machin pour le soulever, je ris tout seul de tenir ce genre de chose dans la main.

Après avoir frappé deux coups et attendu à peine trente secondes, la porte s'ouvre sur Callie.

Je marque un temps d'arrêt en voyant sa tenue. C'est la première fois que je la vois porter une robe longue. Noire et légèrement décolletée, elle met carrément en valeur sa taille fine et son haut du corps plutôt avantageux. Ses cheveux châtains sont attachés en une tresse déposée sur son épaule, et elle porte de petites ballerines argentées.

L'élégance qu'elle dégage me coupe le souffle.

— Ferme la bouche, Zack, tu vas choper une angine, raille-t-elle en voyant que je bloque carrément.

Je regarde rapidement autour d'elle pour vérifier que personne n'est là et me penche pour lui déposer un baiser rapide sur les lèvres. Je récupère au passage une touche de son brillant à lèvres à la framboise, ce qui la fait rire.

— Salut, bébé.

Callie recule ensuite et m'invite à entrer. Je suis impressionné par la décoration de la maison. Le plafond du hall est haut et un immense luminaire y est suspendu. Une montée d'escaliers à n'en plus finir ne dépare pas dans le décor. Le carrelage gris fait ressortir les murs blancs auxquels sont accrochées des peintures tantôt noir et blanc, tantôt colorées. Mes yeux ne savent plus où se poser tant le moindre objet est brillant.

Nous tournons sur la gauche, et je suis encore sur pilote automatique quand j'arrive dans la salle à manger dans laquelle la table dressée est immense. Sur la cheminée sont posés des vases colorés dans lesquels de grandes fleurs de toutes les couleurs sont disposées.

J'ai l'air malin avec mon petit bouquet de merde !

De grandes fenêtres ouvrent sur le jardin impeccablement tondu. J'ai comme l'impression d'être dans un film.

— Bonjour, Zack ! lance quelqu'un derrière moi.

Je me retourne et me trouve nez à nez avec ses parents et son frère.

— Bonjour, dis-je en tendant le bouquet à sa mère, qui l'accepte en me renvoyant un sourire.

— Merci, Zack, elles sont jolies !

Tu parles !

Elle repart en sens inverse tandis que les deux hommes de la famille me serrent la main.

— Installez-vous, les enfants ! nous lance sa mère, en revenant avec un grand plat qu'elle dépose sur la table.

Je remarque tout de suite la place de Callie et elle me fait signe de m'installer à côté d'elle. Je m'assois, son frère étant juste en face de moi. *Super !*

— Alors, Zack, vous savez que notre fille est une fine cuisinière, n'est-ce pas ? commence le sosie de Callie avec quelques années de plus.

J'acquiesce en souriant et tandis qu'elle soulève le couvercle, je découvre des tomates gonflées et juteuses.

Qu'est-ce que c'est ?

— Tomates farcies, m'informe Callie, en voyant mon expression.

Je ne connais évidemment pas ce plat, mais rien que l'odeur me donne l'eau à la bouche. Elle nous sert pendant que Gabriel parle avec son père des dernières actualités dans la capitale.

Callie semble détendue et se penche légèrement vers moi pour m'expliquer :

— C'est une spécialité du sud de la France. En fait, on prépare une farce à base de viande et on la met dans les légumes. Tu vas voir, c'est délicieux !

— J'en doute pas…

Tout en souriant et avant de se servir, elle sort son téléphone pour prendre en photo son plat.

Perso, je n'ai pas vraiment l'habitude de la cuisine… cuisinée ! Mais je suis persuadé que ça me plaira.

Les couverts – en argent, j'imagine – brillent de chaque côté de l'assiette et le verre scintille.

Son père me propose du vin, que je refuse. Il semble surpris, mais ne dit rien.

Pendant que j'avale ma première bouchée, sa mère me regarde et croise ses mains sous son menton.

— Alors, comme ça, vous êtes informaticien, Zack ?

— C'est ça, je fais du développement pour différentes entreprises.

— D'ailleurs, mon site a bien évolué depuis que Zack s'en est chargé, intervient Callie en posant sa main sur mon avant-bras.

Sa mère opine, pas complètement convaincue. Je me rends bien compte d'après les regards des trois personnes de sa famille, que je ne suis pas celui qui correspond à leurs valeurs. Rien qu'à voir la façon dont ils lorgnent mes bras, la réponse est plutôt claire. Mais comme d'habitude, je fais comme si de rien n'était.

— Callie nous a dit que vous aviez une petite sœur.

— Oui. Elle a neuf ans.

— Elle est adorable et très drôle ! renchérit Callie à qui j'adresse un sourire pour la remercier de son compliment.

L'ambiance n'est pas hyper détendue. D'habitude, dans ce genre de repas, la question première c'est : « Qu'est-ce que font tes parents ? » Mais je remarque que personne ne se hasarde à la poser. Je suis persuadé que Callie a briefé les siens pour qu'ils ne me parlent pas d'eux, et d'un côté, je suis soulagé.

Le père de Callie reprend en me posant des questions sur le foot, et je lui réponds volontiers en lui expliquant notre classement dans le championnat. C'est à ce moment-là que Gaby tend un peu plus l'oreille pour s'intéresser à ce que je dis.

— … et puis ça me permet de mettre de l'argent de côté, dis-je pour clôturer mon explication.

Son père fronce les sourcils et se rassoit au fond de sa chaise.

— Peut-être avez-vous besoin d'un peu d'aide, alors ?

Quoi ? Qu'est-ce qu'il veut dire par là ?

— Papa ! s'indigne Callie à l'autre bout de la table.

Je prends une grande inspiration et cale mon dos contre le dossier de la chaise à mon tour. De la façon la plus calme et la plus sincère qu'il soit, je ne réfléchis pas longtemps avant de répondre :

— Sauf votre respect, monsieur, si j'aime passer du temps avec Callie, c'est parce qu'elle est drôle, sensée et qu'elle a une force de caractère que peu de personnes ont. Le reste, j'en ai rien à foutre.

Gros blanc à table.

J'entends Callie déglutir à côté de moi, mais personne n'ose répondre. Heureusement, sa mère qui était repartie en cuisine débarque avec un grand plat sur lequel flottent des boules blanches.

Son père se racle la gorge et se redresse tout en s'adressant à sa femme.

— Je vais servir.

Callie se penche vers moi avec un regard qui en dit long. Je comprends qu'elle me demande silencieusement si tout va bien.

— Ce sont des îles flottantes, crème anglaise et caramel.

Je souris à mon tour pour la rassurer. Tout va bien, ce ne sont pas des remarques de ce genre qui vont me faire perdre pied.

L'embarras est maintenant plus que palpable. Chacun garde le nez dans son assiette et c'est tant mieux, car ce dessert est juste délicieux ! En fait, il correspond tout à fait à Callie : tendre et craquant à la fois…

— Au fait, ma chérie, dit la mère de Callie pour dissiper ce silence pesant. Tu n'as pas oublié que ce soir nous sommes attendus au vernissage de mon amie, Mary. La réception est à 20 h, et nous rentrerons très tard.

— Vous auriez pu me le rappeler ! râle son frère. Je me suis engagé à aider un ami, qui n'a pas de serveur pour ce soir, je ne peux pas annuler maintenant.

— Non, mais ne t'inquiète pas, j'ai appelé Jenna pour qu'elle passe la soirée avec Callie, complète sa mère.

J'assiste silencieusement à cet échange surréaliste. J'hallucine de voir que tous les membres de la famille s'organisent autour de Callie sans même lui demander son avis. Ils la prennent vraiment pour une gamine ! Et ce qui me saute aux yeux, c'est que Callie acquiesce sans rien dire, comme si tout était normal. Je vois bien qu'elle a l'habitude que sa famille prenne des décisions pour elle, et ça m'énerve, mais en même temps, je ne peux rien dire. Pourtant, elle est largement capable de se débrouiller seule, bordel !

— Merci, Maman.

Je rêve !

Au même instant, le téléphone de Callie vibre sur la table.

— Ah, tiens, Jenna m'écrit justement pour me dire qu'elle a un empêchement ce soir, mais c'est pas grave, t'inquiète !

Ils se regardent tous alors. Je vois que chacun cherche une solution pour que Callie ne soit pas seule.

— Je rentrerai au plus vite, commence Gaby.

— Ou sinon nous allons annuler, reprend son père.

— Mais non, ne vous inquiétez pas, je ne crains rien. Je vais me coucher de toute façon. Je peux bien rester seule une heure ou deux, non ?

Même s'ils ne sont pas forcément d'accord dans un premier temps en avançant des arguments plus débiles les uns que les autres, Callie continue tranquillement de leur expliquer qu'il n'y a pas de problème.

Comment elle fait pour rester aussi zen ?

Après ces explications qui n'ont aucun sens, la mère de Callie, visiblement contrariée, rassemble les assiettes afin de débarrasser.

— Je te montre ma chambre ? me propose Callie en me faisant un signe de la tête pour m'indiquer la direction.

Enfin, on va se retrouver un peu seuls !

— Gaby, tu veux bien les accompagner ? crie sa mère depuis la cuisine.

C'est une blague ?!

Ce dernier nous emboite le pas, et je ris nerveusement de me retrouver dans cette situation. C'est juste comique de voir que son frère ne nous lâche pas d'une semelle. Comme si j'allais faire du mal à Callie. Ou autre chose…

Une fois que nous sommes arrivés dans sa chambre, je découvre une immense pièce avec une baie vitrée donnant sur le jardin. La lumière passe largement à travers les vitres et, derrière le lit, je constate qu'il y a une porte menant à une salle de bains.

Callie s'avance et me laisse circuler pendant que son frère s'assoit sur la chaise dans l'angle de la pièce. Les murs sont vert pâle et la déco est assez simple. Je passe devant son bureau et tombe sur un cadre en liège dans lequel sont accrochées des photos de Callie plus jeune et… debout !

Je m'arrête devant un des clichés où elle tient sa copine, Jenna, par le cou. Elles sont déguisées avec des perruques de couleur rose, une jambe levée chacune d'un côté.

Quand j'entends Callie se racler la gorge, derrière moi, je tente de détendre l'atmosphère.

— Le rose te va bien…

En guise de réponse, elle me sourit, et si nous étions seuls, je lui sauterais dessus. Ça commence à être dur de passer du temps auprès d'elle sans pouvoir la toucher. Tant que notre chien de garde sera là, je ne bougerai pas.

— Au fait, Call, pour cet été, j'ai tout prévu ! lance justement notre surveillant.

Cet été ?

Je fais mine de ne pas écouter ce qu'ils disent en continuant mon inspection.

— Comme tu m'as dit que tu avais repris la balnéo, j'ai réservé une chambre dans un super hôtel, qui donne directement sur la mer. Ça ne te dérangera pas, du coup ?

— On verra, Gab, répond-elle en soupirant.

C'est fou, cette façon qu'ils ont de penser que les choix qu'ils font pour son prétendu bien-être sont les bons, sans même lui demander son avis.

Je traverse la pièce et m'assois sur le lit de Callie.

— On poste tes recettes ? lui proposé-je pour changer de sujet.

Enjouée, Callie part chercher son ordinateur et vient au bord du lit à côté de moi. Elle branche son téléphone sur le PC et me le pose sur les genoux.

— À toi l'honneur !

Son frère, qui est en retrait, se rapproche et regarde par-dessus mon épaule pour voir comment je fais. Je reprends les photos et fais un montage rapide pour les poster sur la page d'accueil. Je demande à Callie qu'elle m'explique la recette et je l'écris au fur et à mesure en faisant exprès d'oublier des données comme la quantité de sucre ou la température de cuisson.

— On pourrait faire ça sous forme de jeu. Chacun doit retrouver ce qui manque et envoyer des photos de leur préparation.

— Super idée ! s'exclame Callie.

Elle pose ensuite sa paume sur ma cuisse, et je mettrais ma main à couper que son frère bout derrière nous.

Mais je m'en fous, je fais presque comme s'il n'était pas là.

Après avoir passé la fin de l'après-midi à discuter à trois de tout et de rien, j'ai appris que son frère faisait des études dans le marketing et qu'il entrait à l'université en septembre. Visiblement, il n'a pas de copine, ce qui est dommage. Il serait occupé à autre chose qu'à me faire chier !

Nous regagnons le salon et je salue les parents de Callie, qui sont assis sur le canapé. Ils se lèvent pour dire au revoir à leur tour.

— Merci pour le repas.

— Merci pour les fleurs, répond sa mère tandis que son père lève la main avec un sourire coincé.

Callie me raccompagne, et lorsque nous sommes dehors, elle s'excuse rapidement pour l'ambiance tendue de la journée.

— T'inquiète ! C'était pas si terrible que ça !

Je me penche en avant et elle pose sa main sur ma joue. Ses lèvres me lancent des signaux plus que clairs, mais quand je relève la tête, je vois bien que son frère, mine de rien, nous surveille depuis la fenêtre.

J'esquisse un signe dans sa direction pour faire comprendre à Callie que nous sommes observés. Elle lève les yeux au ciel et rit en mettant sa main devant sa bouche. Je lui envoie un baiser imaginaire et elle sourit en comprenant que je ne peux pas faire autrement.

— À plus, bébé !

Et je repars en direction de chez moi, plus frustré que jamais.

Chapitre 54 – Callie

Je termine ma journée par une douche en repensant à aujourd'hui. Bien qu'il y ait eu des moments de malaise, on peut dire que tout s'est plutôt bien passé. Pour être honnête, entre le caractère explosif de Zack et les a priori de mes parents, je m'attendais à bien pire. Quand bien même ce ne fut pas le repas le plus formidable qu'il soit, je suis plutôt satisfaite. Au fond, je sais qu'ils finiront par changer d'avis. Car, derrière son apparence de brute, Zack est quelqu'un de tellement gentil et prévenant qu'on ne peut que l'apprécier. D'ailleurs, j'ai bien remarqué que mon petit frère commençait à comprendre ce qui m'attirait chez lui – mis à part son physique de dieu grec.

Il va falloir du temps pour qu'il baisse sa garde, mais ça viendra. J'ai confiance.

J'enfile mon pyjama avant de m'installer devant mon blog pour voir si le petit jeu qu'on a proposé a plu. Voir la tonne de commentaires que j'ai reçus me fait sourire jusqu'aux oreilles.

Comme d'habitude, je prends le temps de répondre à chacun, tout en prenant note de certaines demandes ou idées de plats que je pourrais réaliser. Malgré ma concentration, je ne cesse de vérifier mon téléphone pour voir si Zack ne m'a pas envoyé de message. Chaque soir, il m'écrit ou m'appelle pour me souhaiter une bonne nuit, et je suis étonnée qu'il ne l'ait pas encore fait. Mais hors de question de passer pour la petite amie possessive qui ne laisse pas son mec respirer !

Sa petite amie…

Cette pensée me fait toujours le même effet, et je souris bêtement derrière mon écran. J'espère juste qu'il ne lui est pas arrivé quelque chose. Je commence à me poser plein de questions quand un bruit provenant de l'extérieur me fait sursauter. *C'était quoi, ça ?!*

En reconnaissant des bruits de pas, la panique me gagne.

Bon sang, ce n'est vraiment pas le moment de se faire cambrioler ! Mes parents sont partis il y a plus d'une heure et Gaby ne rentrera pas avant minuit.

Le premier réflexe que j'ai est d'attraper mon téléphone pour appeler la première personne à qui je pense. Mes mains tremblent tellement que mon portable manque de tomber par terre. Je suis terrorisée. À peine a-t-il décroché que je me mets à crier :

— Zack, je crois que quelqu'un est entré chez moi !

Pas de réponse. J'entends comme des grésillements, qui me font flipper davantage, surtout quand quelqu'un frappe carrément contre ma porte-fenêtre. Je retiens mon souffle avant de me retourner lentement et j'ouvre grand la bouche en le voyant là, derrière la vitre.

Bien que je sois soulagée, mon rythme cardiaque est toujours très élevé quand je fonce lui ouvrir.

— Bon sang, Zack, j'ai eu la peur de ma vie ! râlé-je. Je sais que tu aimes les blagues, mais franchement, ce genre de…

— Callie, me coupe-t-il. Je n'avais aucune intention de te faire peur.

— Alors, pourquoi tu n'as pas parlé quand je t'ai appelé ? crié-je en croisant mes bras sur ma poitrine.

En voyant ma mine boudeuse, il sort son téléphone de sa poche pour me montrer l'écran complètement fissuré.

— Je l'ai fait tomber en arrivant…

Alors, c'était ça le bruit fracassant ?!

Je lâche un énorme soupir de soulagement avant de prendre conscience que Zack est là, devant ma chambre.

— Mais qu'est-ce que tu fais là ? Comment tu es entré ? demandé-je, en fronçant les sourcils.

Il est habillé de la même façon que lorsque je l'ai quitté tout à l'heure, donc j'imagine qu'il n'a même pas eu le temps de retourner chez lui.

— Je suis venu faire ça, me répond-il en se penchant en avant pour attraper mon visage en coupe et poser avidement sa bouche sur la mienne.

Il prend le temps d'absorber mes lèvres avec une douceur qui me fait perdre la tête. J'enroule automatiquement mes bras autour de sa nuque en approfondissant notre baiser. J'en ai rêvé toute la journée.

— Tu me fais entrer ? souffle-t-il contre ma bouche.

Je me détache de lui pour me décaler et Zack pénètre aussitôt dans ma chambre. Bien qu'il soit déjà venu quelques heures plus tôt, je me sens tout à coup mal à l'aise de me retrouver seule avec lui.

— Tu es fou ! m'exclamé-je. Si mes parents apprennent que tu es là…

Je m'arrête toute seule en le voyant hausser un sourcil.

— Ouais, t'as raison, on s'en fout !

Zack rit avant de me porter pour me poser sur mon lit. Il retire ensuite ses chaussures et s'allonge près de moi, sur le côté. Puis il pose sa main sur ma taille pour me suggérer de faire de même.

— Dommage que tu te sois changée !

Je l'interroge du regard.

— Tu étais magnifique aujourd'hui.

Je baisse les yeux, gênée par son compliment, mais il me fait relever la tête pour que je le regarde dans les yeux.

— Le pyjama, c'est bien aussi, raille-t-il.

Toujours face à face, le regard tendre que nous échangeons m'émeut à un point qu'il n'imagine même pas. Je ne sais pas si je me fais des films, mais ses iris semblent me dire beaucoup plus qu'il n'osera jamais m'avouer à haute voix.

Sans le lâcher du regard, je pose ma main sur sa joue pour caresser sa barbe naissante avec lenteur.

— Tu es si beau…

Il sourit légèrement avant d'approcher son visage du mien pour s'arrêter à moins d'un centimètre de ma bouche. Nos souffles se mélangent, et la chaleur qui se dégage de nous deux me pousse à agripper sa chevelure pour stopper cette douce torture. Tout en m'embrassant, il plaque sa main contre mon dos pour coller mon corps au sien. Il roule ensuite sur le dos, ce qui fait que je me retrouve à plat ventre sur lui. Il me tient fermement entre ses larges bras, et je me sens en totale sécurité. Nous nous embrassons à n'en plus finir et c'est terriblement bon !

Que ça m'avait manqué de me retrouver proche de lui comme ça !

Sans arrêter de cajoler ma langue avec la sienne, je sens ses doigts se glisser sous mon tee-shirt, coulissant le long de ma colonne vertébrale.

Zack reprend son souffle, sans mettre un terme à ses caresses pour autant. Habituellement, c'est dans ces moments-là qu'il finit par s'arrêter même si je le supplie intérieurement de ne pas le faire. Cette fois, il ne se gêne pas pour poser ses mains directement sur mes fesses. Je m'appuie sur mes coudes pour encadrer son visage et il sourit en voyant que c'est moi qui mène la danse, côté baisers.

— Tu sais que je sens quand même quelque chose…, murmuré-je en faisant référence à ses mains, posées sur mon postérieur.

Il éclate de rire et nous bascule ensuite sur le côté gauche. Quand sa main glisse sur ma peau pour atterrir sur mon sein droit, je frissonne carrément. Jamais Zack n'était allé aussi loin dans ses caresses. Jamais.

Du coup, je fais quelque chose qui ne me ressemble pas : je me recule légèrement pour ôter mon vieux haut de pyjama. Je me retrouve alors seins nus, sous ses yeux ébahis.

— Putain, bébé, grogne-t-il en les fixant avec envie. Tu as des seins magnifiques !

Ses paroles me font tressaillir, et je ferme les yeux tandis qu'il se met à les embrasser ardemment. Mes mains dans ses cheveux, la sensation de sentir sa bouche sur ma peau me fait renverser la tête en arrière.

Oh, bordel, j'ai trop chaud !

Je n'arrive pas à croire qu'il me touche enfin ! Je veux dire, qu'il me touche sans aucune retenue. Ses paumes qui glissent sur moi sont aussi douces qu'une plume. C'est exquis.

— Zack…

Il s'arrête immédiatement pour relever le visage et me regarder dans les yeux.

— Tout va bien ? Tu veux qu'on arrête ?

Je me mords la lèvre tant je le trouve adorable.

— Non, je t'en prie. Ne t'arrête pas…

Zack sourit avant de descendre sa main sur ma hanche. Ma respiration se bloque et il attend que je hoche la tête pour continuer. Doucement, il descend mon pantalon de pyjama, mais j'attrape soudainement son poignet.

— Attends ! Tu peux éteindre, s'il te plait ?

Zack fronce légèrement les sourcils, surpris. Puis, quand il prend conscience que je ne veux pas qu'il voie mes jambes nues, il finit par se mettre debout pour aller appuyer sur l'interrupteur. J'en profite pour allumer ma petite lampe de chevet qui éclaire légèrement la chambre d'une discrète lueur orangée. C'est parfait.

En revenant près du lit, Zack ne me rejoint pas tout de suite.

— Callie… tu… tu es sûre que…

Je ne peux m'empêcher de rire en l'entendant bégayer.

— Je rêve ou M. Sûr-de-lui-en-toutes-circonstances est gêné ?

Zack continue de me fixer, montrant qu'il est on ne peut plus sérieux.

— J'ai envie de toi, Zack, déclaré-je sans la moindre once de plaisanterie.

Le désir qu'il éprouve pour moi pétille dans ses yeux, et il recule légèrement pour attraper son tee-shirt et le passer au-dessus de sa tête avant de le balancer au sol.

C'est impossible d'être aussi beau !

Ma peau se couvre de chair de poule en le voyant ainsi devant moi. Je suis folle de son torse. De son corps tout entier. De ses tatouages. Bon sang, je suis folle de lui !

Il se penche sur moi pour faire glisser mon pantalon jusqu'à mes chevilles, qu'il prend soin de lever doucement une à une, afin de me le retirer totalement. Ma gorge se serre qu'il ait accès à mes jambes comme ça, mais je le laisse faire.

Sentir ses mains glisser sur moi fait que je me crispe au début, mais quand il enlève ma culotte, je ne me sens même pas embarrassée. En réalité, je suis troublée par la délicatesse dont il fait preuve.

Lorsque son regard balaie mon corps de haut en bas, je me sens obligée de me cacher le visage avec mes mains. Ensuite, je le sens se pencher sur moi, les mèches de ses cheveux frôlant mon front. Il touche mon nez avec le sien, me poussant à rouvrir les yeux.

— Hé, Callie… bébé… tu es parfaite. Vraiment trop, continue-t-il de sa voix grave en glissant sa main de mon cou jusqu'à mon bassin. Parfaite.

Je reçois comme un coup en pleine poitrine tant cet homme m'attendrit. Je n'ai même pas de mots pour exprimer ce que je ressens à cet instant même.

Zack se redresse à nouveau pour retirer son jean avant de s'allonger complètement sur moi. À cet instant, je me dis que j'aurais aimé pouvoir lever mes jambes pour les enrouler autour de lui. Toutefois, mes mauvaises pensées s'envolent vite tant je suis obnubilée par son corps chaud contre le mien.

De nouveau, il m'embrasse en enveloppant mes seins de ses mains tandis que je caresse son dos large et musclé. Je ne sais pas si c'est dû à ma nouvelle situation, mais jamais ma poitrine ne m'avait procuré un tel plaisir ! Plus Zack la malaxe, plus je perds pied.

Au bout de quelques secondes, il se redresse, et avec une douceur incroyable, il écarte mes jambes pour se placer entre elles. Tout en déglutissant, je le regarde enlever son caleçon et s'équiper seul.

Oh là là, il est trop… trop tout !

Quand il revient sur moi, j'attrape les draps entre mes poings tant le désir embrase mes os. Je sens mon pouls pulser contre mon intimité, et cette fois, j'en suis sûre, je ne l'invente pas, je ressens bien des choses !

— Ça va ? m'interroge Zack, en me caressant la joue avec le bout de son nez.

— Oui…

Se rend-il compte à quel point je lui fais confiance ? Je suis en train de m'abandonner complètement à lui et je sais que je ne le regretterai pas. Il continue de picorer mon cou de minuscules baisers qui m'enflamment au point que je suis obligée de ramener sa bouche vers la mienne pour l'embrasser.

Néanmoins, alors que je devine où s'aventure sa main, je me souviens de quelque chose.

— Attends ! Le docteur Crown, il…

Zack grimace en secouant la tête.

— T'es vraiment en train de penser à ton toubib, là ?

Je me marre avant de secouer la tête à mon tour.

— Mais non, idiot ! pouffé-je sans pouvoir me retenir. C'est que… il m'a dit que mon corps aurait du mal à se lubrifier seul, tu vois…, terminé-je en rougissant.

Un large sourire éclaire son visage tandis que je vois clairement où est positionnée sa main, maintenant.

— T'inquiète, bébé, tout va bien de ce côté-là…

Oh, vraiment ?

Même si j'éprouve quelques sensations, elles sont loin de celles que ressent une femme en général, j'en ai parfaitement conscience. Cela dit, l'homme aux doigts experts qui se trouve au-dessus de moi me fait éprouver des choses que je n'ai jamais ressenties auparavant. J'ai l'impression d'être en feu !

Zack se place sur les coudes et se fige un instant en me regardant droit dans les yeux. À cet instant, je comprends qu'il s'assure que tout va bien, car il commence à entrer en moi.

Comme je m'y attendais, je ne sens pas grand-chose en premier lieu. Mais lorsqu'il se met à faire de lents allers-retours tout en se mordant la lèvre de plaisir, mon palpitant se gonfle dans ma poitrine. Je pose mes mains sur ses joues et trace le contour de ses lèvres avec ma bouche.

Seigneur, mon cœur va exploser, c'est sûr…

Au bout de quelques secondes, ses va-et-vient se font plus rapides, et cette fois, je ressens d'agréables picotements qui font monter la pression. De minuscules gouttes perlent sur le front de Zack pendant qu'il gémit tout en m'embrassant. Même si la plupart du temps ses yeux sont clos, il les rouvre pour m'observer avec attention.

Lorsque je vois sa main redescendre et que je ressens une nouvelle sensation, je comprends qu'il me caresse en même temps pour me donner du plaisir. Même si ça fonctionne, je doute de pouvoir atteindre ce palier. Pourtant, je sens une chaleur extrême se propager partout dans mon corps.

Zack pose son front contre le mien en frissonnant, ses traits déformés par le plaisir qui monte.

— Bébé…, halète-t-il. Je suis désolé… je… ça vient.

Ne souhaitant surtout pas qu'il bloque sur mon plaisir à moi, je descends mes mains le long de son dos pour les poser sur ses fesses musclées afin de suivre le mouvement de ses hanches.

— Oh, putain ! Callie…

La respiration saccadée, j'enfonce carrément mes ongles dans sa peau en appuyant encore plus fort. Cette fois, une vague de plaisir le percute de plein fouet. Zack enfouit son visage dans mon cou et explose en grognant mon nom.

Sent-il les battements frénétiques de mon cœur ? En tout cas, je sens bien les siens contre mon buste et ça décuple mon bien-être.

Toujours dans mon cou, Zack reprend son souffle tandis que je lui caresse les cheveux. Nous restons ainsi un long moment. J'ai l'impression que lui aussi veut rester en moi. C'est comme si nous ne formions plus qu'un et j'adore ça. Je voudrais que ce moment dure toujours…

Je ne sais pas si c'est l'adrénaline, la puissance de ce que je viens de ressentir, ou bien tout simplement parce que j'ai l'impression que c'est le bon moment, mais sans penser aux conséquences, je passe mes bras autour de lui avant de lui murmurer à l'oreille :

— Je t'aime, Zack.

Chapitre 55 – Zack

Allongé sur le dos, je contemple le plafond en silence tandis que Callie, dont la tête est calée sur mon bras, me caresse le torse du bout des doigts.

Ça fait quelques minutes que nous venons de faire l'amour et j'ai l'impression que ni elle ni moi n'osons dire quoi que ce soit. Pour ma part, je suis complément paumé. D'un côté, je viens de passer un pur moment de folie. Je savais que Callie était bien faite, mais pas à ce point-là ! Sa poitrine ressemble à celle d'un mannequin pour soutif. À elle seule, elle m'a rendu dingue. Et le reste de son corps est plutôt harmonieux, finalement. Bien que ses jambes soient très frêles, elles vont bien avec sa taille ultrafine. Quant à sa peau, ai-je déjà caressé quelque chose d'aussi doux ? Je ne sais pas si c'est parce qu'il s'agit de Callie, ou bien parce que ça fait trop longtemps que je suis en mode abstinence, mais je viens de kiffer à mort !

Ce qui me saoule, c'est que même si j'ai eu l'impression qu'elle prenait du plaisir, elle n'a pas explosé comme je l'ai fait. Et ça, on peut dire que c'est une grande première !

J'aurais préféré que cette exception ne se passe pas avec elle, et ça me fait trop chier.

Pourtant, malgré tout, elle m'a dit qu'elle m'aimait. Le pensait-elle vraiment ou était-ce sous le coup de l'émotion ? Je n'en sais foutre rien, mais en tout cas, ces mots m'ont profondément troublé. Je l'ai pourtant déjà entendu de nanas avec qui je m'amusais jusqu'à maintenant, mais ça ne m'avait jamais autant perturbé.

Alors que je recommence à me prendre la tête sur le fait de ne pas l'avoir fait grimper aux rideaux, elle me demande d'une voix anxieuse :

— C'était comment ?

Et c'est elle qui s'inquiète ? C'est le monde à l'envers !

Je retire mon bras de sous sa tête et me soulève sur le coude pour lui faire face. Automatiquement, elle attrape le drap pour couvrir sa nudité.

— C'était trop bon, bébé.

Elle sourit, soulagée. J'aimerais lui demander la même chose, mais j'ai beaucoup trop peur de la réponse.

— Oui, terriblement bon, dit-elle en se mordant la lèvre inférieure.

J'ai bien envie de la croire, surtout en voyant la peau de ses joues se colorer. Elle est trop craquante, putain !

— J'aurais aimé t'emmener aussi loin que tu l'as fait pour moi…

Callie lève la main pour me caresser le visage et même si je ne suis pas habitué à ce genre de contact après le sexe, j'ai l'impression que je peux vite m'y habituer tant c'est agréable.

— J'ai pris énormément de plaisir, Zack, tu n'imagines même pas, me rassure-t-elle, sans cesser ses caresses. C'était inespéré pour moi de revivre ça.

Revivre ça ?!

Je serre les dents et fais tout pour ne pas le lui montrer. Jamais je ne m'étais soucié des ex de mes conquêtes. Encore une première dont je me serais bien passé.

Même si je sais que je ne devrais pas, je lui pose la question qui me brûle les lèvres :

— Tu as eu beaucoup d'aventures ?

— Non, répond-elle aussitôt. Un seul garçon avant, avant mon accident.

Le visage juste au-dessus de sa tête, je peux clairement voir les traits de son visage se déformer en parlant de son passé. Je n'insiste pas même si j'aimerais en savoir plus.

— Il s'appelait Alec, me surprend-elle. On était ensemble depuis un an et il avait promis de ne jamais me quitter. Mais quand je me suis retrouvée comme ça, il a pris peur.

— Qu'est-ce qu'il s'est passé ?

— Au début, il venait me voir à l'hôpital. Faut dire que je n'étais pas très réceptive. Je déprimais beaucoup à cause de ma situation et j'ai bien vu que le regard d'Alec sur moi avait changé. Et quelques semaines plus tard, sans étonnement de ma part ni de mes proches, il m'a quittée.

J'aimerais lui dire que je suis désolé, mais ça serait faux. J'ai envie de casser les dents de ce mec alors que je ne le connais même pas !

— J'ai beaucoup souffert, et pendant des mois et des mois, je pensais à lui tout le temps.

Une sensation désagréable s'empare de ma poitrine lorsque je lui demande :

— Et tu y penses encore ?

— Bien sûr, mais plus de la même manière. Pas depuis que tu as débarqué dans ma vie.

Je retiens un soupir de soulagement tout en restant accroché à ses yeux magnifiques. Soudain, je repense à ses dernières paroles et même si j'aimerais lui dire la même chose, je ne peux pas. Du moins pas maintenant.

Je sais qu'il s'agit de simples mots que les gens prononcent de façon naturelle et spontanée. Seulement pour moi, c'est différent. Ma mère me les disait parfois quand j'étais petit, mais depuis, je ne les ai plus jamais entendus, de ma vie, ou du moins de façon sincère. Et je ne les ai jamais prononcés non plus, du coup. Même pas pour Mia.

— Callie, je... je suis vraiment bien avec toi... et je...

— Zack, me coupe-t-elle en me caressant avec son pouce. Ne t'inquiète pas pour ça, d'accord ? Je ne te l'ai pas dit pour l'entendre en retour. Je te l'ai dit, car c'est ce que j'éprouve, et je voulais que tu le saches.

Je hoche lentement la tête avant de lui embrasser la paume. Elle rit et je me dis que je suis l'homme le plus chanceux du monde.

Puis je me rallonge en face d'elle pour admirer sa beauté parfaite.

— Zack, chuchote-t-elle au bout de quelques minutes.

— Hum ?

— Il y a autre chose que j'aimerais te dire.

Je la sens frissonner. Mes sourcils se froncent lorsqu'un voile humide inonde ses yeux.

— Bébé, qu'est-ce qu'il y a ?

Callie ferme les yeux avant de déglutir et quand elle les rouvre, je comprends tout de suite ce qu'elle compte me dire.

— C'était un samedi, commence-t-elle d'une voix tremblante, qui me retourne le bide.

Elle marque un temps d'arrêt, et je la fixe, abasourdi par sa détresse.

— Je rentrais d'un après-midi shopping avec mes copines. Je venais juste de laisser Jenna au bout de la rue...

Je tente de rester calme, mais ma respiration semble s'arrêter en même temps que la sienne. Je pose ma main sur son cou, comme pour l'encourager.

— On venait d'obtenir notre diplôme, continue-t-elle. Si tu avais vu la façon dont on avait dévalisé les magasins pour être à la mode à l'université !

Callie tente de rire, mais une larme de tristesse dégringole sur sa joue.

— Il ne faisait pas encore vraiment nuit, mais les lampadaires de la rue étaient déjà allumés, poursuit-elle en grimaçant. J'écoutais de la musique tout en regardant l'écran de mon téléphone. Je… j'ai…

Un énorme sanglot l'empêche de continuer, et cette fois, j'attrape son visage pour le coller contre moi, mais Callie m'en empêche en posant ses mains sur mon torse. J'ai vraiment beaucoup de mal à la voir si triste et courageuse à la fois.

— Laisse-moi t'expliquer, Zack. J'ai besoin d'aller jusqu'au bout.

J'acquiesce de la tête même si je ne suis plus sûr de vouloir connaitre la vérité. J'ai l'impression que la pièce tourne autour de moi tant je flippe à l'idée de ce qu'elle va me dire.

Callie se met à trembler comme une feuille avant de lâcher :

— Je me suis fait renverser par un chauffard, Zack.

Mes boyaux se tordent de douleur en imaginant cette horrible scène. Et quand je la vois éclater en sanglots, c'est encore pire. Elle se cache dans ses mains et j'ai l'impression qu'on me plante un couteau en plein cœur !

— J'ai traversé la route sur un passage piéton ! s'écrie-t-elle, toujours en pleurs. Je sais que j'aurais dû être plus attentive, mais… je ne méritais pas ça, Zack !

J'ai trop mal de la voir comme ça, putain !

— Et le pire pour moi a été quand on m'a annoncé que ma moelle épinière avait été touchée. Je…, se reprend-elle en reniflant, je savais que quelque chose n'allait pas, mais quand j'ai compris que je ne pourrais plus jamais marcher, j'ai eu envie de mourir !

Sans lui laisser le choix, je passe mon bras sous son corps pour l'enlacer le plus fort que je peux. Je dépose un long baiser sur ses cheveux pour la réconforter. Qu'elle se livre comme ça à moi me bouleverse. Callie continue de pleurer contre mon torse, ses larmes ayant le même effet que de la lave qui coulerait sur ma peau.

***

Presque immédiatement après notre câlin, Callie s'est endormie dans mes bras. Je ne sais pas combien de temps ça fait que nous sommes dans cette position, collés l'un à l'autre, mais sa respiration régulière me prouve qu'elle dort paisiblement.

Je me doutais bien qu'il lui était arrivé quelque chose d'horrible, mais je n'avais pas imaginé à quel point je souffrirais d'entendre son histoire.

Les yeux toujours rivés au plafond à ruminer toutes ces confidences, je n'arrive pas à fermer l'œil. J'entends alors la porte d'entrée claquer et des bruits de pas se diriger vers la chambre.

Merde !

En tentant d'être le plus discret possible, je me lève du lit et Callie grogne dans son sommeil pendant que j'attrape rapidement mes fringues disséminées un peu partout.

À poil, je pars me cacher derrière la porte de la salle de bains en constatant que les bruits sont de plus en plus proches.

Ils ne vont quand même pas débarquer ici ?

Alors que je me planque comme je peux, je positionne mes mains devant mes attributs quand j'entends la porte s'ouvrir, et des chuchotements : « Elle dort ».

Non, mais c'est une putain de blague ?!

Quand la porte se referme, je lâche un long soupir de soulagement et lorsque je me retourne pour récupérer mon tee-shirt, je me vois dans le miroir, nu comme un ver. Je ris discrètement de cette situation improbable.

Moins une et ses darons me trouvaient dans le pieu de leur fille !

Une fois que la maison est redevenue silencieuse, je me glisse de nouveau sous les draps. Callie gigote légèrement et bien que je reste immobile pour ne pas la réveiller, ses yeux s'ouvrent doucement.

Elle se redresse pour vérifier l'heure, et alors que je m'attends à ce qu'elle panique, elle revient dans mes bras.

— Tu restes encore ? Je ne veux pas que tu partes.

— OK, dis-je immédiatement. Je partirai avant que tes parents se lèvent.

Elle sourit avant de reprendre sa place initiale, et je lutte contre l'envie de fermer les yeux, ayant une bien meilleure idée derrière la tête.

— Hé, bébé ?

— Hum…

— Et si tu me laissais une deuxième chance ?

Callie incline son visage en arrière pour m'interroger du regard, mais lorsqu'elle aperçoit mon sourire en coin, elle comprend tout de suite et se marre en rougissant.

— Je te laisse autant de chances que tu veux, Zack…

Chapitre 56 – Zack

Voilà maintenant deux semaines qu'on a pris le rythme de se rejoindre avec Callie en journée, pendant nos séances au centre, et le soir lors de mes escapades nocturnes secrètes. Et ça, ce sont les meilleurs moments qu'on passe ensemble. On est de plus en plus complices à tous points de vue, et je ne me lasse pas d'être avec elle. Ce qui est plutôt étonnant pour un gars comme moi.

— Ta cicatrice est belle, ta récupération est complète, je te confirme que c'est bien la dernière fois que nous nous voyons ! déclare mon kiné, alors que ma séance se termine.

— Vous voulez dire que tout est fini ?

Il opine de la tête avec un grand sourire.

— Quand est-ce que je peux retourner sur le terrain ? demandé-je, excité.

— Quelle est la date de ton prochain match ?

— Samedi prochain.

— Aucun problème pour moi !

— Merci, doc ! lui dis-je en lui tapant dans la main.

Je récupère mes affaires, et mon sourire ne s'évanouit pas. J'ai enfin fini ma rééducation et je peux reprendre le foot. Je crois que ça fait très longtemps que je n'ai pas été aussi content de pouvoir remettre les épaulières. Ça m'a trop manqué !

Je sors pour rejoindre Callie qui m'attend près du banc. Quand j'arrive, elle lève la tête dans ma direction et son visage semble serein.

— Tu m'as l'air bien heureux, tiens ! me lance-t-elle, quand je me penche en avant pour l'embrasser.

Je bouge les épaules en montant la droite, puis la gauche, tout en jouant des sourcils avant d'écarter les bras en l'air, ce qui la fait exploser de rire.

— J'ai fini ma rééducation et je peux reprendre le sport ! lui dis-je sans pouvoir cacher ma joie.

— C'est génial ! s'exclame-t-elle en me tendant les bras.

Quand nous sommes l'un contre l'autre, elle me serre fort en me frottant le dos.

— Je suis super contente pour toi.

— D'ailleurs, tu préviendras tes parents, je t'enlève samedi prochain.

Callie me regarde de travers, ne comprenant pas ce que je veux dire.

— Ça te dit de venir au match ? lui proposé-je en espérant qu'elle sera d'accord.

— Je ne raterais pour rien au monde le grand Zack en action !

Même si elle se fout de moi, elle me fait rire et je suis soulagé qu'elle accepte de venir me voir.

— Et toi, ça va ?

— Oui, j'ai encore fait quelques pas aujourd'hui et j'ai l'impression d'être moins molle.

Je ris en voyant qu'elle fait preuve d'autodérision. Elle s'accroche et fait de plus en plus de progrès. Je suis fier de son acharnement. Elle ne lâche rien et c'est tout ce qui compte.

— En revanche, je vais aussi devoir reprendre le taf, lâché-je en réfléchissant tout haut.

— C'est bien, non ? De travailler et d'avoir des collègues de boulot…

— Ça dépend…

Elle baisse la tête, et je comprends qu'elle ne sait pas si elle connaitra un jour le fait d'aller sur un lieu de travail et d'échanger avec d'autres personnes.

— Je ne serai pas plus fatigué pour autant, lui laissé-je entendre plutôt clairement en m'approchant doucement.

— Heureusement ! minaude-t-elle avec un regard qui en dit long sur ses arrière-pensées.

Alors que je ne suis qu'à quelques centimètres de son visage, elle se tourne pour prendre une boite dans son sac à dos.

Quand elle ouvre le couvercle, elle sort un muffin au chocolat qu'elle positionne devant ma bouche. Rien que l'odeur me fait saliver. Je croque dedans à pleines dents et je ne suis pas loin de l'extase gustative.

— Tu es trop bonne, bébé !

— Merci ! répond-elle en riant avant de prendre une bouchée à son tour.

— En cuisine, je veux dire.

— Évidemment !

Elle me tend ensuite la boite.

— Tu en donneras à Mia et à ton père.

— Tu es un amour, lui chuchoté-je à l'oreille tout en lui déposant une trainée de baisers sur la joue.

Elle frissonne à mon contact et je suis content de lui faire autant d'effet. Son téléphone vibre au même moment, et son sourire s'évanouit aussitôt.

— Mon père est là, je dois y aller.

— À ce soir, bébé ! lui lancé-je avec un clin d'œil.

Et j'écrase ma bouche sur la sienne, nos langues chocolatées s'accordant à la perfection.

***

Comme tous les soirs, après avoir couché Mia, je traverse la ville avant de passer par-dessus la haie des parents de Callie. Je ressens toujours autant d'adrénaline de venir la voir clandestinement et je n'ai même plus besoin de frapper puisque Callie laisse sa baie vitrée ouverte en m'attendant, me laissant le passage libre.

Quand j'arrive ce soir, elle est encore devant son ordinateur en train de s'occuper de son blog.

— Entre, Zack, j'ai fait une recette avec ma mère et je voulais la poster ce soir, je n'en ai pas pour longtemps.

J'enlève mes chaussures et m'allonge sur son lit en croisant mes bras derrière ma tête. Être dans la même pièce qu'elle suffit à ce que je me sente bien, tranquille et détendu. Une fois qu'elle a terminé, elle se retourne et me tend les bras pour que je l'allonge à côté de moi. Depuis notre discussion au centre, une idée me trotte dans la tête et j'ai besoin de la partager avec elle.

— Callie ? commencé-je en lui caressant les cheveux. J'ai pensé à quelque chose.

Elle a sa main posée sur mon torse et joue avec mon tee-shirt quand elle relève le visage dans ma direction. La façon qu'elle a de me regarder m'intimide parfois, ou me donne des pensées coquines plutôt. Malgré tout, je reste concentré.

— Pourquoi tu ne te lancerais pas en cuisine ? Je veux dire, professionnellement ?

Elle fronce les sourcils.

— Tu veux dire : cuisiner dans un restaurant ?

— Oui, par exemple.

— Mais enfin, Zack, tu l'as bien vu quand on faisait la cuisine au centre, rien n'est adapté pour quelqu'un comme moi.

Je m'installe sur un coude pour lui faire face.

— Oui, mais comme tu dis, ça peut s'adapter, j'en suis sûr.

Elle marque un temps d'arrêt avant de secouer la tête.

— Zack, je ne pourrais pas suivre le rythme d'un restaurant. J'aime cuisiner, mais je fais un plat, ou au max, un repas. Produire pour toute une clientèle, ça voudrait dire travailler à plusieurs, et je ne peux pas faire partie d'une brigade de cuisine. Je ne suivrais pas.

Je réfléchis à ce qu'elle me dit, mais au fond de moi, je suis persuadé qu'elle peut percer dans ce milieu. Elle est passionnée et elle est douée. Il doit y avoir une solution !

Après quelques secondes silencieuses, je reprends :

— Fais des plats à emporter, alors ! Et moi, je m'occupe des livraisons. Tu cuisines chez toi et tu proposes une formule par jour. Je suis sûr que ça marcherait pour ceux qui bossent en entreprise comme moi et qui ne prennent pas le temps de bouffer. Au moins tout le monde serait content. Et toi, il te suffirait d'avoir de plus grosses casseroles.

Callie se marre en me regardant avant de ralentir son geste pour venir poser sa main sur ma joue.

Putain, dès qu'elle fait ça, ça me donne des frissons !

Elle tend les lèvres dans ma direction et j'approche mon visage du sien quand nous sommes interrompus.

— Call ? hurle une voix à travers le couloir menant à sa chambre.

Je reconnais immédiatement qui est en train de se diriger vers la porte de Callie.

— Vite, Zack, cache-toi ! chuchote-t-elle en me poussant hors de son pieu.

Je roule sur le côté jusqu'à m'écraser à plat ventre sur le parquet. Je ris tout seul de devoir me glisser sous le lit.

— Gaby ? Mais qu'est-ce que tu veux ? demande Callie en faisant comme si elle était à moitié endormie alors que j'imagine d'ici qu'elle est rouge comme une tomate.

— Je voulais voir si je n'avais pas oublié mon formulaire d'inscription quand on a discuté tout à l'heure.

— Et tu te soucies de ça à cette heure-ci ?

J'entends les draps de Callie se froisser me faisant comprendre que Gaby a décidé de s'installer pour discuter. Je respire très lentement pour éviter de me faire repérer, mais je commence à avoir des crampes à rester plaqué contre le sol. Après qu'il lui a exposé tout ce qu'il avait à préparer, il se lève enfin et se dirige vers la porte. C'est le petit grincement du lit qui me fait comprendre qu'il est sur le point de s'en aller.

Ouf, c'était moins une !

— Bonne nuit, Callie ! lance-t-il, un sourire dans la voix. Et… bonne nuit, Zack !

Oh, merde, je suis grillé !

J'attends tout de même qu'il sorte et quand je me relève, nous marquons tous les deux un temps d'arrêt, mais il ne nous faut pas plus de quelques secondes pour partir dans un énorme fou rire.

Chapitre 57 – Callie

Alors que Zack me porte pour m'installer sur le siège passager de sa voiture, mes parents assistent à toute la scène, les bras croisés devant l'entrée. Je sais pertinemment que me voir partir avec lui ne les enchante pas, mais en même temps, je ne leur ai pas trop donné le choix. Je suis tellement contente de pouvoir aller voir mon amoureux exercer sa passion. Et puis il semble si emballé de me faire partager ça que je ne pouvais pas lui refuser.

— Nous serons là pour 19 h au plus tard, lance Zack à mes parents tandis qu'il place mon fauteuil dans le coffre de sa petite voiture.

Elle n'est pas récente, mais elle lui ressemble complètement. Rangée à moitié, elle sent son parfum musqué, et je me sens immédiatement comme chez moi, une fois installée dedans.

— Prête, bébé ?

— Prête !

Il sort de la propriété de mes parents et s'engage sur l'axe principal. Ça me fait un drôle d'effet de me retrouver là, seule avec lui. J'ai l'impression que nous sommes comme un couple ordinaire qui sort. C'est une grande première pour moi ! Je n'ai pas pour habitude de m'exposer au regard des autres, et je sais qu'aujourd'hui je me lance aussi un défi à moi-même d'aller assister à ce match. Qu'à cela ne tienne, je suis forte et je ne vais pas me laisser avoir par des regards désagréables ou autres !

— Je suis trop content que tu viennes ! commence Zack en me regardant du coin de l'œil et en posant sa main sur ma cuisse.

Je la prends aussitôt dans les miennes et j'ai l'impression de voir un petit garçon tout excité. Son sourire n'est pas comme d'habitude, on dirait qu'il est intimidé et c'est trop craquant. Il porte ma main à sa bouche et m'embrasse le dessus de la main.

Il se concentre ensuite de nouveau sur la route en prenant le volant à deux mains pendant que je regarde le paysage défiler à travers la vitre. La radio diffuse alors une musique que je reconnais immédiatement. Je me permets de monter le son.

Savage Love.

— Tu ne devais pas m'apprendre la choré ?

Zack se retourne vers moi en riant et se redresse pour plier son coude gauche avant de le rejeter vers l'arrière. Il lève ensuite la main et tend le bras pour la reposer sur le volant. Il bouge exagérément le torse en se dandinant, puis il reproduit le même geste avec l'autre main tout en suivant le rythme du refrain.

Mon Dieu, qu'il est sexy quand il se déhanche… et sa façon de me regarder quand il remue me donne chaud !

Nous arrivons à un feu rouge et alors que nous sommes arrêtés, la mélodie reprend. Je reproduis alors ses mouvements à l'identique et sans nous quitter des yeux, nous nous balançons tout en bougeant les bras.

Je ne peux m'empêcher de rire en nous voyant danser ensemble, et Zack me suit tandis qu'il enclenche la première.

— Tyler sera là ? lui demandé-je, enjouée à l'idée de le revoir.

— Ouais. Par contre, mon père, qui n'assiste jamais à un match, a décidé d'emmener Mia pour ma reprise. Je suis sûr que c'est juste pour me faire chier !

— Mais non, Zack, ton père veut certainement te faire plaisir en venant te voir.

— C'est bizarre comme cette phrase sonne faux.

Je tourne la tête dans sa direction et pose ma main sur son avant-bras.

— Zack, ne vois pas le mal tout le temps. Pourquoi tu es si dur avec lui ?

Je laisse passer quelques secondes, et il ne répond rien, son regard fixé sur la route.

— Tu sais, moi aussi, il m'est arrivé d'être horrible avec mes parents et Gaby, après mon accident. Quand on perd quelque chose – ou quelqu'un –, on devient aigri.

Sa mâchoire se contracte, mais il reste silencieux.

— Dans la vie, je pense que tout le monde a droit à une deuxième chance, tu ne crois pas ? demandé-je pour le faire revenir dans la conversation.

Il secoue la tête pour me montrer son désaccord, mais je sais qu'au fond ce que je lui dis le fait réfléchir.

Nous arrivons sur un parking et Zack se gare. Avant de sortir de l'habitacle, il se penche dans ma direction pour m'embrasser.

— Au fait, tu ne m'as même pas dit bonjour, murmure-t-il contre mes lèvres.

Son baiser, bien que rapide, me consume. Quand nous sortons, Tyler arrive dans notre direction.

— Oh, mais même Callie est de la partie, c'est génial ! Comment ça va ? me demande-t-il en se penchant pour me faire la bise.

J'aime trop ce mec !

Nous partons tous les trois en direction du stade et les garçons me font signe de contourner les gradins pour aller m'installer au bord du terrain pendant qu'eux rejoignent les vestiaires.

Je m'arrête vers les barrières et constate que beaucoup de monde a fait le déplacement pour venir assister au match. Les tribunes sont presque complètes. Des familles, mais aussi beaucoup de jeunes de mon âge, sont venus encourager leur équipe favorite.

Une musique forte commence à résonner à travers les haut-parleurs, et une troupe de filles débarquent sur le terrain, chacune vêtue d'une jupette à volants et d'un haut moulant de couleur rouge et or. Dans leurs mains, des pompons, qui me font dire que les *cheerleaders* entrent en action.

En effet, elles se positionnent et crient des paroles inaudibles avant de prendre des positions improbables. Je fais abstraction des picotements que je ressens au creux de ma poitrine en voyant ces filles, qui ont à peu près mon âge, se déhancher de la sorte, et me concentre sur la scène.

Malgré leurs cris, je comprends que le nom de l'équipe est les « Argonautes », visiblement. Après dix minutes de pirouettes en tout genre, l'équipe de Zack entre sur le terrain. Les joueurs se positionnent sur une rangée et commencent à s'échauffer. Zack ne manque pas de river son regard au mien tandis qu'il sautille en faisant des ronds avec ses bras. Tous les joueurs font les mêmes mouvements. Une fois cette phase terminée, ils se mettent en ligne et enfilent leur équipement complet.

Alors que j'ai détourné le regard un petit instant, je mets quelques secondes à distinguer où se trouve Zack. Quand il se retourne dans ma direction et lève le bras, je bloque tout de suite sur lui. Il porte le numéro 10 et ses jambes sont parfaitement moulées dans son long cuissard doré. L'équipement sur le haut de son corps lui donne cette carrure surdéveloppée qui met en avant sa taille fine et ses fesses.

Bon sang, qu'il est bien foutu !

Les autres, autour, ont des physiques différents qui vont du grand élancé au plus costaud, certainement en tête lors des mêlées. Je découvre ce sport dont Zack m'a parlé à plusieurs reprises. À vrai dire, je n'ai jamais bien compris les règles, mais peut-être qu'en y assistant en direct, je vais saisir le rôle de chacun.

Le match commence et je remarque que les périodes avec le ballon sont plutôt courtes et que, dans les tribunes, les supporters crient « Attaque » ou « Défense » selon la position des joueurs. Je ne comprends pas trop comment sont calculés les points, mais tout ce que je vois, c'est que l'équipe de Zack est devant pour le moment.

À la mi-temps, tous les joueurs regagnent les vestiaires, et Zack n'oublie pas de me lancer un clin d'œil pour me rassurer. Il est adorable !

Alors que je regarde autour de moi, une petite fille que je reconnais me fonce dessus.

— Calliiiiie ! crie Mia en me prenant par le cou.

Je la serre à mon tour.

— C'est trop bien que tu sois là ! continue-t-elle sans enlever sa main de mon épaule.

— Ça va Mia ?

— Oui, tu as vu, mon frère est trop fort ! Et mon père est là-haut, lance-t-elle en tendant le bras en direction des gradins.

Je ne vois absolument pas de qui elle parle, mais je souris. Certaines personnes passant à côté de nous, nous observent et Mia en salue deux en leur tapant dans la main. Elle est complètement dans son élément ! Les pom-pom girls reviennent sur le terrain et la musique reprend.

— J'y vais, à tout à l'heure ! me dit-elle joyeusement en me déposant un bisou sur la joue.

Cette gamine est trop mignonne. Quand le match reprend, je me concentre sur le terrain et suis attentivement le match jusqu'à la fin. Je n'arrive pas à lâcher Zack des yeux. Quand il se penche en avant, les mains posées sur les cuisses, j'admire sa silhouette athlétique, et quand il court avec le ballon en main, il m'impressionne par sa vitesse. Je suis encore plus charmée de le voir prendre autant de plaisir en exerçant sa passion.

Quand le coup de sifflet final retentit, j'applaudis la performance de l'équipe de Zack. Il arrive alors dans ma direction, avec son casque dans la main, ses cheveux impeccablement décoiffés.

— On les a tués !

— Oui, j'ai vu, bravo !

Son sourire est percutant. Il semble tellement heureux d'avoir retrouvé le terrain. Je lui fais signe de s'approcher pour lui chuchoter à l'oreille :

— Ce petit short moulant te va à merveille.

Je sens que Zack sourit contre mon oreille et au lieu de répondre, il pose rapidement ses lèvres humides sous mon lobe droit, ce qui me provoque un frisson que j'ai du mal à dissimuler.

— Zaaack ! crie la même voix de fillette derrière lui.

À peine se retourne-t-il que Mia lui saute dans les bras. Quand il la repose, ils se tapent dans une main, puis dans l'autre, et se donnent un coup de hanche. J'imagine que c'est leur moyen de se féliciter de la victoire, et ça me fait rire. Mia lui dépose un baiser sur la joue et repart aussi vite en direction du parking.

— Tu me rejoins à l'arrière des vestiaires dans un quart d'heure ?

Je positionne ma main sur ma tempe pour lui faire signe que j'obéis à ses ordres. Le sourire charmeur qu'il m'adresse me fait vibrer. Il est encore plus sexy quand il est en sueur.

Je profite encore quelques minutes du soleil et prends des photos du terrain pour garder un souvenir de notre première vraie sortie. En même temps, cela me permet d'éviter la vague de spectateurs qui quittent les gradins.

Quand je repars en sens inverse, je contourne le bâtiment et m'arrête net en surprenant une conversation. Je colle le dos de mon fauteuil au mur et comprends, à son intonation, que Zack est énervé.

— Alors, c'est pour ça ?

J'entends d'abord cette phrase de quelqu'un dont je ne reconnais pas la voix.

Je me penche discrètement et j'aperçois un homme un peu plus petit que Zack et légèrement vouté lui faire face. *Son père, sans doute.*

— C'est pour elle que tu joues au gars bien ? Est-ce que tu te rends compte de ce que tu es en train de faire, Zack ?

— Tu ne sais pas de quoi tu parles !

— Réfléchis deux minutes, est-ce que tu as conscience que d'être avec quelqu'un comme ça va t'empêcher de vivre normalement ?

— Qu'est-ce que ça change ? braille-t-il.

— Toi qui as des rêves plein la tête, si tu restes avec elle, tu peux faire une croix sur les voyages, les sorties. Comment tu veux faire avec quelqu'un d'impotent ?

— Ferme-la !

Au son de sa voix éraillée, je sens que Zack parle en serrant les dents. Et à chaque parole de son père, je prends un coup de poignard dans le cœur.

— Zack, tu es jeune, tu as toute la vie devant toi…

— Qui tu es pour savoir ce qui est bien pour moi ?

— Si tu restes avec elle, tout le monde finira par te tourner le dos !

Deuxième coup de machette. Même si je sais qu'au fond le père de Zack n'a pas tort, l'entendre dire tout ça aussi distinctement me retourne l'estomac.

Je ne suis qu'une impotente.

Et moi qui commençais à reprendre confiance en moi et à pouvoir affronter le regard des autres, voilà que je percute que, finalement, rien ne changera jamais. L'état dans lequel je suis poussera toujours les personnes de mon entourage à se défiler parce que oui, soyons honnêtes, ce n'est pas facile d'être aux côtés de quelqu'un qui ne peut pas se mouvoir aussi facilement qu'il le voudrait. Même si j'ai autant à offrir qu'une fille valide de mon âge, le fait d'être immobilisée dans cette machine en fer coupe court à la majorité des rêves d'étudiants.

J'entends alors un froissement de tissu et Zack chuchoter très fort :

— Retire ce que tu viens de dire ou je te casse la gueule !

— Hé, mec, stop ! crie une autre voix que je reconnais.

Tyler...

— Tu aurais mieux fait de ne pas venir, dégage ! crache Zack d'un ton acerbe.

Je peux deviner qu'il est essoufflé et visiblement très en colère quand son ami essaie de le réconforter comme il peut.

Je me recule et retiens au maximum mes larmes en faisant le bilan de toutes les horreurs que je viens d'entendre. Bien que le deuil de ses membres soit bien plus difficile à accepter que l'impossibilité de faire des voyages par exemple, je me rends compte qu'indirectement je ne suis qu'une entrave pour quelqu'un comme Zack. Et me le prendre en pleine face est encore plus dur à accepter.

J'inspire profondément pour éviter d'éclater en sanglots et je recule pour rejoindre l'avant du bâtiment quand une grande blonde se décale exagérément lorsque je passe devant elle.

Je ne suis finalement qu'un obstacle pour tout le monde...

Zack me voit arriver au loin et me fonce dessus. Bien que son visage soit fermé, je vois qu'il fait l'effort de sourire pour ne pas m'inquiéter.

— On y va ?

J'acquiesce de la tête et je le suis jusqu'à la voiture.

Quand il me porte pour m'installer sur le siège, il avance son visage vers le mien :

— On ne félicite pas le grand champion ? raille-t-il en posant ses lèvres sur les miennes.

Je ne lui rends que brièvement son baiser, car mon esprit est ailleurs. Je constate qu'il voit que je ne suis pas dans mon état normal, mais je ne peux pas lui dire que j'ai tout entendu, il deviendrait fou !

Nous nous engageons sur la voie principale, et Zack commence à m'expliquer certaines actions du match, qu'il a franchi je ne sais combien de yards en une fois, etc. Je n'écoute qu'à moitié, ayant toujours les paroles cinglantes de son père qui me tournent dans la tête.

— Hé, ça va, bébé ?

— Oui, oui.

— Ça te dit de venir boire un verre avec nous ce soir pour fêter notre victoire ?

À peine a-t-il fini sa phrase que des évidences me reviennent en pleine figure. Et comment je vais faire pour rentrer dans un pub dans lequel toutes les tables sont collées ? Je ne peux pas non plus m'accouder à un bar, tout ça n'est pas pour moi ! Encore une fois, je ne peux pas imposer à Zack de ne pas profiter de son exploit.

— C'est gentil, mais je suis fatiguée, je préfère rentrer.

— Tu es sûre que tout va bien ?

— Oui, je veux juste aller me reposer. Toi, va fêter ça avec tes potes. Il n'y a pas de problème.

— Alors, je partirai plus tôt pour te rejoindre.

Je tourne la tête dans sa direction pour lui dire :

— Non, Zack, pas ce soir. Je pense que je vais m'écrouler de fatigue, donc ça ne sert à rien.

Il fronce les sourcils, visiblement contrarié par mes propos, et je me surprends moi-même à parler de façon aussi froide et détachée.

Quand nous arrivons devant chez moi, il s'occupe de tout et se penche vers moi pour me demander :

— On se voit demain midi ? Mon coach veut que j'aille courir avec lui le matin pour retrouver mon endurance. Ensuite, je t'emmène déjeuner dehors.

— D'accord, lui dis-je en évitant d'affronter son regard.

Je me sens mal d'agir comme ça, mais je ne peux pas faire autrement. Zack prend alors mon visage en coupe pour m'obliger à le regarder dans les yeux.

— Tu me le dirais si quelque chose n'allait pas ?

— Bien sûr, acquiescé-je en avançant mes lèvres pour l'embrasser rapidement avant de me retourner. Bonne soirée.

Puis je remonte en direction de la porte d'entrée tandis que Zack regagne sa voiture. Quand je comprends qu'il a quitté la cour, je relâche tout l'air contenu dans mes poumons, laissant par la même occasion quelques larmes me brûler les joues.

Chapitre 58 – Callie

Je n'ai pas fermé l'œil de la nuit. Les paroles du père de Zack se diffusent sans interruption dans ma tête. Impossible de penser à autre chose !

C'est peut-être démesuré, mais je suis anéantie. J'ai la sensation d'avoir fait un bond en arrière, d'être redevenue la pauvre infirme d'après l'accident. Depuis hier, je me sens de nouveau comme à mes débuts dans ce fauteuil, c'est-à-dire faible, impuissante et vide.

En regagnant ma chambre après un petit-déjeuner auquel je n'ai presque pas touché, je reçois un message de Zack.

[Bien dormi ? Je sors de mon entrainement, je serai là pour 12 h.]

Le boule que j'ai au fond de l'estomac s'agrandit alors davantage. Non pas que je n'aie pas envie de le voir, au contraire, seuls ses bras réconfortants pourraient m'aider à me sentir mieux. Mais j'ai bien réfléchi et même si ça me crève le cœur d'imaginer ma vie sans lui, je ne peux pas lui faire ça. Zack est un jeune garçon libre et insouciant. Il a toujours un tas d'idées absurdes et des rêves plein la tête. À part être un frein pour lui, je ne lui apporterai rien de positif.

Je suis déjà un boulet pour mes parents, mon frère, Jenna… Hors de question que j'emprisonne également l'homme que j'aime. Il mérite mieux que ça !

Ça me tue de l'admettre, mais son père a complètement raison.

Je réponds un simple « OK » avant d'aller me préparer. J'ai à peine fini de m'habiller que la sonnette de la maison retentit et je n'ai pas le temps de me demander qui ça peut être que j'entends ma mère hurler mon nom à travers la maison. Je fronce les sourcils en vérifiant l'heure sur ma montre. Ça fait moins d'une heure que Zack m'a écrit, ça ne peut donc pas être lui.

Mais quand j'arrive devant la porte d'entrée, il est bien là, adossé au mur de l'entrée. De profil, il est légèrement penché en avant, les bras ballants.

— Zack ? murmuré-je en approchant.

Lorsqu'il tourne la tête pour me regarder dans les yeux, mon cœur tressaille. Je lis de l'inquiétude sur son visage, comme s'il se doutait de ce que je m'apprête à faire.

Ses cheveux sont encore humides et il est vêtu d'un jogging et d'un simple tee-shirt.

— Je suis venu direct après mon footing, m'explique-t-il d'une voix calme.

— Pourquoi ?

Zack arque un sourcil et sourit légèrement avant de me répondre :

— Content de te voir aussi ! Oui, ma matinée à cracher mes poumons s'est super bien passée, merci de demander.

Je soupire de lassitude.

— T'étais censé arriver dans une heure !

Ses traits se referment soudainement. Zack prend une profonde inspiration avant de me demander sérieusement :

— Qu'est-ce qui se passe, Callie ? Hier, tu me montres clairement que tu ne veux pas passer la soirée avec moi, et aujourd'hui, tu réponds à peine à mes messages.

— Je t'ai dit que j'étais fatiguée !

Mon haussement de ton le surprend, mais il reste étrangement calme.

— D'accord. Si tu préfères qu'on reste tranquilles aujourd'hui, on peut très bien rester ici ou…

— Non, Zack, le coupé-je en fermant brièvement les yeux. Je veux juste être seule.

— Pourquoi ? demande-t-il d'un ton paniqué.

Vu que je ne réponds pas tout de suite, il se lève pour se rapprocher de moi, et s'accroupit pour être à ma hauteur. J'ai beaucoup de mal à le regarder dans les yeux. Malgré tout, je prends mon courage à deux mains.

— Zack, je… je suis désolée…

Il fronce les sourcils en attendant la suite, mais le problème, c'est que je suis incapable de continuer à parler.

J'arrive à retenir mes larmes et à le fixer sans ciller alors que Dieu sait à quel point j'ai envie de m'effondrer devant lui. Mes yeux me brûlent et je serre les lèvres pour éviter qu'elles ne tremblent.

— Callie, bébé… qu'est-ce qu'il se passe ? Tu peux tout me dire.

Sa voix brisée me transperce la poitrine. Il pose sa main sur la mienne, mais je la repousse si vivement qu'il écarquille les yeux, choqué.

— Je suis désolée, dis-je à nouveau.

— Désolée de quoi, bordel ? s'énerve-t-il sans bouger.

— Pour… tout ça.

— Quoi ? Attends, tu… t'es en train de me larguer, là ?

Mon pouls palpite à une vitesse affolante lorsque je lui réponds :

— On ne peut pas continuer comme ça, Zack.

J'ai de plus en plus de mal à soutenir son regard. Surtout en percevant diverses expressions traverser son visage. De la colère, de la tristesse et de la stupeur. Tout ça à la fois.

— Putain, mais pourquoi tu fais ça ?! hurle-t-il en se redressant.

Je ne réponds pas et il secoue la tête, comme s'il essayait de comprendre la situation. Il pose ses mains sur sa tête et serre les dents. Je connais Zack et sa persévérance. Si je lui donne la vraie raison, il ne me lâchera pas. Il fera tout pour me convaincre que mon handicap n'est pas un problème, je le sais.

Si je veux qu'il laisse tomber, je n'ai pas d'autre choix que de lui mentir.

— Tu l'as dit toi-même quand on s'est rencontrés, on ne vient pas du même monde, toi et moi.

Ses épaules se haussent et s'abaissent tandis que ses yeux s'arrondissent davantage.

— Tu te fous de ma gueule, Callie ?

Ses lèvres se tordent de rage tandis que son regard me lance des missiles. Malgré tout, je reste impassible. Je sais que Zack ne me fera jamais de mal.

— Et quoi, ça t'est venu comme ça, tout d'un coup ? demande-t-il avec hargne.

— Je m'en suis rendu compte hier, en passant la journée dans ton… environnement.

Seigneur, j'ai envie de vomir rien que de m'entendre prononcer ces horreurs ! Plusieurs secondes s'écoulent avant qu'il ne réagisse à mes paroles. Zack ne me lâche pas des yeux en tentant de canaliser sa respiration devenue bruyante. Il serre les poings à s'en faire blanchir les jointures, et je me dis que ça m'aiderait bien s'il me sortait un truc immonde à son tour.

S'il pouvait être odieux avec moi, je me sentirais peut-être moins coupable de le quitter comme ça.

Soudain, il ferme fortement les yeux et quand il les rouvre, j'aperçois quelque chose qui me glace le sang. De la déception.

Je recule vers la maison, mais il fait un bond en avant pour m'attraper le poignet. Sa main tremble, et même s'il me tient fermement, je sens qu'il se contient pour ne pas me faire mal. Mes yeux font des va-et-vient entre son visage et ses doigts sur ma peau. Je suis tout à coup tiraillée entre mon envie – égoïste – de le prendre dans mes bras et mon devoir de le laisser s'en aller.

Je fais ça pour toi, Zack.

— Alors, c'est tout ? grogne-t-il en contractant la mâchoire. Tu me quittes parce que tu t'es rendu compte que je n'étais pas assez bien pour toi ? Parce que je n'ai pas…, continue-t-il en désignant ma maison, tout ça !

Au risque de fondre en larmes, je continue de le fixer sans répondre. Zack scrute attentivement ma réaction avant de me relâcher subitement pour reculer.

Vas-y, Zack, dis-le !

Dis quelque chose d'horrible qui pointe le fait que je ne suis qu'une pauvre handicapée sans avenir. *Fais-moi mal, putain !*

— Je…, commence-t-il. Je croyais… j'aurais aimé ne jamais te rencontrer.

Zack me lance un regard noir avant de me tourner le dos. Et plus j'entends ses pas s'éloigner de moi, plus je sens mon cœur se briser en mille morceaux.

Chapitre 59 – Zack

On n'est pas du même monde… Ces mots passent devant mes yeux comme un bandeau publicitaire.

Quel con j'ai été de me laisser embarquer dans cette connerie de relation avec une fille ! Même si, au fond de moi, je savais que je n'étais pas digne de Callie, je ne l'aurais pas cru capable de me dégager comme ça.

En même temps, je ne sais pas à quoi je m'attendais en me mettant avec une fille de sa classe sociale. C'est sûr que si je compare sa baraque et le taudis dans lequel je vis, ses parents toujours impeccables sur eux à mon alcoolique de père… et à ma mère, qui s'est barrée, tandis que la sienne est aux petits soins, c'est évident qu'on n'a juste rien à faire ensemble. Ça ne pouvait pas se finir autrement.

Je serre tellement le volant que mes phalanges se tétanisent pendant que mes yeux me brûlent. Sur la route, je roule sans faire gaffe à tout ce qui m'entoure, mais lorsque je pile à un feu rouge que je ne vois qu'au dernier moment, les images de Callie traversant une route m'éclatent à la gueule.

Les dents serrées et le souffle court, je prends la direction du squat dans lequel on se retrouve avec Tyler, le soir. Comme on est dimanche, et en plein milieu de la journée, je ne devrais pas le croiser. Il n'y a pas intérêt à ce qu'il y ait quelqu'un parce que je ne suis pas d'humeur à causer. Je crois que je serais même capable de cogner le premier qui passe, juste pour me décharger de toute cette haine qui me broie les entrailles.

J'ai besoin de digérer. Seul.

Quand je me gare devant et que je rejoins le hangar désaffecté à côté des rampes de skate complètement déglinguées, je réalise à quel point je vis dans un environnement pourri. Alors que c'était mon quotidien il y a peu de temps encore, le seul mot qui me vient en voyant cet endroit est : misère. Et c'est tout ce que je suis, finalement : un miséreux.

Tu m'étonnes que Callie ne veuille pas de tout ça ! Faut être dingue pour avoir envie d'être avec quelqu'un qui a un quotidien miteux.

Une fois à l'intérieur, l'odeur de pisse me prend à la gorge tandis que mes yeux s'arrêtent sur des cadavres de boites de fast-food dans lesquelles je balance des coups de pied pour me défouler. Les murs sont tagués, et cette zone qui autrefois me permettait de venir me détendre en fumant des joints avec mes potes me donne envie de gerber aujourd'hui.

Après avoir shooté dans des bouteilles et des canettes, je m'assois sur le rebord de l'ouverture donnant sur l'extérieur et regarde au loin pour tenter de me calmer. Rien n'y fait, je n'arrive pas à penser à autre chose.

Callie m'a quitté.

Ça me semble irréaliste, putain ! C'est un cauchemar duquel je vais me réveiller, ce n'est pas possible.

Ses paroles me reviennent et ce qui me fait le plus mal, c'est la détermination avec laquelle elle m'a parlé. Je suis sûr qu'elle ne reviendra pas dessus et ça, ça me fait chier !

Sans réfléchir, je me lève et donne un grand coup de poing dans le bloc électrique en plastique et le fends carrément en deux.

Ma main qui est passée à travers se met à saigner et je remarque que la décharge de douleur qui me traverse les doigts n'est finalement rien à côté de celle que je ressens au fond de moi.

J'ai tellement les nerfs !

Je tourne comme un lion en cage en respirant bruyamment et j'ai envie de tout casser.

La tête dans les mains, j'ai envie de m'arracher les cheveux. Je souffle fort et ma vue se brouille.

J'ai vraiment envie de tout défoncer, mais je me force à ne plus bouger pendant un moment.

Quand j'arrive à reprendre un peu mes esprits, j'essaie de rassembler mes idées, mais le constat est rapide à faire. C'est évident que lorsque Callie a vu mon entourage, elle a dû prendre peur. Je ne suis finalement qu'un raté, comme mes parents, incapable d'apporter du positif à quelqu'un.

Comme ma mère a pu le faire auparavant, Callie m'a abandonné, car je ne suis digne de personne. Je n'ai peut-être que ce que je mérite, finalement.

Pourquoi je me suis autant attaché à elle, putain, pourquoi ? J'étais un peu sur mon nuage à croire que quelque chose de beau serait possible entre nous, mais en fait, je ne pourrai jamais rendre heureuse une fille aussi bien que Callie. Je suis le seul responsable de ma situation et malgré le mal que ça me fait, je ne lui en veux pas. J'arrive même à comprendre qu'elle ait agi ainsi parce que je n'ai rien à lui offrir, à part une vie pourrie, absolument pas à la hauteur de ce qu'elle connait.

Ses parents avaient raison, un gars dans mon genre avec une fille comme elle, ça ne peut pas fonctionner.

Ça fait tellement mal, bordel !

Après avoir fait ce rapide bilan sur qui je suis et surtout sur ce que j'ai perdu, je reprends la route en direction de chez moi.

S'il y en a un qui va être content de me voir comme ça, c'est mon père. Ce tocard va se frotter les mains de savoir que je suis désormais seul.

Quand j'arrive devant chez moi, je souffle d'avance.

Je rentre en bousculant la porte, qui va claquer contre le mur juste derrière, ce qui fait relever les yeux de mon géniteur. Je passe rapidement en levant la main dans sa direction pour le stopper direct. Il n'a plutôt pas intérêt à parler parce que je risque de lui démonter la tête s'il ose me dire quelque chose.

Je rejoins ma chambre à grandes enjambées, et une fois assis sur mon lit, je relâche doucement la pression.

Un coup est frappé à ma porte.

— Pas maintenant !

Mais à peine ai-je répondu que la porte s'ouvre sur ma petite sœur.

— Pas maintenant, Mia.

Évidemment, elle se fout royalement de ce que je lui dis et avance dans ma direction, ce qui me pousse à baisser les yeux au sol.

— Ça ne va pas ?

Elle s'accroupit et passe sa tête sous la mienne pour me regarder. Je relève la tête et ses yeux s'écarquillent.

— Tu as fumé, Zack ?

— Non, qu'est-ce que tu racontes ?

— Tu as les yeux tout rouges, tu me fais peur ! dit-elle sans pouvoir fermer la bouche tellement elle semble choquée devant ma tête.

— Et ta main ? Tu t'es battu ?

Voir ma sœur si vulnérable et à la fois tellement mature pour son âge continue de m'achever. C'est pas normal non plus qu'une gamine de neuf ans se pose ce genre de questions. Et encore une fois, je prends en pleine gueule le fait que ma vie n'a rien en commun avec celle de Callie dans laquelle, même en étant quasi adulte, elle est protégée.

Rôle des parents, finalement.

De mon côté, et même si je tente au mieux d'éviter à ma sœur d'avoir un quotidien désastreux, je me rends à l'évidence qu'elle en connait déjà bien trop pour son âge.

— Non, Mia, je ne me suis pas battu. J'étais juste énervé, tenté-je de lui répondre d'une voix calme.

— Je vais chercher des pansements.

Elle quitte la pièce rapidement. Pendant quelques secondes, je reviens à moi et canalise la colère qui m'anime pour ne pas effrayer davantage ma sœur. Elle revient, les bras chargés, et s'affaire à me nettoyer la main avec du désinfectant.

— Je sais pourquoi tu es énervé, dit-elle tout bas.

Heureusement, elle ne rajoute rien.

Plus je la regarde jouer les infirmières, plus les battements frénétiques de mon cœur se radoucissent.

— Zack, tu penses que papa aussi peut guérir ?

Quoi ?!

Mes sourcils se froncent, et je n'ai pas le temps de lui demander de quoi elle parle qu'elle continue :

— Quand tu es parti soigner ton épaule, j'étais trop triste. Un jour, Titi m'a dit qu'à l'hôpital où tu allais, ils faisaient des miracles ! Alors j'ai pensé que peut-être papa pouvait y aller, lui aussi.

Oh, putain, mon cœur va exploser en la voyant si convaincue et triste à la fois ! Quelque part, je la comprends de vouloir retrouver un père normal, même si elle ne doit probablement plus se souvenir de lui *clean.*

À cet instant, elle me fait de nouveau penser à Callie à voir toujours le bien chez les autres.

Tout le monde a droit à une deuxième chance…

Ses paroles me reviennent soudainement en tête. Peut-être qu'elles ont raison. Peut-être que je peux faire quelque chose pour lui, même s'il ne le mérite pas. La petite fille en face de moi mérite d'avoir une vie meilleure, et si je peux ne serait-ce qu'essayer, alors je le ferai. *Pour elle.*

— Tu as raison, Mia. Je ne suis pas certain que papa accepte de se faire soigner, mais on va lui en parler, d'accord ?

Ma petite sœur relève ses grands yeux marron emplis d'espoir avant de me demander :

— Promis ?

— Promis.

Elle se redresse pour que je la prenne dans mes bras et lorsqu'elle est contre moi, je comprends qu'elle sera, à partir de maintenant, la seule capable de m'apaiser. L'autre personne ayant cette capacité n'étant qu'un de mes plus beaux souvenirs, désormais.

Chapitre 60 – Callie

— Ma puce ? répète papa un peu plus fort.

Je lâche le téléviseur des yeux et tourne la tête dans sa direction. Lorsque je perçois de l'angoisse dans son expression, mon estomac se noue davantage. Je n'aime pas le voir triste à cause de moi, mais malheureusement, je n'arrive pas à faire autrement.

Depuis dix jours, soit depuis que Zack n'est plus dans ma vie, je sens un profond vide dans mon cœur. Un vide tellement énorme que rien ni personne ne peut m'aider à atténuer la douleur qu'il provoque.

— Oui, papa ?

Je tente de sourire pour cacher la peine qui m'habite, mais mon père n'est pas dupe. Il continue de me regarder tristement sans rien dire. J'ai souvent l'impression que ma famille souffre encore plus que moi de ce qui m'arrive.

Je me souviens encore du jour où on m'a annoncé que je ne remarcherais plus jamais. Je n'ai jamais eu le moral aussi bas qu'à ce moment-là. Mes parents étaient dans le même état déplorable, comme si c'était à eux qu'on annonçait un handicap ! Un jour, maman m'a dit que je prendrais conscience de tout ça quand j'aurais des enfants. Le problème, c'est que je ne connaitrai sûrement jamais ça de ma vie.

— Maman s'apprête à préparer une tarte au citron, déclare-t-il. Elle demande si tu veux bien l'aider.

À cet instant, j'ai envie de lui répondre par la négative. À part regarder des conneries à la télé, je ne fais rien de mes journées quand je suis à la maison. J'ai même complètement délaissé mon blog, et le pire, c'est que ça ne me manque même pas.

Mes seules activités sont mes séances au centre que je ne manque jamais, malgré mon manque total de motivation. Mais je me suis engagée auprès du docteur Crown et même si je n'ai pas fait de progrès ces derniers jours, je ne lâcherai pas. En plus, c'est le seul moment où Zack n'accapare pas mes pensées. Du moins pas la totalité…

— OK, j'arrive, dis-je finalement.

Soulagé, un sourire apparait d'emblée sur son visage, et même si je n'ai pas la moindre envie de cuisiner, je rejoins ma mère derrière le plan de travail.

— Oh, tu es là ! s'exclame-t-elle en me tendant mon tablier. Tu prépares la pâte pendant que je presse et récupère le zeste des citrons ?

Encore une fois, je me force à sourire avant de hocher la tête mécaniquement. J'attrape le tablier pour le passer autour de mon cou et je commence la préparation avec tous les ingrédients déjà à ma disposition.

Ma mère me regarde battre les œufs et incorporer la farine sans rien dire. Quand je me mets à pétrir la pâte avec mes doigts, j'admets que je ressens un léger bien-être, même s'il est furtif. J'ai toujours adoré cuisiner, avant mon accident déjà. Mais depuis que je suis sur ce fauteuil, cette activité m'apaise et me fait penser à autre chose qu'à ma situation.

Seulement aujourd'hui, cela ne fonctionne pas. Rien ne parvient à me distraire suffisamment pour que le visage de Zack ne m'apparaisse pas devant les yeux. Ça devient une obsession, et je me demande si ça sera toujours comme ça. Je rêve de lui la nuit, je me réveille en pensant à lui et je revois sans cesse le regard qu'il m'a jeté avant que l'on se quitte. Un regard empli d'une déception que je ne n'oublierai sans doute jamais.

— Je pense que c'est bon, non ?

Maman fronce les sourcils et rit en même temps en me voyant me défouler sur la grosse boule déjà formée entre mes mains. Alors que je m'apprête à la mettre au frais, elle me la prend des mains pour s'en charger elle-même.

Quand elle revient vers moi, elle me tend le plat à tarte pour que je continue.

— Tu n'as qu'à le faire toi-même, soupiré-je.

Maman comprend tout de suite et se pince les lèvres, gênée.

— Excuse-moi, ma chérie. C'était juste plus rapide que je m'en occupe moi-même… mais je te laisse faire le reste, d'accord ?

Elle se lave les mains et s'assoit à côté de moi pour me montrer qu'elle me laisse prendre la main pour la suite. Sans la remercier, je reprends là où j'en étais.

Ma mère reste un petit moment à me regarder en silence, jusqu'à ce qu'elle me demande soudainement :

— Callie, est-ce qu'il y a quelque chose qu'on puisse faire pour toi ?

Je secoue la tête sans même la regarder, alors elle continue :

— Je ne supporte pas de te voir comme ça… aussi triste.

Ce qu'elle dit me fend le cœur, mais je reste toujours muette.

— Ces dernières semaines, tu étais si joyeuse, si…

Elle ne finit pas sa phrase en me voyant me tourner brusquement vers elle pour la fusiller du regard.

— Alors quoi ? Tu vas me faire croire que vous n'êtes pas contents ? Toi qui m'as tant répété que Zack n'était pas un garçon pour moi, tu devrais être soulagée qu'il ne soit plus dans ma vie !

Le volume de ma voix est plus élevé que je ne l'aurais voulu, mais c'est plus fort que moi. En plus d'être malheureuse, je suis aussi très en colère. Je ne sais pas pour quelle raison, mais j'ai la sensation d'en vouloir à tout le monde ! Comme lorsqu'on m'a annoncé ma paraplégie : j'en voulais à la terre entière de ne plus pouvoir marcher.

Maman me fixe d'un air surpris avant de se pencher pour poser sa main sur la mienne.

— Ma chérie, je sais qu'on a été durs avec lui au départ, mais… on voulait vraiment apprendre à connaitre l'homme qui te faisait autant sourire.

Je sais qu'elle dit vrai. Même si mes parents ont pété un plomb quand Gabriel leur a demandé qu'on invite Zack à la maison, ils ont fini par l'accepter. Finalement, je sais qu'ils ont vu en lui ce que j'aime le plus : sa simplicité et son honnêteté.

— Peu importe, dis-je en retirant ma main pour continuer la recette. De toute façon, c'est fini, alors le sujet est clos.

— Tu… tu ne m'as pas raconté ce qu'il s'est passé…

En effet, à part Jenna qui a débarqué le lendemain et qui m'a forcée à tout lui expliquer tandis que je pleurais comme une folle, je n'ai pas réussi à raconter la vérité à ma famille. Je leur ai juste dit que c'était terminé, voilà tout.

— Je n'ai pas envie d'en parler, maman.

— Très bien.

Alors que je pense enfin en avoir fini avec ça, elle reprend :

— C'est juste que… ce garçon avait l'air si fou de toi ! J'avoue que je ne comprends pas bien comment il…

— Ça suffit !

J'ai tenté de hurler, mais ma voix s'est brisée. Maman n'y est pour rien, j'en suis consciente, mais je ne peux pas entendre ça, c'est au-dessus de mes forces.

— Je te laisse continuer, dis-je en retirant mon tablier pour le balancer sur la table.

— Mais… Callie, attends ! Prends au moins des photos pour poster les étapes sur ton blog.

Sans répondre, je lui tourne le dos et fonce me réfugier dans ma chambre pour pleurer à chaudes larmes. À cet instant, mon site culinaire est le cadet de mes soucis.

Bon sang, je m'en veux d'être aussi mal pour un mec !

Je me sens comme il y a deux ans, quand j'apprenais la terrible nouvelle. Sauf qu'aujourd'hui, il n'y a pas que mes jambes qui sont brisées. Mon cœur l'est tout autant.

Chapitre 61 – Callie

On est vendredi, donc je vais enfin avoir droit à une soirée tranquille, sans qu'aucun membre de ma famille ne tente de me convaincre de quitter ma chambre. Je sais qu'ils font ça pour m'aider, mais j'en ai marre qu'ils me proposent tout le temps de sortir ou carrément de jouer à des jeux de société débiles !

Pendant le trajet menant du centre jusqu'à la maison, papa me demande juste si la journée s'est bien passée. Même si je n'ai pas envie d'en parler, comme chaque jour qui passe, je lui relate ma séance, et rien que le fait de dire que j'ai fait quelques pas suffit à égayer son visage.

Même si le docteur Crown me rassure, j'ai l'impression de stagner et je m'en veux de ne pas réussir à avancer davantage. Parfois, l'idée de tout abandonner m'effleure l'esprit, mais je me reprends vite. Je ne peux pas leur faire ça ! Ni à mon médecin qui a misé sur moi ni à mes parents qui ont payé cher pour que je suive ce traitement expérimental.

En arrivant devant chez moi, je fronce les sourcils quand je vois la voiture de Jenna garée dans l'allée. Mon père a à peine le temps de m'installer dans mon fauteuil que je la vois débouler vers moi telle une furie.

— Jenna ? Mais qu'est-ce que tu fais là ?

— Tu n'es pas contente de me voir ?! rouspète-t-elle en positionnant ses poings sur ses hanches, d'un air faussement fâché.

À vrai dire, non. J'avais en tête de m'affaler dans mon lit, et à part le début de week-end où mon frère sort, c'est mission impossible dans cette baraque !

— Si, si, c'est juste que…

— Vous permettez, monsieur Taylor ? me coupe-t-elle en désignant mon fauteuil à mon père.

— Elle est tout à toi !

Papa lui adresse un clin d'œil avant de rentrer à la maison tandis que j'empêche Jenna de pousser mon fauteuil en me tournant brusquement vers elle.

— Qu'est-ce que tu fais ? Encore un traquenard organisé par mes parents ?

— Pas du tout ! s'exclame-t-elle. Mais j'ai quand même dû appeler ta mère pour savoir à quelle heure tu rentrais vu que tu ne réponds pas à mes messages…

J'ouvre la bouche, mais elle lève la main pour m'empêcher de parler en secouant la tête.

— Mais pour la suite, l'idée vient de moi !

— La suite ? répété-je en arquant un sourcil.

— On part en balade ! s'écrie-t-elle en passant derrière moi.

— Hors de question !

Pendant une minute, j'actionne les roues de mon fauteuil pour tourner sur la gauche, puis sur la droite, mais surtout pour l'empêcher de prendre les commandes. J'avoue que de la voir se démener autour de moi telle une folle furieuse m'arrache un éclat de rire.

Jenna finit par s'arrêter, courbée en avant pour poser ses mains sur ses cuisses en hyperventilant.

— Quelle grande sportive ! raillé-je.

— En tout cas…, halète-t-elle, toujours dans la même position. J'ai réussi à te faire rire !

Je secoue la tête en souriant tandis qu'elle se redresse avec difficulté.

— Tu voulais m'emmener où encore ?

— J'avais pensé faire du shopping, mais…

Elle éclate de rire en voyant ma grimace et continue :

— Vu que je connaissais déjà la réponse, je voulais te proposer une balade au parc pendant qu'il fait encore jour.

Ma gorge se serre pour deux raisons. La première est le souvenir qui me vient tout de suite en tête. Quand je suis rentrée à la maison après plusieurs mois de déprime à l'hôpital, Jenna m'emmenait souvent de force sillonner les allées du parc pour me changer les idées. Et même si je râlais à chaque fois qu'elle passait à l'improviste pour m'emmener en balade, j'admets que ça me faisait toujours un bien fou de prendre l'air.

— Tu es la meilleure amie qui soit, tu le sais, ça ?

Voilà la deuxième raison : j'ai une chance inouïe d'avoir quelqu'un comme elle près de moi. On dit souvent qu'on reconnait les vraies amitiés lorsqu'il nous arrive le pire, et dans mon cas, on peut dire que Jenna a la palme de la meilleure amie qui soit sur cette terre.

— Je sais ! répond-elle fièrement. Du coup, tu ne peux pas refuser ma proposition.

Je souris avant d'acquiescer de la tête, et de lui faire signe de se mettre à côté de moi. Hors de question que je me fasse pousser !

En silence, nous traversons la rue et longeons le trottoir jusqu'à arriver au parc. En entrant se trouve la structure de jeux où nous passions la majorité de notre temps libre, lorsque nous étions gamines. Avec les années, on continuait à venir ici, mais plus pour les mêmes raisons…

— Tu te rappelles quand on se posait ici pour mater les garçons ? demande-t-elle en écho à mes pensées.

Je hoche la tête et elle s'assoit sur le même banc où nous passions nos samedis après-midi, devant le terrain de basket où se déroule justement un match.

— Ils sont plutôt canon ! s'écrie-t-elle en se frottant les mains.

J'aurais bien ri, mais je sens de nouveau mon estomac se tordre de douleur, comme à chaque fois que je pense à *lui*. C'est étrange, mais tout me rappelle Zack. Regarder un film, écouter de la musique… même quand je suis au centre, je ne cesse de nous revoir ensemble. À croire que je n'avais pas de vie avant lui.

— Comment tu vas, Call ?

Je soupire de lassitude. Avec elle, pas besoin de mentir ou de me cacher derrière un sourire. Jenna sait parfaitement dans quel état je suis et ça ne sert à rien de le nier.

— Je n'arrête pas de penser à lui, dis-je en tentant de ne pas pleurer. D'un côté, j'ai envie que ça s'arrête, mais d'un autre, ça me fait du bien de repenser à ce que l'on a vécu. Et ce qu'on aurait pu vivre si…

Jenna hausse légèrement les sourcils, alors je secoue la tête en ricanant.

— Ouais, je sais, je suis complètement barrée !

— Non, tu es juste complètement accro.

Nous continuons de regarder le match amateur tandis que je tente de calmer la douleur que me provoque mon cœur.

— Callie, tu es sûre que…

— Non, Jenna ! S'il te plait…

Lorsqu'elle aperçoit le voile humide qui couvre mes yeux, elle se mord la lèvre, comme pour me dire qu'elle est désolée. Ma meilleure amie s'apprêtait à me demander si j'avais pris la bonne décision en le quittant, mais je refuse de revenir là-dessus. Cette journée passée avec lui et tous les conseils que lui a donnés son père m'ont bien fait comprendre que ce n'était pas possible. Je vais gâcher sa jeunesse et quand il se sera rendu compte de tout ça, il me laissera certainement. Je souffrirais encore plus, finalement. Mieux vaut arrêter les frais maintenant, autant pour lui que pour moi.

— Bon, et toi alors ? demandé-je en me tournant vers elle. Raconte-moi tout !

Je vois bien qu'elle n'a pas envie de m'en mettre plein la vue en m'exposant à quel point elle s'éclate en tant que jeune femme qui profite pleinement de la vie. Cela dit, j'avoue que, contrairement à d'habitude, cela ne me remonte pas le moral d'entendre de belles histoires. C'est comme lorsque je regarde des films romantiques, tout me ramène à ma dernière relation amoureuse et me fait mal.

En voyant le ciel s'obscurcir, nous continuons de discuter en faisant le chemin inverse. Une fois à la maison, j'invite Jenna à entrer même si j'aurais préféré rester seule.

— Avec plaisir ! me répond-elle. À vrai dire, je ne comptais pas partir avant demain matin !

Alors, en plus elle squatte pour la nuit ?!

Je ne riposte pas. Ça ne servirait à rien.

Une fois à l'intérieur, nous croisons mon frère qui s'apprête à sortir.

— Oh, soirée pyjama en vue ? se moque-t-il.

En guise de réponse, ma meilleure amie lui envoie un coup sur l'épaule et Gabriel fait mine de souffrir.

— Vous ne préférez pas venir avec moi ? Je rejoins quelques potes en ville. Callie, tu peux peut-être inviter Zack ?

Qu'est-ce qu'il raconte ?!

Je serre les dents pour empêcher la colère de s'immiscer dans mes veines.

— Pourquoi est-ce que tu parles de lui ? demandé-je, hors de moi. On n'est plus ensemble, je te rappelle !

— Et comment veux-tu que je le sache ? m'interroge-t-il sur le même ton. Je suis en stage toute la semaine, et la seule chose que tu fais quand je suis à la maison, c'est rester scotchée devant ta télé. Ça fait deux semaines que tu ne me dis plus rien, bon sang !

OK, je n'ai jamais précisé à mon frère que c'était terminé entre Zack et moi, mais je suis persuadée que mes parents l'ont mis au courant. Et puis est-il assez stupide pour ne pas le comprendre tout seul ?

— Eh bien, voilà, tu sais tout, dis-je d'une voix tremblante. Avec Zack, c'est fini.

Dire ces mots à voix haute me fait monter les larmes aux yeux, mais je continue de le fixer sans ciller.

— Pourquoi ?

Je lâche un énorme soupir avant de me mettre à crier :

— Alors quoi, toi aussi, tu vas t'y mettre ? Vous étiez tous contre cette relation, contre cet homme qui n'était pas assez bien pour moi, et maintenant, tout le monde souhaite qu'il revienne ?

En voyant une larme couler sur ma joue, mon frère déglutit avec difficulté. Je sais que son but n'est pas de me faire du mal, pourtant, c'est bien ce qu'il est en train de faire.

— Callie, on veut juste te voir heureuse, et visiblement, Zack avait le pouvoir de te donner de la joie.

Entendre quelqu'un d'autre prononcer son nom me fait encore plus mal, je ne sais pas pourquoi.

— Ça suffit ! Zack a la vie devant lui, c'est normal qu'il ne veuille pas finir avec une pauvre fille comme moi.

— Ne dis pas ça, murmure Jenna en posant sa main sur mon épaule.

Pendant ce temps, mon frère me fixe, les yeux écarquillés.

— Attends, tu veux dire qu'il t'a plaquée ?

Pourquoi cette idée lui semble-t-elle si absurde ?!

— Je ne peux pas y croire ! continue-t-il en secouant la tête. Ce mec est dingue de toi, je l'ai vu !

— Gabriel, dis-je d'une voix calme en essuyant mes larmes. Il m'a quittée pour vivre sa vie, alors maintenant, s'il te plait, on ne parle plus jamais de ça.

J'ignore les gros yeux de Jenna qui, connaissant toute la vérité, se demande pourquoi je mens ouvertement à mon frère. Le fait est que je le connais par cœur. Si je lui raconte que c'est moi qui ai pris cette décision, il va s'empresser d'aller raconter ça à mes parents, et j'aurai droit à des heures et des heures de sermon. Comme quoi j'ai droit au bonheur, que je mérite d'être heureuse, que je ne suis pas un fardeau, et j'en passe. J'aimerais juste ne plus en parler. Peut-être que ça m'aidera à passer à autre chose.

— Alors, cet abruti t'a quittée, car tu es…

— Oui, Gab, le coupé-je avant qu'il ne dise le mot qui fâche. Maintenant, j'aimerais qu'on ne parle plus de lui, OK ?

Mon petit frère serre les poings, mais ne dit plus rien. Son expression triste m'émeut beaucoup, mais je me dois de mettre un terme à toutes ses réflexions.

— Allez, va t'amuser maintenant ! lui ordonné-je. Comme tu vois, je suis en bonne compagnie.

Un sourire forcé étire ses lèvres avant qu'il ne se penche pour m'embrasser sur la joue.

Lorsqu'il quitte la maison, je ne laisse pas le temps à Jenna de m'interroger.

— C'est mieux comme ça, crois-moi. Ça te dit qu'on commande chinois ?

Mon amie hausse les sourcils démesurément.

— Qu'on commande à manger alors que je passe la soirée avec la cuisinière la plus talentueuse de la ville ? Même pas en rêve !

Je ris même si je me doute bien encore une fois que mes parents ne sont pas pour rien dans cette requête. Ils ont dû expliquer à Jenna que je ne cuisinais plus et que, par conséquent, je laissais mon blog de côté. Toutes ces techniques pour que j'aille mieux me sont tellement familières maintenant !

— D'accord, dis-je tout de même. Tu as carte blanche pour le menu !

Ma meilleure amie lâche un cri aigu de joie et nous nous dirigeons vers la cuisine tandis qu'elle me fait la liste des plats qu'elle souhaiterait pour le diner.

Finalement, nous passons une agréable soirée, pleine de discussions animées et de rires, sans pour autant dissiper cette souffrance logée au fond de ma poitrine.

Chapitre 62 – Zack

Comme tous les soirs depuis quinze jours, une fois que Mia dort, je termine la soirée dans ce bar avec Tyler et d'autres potes de l'équipe. Même si j'ai repris le boulot, et que ça me permet de m'occuper la tête, j'ai besoin de sortir le soir. Quand je suis chez moi, j'étouffe. Pourtant, aujourd'hui, c'est mon dernier soir de liberté, et je compte bien en profiter. En effet, et bien que je ne sois pas convaincu des résultats que cela aura, mon père a, contre toute attente, accepté de se faire aider quant à son addiction.

Pour en avoir parlé avec lui à plusieurs reprises, de façon plus ou moins animée, il a finalement compris par lui-même qu'il bousillait la vie de sa fille – et la sienne accessoirement.

À partir de lundi, il intègre donc une clinique spécialisée. Même si j'ai les boules que toutes mes économies passent dans cette cure de désintox, j'arrive à me persuader que c'est pour la bonne cause. Si Mia peut se construire, entourée d'au moins un parent qui tient la route, ça ne peut être que bénéfique pour elle.

C'est pour ça que ce soir, j'essaie de ne pas me prendre la tête et je profite du moment parce qu'après, je vais devoir jouer les papas de substitution à temps plein.

Assis à une table basse, je tire sur ma clope tout en regardant autour de moi. Le pub est bondé. Toutes les minuscules tables en bois sont prises d'assaut par des groupes de potes. Ici, c'est mon fief. Je connais tout le monde à force d'y trainer depuis que je suis jeune. C'est d'ailleurs ici que j'ai pris ma première et seule cuite.

Un horrible souvenir où je me vois encore gerber partout !

L'air est chargé de fumée et d'alcool et la musique résonne fort. Ça tombe bien, j'ai besoin de ça pour me vider la tête. Parce que, malgré moi, je pense toujours à elle. Le jour, la nuit, quoi que je fasse, tout me ramène à Callie. C'est en train de virer à l'obsession et ça me fait flipper. C'est comme si elle me hantait !

Mais maintenant, il faut qu'elle sorte définitivement de ma vie. Je n'en peux plus de tout ça ! Entre la reprise du boulot, les soirées animées et les insomnies, je commence à devenir un vrai zombie.

— Prêts, les mecs, pour dimanche ?

Chacun lève sa bière et vient cogner les verres au centre de la table. Retrouver cette ambiance me rassure d'un côté, car elle correspond à mon quotidien, et puis je me dis que finalement, ma vie est comme ça et que jamais rien ne changera. Les garçons parlent entre eux pendant que je m'assois au fond du canapé, sans participer à leurs échanges.

— Ça va, mec ? m'interroge Tyler en me voyant dans la lune.

J'acquiesce de la tête avant de lui demander :

— Ty ? Lundi, tu pourrais récupérer Mia à l'école ?

Mon pote est le seul à être au courant que mon père va se faire suivre, il lève donc son poing dans ma direction et nous checkons ensemble.

Il est le seul sur qui je peux compter vraiment.

Après plusieurs bières, complètement avachi sur mon siège, je me sens un peu plus léger et j'arrive à ne plus faire partir mon cerveau dans tous les sens. Je me lève de table en faisant signe aux autres que la prochaine tournée est pour moi.

Les musiques qui passent sont nulles, mais au moins, aucune ne me rappelle un quelconque souvenir.

— Tu peux remettre la même pour la table du fond ? indiqué-je au barman avant de me diriger vers les toilettes.

Quand je ressors et que je vois ma tête dans le miroir, je me dis que j'ai vraiment une sale gueule. Ma barbe est longue et j'ai des valises sous les yeux. Je me passe un coup d'eau sur le visage et bombe le torse pour tenter de garder le peu de dignité qu'il me reste.

En revenant au comptoir, les bières ne sont pas encore toutes prêtes, j'attends donc en m'accoudant contre le bois froid. Mon regard est immédiatement attiré par une troupe de filles qui entrent dans le pub.

Je reconnais tout de suite de qui il s'agit, avec en tête de pont, celle qui reste quand même la mieux balancée de toutes. Bethany balance ses cheveux blonds de gauche à droite tout en venant dans ma direction.

— Salut ! me lance-t-elle en appréhendant ma réaction.

Il est vrai que ces derniers temps, je n'ai pas été franchement cool avec elle. Je lui réponds par un signe de tête, puis par un sourire qu'elle me rend instantanément.

Même si ça me fait chier, il faut que je passe à autre chose et que je me sorte Callie de la tête.

— Ça fait plaisir de te voir ici, dit-elle en affichant un regard lourd de sens.

Je lui adresse un clin d'œil en guise de réponse et je ne sais pas si c'est mon cerveau qui me joue des tours ou si je suis pleinement conscient de ce qu'il se passe, mais Bethany interprète ça comme une invitation à venir contre moi. Je me laisse faire avec plaisir. Après tout, je suis célibataire et j'ai bien le droit de m'amuser un peu.

Bien qu'il y ait beaucoup de monde et que l'espace ne soit pas très large, elle en profite pour se coller exagérément à moi. Je règle la tournée et le serveur me fait signe de regagner la table pour qu'il nous apporte le plateau.

Je me retourne en direction des autres, et Bethany glisse discrètement sa main dans la mienne pendant que nous avançons. Pas désagréable, finalement.

Alors que nous sommes à mi-chemin, notre musique d'entrée sur le terrain retentit dans les enceintes : *The Final Countdown*. Tous les gars se lèvent de table et viennent au centre de la pièce. Ils commencent à crier et sauter en chantant, comme on le fait à chaque fois qu'on gagne. Sans réfléchir, je les rejoins, et les filles nous suivent aussi. On a l'air complètement cons, mais ça fait du bien de se défouler.

Bethany danse en rythme avec nous et pose ses mains sur mes hanches pendant que je bouge. Quand la musique ralentit, je me reprends et la chef des pom-pom girls qui se tient en face de moi m'enlace et pose ses lèvres dans mon cou. Dans l'euphorie du moment, je passe une main dans son dos pour la plaquer contre moi. Mais, une fois dans cette position, et alors que la poitrine de Bethany est collée contre mon torse, je n'en mène pas large. C'est pourtant la plus jolie fille du quartier, et je sais que je n'ai qu'un mot à dire pour qu'il se passe quelque chose entre nous. Mais, là… je ne peux pas. Elle ne me dégoûte pas, loin de là, mais rien ne se passe en moi. Comme si j'étais vide de sentiments. Elle ou une autre de fille de la troupe, ce serait pareil. À l'inverse, Bethany ne s'aperçoit pas que je reste stoïque, sans bouger, pendant qu'elle continue à m'embrasser dans le cou.

Je me recule et elle relâche sa prise avant de me regarder dans les yeux, en m'interrogeant du regard.

Tout en me passant nerveusement une main dans les cheveux, je hausse les épaules sans savoir quelle excuse lui apporter. Elle sourit et je vois bien qu'elle ne prend pas mal le fait que je ne sois pas d'humeur joueuse ce soir. Au fond, je suis sûr qu'elle a compris la vraie raison.

Bethany repart avec ses copines et moi, de mon côté, je vais rejoindre les mecs.

Putain, quand est-ce que je vais redevenir comme avant ? À m'amuser sans me poser de questions ?

L'insouciance que j'avais me manque !

En arrivant à la table, je fais signe à Tyler que je rentre chez moi. Il lève la main, me faisant comprendre qu'il a capté mon message.

Il est déjà 2 h du mat' quand je m'affale sur mon lit, avec toujours ces mêmes images en tête.

***

Plusieurs coups sont frappés à la porte. Quand j'ouvre un œil, la lumière passe à travers les volets miteux et les fins rideaux de ma chambre. J'ai l'impression que les rayons du soleil me brûlent les rétines tant la lumière est forte. Je secoue la tête quand d'autres coups résonnent à travers la maison.

— Mia ! hurlé-je à travers la pièce.

Personne ne répond.

Quand je tends l'oreille et ne perçois aucun bruit dans la maison, une vague d'angoisse m'envahit.

Et s'il était arrivé quelque chose à Mia et que je ne m'en étais pas rendu compte ?

Je me lève à la va-vite et la tête me tourne, alors je prends appui contre le chambranle de la porte pour m'éviter de valser dans le décor. J'ai la tête en vrac à cause du mélange de tabac à haute dose et d'alcool, alors que je ne bois jamais. Peut-être un peu de manque de sommeil aussi…

Je dévale les marches deux par deux en tentant de ne pas tomber alors que le même frappement continue de se faire entendre.

Le salon est vide et quand j'arrive dans la cuisine, je remarque un bout de papier sur le plan de travail. L'écriture de ma sœur me saute aux yeux.

« On est allés au parc avec papa. »

Sérieux ?

Ce tocard n'a jamais rien fait pour ma sœur et, à la veille d'être enfermé, il tente de se racheter une conduite en l'emmenant en promenade ! Même si ma première réaction est d'être en colère de ne le voir réagir que maintenant, une infime partie de moi pense à ma sœur qui doit être aux anges de partager ce genre de moment avec lui.

Et s'il ne lui tenait pas la main pour traverser et que…

D'horribles images de Callie me sautent aux yeux, mais je suis vite rattrapé par la porte qui bouge dans tous les sens. D'ici peu, elle va carrément céder sous la pression. Je me rue dessus pour ouvrir et tombe nez à nez avec quelqu'un que je ne m'attendais pas du tout à voir.

— Ah, enfin ! commence Gabriel tout en regardant d'un air dégoûté la tête que j'ai.

Je remarque qu'il pose également les yeux sur les murs de ma baraque et qu'il grimace en constatant que je ne vis pas dans un palace.

— Lendemain de soirée de débauche, j'imagine ? Je me demande vraiment ce que ma sœur te trouvait !

Son ton est dur et son regard glacial. Il n'est pas dans son état normal, mais je me demande encore pourquoi il est sur mon palier de bon matin.

— Qu'est-ce que tu fous là ?

— Tu n'es qu'une merde, Rowe !

Non, mais il est sérieux ?!

Voir le petit fils de bourge débarquer dans mon quartier pour me parler comme ça me surprend. Faut avoir de sacrées couilles pour venir m'insulter chez moi ! J'admire le courage dont il fait preuve, et même si je pourrais le mettre à terre en deux secondes, je me contiens, trop curieux d'avoir des explications.

— Moi aussi, ça va, je te remercie, lui rétorqué-je, sarcastique.

— Joue pas au plus malin avec moi ! menace-t-il en me pointant du doigt.

— Qu'est-ce que tu veux ?

— Dès que je t'ai vu, je savais que tu n'étais pas quelqu'un de bien et que tu ne pouvais apporter rien de bon à ma sœur ! Tu n'es qu'un lâche !

L'entendre m'insulter me fait serrer les poings, mais s'il a besoin de se défouler, grand bien lui fasse ! Je ne compte pas le frapper et il le sait pertinemment.

— Je ne sais pas ce qui me retient de te mettre mon poing dans la gueule ! crache-t-il entre ses dents.

La peur, peut-être ?

— Alors tu joues au caïd devant les gens, mais en fait tu n'as rien dans le froc ! continue-t-il plus acerbe que jamais.

J'arque un sourcil.

Quoi, tu veux voir ce qu'il y a dedans ?

Il commence sérieusement à me faire monter en pression, et je ne vois pas du tout où il veut en venir. Je sais qu'il n'a jamais approuvé notre relation, mais de là à venir jusqu'ici pour me faire chier alors que je ne suis plus avec elle, je ne pige pas !

— C'est bon, t'as fini ? Tu veux quoi au juste ?

— Tu joues au mec sympa, qui se fout de son handicap, et moi, comme un abruti, j'ai tout fait pour que mes parents t'acceptent ! Mais au moindre obstacle, tu te défiles ! Bravo pour ton courage, lâche-t-il en me regardant de haut en bas.

Je fronce les sourcils. À cet instant, j'aurais grand besoin d'un décodeur pour comprendre ce qu'il raconte !

— Tu savais qu'elle s'attacherait à toi et tu as profité de sa vulnérabilité, espèce de…

Je l'arrête en approchant mon visage à deux centimètres du sien, car si j'entends une insulte de plus, je risque de lui exploser la gueule. Il a beau être le frère de Callie, faut pas pousser non plus !

Même s'il craint clairement que je le cogne, il m'affronte du regard sans bouger d'un poil, puis m'interroge :

— Pourquoi tu lui as fait miroiter monts et merveilles si c'est pour la larguer du jour au lendemain, hein ?

Vu qu'un pivert a élu domicile dans ma boite crânienne et que Gabriel parle trop vite, j'ai du mal à réfléchir correctement. Néanmoins, ce qu'il vient de me demander me fait hausser les sourcils.

— Attends… tu viens de dire quoi, là ?

Chapitre 63 – Callie

La troisième fois que ma mère hurle mon nom à travers la maison, je me décide à sortir de ma chambre à contrecœur. Je venais tout juste de m'installer dans mon lit pour regarder un épisode de *Friends* avec mes muffins au chocolat, préparés la veille à la demande de Jenna.

Quand j'arrive dans la cuisine, maman pose divers sacs de courses sur l'îlot central.

— Enfin, tu es là ! s'exclame-t-elle en poussant un des contenants vers moi. Tu m'aides à ranger, s'il te plait ?

Je relève mes yeux écarquillés vers elle, mais elle continue de vider les sacs sans me regarder. Non pas que ça me dérange, mais je suis surprise qu'elle me demande de l'aide alors qu'elle ne me laisse jamais rien faire à la maison.

Je m'avance vers le frigidaire pour y déposer des légumes quand on frappe à la porte.

— Callie, c'est pour toi ! hurle Gabriel depuis sa chambre.

Je fronce les sourcils. *Comment peut-il le savoir ?!*

D'autant plus que Jenna est partie ce matin, car elle avait prévu de passer la journée avec son père. Je jette un regard à ma mère, qui hausse les épaules, avant de me faire signe d'aller ouvrir.

Qu'est-ce qu'ils ont tous, aujourd'hui ?

Alors que d'habitude on se précipite pour tout faire à ma place, voilà qu'ils me poussent à bouger maintenant. Une nouvelle façon pour tenter de me booster ? Va savoir…

En entendant de nouveaux coups, je me fige, avec une soudaine appréhension. Nous avons une sonnette, et seule une personne utilise toujours le heurtoir fixé sur la porte. Je revois Zack me demander à quoi cet objet sert si personne ne l'utilise.

Je secoue la tête comme pour remettre mes idées en place. Faut que j'arrête de le voir partout !

Je redoute tout de même d'ouvrir cette porte et quand je le fais, mes doutes se confirment. Je ne suis pas si folle que ça finalement.

Mon cœur se met à battre très fort lorsque je découvre l'homme qui hante mon esprit, face à moi.

— Zack ?

Il ne bouge pas. J'ai même l'impression qu'il retient son souffle en me regardant fixement. Je ne sais pas trop ce qui l'amène, mais je sors pour le rejoindre, en tâchant de bien refermer derrière moi. Alors qu'il continue de me scruter sans rien dire, je me mets à l'observer. Il porte un jean brut avec un tee-shirt blanc, qui laisse entrevoir tous les tatouages de ses bras et de son torse. Ses muscles semblent plus gonflés aussi, prouvant qu'il pratique de nouveau le sport de manière intensive. Il est rasé de près, j'en déduis donc qu'il a repris le travail. En tout cas, il est plus beau que jamais !

— Callie, souffle-t-il. Tu m'as manqué.

Oh non, Zack, ne fais pas ça !

Un mélange de joie et de tristesse s'empare de moi. Il fait un pas dans ma direction, mais je recule par instinct de protection. S'il me touche, je ne tiendrai pas une seconde, je le sais. Je me dois d'être forte. J'ai pris une décision et je dois l'assumer jusqu'au bout.

— Qu'est-ce que tu fais ici ?

Il jette un coup d'œil à la fenêtre de l'étage, avant de revenir à moi.

— Gabriel est venu me voir.

Quoi ?!

À mon tour, j'avance pour relever la tête et voir que mon traitre de frère nous espionne derrière le rideau. Il ne perd rien pour attendre !

— Pourquoi il a fait ça ? demandé-je, en fronçant les sourcils.

— Hum… pour me casser la gueule, je crois.

Je rirais bien si le regard perçant de Zack ne me perturbait pas autant. Finalement, voir son sourire en coin m'oblige à l'imiter.

— Et alors ?

— Il a changé d'avis en comprenant que ce n'était pas moi qui t'avais quittée.

Ma respiration se bloque tandis qu'il m'interroge du regard. Nous nous dévisageons en silence durant un petit instant jusqu'à ce que j'ose enfin ouvrir la bouche :

— Zack, je suis désolée.

Je ne sais plus où me mettre tant je suis gênée qu'il soit au courant que je l'ai fait passer pour le méchant de l'histoire.

— Pourquoi tu as fait ça, Callie ? Tu me dois la vérité, même si je pense la connaitre.

— Oh non, je t'assure que tu ne peux pas savoir.

— Alors, dis-le-moi ! Je ne partirai pas d'ici tant que tu ne m'auras pas expliqué.

Ça, je veux bien le croire ! S'il y a bien une chose que je n'ai pas oubliée, c'est le côté obstiné de l'homme qui se tient devant moi.

— J'ai tout entendu, Zack, lancé-je en baissant la tête sur mes doigts que je martyrise à présent.

Il fronce légèrement les sourcils jusqu'à comprendre tout seul. Néanmoins, je lui dis tout de même :

— J'ai entendu tout ce que ton père t'a dit, lorsque nous étions au stade.

Ma voix tremble et mon estomac se noue rien qu'au souvenir de ces paroles.

— Putain, Callie, je… je suis désolé ! Mon père est un vrai con et…

— Non, Zack ! Ton père s'inquiète pour toi et c'est normal. N'importe quel parent conseillerait ça à son enfant. Voyons, tu ne peux pas gâcher ta vie avec quelqu'un comme moi !

Tout à coup, je perçois de la colère dans ses iris.

— Comment peux-tu dire une chose pareille ? dit-il en écarquillant les yeux. Callie, je ne me suis jamais senti aussi bien que depuis que je te connais !

Zack bafouille et se touche la nuque, car je sais qu'il a du mal à exprimer ses sentiments, mais de toute manière, je n'ai jamais eu de doutes sur ce qu'il me dit à présent. J'ai envie de le prendre dans mes bras, d'effacer toute cette rage de son regard. Mais je n'en fais rien.

— Il vaut mieux que tu partes, maintenant.

La panique que je lis sur son visage me sidère. On dirait qu'il a envie de hurler quelque chose, mais qu'il n'y arrive pas.

— Callie… je… ne fais pas ça. Si tu veux de moi, alors je t'en supplie, laisse-moi gérer ça de mon côté.

— Zack, arrête ! l'imploré-je en haussant le ton. Tu t'imagines vivre avec quelqu'un comme moi, sérieux ? Être obligé de me porter tout le temps, avoir un fauteuil dans le coffre de ta voiture, sans parler de toutes ces choses que tu ne pourras pas faire à cause de mon handicap !

Mes larmes jaillissent de mes yeux, je ne contrôle plus rien. Lorsque je mets mes mains sur mon visage pour cacher ma crise, il en profite pour s'approcher et poser ses paumes sur mes bras. Son contact me fait frémir, et même si je sais que je ne devrais pas, je le laisse m'attirer contre lui.

Je retire mes mains pour coller mon visage contre son torse, et le bien-être que je ressens est abyssal. J'agrippe le tissu de son tee-shirt et je ferme les paupières en sentant son odeur enflammer mes narines.

Nom de Dieu, qu'il m'a manqué…

Alors que j'aimerais profiter encore un peu de ses bras réconfortants, il me dit tout bas :

— Regarde-moi.

Je m'exécute à contrecœur et recule le visage pour le fixer dans les yeux. Pendant ce temps, Zack se met accroupi et attrape mes mains entre les siennes avant de les poser sur mes genoux.

— Maintenant, tu m'écoutes jusqu'au bout, d'accord ?

Sa voix est calme et posée. De mon côté, je hoche la tête, car aucun son n'arrive à se frayer un passage jusqu'à ma bouche tant je suis chamboulée par toutes sortes d'émotions contradictoires.

— Depuis que ma mère est partie quand j'étais ado, je… c'est le bordel dans ma tête. Il y a mon père que je ne supporte plus et ma petite sœur que j'aimerais sauver de toute cette merde. Bref, je… comment t'expliquer… je…

Je sens que parler de sa famille lui coûte énormément, alors je presse ses mains pour l'aider. Mon geste lui fait baisser le regard sur nos doigts entrelacés, avant de revenir à mes yeux.

— Tu vois là ce que tu arrives à faire ? Je n'ai jamais ressenti ça, Callie, jamais. Tu as ce putain de don, tu arrives à m'apaiser. Toi seule arrives à calmer la haine que j'ai contre l'injustice qui a frappé ma famille.

— Zack…

— Alors, ouais, je vais pas te mentir, j'ai conscience que vivre avec toi doit être difficile.

Ma bouche s'ouvre de stupeur. Je n'avais pas non plus oublié sa franchise, mais ça fait bizarre d'entendre ça !

— Mais pas plus que de ne pas t'avoir auprès de moi, continue-t-il en me regardant avec tendresse. Callie, le plus important, c'est toi et moi. Quand on est ensemble, j'oublie tout ce qu'il y a de pourri dans ce monde.

— Zack…

— Callie, bébé… jamais de ma vie j'aurais cru sortir un truc pareil, mais… tu es le soleil qui a illuminé ma vie chaotique.

Malgré l'émotion qui se dégage de sa voix, il ricane comme pour se moquer de lui-même et je ne peux m'empêcher de sourire.

— J'ai l'air con, je sais, mais…

Je ne le laisse pas finir cette phrase. J'attrape le col de son tee-shirt pour le forcer à approcher son visage du mien et lorsque je sens ses lèvres se poser sur les miennes, mon cœur dégringole dans ma poitrine. Je le sens sourire contre ma bouche avant qu'il ne m'embrasse avec fougue en posant directement ses mains sur mes joues.

— Callie, finit-il par susurrer en collant son front contre le mien. Honnêtement, je ne sais pas où tout ça va nous mener et je peux pas te promettre quoi que ce soit. Je te demande juste de vivre.

— Au jour le jour, terminé-je pour lui.

Il sourit encore et mon cœur fond comme du chocolat au soleil.

— Si on est heureux ensemble, alors ne nous empêche pas d'en profiter, quoi que les gens pensent. Oublie le regard des autres et fais-moi confiance !

Je fais de nouveau oui de la tête et Zack lâche un soupir de soulagement avant de poser sa main sur ma nuque pour caresser ma peau frissonnante.

— Je… je t'aime, bébé.

Waouh !

Je ne m'attendais pas du tout à entendre ça ! Du moins pas tout de suite.

Je me recule pour voir s'il est sérieux, et ses yeux sombres qui me fixent me fascinent plus que jamais. Mes larmes se remettent à couler et Zack les essuie doucement avec ses pouces.

— Je t'aime aussi, Zack.

Quand nos bouches se retrouvent à nouveau, c'est comme si les morceaux de mon cœur se recollaient peu à peu. Zack n'a peut-être pas le pouvoir de guérir mes jambes, mais celui d'accepter de vivre avec mon handicap. Et ça, c'est tout ce qui compte pour que je profite pleinement de la vie telle qu'elle m'est offerte.

FIN

Épilogue – Zack

Deux ans plus tard

Me faire à manger seul et dormir dans un grand lit froid ont fait que j'ai passé la pire nuit de ma vie. Bien que la maison de mon père soit légèrement mieux entretenue, j'ai quand même du mal à revenir ici. Tout me rappelle de mauvais souvenirs.

Depuis ce matin, je suis sur pilote automatique. Heureusement, j'ai été à l'heure à mon premier rendez-vous. Je n'ai rien avalé depuis hier et je me sens vide. Maintenant que je me retrouve face à toute l'assemblée, je n'en mène pas large. D'habitude, j'arrive à garder un minimum de légèreté en toutes circonstances, mais aujourd'hui, c'est différent.

Le stress, certainement.

Il fait beau et j'ai chaud en étant habillé comme ça. Je n'ai pas vraiment le choix, mais je comprends tout à fait pourquoi porter une chemise me rebutait jusqu'à maintenant.

Quand j'observe les gens qui sont assis, des souvenirs avec chacun d'entre eux me reviennent en tête. Ce qui me surprend le plus, c'est de voir Tyler, mon pote de toujours, endimanché comme jamais. Celui avec qui j'ai fait toutes mes conneries, mais aussi celui sur qui je peux compter. Il est toujours à mes côtés dans les bons comme dans les mauvais moments, et c'est vraiment un gars bien sous ses airs de petit trou du cul.

Je fronce les sourcils en le voyant si proche de Jenna. Même si je sais qu'ils rigolent bien ensemble, je ne les pensais pas si complices. Certainement, leurs caractères communs les rapprochent. Je connais bien les petites œillades que lance mon pote, et si elle n'y voit que du feu pour l'instant, elle devrait comprendre rapidement le fond de sa pensée. Je ris intérieurement de le voir sortir sa panoplie de *lover*, mais je suis également surpris que Jenna soit aussi réceptive.

Affaire à suivre...

Je tourne la tête pour tomber sur mon père, assis à côté de Mia. Ils se parlent en riant et papa lui rattache sa robe. Même si ce n'est pas rose tous les jours, entre nous deux, ça va beaucoup mieux depuis qu'il se tient correctement. Mia est ravie d'avoir un « vrai papa », comme elle le dit. Le simple fait qu'elle soit épanouie me suffit.

Je souris discrètement en voyant que tout le monde fait sa petite vie tandis que moi, j'attends, debout comme un con. La patience n'étant pas mon fort, je commence à bouillir et me balance d'un pied sur l'autre.

Positionnée de l'autre côté, la famille de Callie semble en grande discussion et encore une fois, même si ça n'a pas toujours été facile entre nous, ses parents ont enfin compris que tout ce que je voulais, c'était le bonheur de leur fille. Leur fille... après vingt-quatre heures sans nouvelles d'elle, je deviens fou !

D'autres personnes que je ne connais pas sont installées de part et d'autre de l'allée, et je décide de me concentrer sur autre chose en regardant ma montre. Quand je me retourne, je m'arrête sur l'arche en bois recouverte de fleurs roses et blanches.

Ses préférées...

Je secoue la tête en avant quand je sens une main sur mon épaule :

— Ça va aller, mec ! me rassure Tyler.

N'étant pourtant pas tactile d'habitude, je ressens le besoin de le prendre dans mes bras et il me serre fort. On se tape ensuite dans la main et il regagne sa place au pas de course.

Une musique retentit alors dans les enceintes. Sur ce point, je n'ai pas eu mon mot à dire. Piano et guitare jouent une mélodie douce et rythmée à la fois.

Ave Maria, version Beyoncé.

Une vague de frissons me traverse quand je relève lentement la tête en direction du bout de l'allée. Je ne sais absolument pas à quoi m'attendre, mais certainement pas à ce que je vois. Mon regard reste bloqué et je dois sans doute avoir la bouche ouverte, tant ma surprise est énorme !

Au bout de l'allée se trouvent deux hommes debout, que je reconnais tout de suite. Mais alors que j'étais sûr qu'ils seraient là, je n'imaginais pas ça de cette façon.

Entre eux deux se tient la femme de mes rêves. Vêtue d'une robe blanche légèrement plus courte devant et dévoilant le haut de ses chevilles, on dirait un ange. Sur ses épaules, j'aperçois de la dentelle alors qu'elle a encore le visage baissé. Ses cheveux sont relevés, laissant sa nuque dégagée.

Je mets plusieurs secondes à réaliser que Callie est… debout ! Appuyée sur ses béquilles, elle relève enfin le visage dans ma direction et nos regards s'accrochent l'un à l'autre. Je suis obligé de me mordre la lèvre pour tenter de retenir la vague d'émotion qui me terrasse. À son tour, elle esquisse un sourire qui fait que mon cœur est à deux doigts de céder. J'ai l'impression d'être en plein rêve. J'ai chaud, puis froid, et j'ai recours à de grandes inspirations pour tenter de calmer mon pouls qui s'accélère.

Dès que les paroles de la chanson se font entendre, Callie fait un premier pas. Son père et son frère, positionnés de chaque côté, veillent sur elle et me lancent en même temps un regard… fier ? Je ne sais pas ! En tout cas, ils semblent plus heureux que jamais.

À chaque pas qu'elle fait, la boule qui remonte dans ma gorge m'empêche encore un peu plus d'avaler correctement. Je positionne ma main devant ma bouche pour tenter de cacher mon trouble, mais c'en est trop pour moi. *Ouais, je craque !*

Tous les convives sont debout et émus de voir Callie marcher. Elle, de son côté, reste concentrée sur ses pas et je vois bien qu'elle lutte, mais elle reste déterminée. *Une vraie battante.*

Son sourire est radieux et plus elle avance dans ma direction, plus je pleure comme un couillon. Je n'arrive pas à retenir mes larmes et j'ai les joues trempées quand elle arrive à ma hauteur. Elle s'approche et je l'attrape dans mes bras pour la serrer fort contre moi. Puis elle pose ses mains sur mes joues pour me chuchoter les yeux dans les yeux :

— Zack qui pleure ? Je n'y crois pas.

— Arrête ! lui dis-je en riant, tout en mettant ma tête dans son cou.

Et lorsque je passe ma main dans son dos, je remarque que sa robe est un dos nu. Sa peau douce me rassure alors que je tente de reprendre mes esprits tout en étant collé à elle. L'assemblée nous applaudit, mais je ne m'attarde pas là-dessus. Tout ce qui compte, c'est qu'elle soit enfin contre moi. Nos cœurs battent l'un contre l'autre et c'est trop bon. Le courage qu'elle déploie m'envoie une claque en pleine figure, et même si elle me dit qu'elle a avancé grâce à moi, de nous deux, c'est elle la plus forte !

Quand je recule le visage, je ne peux m'empêcher de l'observer avec attention. Elle est tellement belle ! Je l'embrasse rapidement avant de l'installer sur son fauteuil, qui, entre-temps, a été déposé à côté de moi.

Je m'assois enfin sur la chaise à côté d'elle et Jenna vient se positionner au pupitre. On a voulu faire un mariage laïc à notre image. Ceux qui souhaitaient intervenir passent donc avant nos vœux. Jenna renifle à plusieurs reprises pour reprendre elle aussi ses esprits.

Je ne suis pas le seul à chialer visiblement.

— Tu nous as bien eus, Callie ! commence-t-elle en riant à moitié.

Je ne lâche pas la main de Callie, qui affiche un sourire étincelant, comme je ne lui ai jamais vu. Elle semble fière et gênée, mais elle nous en a surtout mis plein la vue.

Jenna entame son discours par des anecdotes avec son amie et nous rions de découvrir que les deux n'étaient pas en reste quand elles étaient plus jeunes. Une fois qu'elle a fini, tout le monde applaudit et Jenna reste debout. Comble de la surprise, quelqu'un que je ne m'attendais absolument pas à voir faire un discours se lève à son tour.

Sérieux, Tyler va parler devant tout le monde ?

— Salut ! Je ne suis pas le plus fort pour ce genre de choses, commence-t-il en se touchant la nuque tant il est gêné. Voilà, comme vous le savez, avec Zack, on n'a pas été des enfants de chœur, mais à aucun moment je ne regrette ce qu'on a fait tous les deux ! Malgré ses airs de gros dur, Zack est un type bien ! Il s'occupe de sa famille comme personne n'aurait été capable de le faire à son âge et vous n'avez pas de souci à vous faire en lui confiant Callie, ajoute-t-il en se tournant vers mes beaux-parents. Il ne la lâchera pas !

Callie renifle. Je sais qu'elle aime profondément Tyler. Elle avance sa main dans sa direction qu'il serre en passant devant elle.

C'est ensuite au tour de Gaby de venir faire un discours. Je suis surpris qu'il soit suivi par David et Kate, qui ont préparé un petit mot, eux aussi.

Nos doigts sont entrelacés et chaque parole nous émeut un peu plus. On n'a pas vraiment l'habitude de se faire des déclarations entre amis.

Quand on a préparé tout ça, Callie a insisté pour qu'on fasse un échange de vœux justement. Je ne savais même pas ce que c'était, et quand elle m'a expliqué, ma première réaction a été de me marrer, mais quand j'ai vu que ça comptait pour elle, je n'ai pas voulu la décevoir. J'ai donc passé plusieurs soirées, une fois qu'elle dormait, penché sur une feuille blanche pour tenter de mettre des mots sur ce que je ressens pour elle, mais moi et la prose, ça fait deux, donc j'ai décidé de le faire au feeling.

Je me redresse et m'accroupis pour faire face à Callie.

— Je crois que c'est à mon tour. Callie, bébé… qui aurait cru qu'un jour je me retrouve en costard et à genoux devant une fille ?

On entend des gloussements dans le groupe d'invités. Et Callie sourit aussi.

— Comme je te l'ai déjà dit, j'aime tout ce que tu es. Tu es magnifique, tu as un caractère de cochon, mais tu es drôle. Et le mieux de tout… tu cuisines super bien !

Tout le monde se met à rire, et Callie aussi ! Je glousse à mon tour parce que j'ai carrément l'air bête. Cependant, je reprends mon sérieux. Je veux qu'elle sache ce que j'ai au fond de moi.

— Ce que tu as fait aujourd'hui, c'est…

Je mets quelques secondes pour me reprendre tant l'émotion de la revoir debout m'a pris aux tripes.

— Ça montre juste que tu es quelqu'un de persévérant, avec une grande force mentale et que pour tout ça, je t'admire, ma chérie. Tu nous donnes une grande leçon de vie à tous. Même si je sais que tu ne me courras jamais après, je sais qu'entre nous, ça ROULE…

Tout le monde s'esclaffe.

— … et je peux t'assurer que je serai toujours là ! Tu m'entends ? Toujours !

Callie a les larmes aux yeux. Elle me tend les bras et je me jette à son cou. Je sens qu'elle sanglote, mais son sourire reprend le dessus avant qu'elle ne me tende sa main.

Quand je glisse l'anneau scintillant à son doigt, une larme roule sur sa joue, et je me dépêche de l'essuyer de mon pouce. Je pose mes lèvres sur les siennes en lui susurrant :

— Je t'aime, bébé.

Callie secoue la tête pour reprendre ses esprits et souffle un grand coup.

— À mon tour de parler ! Quand je t'ai vu la première fois, je me suis dit : qui est ce mec qui se prend pour un Don Juan ?

Je ris à sa remarque et on entend un brouhaha de fond me faisant comprendre que tout le monde se fout de moi.

— Le beau gosse du centre qui regarde tout le monde de haut ! Autant te dire que tu me sortais par les yeux, mais aussi bizarre que ça puisse paraitre, on s'est rapprochés, et bien que tu sois complètement barré, parce que, soyons honnêtes, tu n'as aucune limite… et tu fais ce que tu veux quand tu veux !

Elle m'adresse un sourire qui me donne envie de lui sauter dessus, mais je me retiens. Elle est trop craquante !

— Mais à côté de ça, tu es quelqu'un qui a de vraies valeurs. Tu ne te dérobes pas devant les difficultés, et tu les affrontes, certes, de façon pas forcément conventionnelle, mais tu es toujours présent pour ton entourage et rien ne te fait peur. Pas même le fait de vivre avec quelqu'un comme moi… Alors, en effet, même si je n'ai plus l'usage complet de mes jambes, je sais que j'aurai toujours tes bras pour me porter. Et c'est bien grâce à toi que je peux affronter l'avenir sans trop me poser de questions parce que tu es le seul à m'avoir fait comprendre que j'étais une battante. Je t'aime, Zack Ro…

Je ne lui laisse pas le temps de finir et prends son visage en coupe pour l'embrasser tendrement. Tant pis pour les invités, je n'en peux plus de me retenir ! D'ailleurs, elle ne s'oppose absolument pas à cette démonstration passionnée en public.

Après cela, elle se tourne en direction de Jenna, qui lui tend l'écrin rouge, et quand elle l'ouvre, elle change de tête.

Je suis trop content de l'effet que produit ma surprise. Choquée, la bouche ouverte, elle secoue la tête et se retourne vers son amie pour l'interroger, mais Jenna, qui est dans le coup, hausse les épaules d'un air désolé.

Callie se retourne ensuite vers moi en me montrant la boite vide et je me marre à mon tour en faisant exprès de la laisser se poser des questions pendant quelques secondes. Mais quand je vois qu'elle panique un peu, je lui tends ma main sur laquelle

elle bloque carrément. Elle porte sa main opposée à sa bouche et des larmes emplissent ses yeux.

En effet, elle vient de voir mon annulaire gauche et constate que la date d'aujourd'hui en chiffres romains est tatouée autour de mon doigt. Elle ne peut s'empêcher de laisser couler quelques larmes. Je m'approche et colle mon front au sien en posant mes mains sur ses joues :

— J'ai dit « pour toujours », bébé !

Nous nous embrassons passionnément tandis que le goût salé de ses larmes se mélange sur nos lèvres.

Lorsque nous nous retournons, elle lève ma main en l'air en hurlant :

— Quand je vous dis que ce garçon est fou !

Tout le monde nous applaudit et à ce moment-là, je suis l'homme le plus heureux sur cette terre. Un à un, les invités viennent nous féliciter et lorsque les parents de Callie arrivent, son père me prend dans ses bras et me serre fort.

— Bienvenue dans la famille, mon garçon !

C'est la première fois qu'il est si expressif et ça me trouble. Je suis gêné par autant de proximité, mais ça me rassure d'un côté. Gaby, à son tour, tend sa main pour taper dans la mienne, mais il me prend carrément dans ses bras ensuite. Je n'ai pas l'habitude d'avoir autant de contacts, donc j'essaie de ne pas montrer que je ne suis pas très à l'aise.

Heureusement, Mia dissipe mon embarras en me fonçant dessus. Je la fais virevolter dans les airs, et elle semble tellement heureuse que mon cœur se gonfle à son tour. Quand je la repose, elle va dans les bras de Callie et s'installe directement sur ses genoux pour lui faire un câlin.

Pendant ce temps, mon père s'approche timidement de moi et pose sa main sur mon épaule :

— Félicitations, fils ! Je suis fier de toi ! me lance-t-il, un sanglot dans la voix.

Et cette fois, c'est moi qui le tire par le bras pour l'enlacer rapidement. Finalement, je suis fier de son parcours à lui aussi.

Une fois que tout le monde nous a embrassés, je me penche vers Callie, et sans même qu'on ait besoin de se parler, nos regards parlent pour nous. Elle s'accroche à mon cou pour se retrouver dans la posture d'une jeune mariée.

Ça tombe bien !

Quand je me retourne, je reste figé en voyant que tous les joueurs de mon équipe de foot sont positionnés de part et d'autre de l'allée en tenant chacun en main un ballon ovale, formant ainsi une haie d'honneur. Callie reste bouche bée à son tour et nous sortons sous les ballons et les ovations de tous nos proches.

***

Nous sommes maintenant installés à table et nous revenons sur toutes les émotions que nous avons vécues aujourd'hui. Callie, bien que fatiguée, affiche toujours ce sourire figé et quand je revois la tête qu'elle a faite quand je l'ai poussée à fond pour rentrer dans la salle, mon sourire ne s'évanouit pas. La voir aussi heureuse suffit à me mettre en transe.

Alors que nous avons fini notre tour des tables pour vérifier que tout se passe bien, je fais signe au D.J. de lancer les hostilités.

— Bébé, il va falloir ouvrir le bal.

— Je suis K.-O., Zack, je ne pourrais pas me tenir debout pour danser…

— Qui t'a dit que tu devais te tenir debout ?

Elle me regarde, incrédule, en se demandant encore à quoi j'ai pensé, mais elle n'a pas le temps de réfléchir longtemps que des notes bien connues sortent des haut-parleurs.

Savage Love.

Sous le regard surpris de Callie, ma petite sœur vient au milieu de la piste et commence la chorégraphie. Elle est suivie de peu par Jenna, qui reprend les mêmes mouvements, et enfin Tyler et Gaby nous rejoignent. On est tous les cinq, morts de rire, en train de danser en face de Callie, qui pouffe dans sa main, visiblement amusée et émue à la fois.

Sur le refrain suivant, elle s'avance et, en face de nous, elle reproduit la chorégraphie à son tour. L'ambiance est légère et ça me fait un bien fou d'être entouré de tous mes proches et de m'éclater comme ça.

Alors que le son de la musique diminue, les lumières se tamisent et la musique que j'ai choisie pour ouvrir le bal retentit. En effet, on s'était mis d'accord, Callie choisissait celles de la cérémonie et moi, celles de la soirée. Parce que même si on s'accorde sur certaines, on n'est quand même pas dans le même registre.

All of Me de John Legend.

Callie écarquille les yeux en entendant cette musique qu'elle aime tant. J'étais sûr qu'elle ne s'attendrait pas à ce que je choisisse ce genre de titre, et franchement, c'est vrai que c'est pas trop mon truc, mais les paroles collent tellement à notre histoire que ça m'a semblé une évidence.

Je m'approche alors d'elle et tends ma main qu'elle attrape. Je m'abaisse à sa hauteur et l'attrape par la taille pour la coller contre moi. Les jambes de Callie pendent le long des miennes et ses bras entourent mon cou. Nos souffles se mélangent et ce n'est que lorsque je suis si près d'elle que je me sens entier. Je sais qu'elle n'a pas peur dans mes bras, et c'est d'ailleurs dans cette position que je l'ai embrassée la première fois. Je recule mon visage pour la regarder dans les yeux et commence à me balancer d'un pied sur l'autre au rythme de la musique. Sentir son odeur me rassure, et je me rends compte que j'aime cette fille à un point qui n'est pas définissable. Je pourrais crever pour elle !

— Comment va madame Rowe ?

— Très bien ! répond-elle en frissonnant que je l'appelle par son nouveau nom. Et toi ?

— Je ne pourrais pas être plus heureux, murmuré-je contre ses lèvres.

Elle rit pendant que son pouce dessine des ronds sur ma nuque. Je frissonne à son contact et Callie dépose de tout petits baisers sur ma joue.

— Arrête, bébé, ou je ne vais pas réussir à tenir jusqu'à ce soir…

Callie rit de nouveau avant de me dire tout bas :

— Tu sais, j'ai parlé avec le docteur Crown…

Je me recule pour la sonder du regard. Elle a le don de parler de lui, toujours à des moments improbables. Elle glousse en voyant ma tête.

— Pourquoi ? Tout va bien, puisque maintenant j'arrive à te faire monter jusqu'au septième…

Elle pose son index sur mes lèvres pour me faire taire tout en balançant la tête en arrière pour rire. Heureusement, la musique est forte.

— Je ne sais pas si j'arriverai à gérer plusieurs Rowe à la maison, mais… il m'a confirmé qu'on pouvait essayer.

Je la serre encore plus fort et j'enfouis ma tête dans son cou en la faisant tourner. Jusqu'à il y a encore quelques mois, je n'avais jamais vraiment désiré avoir d'enfants. Mais avec Callie, j'ai envie de vivre ça. Je veux tout partager avec elle, même les expériences les plus délirantes !

Notre vie ne va pas être facile, j'en suis conscient. Nous ne vivrons pas de moments ordinaires comme le vivent la plupart des gens. Il faudra sans cesse se battre pour s'en sortir. Mais on y arrivera, c'est certain. Parce que Callie est une battante ! Et moi… je suis le mari le plus obstiné que cette terre ait jamais connu !

Vous avez aimé *Savage Love* ?

Laissez 5 étoiles et un joli commentaire pour motiver d'autres lecteurs !

Vous n'avez pas aimé ?

♠

Écrivez-nous pour nous proposer le scénario que vous rêveriez de lire !
https://cherry-publishing.com/contact

Pour recevoir une nouvelle gratuite et toutes nos parutions, inscrivez-vous à notre newsletter !
https://mailchi.mp/cherry-publishing/newsletter

Made in the USA
Monee, IL
17 September 2021